Noemí te mando este libro con
el deseo que sea de tu agrado
y como un pequeño recuerdo
de nuestra amistad.

Con cariño y ganas de
verte pronto

Olina

Jardines de Canela

Shyam Selvadurai

Jardines
de
Canela

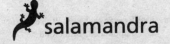

salamandra

Título original: *Cinnamon Gardens*

Traducción: Diana Trujillo

Publicaciones y Ediciones Salamandra, S.A.
Mallorca, 237 - 08008 Barcelona - Tel. 93 215 11 99

ISBN: 84-7888-657-5
Depósito legal: B-11.400-2001

1ª edición, marzo de 2001
Printed in Spain

Impresión: Romanyà-Valls, Pl. Verdaguer, 1
Capellades, Barcelona

A mi tía Bunny (Charlobelle) De Silva, por todos los libros comprados y todas las historias leídas.

A Andrew, con todo mi amor.

«... porque el crecimiento del bien en el mundo depende en parte de actos que nada tienen de históricos; y que ahora las cosas no nos vayan tan mal como podrían irnos se debe en buena parte a los muchos que vivieron fielmente una vida escondida y descansan en tumbas que nadie visita.»

GEORGE ELIOT, *Middlemàrch*

Primera parte

1

Por terrible que sea el infortunio,
persigue con tesón el final feliz.

TIRUKKURAL, verso 669

Annalukshmi Kandiah pensaba con frecuencia que el verso de esa gran obra de la filosofía tamil, el *Tirukkural,* «Veo el mar del amor, pero no la balsa para surcarlo», podía aplicarse a su propia vida, si se reemplazaba «amor» por «deseo». Pues veía con claridad el mar de sus deseos, pero la embarcación que el destino le había proporcionado estaba tan sobrecargada de convenciones sociales que, con toda seguridad, zozobraría incluso en las aguas más apacibles.

Como la mayoría de los soñadores, Annalukshmi exageraba un poco sus obstáculos. Para una joven que contaba veintidós años en 1927, perteneciente a una buena familia tamil, sus logros eran notables o, según las convicciones de cada uno, terribles. Se había sacado su título de bachillerato por la Universidad de Cambridge, algo poco común en aquellos días para una chica; había sido la primera de la isla en Literatura Inglesa, para gran desconcierto de todos los colegios para chicos; y, luego, había ido a la facultad, donde se había diplomado en Magisterio.

La diplomatura universitaria de Annalukshmi fue considerada por la familia de su madre, los Barnett, como su peor crimen. El oficio de maestra se reservaba a aquellas jóvenes demasiado pobres o demasiado feas para conseguir marido. Era como si frunciera la nariz con desdén ante la perspectiva del matrimonio. Para eso, lo mismo daría que se hubiera hecho monja. Culpaban a ambos progenitores por esa conducta caprichosa y desconsiderada. El padre, Murugasu, había alcanzado notoriedad, en su pueblo

13

natal de Jaffna, por haber decapitado a los dioses del altar familiar, tras una discusión con su padre, haber huido luego a Malasia y haberse convertido allí al cristianismo. Louisa, la madre, había desafiado los dictados familiares y se había casado con él. Los Barnett eran una de las familias tamiles cristianas más antiguas de Ceilán. Murugasu era un converso demasiado reciente para tener, como ellos, generaciones de la civilizadora influencia del cristianismo a sus espaldas.

Louisa no dudaba en echar sobre los hombros de su esposo toda la culpa por el modo de ser de su primogénita. A falta de un hijo, ya que sólo habían tenido tres hijas, su marido la había criado como si fuera un chico. Él era el responsable de su carácter temerario, una disposición del ánimo que habría sido admisible, e incluso admirable, en un varón, pero que en una niña resultaba sin duda una catástrofe. Había intentado advertir a su esposo de su error. Había procurado recortar la libertad de su hija, inspirar en ella la comprensión de las restricciones imprescindibles a que debía someterse una chica para proteger su reputación y la de su familia. Pero sus intentos fueron inútiles, ya que su marido se llevaba a su hija de inspección a la plantación de caucho familiar y le enseñaba a jugar al tenis y a nadar.

A Louisa le habría gustado poder sentirse satisfecha porque toda la culpa recayera en él, pero debía admitir que el distanciamiento entre ambos, que finalmente la había obligado a regresar a Ceilán desde Malasia, también había roto el estrecho vínculo entre padre e hija, lo cual había dejado muy dolida a ésta. De hecho, Louisa había consentido en que fuera a la Facultad de Magisterio con la esperanza de que la responsabilidad de ejercer la enseñanza la hiciera entrar en razón.

Si se le hubiera preguntado a Annalukshmi el motivo de su modo de ser, que ella no consideraba caprichoso, sino el propio de la «mujer nueva» que no sentía ni vergüenza ni temor por exigir su lugar en el mundo, habría señalado a dos personas: la señorita Amelia Lawton, la misionera que dirigía el colegio al que había asistido como alumna y en el que ahora trabajaba de maestra, y su hija adoptiva, Nancy, cuyos padres, unos campesinos pobres, habían muerto de cólera cuando contaba trece años. Consideraba que habían sido ellas quienes habían devuelto a su vida la alegría y la felicidad tras el fracaso del matrimonio de sus padres y el regreso a Colombo con su madre y sus hermanas. La casa de la señorita Lawton se había convertido en su segundo hogar y pasaba casi todo su tiempo libre con ella y Nancy, con las que iba a bañarse al mar y, a veces, de vacaciones a la montaña. A través de la directora Lawton supo de las luchas por los derechos de la mujer en Inglaterra y de la pequeña parte que tuvo en ellas durante sus días de estudiante universitaria. Fue la directora quien la alentó en su hábito de lectura, que, a su vez, la había llevado a ese primer puesto en Literatura Inglesa. Y también había sido ella quien la había apoyado con firmeza en su decisión de ser maestra.

Cuando la señorita Blake, la ayudante de dirección, le regaló su bicicleta el mismo día en que emprendía el viaje de regreso a Inglaterra, Annalukshmi se sintió alentada a aceptarla por las caras sonrientes de la señorita Lawton y de Nancy, que estaban de pie en los escalones de la veranda, por encima de la señorita Blake, asintiendo.

Aquella tarde, Louisa estaba arrodillada en un rincón del porche trasero de su casa. La pesada caja de madera en la que guardaba las legumbres secas y las especias estaba abierta ante ella, que medía el *ulundu*, las lentejas que dejaría en remojo toda la noche para los *thosais* de la mañana. La arrancaron de su tarea las exclamaciones de sus dos hijas más jóvenes, Kumudini y Manohari. Dejó caer la tapa y, sin demorarse siquiera en ponerle el candado a la caja, recogió el manojo de llaves y se dirigió deprisa al salón. Lo atravesó y salió al porche delantero, donde se encontró a Annalukshmi, ante los escalones, de pie junto a una bicicleta.

Contuvo el aliento, atónita.

—¿Qué demonios es eso?

—Una bicicleta —dijo su hija, tratando de aparentar que era la cosa más natural del mundo que se presentase de repente con una.

—Ya lo veo. Pero ¿qué hace aquí?

—Era de la señorita Blake. Me la ha dado como regalo de despedida.

Annalukshmi se apartó de la cara algunos mechones que se le habían escapado de la trenza, que recogía en un moño, y repasó mentalmente los argumentos que había ensayado con Nancy para combatir las reticencias de su familia.

Louisa chasqueó la lengua, enojada.

—No digas tonterías, Annalukshmi. Sabes muy bien que no puedes ir por ahí montada en bicicleta.

—¿Por qué no?

La cara de Louisa enrojeció ante el tono insolente de su primogénita. Antes de que pudiera volver a hablar, Kumudini, su segunda hija, apoyó una mano en su brazo, en un gesto que pedía calma. Las discusiones entre su madre y su hermana mayor tendían a ser en extremo acaloradas y con frecuencia debía intervenir para poner paz.

—*Akka*, sé razonable —argumentó—. No puedes hacerlo. La gente hará todo tipo de comentarios.

Aunque Kumudini, a sus veintiún años, era un año menor que Annalukshmi, todo el mundo la tenía por la mayor de las dos debido a que era un modelo de compostura.

—Y mira el estado de tu sari —añadió—. Está hecho un desastre. —Negó con la cabeza, censuradora. Aunque estaba hecho de un barato crespón de seda japonés que había costado tan sólo cinco rupias, aquel sari era precioso, con un estampado de hojas de trébol sobre un fondo color hueso. Ahora tenía una mancha de grasa en el ruedo. Kumudini, con mucho esmero, le había cosido una cinturilla porque, en aquel tiempo, se hacía eso para que el sari se cogiera a la cintura como una falda. Después, lo único que había que hacer para vestirse era envolverse con él, pasar el extremo alrededor del torso una vez y echar la punta por encima del hombro. Sus esfuerzos habían sido en vano. El sari, con toda seguridad, se había echado a perder. Además, la blusa blanca tenía en las axilas dos manchas de sudor muy poco femeninas.

—Tendríamos que ponerle una cadena al cuello y llevarla de puerta en puerta —sugirió sarcástica Manohari, la menor de las tres hermanas—. Parece un mono en bicicleta, y estoy segura de que la gente nos pagaría un montón de dinero por verla hacer cabriolas.

Manohari, con sólo dieciséis años, veía todo el asunto como una travesura. La situación, simplemente, le proporcionaba la oportunidad para ejercitar el ingenio por el que era famosa y blandirlo contra su hermana.

—Perdóname por señalar lo obvio —dijo Louisa al fin—, pero las chicas decentes y respetables no van en bicicleta.

—Pues sí —replicó Annalukshmi—. Hay un montón de señoras, mestizas y europeas, que van en bicicleta. Mira la señorita Lawton.

—¡La señorita Lawton! —exclamó Manohari—. La señorita Lawton dice: «Nada de *rickshaws*, id en bicicleta.» Si la señorita Lawton te dijera que te tiraras a un pozo, ¿lo harías?

—De modo que la señorita Lawton te anima a hacer esta tontería. —Louisa jugueteó con las llaves de su llavero triangular para que sus hijas no vieran cuánto le dolía saber que Annalukshmi valoraba más las opiniones y el consejo de otra mujer que los de su madre.

—Sé sensata, *akka* —intervino Kumudini—. Que las europeas vayan en bicicleta es diferente. Nosotras no podemos.

—Y nunca podremos, a menos que alguien dé el primer paso —repuso su hermana mayor—. ¿Cómo van a progresar así algún día las mujeres de este país? Las europeas van en bicicleta, y pueden hacer mil cosas más, porque un puñado de mujeres valientes dieron un primer paso.

—A mí no me importa lo que diga la señorita Lawton —sentenció Louisa, mientras se colgaba el llavero de la cintura del sari—. No puedes ir en bicicleta, Annalukshmi. Sencillamente, no hay más que hablar.

Annalukshmi iba a protestar, pero su madre hizo un ademán con la mano, indicando que no escucharía más ruegos, y volvió a entrar en la casa para proseguir con sus tareas.

—De todos modos, lo haré —le dijo Annalukshmi a su madre.

Louisa decidió no hacer caso de la provocación.

Entonces Annalukshmi miró con furia a sus hermanas.

—Muchas gracias por vuestro apoyo fraternal —les recriminó, y se fue a grandes zancadas, llevando la bici por el manillar.

Después de apoyar la bicicleta contra una pared de la casa, Annalukshmi se quedó meditando sobre su posesión. Pensó en el inmenso placer que le daba ir en bici; en el gozo que la inundaba cuando sentía que ganaba velocidad bajo su cuerpo; en la jadeante sensación de triunfo cuando llegaba al final de una subida y sentía el viento en los cabellos y por debajo del sari al bajar por el otro lado de la pendiente. Además, estaba la libertad de moverse a su antojo. Ella y Nancy ya habían hecho numerosas excursiones en las bicicletas de la señorita Lawton y de la señorita Blake, cada vez que ella se había quedado en casa de la directora. Recordaba una en especial. Un sábado de madrugada, se levantaron cuando estaba todavía oscuro y fueron al paseo Galle Face a contemplar cómo salía el sol sobre el mar. Se habían sentado en un banco junto al malecón, en un silencio expectante, envueltas en sus chales, con la neblina a su alrededor y el sabor de la sal en los labios. Había sido una visión espectacular. Las primeras hebras de luz argentina sobre las olas, como criaturas marinas plateadas que emergieran y volvieran a sumergirse una y otra vez. Luego se habían vuelto de oro y, a medida que aumentaban en número, el mar pareció llenarse de peces dorados.

Annalukshmi no se iba a dejar amedrentar por las ridículas convenciones sociales. Estaba segura de que sólo el miedo a la censura social llevaba a su madre a prohibirle determinadas cosas, no una repugnancia personal por su parte. Después de todo, cuando ella y sus hermanas eran unas niñas, en Malasia, no había protestado cuando su padre le enseñó a montar en la bicicleta de su primo. Annalukshmi contempló la suya. Realmente, era una bici alegre, con su cuadro rojo brillante. Tenía banderines rojos, blancos y azules en los extremos del manillar, colores que se repetían en el sillín. La cesta de mimbre exhibía orgullosa la *Union Jack*. Un plan comenzó a tomar forma en su cabeza. Golpeteándose pensativa el mentón con los dedos, entró en la casa para lavarse antes del *tiffin*.

Con su excelente puerto, a medio camino entre Oriente y Occidente, Colombo era, en los años veinte, una de las más importantes encrucijadas del mundo naviero y, por ello, de una enorme importancia para el comercio del imperio británico. No obstante, la ciudad no mostraba ni el caos urbanístico ni el bullicio que uno relaciona con otras grandes urbes de Oriente, como Singapur, Shanghai o Bombay. Por el contrario, la impresión principal que generaba Colombo era la de estar llena de árboles y agua. El mar la flanqueaba por un lado, así que sus habitantes nunca estaban muy lejos del aroma a sal y de las brisas refrescantes del océano. En medio de la ciudad se encontraba el gran lago Beira, del cual salían corrientes tributarias que serpenteaban a través de Colombo y formaban pequeños lagos en varias confluencias. Las aguas de esos lagos estaban rodeadas por vegetación de una belleza sin par: palmeras de todas las variedades, macizos de poinciana real con sus flores escarlata y plátanos de hojas ondulantes. Las calles de Colombo estaban asfaltadas y se mantenían en buen estado. Eran anchas y se hallaban bordeadas a ambos lados por inmensos árboles que arrojaban su sombra sobre ellas. El más común era el *suriya*, cuyas abundantes flores formaban con frecuencia una alfombra de pétalos amarillos sobre el pavimento. Incluso el Fort, el distrito comercial de Colombo, tenía calles anchas con enormes edificios encalados. Los almacenes y los comercios eran espaciosos, y muchos tenían soportales en toda su longitud que proporcionaban sombra a los peatones.

La única parte de Colombo en la que reinaban el caos y la confusión de otras grandes ciudades era el Pettah, en cuyos pintorescos bazares los gritos de los vendedores y el feroz regateo de las compradoras eran apabullantes. Allí las calles eran estrechas, los edificios se apiñaban unos contra otros, y los comercios y las viviendas estaban a menudo abiertos a la vía pública: las actividades comerciales y de la vida se llevaban a cabo en la calle misma. El aire se enrarecía por el olor de la fruta, las especias, el pescado frito, la carne y la sangre de las carnicerías, que corría por las alcantarillas abiertas. Las calles se llenaban de gente, vacas, cabras, cerdos y del aleteo constante de los cuervos carroñeros.

La familia Kandiah vivía en Jardines de Canela, un barrio residencial de Colombo. Un siglo atrás, toda la zona había sido una plantación de canelos protegida, explotada comercialmente por los amos coloniales. Los peladores de canela eran casi esclavos y el precio de talar un árbol era la muerte.

El barrio se extendía alrededor de Victoria Park, un parque público con senderos serpenteantes, sombreado por higueras y palmeras, con bancos a la sombra de graciosos bambúes y aralias. A lo largo de los numerosos arcos de acceso crecían las flores púrpura en forma de campanita del acanto, y dentro del parque había pasionarias, orquídeas, caladios y muchas otras plantas tropicales.

Al norte del parque estaba el ayuntamiento. Al sur, el Green Path llevaba, atravesando el barrio residencial de Colpetty, hacia la principal arteria de Colombo, la Galle Road. Hacia el este estaba Albert Crescent, de donde partían las principales calles de Jardines de Canela: Ward Place, Rosmead Place, Barnes Place, Horton Place... nombres en honor de antiguos gobernadores británicos de Ceilán, colonia de la Corona.

Allí se alzaban grandes mansiones, bastante apartadas del trazado de las calles, algunas apenas visibles debido a la tupida vegetación que las circundaba. Eran las casas de lo mejor de la sociedad cingalesa, cuyos miembros habían prosperado bajo el imperio británico y la economía colonial. Esa clase acomodada había alcanzado una riqueza que nunca habría soñado poseer mediante el comercio del caucho, el coco, el grafito y, éste era su secreto mejor guardado, la destilación del arak. Los salones de aquellas casas estaban amueblados con lo más selecto de Europa: los mejores candelabros, cristal Waterford, cortinas de París, manteles de damasco, pianos de cola... todo aquello que convirtiera a sus ocupantes en leales súbditos al imperio británico o, si no al imperio, pues era la época de la agitación en aras de la autonomía, al menos leales a los principios de la economía colonial que los había colocado donde estaban. Las hermosas residencias recibían nombres tales como Ascot, Elscourt, The Priory, The Grange, Château Jubilee, Rosebank, Fincastle, The Firs; y los nombres de sus ocupantes solían ser Reginald, Felix, Solomon, Florence, Henrietta, Aloysius, Venetia, Tudor, Edwin.

Quizá una de las casas más imponentes de Jardines de Canela fuera la del mudaliyar Navaratnam. Era pariente de los Kandiah, dado que el difunto abuelo paterno de las hijas de Louisa era primo hermano de él. Su mansión en Horton Place se llamaba Brighton, por el Brighton Pavilion, que él había visitado cuando era un muchacho. Una casa grande, de tres plantas, construida en estilo georgiano, se levantaba al final de un largo sendero de entrada para coches que se bifurcaba alrededor de un jardín oval y volvía a juntarse ante el porche delantero, cuyo techo era plano y servía de balcón, con una baranda que lo recorría en toda su longitud. Unas cristaleras se abrían en el primer piso, cuya fachada consistía en una serie de ventanas rematadas en arco, en comparación con las cuales las del segundo piso no eran más que ranuras. A lo largo del tejado corría una balaustrada, que ocultaba las tejas rojas, de suave inclinación. Una veranda, cuyo suelo formaba un elaborado dibujo floral, rodeaba toda la casa, y en ella había grandes butacas de teca y mimbre.

El jardín oval de Brighton era enorme, y en ambos extremos había sendos bancos de piedra para sentarse a gozar de la vista. Un césped escrupulosamente cuidado era interrumpido aquí y allá por cuadros con cañacoro y rosas. Habían plantado palmas reales, a intervalos regulares, a lo largo del sendero para coches, y sus plumosas hojas colgantes daban un aire de ligereza y extravagancia al jardín. A la izquierda de éste, pasado el sendero, había un espeso bosquecillo que separaba el terreno de Brighton del perteneciente a la casa de Louisa y sus hijas.

La casa de los Kandiah, Lotus Cottage, era una sencilla edificación de una sola planta, con dos dormitorios, paredes encaladas y tejado de tejas rojas. Podría haber resultado espartana, de no ser por los postes de madera labrada de los porches, cuyo diseño de flores de loto y enredadera se repetía en los paneles colocados sobre puertas y ventanas, así como en la cenefa que corría a lo largo del techo. La casa era pequeña y habría resultado insoportablemente opresiva para una familia de cuatro personas, de no haber sido por los amplios porches delantero y trasero. Como casi todos los habitantes de Ceilán, o, en realidad, de cualquier país tropical, los Kandiah desarrollaban buena parte de su vida —recibir invitados, tomar el té, coser, leer, cocinar algunos platos— en esos porches.

En el delantero, una puerta de doble hoja permitía acceder directamente al salón, a la derecha del cual se abrían los dos dormitorios. Uno lo ocupaba Louisa y el otro, sus tres hijas. Eran habitaciones limpias y alegres. Aunque los muebles no eran caros y las tres camas más bien pequeñas, las colchas y las cortinas, con flores estampadas en vivos colores, compensaban suficientemente las otras estrecheces. Pasado el salón y separado de éste tan sólo por un arco, estaba el comedor, con una mesa labrada de ébano y sillas a juego. En el comedor se abría otra puerta de doble hoja que daba al porche trasero en forma de «u», en cuyo brazo izquierdo estaban el baño y la despensa, mientras que en el derecho se hallaban la cocina y las habitaciones del servicio. El jardín trasero era grande y en él había una gran variedad de árboles frutales: *jak*, plátano, papaya, árbol del pan, mango; cuadros de hortalizas, como berenjenas, *murunga*, quingombó o calabazas, y hierbas aromáticas: hojas de curry, *rampe*, esquenanto. A cierta distancia del porche estaba el retrete. Lotus Cottage seguía usando el sistema de las bacinillas: un culi letrinero iba todas las mañanas a recoger con su carrito los desechos de la noche.

El jardín delantero había sido diseñado con esmero por Louisa, una entusiasta jardinera. Un árbol de tamarindo, dos cocoteros reales y un árbol de poinciana real arrojaban su sombra sobre el césped. Cuadros bien cuidados de ricino rojo, rubia rosa y amarilla, bálsamo y helechos rodeaban cada árbol. El seto que bordeaba toda la propiedad resplandecía de hibisco rojo, y aquel día de noviembre, con la brisa refrescante traída por el monzón del nordeste, las flores se inclinaban amistosamente para saludar a cualquier visitante que hubiera tomado el pequeño sendero que llevaba desde Horton Place al portillo del seto.

Aquella tarde, un visitante habría encontrado a las cuatro Kandiah en pleno *tiffin*, en el porche delantero, sentadas en las sillas de mimbre a una mesa del mismo material, con la madre presidiéndola con su tetera. Louisa y Kumudini mantenían una animada charla sobre el bordado de un mantel que su hija estaba terminando para la clase de costura de la Academia para Señoritas Van der Hoot, de la que era alumna.

Louisa había sido una gran belleza en su juventud y, aunque ninguna de sus hijas había heredado su encanto, no carecían en absoluto de atractivo. Kumudini tenía la piel de un color claro muy apreciado. Los incisivos eran algo prominentes, pero su manera de bajar el labio superior sobre ellos le daba un aire tímido y decoroso que cualquier chico hubiera encontrado encantador. Manohari era casi tan alta como un hombre y desgarbada. Sus compañeras de clase la llamaban «la Jirafa», apodo que era, lamentablemente, una descripción acertada. Pero tenía la nariz respingona y los labios deliciosamente delineados. Annalukshmi era de piel oscura y de cara larga, con la frente alta y las orejas grandes, y apenas si tenía mentón. Además, su cuerpo era delgado y anguloso. Estas desventajas quedaban paliadas, en cierta medida, por sus ojos, que eran grandes y de largas pestañas. Refulgían de inteligencia y vitalidad. Tenía una melena abundante y sus cabellos ensortijados resultaban muy atractivos. Por lo general, se los trenzaba y luego recogía la trenza en un moño en la nuca. Cuando se dejaba la melena suelta, le caía como un velo hasta la cintura y le proporcionaba una súbita y sobrecogedora belleza.

Aquella tarde de noviembre, Annalukshmi estaba sentada con la taza en la mano, tratando de concentrarse en la conversación sobre el mantel. Pero su mente se encontraba muy lejos, considerando el plan que había ideado y que le permitiría ir a trabajar en bicicleta al día siguiente.

Ya por la mañana, mientras se vestía, Annalukshmi trató de aparentar serenidad, de actuar como si nada fuera de lo común estuviese a punto de suceder. Pero tenía la boca seca, y tuvo que concentrarse para envolverse en el sari, porque los nervios le envaraban los dedos.

Durante el desayuno, Louisa reparó en que su hija mayor no discutía ni peleaba con sus hermanas, como de costumbre, sino que les pedía que le pasaran el *thosai* y el *sambar* con una cortesía que le hizo entornar los ojos, recelosa.

—*Merlay*, ¿estás bien? —le preguntó, inclinándose.

—Por supuesto —respondió su hija—. ¿Por qué no iba a estarlo?

Antes de que Louisa pudiera seguir interrogándola, los conductores de rickshaws llamaron al portillo.

—Vaya, ya están aquí los culis —dijo Louisa, sin estar convencida de que no le pasaba nada a su primogénita.

Se puso de pie y se anudó el cinturón del kimono que llevaba sobre el largo camisón de dormir, que le llegaba hasta los tobillos.

Sus tres hijas se levantaron de la mesa y se lavaron las manos en la pila. Sus bolsos estaban en un sofá del salón. Los de Annalukshmi y Manohari eran pequeños maletines duros, uno marrón y otro azul marino, y el de Kumudini era una cesta de costura con tapa. Los cogieron y salieron al porche.

Los conductores de los rickshaws iban descalzos, llevaban turbantes y vestían unos *sarongs* que les llegaban a la altura de las rodillas. Estaban en el sendero, acuclillados entre las varas de sus vehículos, mascando hojas de betel. Se pusieron de pie en cuanto Louisa y las chicas traspasaron el portillo. La madre observó a cada una de sus hijas colocarse entre las varas y subir a su respectivo rickshaw.

Louisa dio la señal y los culis comenzaron a avanzar. Cuando ya casi habían llegado al final del sendero, les gritó a sus hijas, como siempre:

—¡Chicas, chicas, abrid los parasoles, por Dios! No querréis volveros negras, ¿verdad?

Ellas saludaron a su madre con la mano a modo de respuesta.

Cada una había recibido de su padre, como regalo, un parasol chino de papel con flores estampadas traído desde Malasia. Una vez que los rickshaws salieron del sendero a Horton Place, Manohari y Kumudini abrieron, obedientes, los suyos. En vez de ello, su hermana mayor sacó del bolso un raído sombrero de tela, se lo puso y se ajustó el elástico por debajo del mentón.

—¡Alto! —le gritó entonces al culi que conducía su rickshaw.

El hombre se detuvo y ella se apeó rápidamente.

—¿*Akka?* —Kumudini le indicó al conductor de su rickshaw que se detuviera también.

Sin hacerle caso, Annalukshmi corrió hacia el seto que formaba el borde exterior de Brighton. Se metió por una abertura y, al cabo de un rato, volvió a aparecer con su bicicleta. El ruedo del sari se había mojado con el rocío y tenía una ramita enganchada en el sombrero.

—Un plan brillante, ¿no os parece?

Sus palabras pretendían aparentar alegría para compensar, por una parte, las miradas de espanto de sus hermanas, y, por otra, el cada vez más apretado nudo que sentía en la boca del estómago por lo que iba a hacer.

Kumudini cerró bruscamente el parasol y bajó de su rickshaw.

24

—¿Te has vuelto loca o qué, *akka*? Te van a ver, no lo dudes, y *Amma* se va a enterar.

—Pero, para entonces, ya será demasiado tarde —replicó su hermana mayor, con voz tensa.

—Te crees toda una aventurera, *akka* —intervino Manohari—, pero la verdad es que pareces un auténtico mamarracho en esa bici.

Annalukshmi depositó su maletín en la cesta adosada al manillar.

—Adiós —se apresuró a decir, temiendo que su resolución se viniera abajo si seguía escuchando a sus hermanas, y comenzó a alejarse.

—¡*Akka*, espera, detente! —gritó Kumudini, pero ella se hizo la sorda.

Una vez que dejó atrás Horton Place y estuvo en Green Path, en dirección a Colpetty, Annalukshmi comenzó a sentirse feliz. Miró el toldo de hojas que formaban las copas de los inmensos árboles a ambos lados de la calle y sonrió. Su plan había resultado. Allí iba ella, montada en su bici, pedaleando hacia el colegio. El delicioso viento fresco le agitaba el sari. Se sacó el sombrero, lo arrojó dentro de la cesta y se irguió en el sillín. Comenzó a pedalear más rápido, indiferente a las miradas que le dirigían los peatones y los automovilistas.

La Galle Road corría paralela a la costa, a unos doscientos metros del mar. Los residentes de Colombo identificaban los edificios emblemáticos que la jalonaban bien como de «lado de mar» o como de «lado de tierra».

El Colegio Misionero de Colpetty, en el que trabajaba Annalukshmi, estaba en el lado del mar de Galle Road, en el barrio residencial de Colpetty. Una verja de hierro forjado daba paso a un patio a partir del cual dos senderos se separaban en direcciones opuestas. Uno llevaba a la Iglesia Misionera de Colpetty, y el otro, a los edificios del colegio propiamente dicho. La iglesia, maciza y sombría, estaba edificada en piedra y parecía más propia de Escocia que de Ceilán. Su interior era austero y funcional, y su único atractivo estaba en el vitral de *Cristo como el Buen Pastor* que se hallaba encima del púlpito. Los edificios escolares, en cambio, tenían un aire grácil y alegre. Eran de ladrillo y habían sido encalados. Su proximidad al mar hacía que, cuando la luz del sol caía sobre ellos, adquiriesen un matiz dorado y apagado. Enredaderas en flor de buganvilla y campanilla crecían por las paredes y añadían notas de color.

Una cancha de *netball* y un campo de deportes formaban un cuadrilátero alrededor del cual se distribuían los edificios escolares. En el lado del mar del cuadrilátero, bordeando las vías del ferrocarril y la playa, se encontraba el bloque de las aulas de secundaria. En el lado de la tierra estaba el edificio en que se hallaban el despacho de la directora y la sala de profesoras. Los otros dos lados albergaban el comedor y el bloque de las aulas de primaria.

Cualquier chica que hubiera ido al Colegio Misionero de Colpetty sabía que las alumnas dividían a sus maestras en dos grupos: las «brujas consumadas» y las «brujas en potencia». Las primeras eran mujeres que hacía ya tiempo que habían dejado atrás la edad de merecer y a quienes la vida ofrecía tan sólo una triste soltería con un magro sueldo de profesora. Las segundas eran ex alumnas a las que la señorita Lawton había llamado para ejercer la enseñanza en primaria hasta el momento en que encontraran marido. Cuanto más se convertía una maestra en una bruja consumada, más era ridiculizada y despreciada. La distinción entre ambos grupos era mantenida estricta y rencorosamente.

Margery De Soysa, la abanderada de las brujas en potencia, estaba de pie, junto a la ventana de la sala de profesoras, cuando Annalukshmi pasó volando en su bicicleta a través de la verja de entrada y entre las alumnas reunidas en el patio.

—¡Cielo santo! —exclamó, enarcando las cejas llena de asombro.

Sus colegas, que estaban de charla, sentadas a la larga mesa que ocupaba el centro de la pieza, la miraron.

—Tenéis que venir a ver esto.

Todas fueron a la ventana.

Annalukshmi ya se había bajado de la bicicleta y estaba rodeada por las alumnas, la mayoría de las cuales expresaban su admiración, mientras que algunas le rogaban que les dejara dar una vuelta en su bici.

—Vaya una locura —dijo Ursula Gooneratne, la abanderada de las brujas consumadas—. A veces pienso que esa chica tiene el cerebro en los pies.

Las demás brujas consumadas asintieron.

—Pero ¿de dónde ha sacado esa bici? Eso es lo que yo quisiera saber —aclaró Margery De Soysa.

—Se la dio la señorita Blake. Como regalo de despedida.

Nancy, de pie en el umbral, trataba de disimular la gracia que le hacía la desaprobación de todas las presentes. A diferencia de sus colegas, que llevaban saris, ella se había puesto un osado vestido europeo que le llegaba a la altura de las rodillas y se había cortado el pelo. Aunque era extraordinariamente bella y tenía una bonita figura, no había en ella nada de la desenvoltura que era de esperar en una chica moderna. Sus modales eran más bien serenos y, cuando hablaba, había en sus vocales una suavidad y un alargamiento que dejaban traslucir que, si bien su inglés era perfecto, lo había aprendido de mayor.

—Servil imitadora —dijo Ursula Gooneratne—. Supongo que se creerá que parece muy europea. A mí me recuerda más bien a un obrero.

Hasta ese momento, Margery De Soysa había criticado el asunto tanto como Ursula Gooneratne. Sin embargo, al oír la desaprobación de su archienemiga, decidió adoptar la postura contraria, sólo para provocarla.

—Tonterías —protestó, con un brusco movimiento de cabeza que provocó un tintineo de sus pendientes—. A mí me parece sencillamente fascinante. Me dan ganas de ir a comprarme una bici yo también.

—¿Por qué no lo haces? —le replicó Ursula Gooneratne—. De ese modo tu coche no tendrá que recorrer cada día los cien metros que hay desde tu casa hasta aquí para traerte.

Aquel comentario sobre la notoria indolencia de Margery De Soysa no fue bien recibido. Un murmullo premonitorio recorrió la sala ante la posibilidad de una discusión.

—Al menos yo tengo coche —repuso, por fin, Margery De Soysa.

Antes de que la discusión entre ambas pasara a mayores, Annalukshmi entró en el edificio.

—Sshhh —dijo alguien, y la sala de profesoras quedó en silencio.

Con el maletín en una mano y el sombrero en la otra, Annalukshmi se paró en seco, al percatarse de que habían estado hablando de ella y de su bici. Agradeció ver a Nancy junto a los casilleros que se encontraban al fondo de la sala, con las cejas enarcadas y una mueca comprensiva.

—¡Annalukshmi! —exclamó Margery De Soysa, avanzando hacia ella—. ¡Estabas radiante en esa bicicleta! Les decía a todas que me dan ganas de ir a comprarme una.

—Eso está bien —respondió ella.

Pasó junto a su colega y siguió andando hasta donde estaba Nancy.

Annalukshmi siempre se sentía torpe en compañía de mujeres como Margery De Soysa, con sus delicados saris de gasa francesa y sus risas estridentes y cantarinas. Para ir a trabajar, ella se ponía sencillos saris de crespón de seda japonés y, al lado de Margery y las de su tipo, sabía que le faltaba gracia.

Nancy le palmeó el brazo.

—Felicidades —susurró—. Estabas espléndida cuando entraste como volando por esa verja.

—¿Cómo está hoy nuestra señorita europea? —preguntó Ursula Gooneratne.

Las otras sofocaron unas risitas.

—Cuando menos lo esperemos, nuestra señorita europea va a empezar a hablar con acento inglés.

Annalukshmi iba a responderle pero Nancy, que todavía tenía la mano en el brazo de su amiga, le dio un apretoncito, aconsejándole que no hiciera caso de aquella provocación.

Aunque emancipada y moderna, Nancy, a sus veinticinco años, tenía un gran autocontrol y soportaba las críticas con serena ecuanimidad. A menudo era un freno para los excesos de su amiga más joven.

La puerta del despacho de la directora se abrió y la señorita Lawton entró en la sala. Se quedó mirando a su alrededor.

—¿Todavía no ha sonado el timbre? Nancy, querida, ¿podrías, por favor, ir a decirle al conserje que lo haga sonar ahora?

Nancy asintió y se marchó a cumplir el encargo.

—Ah, Anna, estás aquí. Ven, quiero hablar contigo.

Annalukshmi siguió a la señorita Lawton al interior de su despacho, en el cual, a pesar de que dirigía el colegio con la eficiencia de un mecanismo de relojería, siempre reinaba el caos. El escritorio estaba cubierto por montones de papeles y libros, entre los cuales, al parecer, la directora se encontraba a gusto. En el resto de la habitación reinaba un desorden similar. Contra una pared había un polvoriento aparador rebosante de copas y escudos viejos que el colegio había ganado a lo largo de los años; los trofeos sobrantes ocupaban la parte superior del armario, el suelo y los alféizares de las ventanas. Un sofá parecía haber recibido el excedente del escritorio y corría peligro de quedar también cubierto de papeles. Pero una esquina de la habitación estaba ordenada y limpia, y en ella había un escritorio despejado. Había sido la zona de la señorita Blake, y ella la había mantenido a salvo del caos con su estilo ordenado.

—Querida Anna —empezó a decir la directora, mientras se dirigía a su lado del escritorio e indicaba a Annalukshmi que se sentara—. Tengo que pedirte un favor. Estoy buscando una sustituta para la señorita Blake y puede llevarme unos días. ¿Podrías ayudarme con su trabajo?

—¿Yo, señorita Lawton? —preguntó la aludida, sorprendida y halagada—. Pero no sé nada sobre el trabajo de la ayudante de dirección.

—Por supuesto, no espero que lo hagas todo —admitió la directora, poniendo los ojos en blanco—. Eso estaría por encima de tus posibilidades. Lo que necesito es que me ayudes con el trabajo de oficina: archivar, responder parte de la correspondencia.

—Sería... Será un placer, señorita Lawton —respondió Annalukshmi, orgullosa de que hubiera pensado en ella para aquel trabajo.

—Te quedaré eternamente agradecida.

En ese momento sonó el teléfono y la señorita Lawton fue a atender la llamada. Annalukshmi miró a su idolatrada directora, el pelo peinado con la raya en medio y recogido en un moño, las gafas casi colgando de la punta de la nariz, el sencillo vestido de mangas largas, pasado de moda, que le caía holgadamente hasta poco más abajo de las rodillas, y sintió un enorme afecto por aquella mujer. La había escogido a ella, entre todas las profesoras, algunas mucho más veteranas, para aquel trabajo. Decidió esforzarse al máximo para que viera que había elegido bien en quién depositar su confianza.

2

Un hijo sabio es la alegría, no sólo de su padre,
sino del mundo entero.

TIRUKKURAL, verso 68

El cumpleaños del mudaliyar Navaratnam era uno de los acontecimientos sociales más importantes y esperados en Jardines de Canela. Para su familia, no obstante, era un día teñido de pena. Veintiocho años atrás, en tan señalada fecha, Arulanandan, su primogénito, lo había apuñalado en el brazo porque se opuso a su relación con una mujer de baja casta que trabajaba de sirvienta en Brighton. El incidente había llevado al mudaliyar a expulsar a su hijo y a la mujer a la India. Por eso su cumpleaños traía siempre consigo el recuerdo de aquel altercado y la tristeza por la pérdida de un hijo.

Veintiocho años después, el recuerdo de su hermano mayor estaba muy presente en la mente de Balendran, cuando su coche traspasó las verjas de entrada de Brighton, la mañana del cumpleaños de su padre. Había sido convocado. Su padre lo había llamado por teléfono la noche anterior para pedirle que acudiera a su casa temprano la mañana siguiente, debido a un asunto de importancia. Estaba seguro de que aquella reunión tendría que ver con su reciente apropiación indebida de las lámparas de bronce del templo familiar, situado en el Pettah. El sacerdote principal había pasado por encima de él para apelar directamente a su padre. Sintió una punzada de inquietud y se preguntó si él desaprobaba su acción con respecto a las lámparas.

En la época anterior a la dominación europea, un mudaliyar, en el territorio en el que ejercía su influencia, actuaba como representante del rajá. Los británicos habían mantenido el cargo, pero ahora los mudaliyares eran nombrados por el gobernador en función de su lealtad al imperio. Actuaban como intérpretes para los agentes del gobierno británico en las diferentes provincias de Ceilán y les ayudaban a poner en práctica la política colonial. También eran miembros del Consejo Legislativo.

Como de costumbre, el gran porche delantero de Brighton estaba lleno de solicitantes que habían ido a pedir favores al mudaliyar Navaratnam: puestos en la administración, cartas de recomendación o ayuda para resolver conflictos por la tierra. Los más importantes, aquellos que se tenían por tales, estaban sentados en las grandes butacas. Los pobres, sencillamente, se sentaban en el borde exterior del porche o esperaban indolentes a la sombra de los árboles de aralia.

Balendran se había criado en aquella casa y la conocía al dedillo; sin embargo, se sintió un extraño cuando se apeó del coche y subió los escalones del porche. De hecho, vaciló un instante, demasiado tímido para llamar al timbre y entrar por la puerta principal. Por lo general, cuando iba de visita a Brighton a esa hora del día, le decía al chófer que lo llevara hasta la parte trasera, donde invariablemente encontraba a su madre en la cocina, con el *palu* bien ajustado a la cintura mientras trabajaba con las criadas. Pero aquella mañana no había querido importunarla, pues seguramente estaría muy atareada con los preparativos de la cena del cumpleaños.

—¡*Sin-Aiyah*!

Se volvió y se encontró con el viejo mayordomo de su padre, Pillai, vestido completamente de blanco, con los largos cabellos canosos recogidos en un moño. Corría por la veranda hacia él.

—¿Qué hace aquí, *Sin-Aiyah*? —preguntó Pillai en tamil cuando llegó a su lado.

—El *Peri-Aiyah* me ha pedido que viniera —le respondió Balendran, también en tamil.

—Pero nadie me lo había dicho. Podría haber esperado aquí de pie media hora y no nos hubiéramos enterado.

Abrió los ojos como platos, asustado ante la posibilidad de que el hijo del mudaliyar Navaratnam hubiera tenido que esperar en el porche de su casa familiar como un humilde solicitante más.

Cogió un gran llavero que le colgaba de una cadena a la cintura y eligió una llave.

Las pesadas hojas de la puerta principal de Brighton estaban hechas con paneles de madera de teca. El montante era un elaborado vitral con un diseño floral. Pillai abrió la cerradura y empujó una de las hojas para dejar pasar a Balendran.

—¿Sabe al menos la *Peri-Amma* que está aquí?

—No —respondió Balendran, empezando a sentirse irritado por la alharaca que estaba haciendo el mayordomo por algo tan insignificante.

El fiel sirviente negó con la cabeza en señal de desaprobación. Cerró la puerta a sus espaldas y se fue corriendo a informar a los señores de la casa de la llegada de su hijo.

Balendran permaneció de pie en el vestíbulo, mirando a su alrededor. Hacía mucho tiempo que no iba a la casa a esa hora del día. Una gran escalera de madera, con una alfombra roja en medio, subía desde el vestíbulo a un descansillo. Allí se abría una puerta de doble hoja que permitía acceder al gran salón que era usado como sala de baile o como salón de banquetes, según la ocasión. La luz del sol se filtraba por una claraboya, que consistía en un vitral, y daba en el descansillo. Balendran lo contempló y recordó su infancia, aquellos años antes de empezar a ir al colegio, cuando se tumbaba en él e imaginaba que los brillantes dibujos de la luz sobre el suelo eran ciervos o monos, y luego se arrastraba por el suelo para que los dibujos se formaran sobre su cuerpo.

Balendran sintió un urgente deseo de ver otra vez los diseños que la luz solar formaba sobre el suelo del descansillo y subió con rapidez la escalera. Pero, mientras miraba los dibujos, otro recuerdo de la infancia volvió a él: las vacaciones escolares, durante las cuales su hermano y él jugaban a las cartas allí mismo. Un pesar conocido lo invadió al pensar en Arul. Se volvió abruptamente y bajó la escalera.

Al llegar al último escalón, se detuvo sorprendido. La secretaria de su padre, la señorita Adamson, estaba de pie ante la puerta del despacho, mirándolo.

—Buenos días —la saludó.

Ella inclinó humildemente la cabeza a modo de respuesta.

Balendran, como le ocurría a menudo en presencia de aquella estadounidense, sintió ganas de reír ante la incongruencia de la mujer, vestida con un sari blanco y con los largos cabellos rubios recogidos en un moño.

—El maestro lo recibirá enseguida —le anunció ella con suavidad.

Después, giró sobre sus talones y entró en el despacho. Él la siguió, pensando en cómo su acento, el modo en que pronunciaba las vocales de «maestro», hacían que la palabra sonara como una caricia.

El despacho de su padre era un desafortunado ejemplo de lo que sucede cuando se instala un mobiliario europeo, sin adaptación alguna, en un país tropical. Las cortinas y el tapizado de sillas y otomanas eran de un grueso terciopelo rojo. En algunos lugares, el tapizado se había gastado rápidamente y, a pesar de la limpieza constante, las cortinas estaban siempre cubiertas de polvo. El efecto era sombrío y decadente; cuando entró allí, Balendran sintió una picazón en la nariz.

El mudaliyar echó la silla de su escritorio hacia atrás y se reclinó en ella, mientras observaba cómo su hijo, precedido de la señorita Adamson, iba hacia él. Pocas cosas le proporcionaban tanto placer como ver a su hijo, y le vino a la cabeza uno de sus versos preferidos del *Tirukkural*: «El servicio que un hijo puede hacer a su padre es lograr que los hombres se pregunten: "¿Cómo ha recibido semejante bendición?"»

Por un momento, debido a que su cara estaba en sombras, permitió que se le suavizara el semblante, por lo general severo.

Los cumpleaños son a menudo tiempo para recordar y para sentir nostalgia, y le pareció que estaba contemplando una versión joven de su difunto padre. Balendran había heredado de su abuelo paterno el cuerpo, pequeño pero bien proporcionado; las delicadas facciones, con sus largas pestañas y la nariz aquilina, y también la boca, con su fino labio superior y el inferior grueso. A los cuarenta años, sus cabellos comenzaban a volverse grises en las sienes, pero ello no hacía más que resaltar el color oscuro de su piel. El hecho de que se afeitara la cara, en una época en que estaba de moda dejarse bigote, le daba un aire juvenil. Vestía pantalón y americana de dril, impecablemente planchados, dado que, a pesar del calor, la mayoría de los caballeros cingaleses seguía el patrón europeo para vestirse y usaban traje. El orgullo que sentía por su hijo estaba más que justificado.

A sus setenta años recién cumplidos, él seguía saludable y robusto. Era alto, de complexión fuerte, y tenía rasgos aristocráticos: una nariz larga algo respingona, frente alta, los ojos castaños y un bigote cuidadosamente recortado. Era una figura imponente y bien parecida, vestido con su *sherwani* de algodón color crema y el turbante a juego, con la ceniza sagrada y el *potu* pintado en la frente con sándalo.

Balendran ya había llegado al escritorio y estrechó la mano de su padre, deseándole un feliz cumpleaños.

—Dice Pillai que has venido por la puerta principal.

—Sí, *Appa*.

—La próxima vez entra por detrás. No lo sabíamos, y podrías haber tenido que esperar una hora. No convendría que la gente dijera que el mudaliyar Navaratnam hace esperar a su hijo como si fuera un solicitante común y corriente.

—Sí, *Appa*.

Le indicó que tomara asiento.

La señorita Adamson, que se había sentado en un almohadón con las piernas cruzadas, revisaba la correspondencia que tenía en la mesa baja ante sí.

—Te he pedido que vinieras hoy porque ha ocurrido algo importante.

—*Appa*, si es por las lámparas, puedo explicarlo...

Su padre movió una mano ante sí, como espantando una mosca, desechando esa trivialidad, sobre la que no quería saber nada.

—Después de reunirme ayer con algunos miembros de la Asociación Tamil de Ceilán, he decidido unirme a ellos.

Balendran frunció el entrecejo, asombrado. Su padre pertenecía al grupo de la Casa de la Reina. Sus miembros eran políticos cuya única lealtad era para con el gobernador británico y el imperio, y no tenían el menor interés en asociaciones locales, ni en sus demandas e intereses.

El mudaliyar se encogió de hombros, adivinando lo que pasaba por la mente de su hijo.

—Conservo mi cargo porque fui nombrado por el gobernador, y pienso quedarme en el Consejo Legislativo mientras eso no cambie. Sin embargo, la llegada de esa Comisión Constitucional Donoughmore, dentro de dos semanas, hace necesario que los tamiles nos unamos. Se rumorea que la comisión otorgará mayor autonomía a Ceilán en la nueva constitución. Hay que impedirlo. El gobernador debe retener todos los poderes que posee. De lo contrario, reemplazaremos a un rajá británico por otro cingalés, y entonces los tamiles estaremos perdidos.

Balendran trató de mantener una expresión neutra, para que su padre no advirtiera cuánto disentía él de sus ideas políticas, cuánto deseaba, cuánto rezaba él para que la autonomía le fuera concedida a Ceilán. Era un hijo respetuoso, y por eso jamás había confesado a su padre sus opiniones políticas. Más aún, sentía pena por él. Pertenecía a la vieja generación de políticos que habían crecido en una época en la que incluso la mera mención de la autonomía hubiera hecho que el poderoso puño del imperio británico cayese sobre ellos. Habían aprendido a negociar en el marco de esa tiranía. Su padre era como un prisionero que había pasado tanto tiempo de su vida en la cárcel que no podía adaptarse a la vida fuera de ella.

—Además, la autonomía sería fatal para la economía del país —continuó diciendo su padre—. No somos más que una mancha en medio del océano. Sin el poder del imperio británico a nuestras espaldas, quedaríamos reducidos a la miseria. Pongamos primero la casa en orden, demostremos que somos merecedores de la autonomía antes de que nos la concedan.

El mudaliyar se inclinó hacia delante y calló por un momento.

—Por suerte, la comisión será presidida por lord Donoughmore, un noble. La piedra en el zapato, por supuesto, es ese laborista, el doctor Drummond Shiels, que tiene unas ideas muy fijas sobre lo que es o no conveniente para Ceilán. Ideas europeas que son extrañas a nuestra gran tradición cultural. —Hizo una pausa antes de continuar—. Me refiero, concretamente, al sufragio universal.

Balendran tuvo que hacer de nuevo un esfuerzo para que su desacuerdo no se le reflejara en la cara. Lo que más deseaba, por encima incluso de la autonomía, era que les fuera otorgado el sufragio universal, que comportaría un amplio y beneficioso cambio en la sociedad cingalesa, anclada en el servilismo feudal.

Dejó a un lado sus pensamientos y levantó la mirada: su padre lo observaba atentamente. Y entonces, cosa extraña, bajó la vista y la apartó de él, como avergonzado de haber sido sorprendido observando a su hijo. Balendran percibió un inmediato cambio en la atmósfera del despacho y miró a su alrededor, casi esperando ver algún cambio en la habitación. Al cabo de un rato, su padre tomó otra vez la palabra, sin mirarlo aún.

—Ayer recibí una llamada telefónica importante y muy interesante de alguien del departamento del secretario colonial. Al parecer, el doctor Drummond Shiels puede no ser un problema. Tiene un asesor, un caballero que, evidentemente, ejerce gran influencia sobre él, un caballero cuyas opiniones es sabido que el doctor Shiels escucha.

El mudaliyar volvió a hacer una pausa y se puso a juguetear con la tapa del tintero.

Una extraña sospecha comenzó a tomar forma en la cabeza de Balendran. Sintió que el aire a su alrededor se espesaba.

—Un caballero a quien conociste muy bien durante tu estancia en Londres.

Balendran sintió un escalofrío.

—Me refiero al señor Richard Howland.

Balendran se sintió mareado y deseó esconder la cabeza entre las piernas para lograr que le volviera a circular la sangre. Pero, al mismo tiempo, sintió la necesidad igualmente perentoria de mantener la dignidad, la calma, para no traicionar, en presencia de su padre, el impacto que ese nombre aún tenía sobre él, después de tantos años; la combinación de pena y desolación que le causaba.

Sintió unas manos en los hombros. No se había dado cuenta de que su padre había salido de detrás del escritorio y estaba ahora de pie tras él. Le apretó los hombros, y esa presión fue la firmeza que Balendran necesitaba. Sintió que se rehacía.

—Señorita Adamson, puede llamar al primer solicitante —dijo su padre.

Balendran observó a la señorita Adamson ir hacia la puerta que daba al porche delantero. Esa sencilla acción le dio una mayor sensación de seguridad.

El mudaliyar notó que su hijo se tranquilizaba. Le soltó los hombros y volvió a sentarse a su escritorio, donde recogió sus papeles y los ordenó.

—Podría ser una buena idea que volvieras a ponerte en contacto con él.

—¿Con Richard... con el señor Howland?

—El señor Howland me pareció un buen hombre, un hombre sensato. Un hombre que puede ser receptivo a las diferencias entre Oriente y Europa, que no confunde el uno con la otra. He averiguado que llegará con la comisión y se alojará en el hotel Galle Face. ¿Hablarás con él?

—Sí, *Appa* —respondió Balendran, mecánicamente.

Un pensamiento, uno solo, ocupaba su mente. ¡Richard Howland, su Richard, estaría en Ceilán dentro de dos semanas! Se alojaría en el hotel Galle Face. Balendran supo que tenía que estar solo para lograr que su mente asumiera esa noticia estupenda. Comenzó a dirigirse a la puerta que llevaba al vestíbulo.

Apenas salió del despacho, su madre, una mujer rolliza y menuda, se levantó de la silla donde había estado sentada en el pasillo y abrió los brazos. Nalamma fue hacia su hijo y él se inclinó hacia ella, que le cogió la cara entre las manos y le dio un beso en cada mejilla.

—Has venido por la puerta delantera, *thambi*. ¿En qué estabas pensando? —preguntó en tamil, pues no hablaba inglés.

Apoyó una mano sobre la de su hijo.

—Ven conmigo. Quiero hablarte de algo.

—No puedo, *Amma* —se excusó Balendran precipitadamente—. Tengo... tengo cosas que hacer. He de ir al templo.

—¿Los asuntos del templo son más importantes que tu madre? —Apretó la mano de su hijo—. Sólo te robaré unos minutos de tu tiempo.

Balendran vio que no le quedaba otra opción que obedecer. No tenía, en ese momento, fuerzas para escabullirse.

• • •

Desde el descansillo donde terminaba la escalera principal, salían otros dos tramos de escalera, en direcciones opuestas, que volvían a encontrarse en el piso siguiente. Allí había un amplio rellano, en el que se abrían las puertas de los dormitorios situados a ambos lados. En el extremo más alejado respecto a las escaleras estaban las cristaleras que se abrían al balcón situado sobre el porche delantero, desde el que se tenía una hermosa vista del jardín oval. Nalamma utilizaba como su salita aquel rellano, que, a diferencia del despacho de su marido, era luminoso y estaba bien aireado, y en el que el mobiliario era solamente un diván, las alfombras y algunos almohadones.

Tras tomar asiento, Nalamma se volvió a su hijo y le confesó:

—No puedo dejar de pensar en tu hermano y en todo lo que sucedió.

Balendran asintió. Durante los últimos veintiocho años, aquél había sido el estribillo de su madre el día del cumpleaños de su padre.

—¿Has tenido alguna noticia suya, *thambi*?

Él la miró sorprendido.

—Por supuesto que no, *Amma*.

Tras la expulsión de su hermano, su padre les había hecho jurar, frente a los dioses del altar familiar, que no tendrían nada que ver con Arul.

Ella se miró las manos.

—Esa pregunta ha sido una tontería por mi parte. Pero tenía esperanzas.

—¿Por qué? —inquirió él, tratando de concentrarse en el requerimiento de su madre.

—Anoche soñé que estábamos en la playa, en Keerimalai. Era una de nuestras vacaciones en Jaffna. Él era todavía un niño. Lo cogí de la mano y fui con él hasta el agua. Entonces lo levanté en brazos y me metí andando en el mar.

«Embriagado», pensó de repente Balendran. Así era como se sentía. Como si estuviera otra vez en la facultad y se hubiese emborrachado mucho antes que sus compañeros pero fuera demasiado orgulloso para admitirlo. Su época de estudiante, por otro lado, estaba inextricablemente unida al recuerdo de Richard. Se apresuró a concentrarse en lo que había dicho su madre para darle una respuesta adecuada.

—Pero ése es un sueño agradable, ¿no? Nos encantaban las vacaciones en Jaffna.

Ella negó con la cabeza:

—Pero olvidas que Keerimalai es el lugar en el que esparcimos las cenizas después del funeral. Uno camina hasta meterse en el agua y las arroja al mar.

La seriedad con la que su madre había hablado tendría que haberlo llevado a comportarse de una manera solícita con ella. Sin embargo, una tonta canción de borrachos de sus tiempos de estudiante se le cruzó por la mente. Se recompuso. Tenía que poner fin rápidamente a aquella conversación. Le palmeó la rodilla a su madre y se puso de pie.

—No es nada, *Amma*. Ya lo verás.

—Ojalá tuviéramos noticias suyas —dijo ella, poniéndose también de pie.

—Él ya no existe para *Appa* —le recordó con suavidad—. No tenemos más remedio que obedecer.

—Y el chico... su hijo, Seelan. Ya debe de tener veintisiete años.

—«Ríete del infortunio... no hay nada más útil para triunfar sobre él» —sugirió Balendran, citando el *Tirukkural*.

Nalamma suspiró y dijo:

—Los hombres no lo entendéis. Se puede cortar el cordón cuando nacen, pero el lazo permanece.

Antes de que Balendran se fuera, su madre le dio algo de dinero para que lo depositara en el cepillo de la iglesia de San Antonio, en Kochchikade. A pesar de ser una ferviente hindú, Nalamma, como muchos cingaleses, consideraba que el favor divino existía en todas las confesiones. De ahí que no tuviera inconveniente en apelar a un santo católico, o en hacer una ofrenda ante un altar budista, sin olvidar su *pooja* diaria a Ganesha.

El coche de Balendran era un Ford T negro de 1910. Originariamente, había pertenecido a su padre, que, cuando el *Tin Lizzie* se convirtió en un automóvil popular, se cansó de él y optó por un vehículo más elegante y caro, algo que seguía haciendo cada pocos años. Antes de vender sus coches usados, siempre se los ofrecía a su hijo, pero Balendran, a pesar de que el Ford tenía que ser arrancado con una manivela, siempre había optado por quedarse con su viejo *Tin Lizzie*. El automóvil tenía una elegancia que le recordaba, más que nada, a un terrier inteligente y despierto. Le gustaban la forma, los ángulos, la parrilla de bronce del radiador, los anchos estribos, las grandes ruedas con sus altos guardabarros, que le daban un aire tan vigoroso. La capota se bajaba fácilmente, lo que permitía a Balendran viajar con el viento agitándole los cabellos. Aquella mañana, cuando volvió a meterse en el coche, se reclinó en el asiento.

—¿Al templo, *Sin-Aiyah*? —le preguntó Joseph, el chófer.

—Sí... no... —Balendran trató de decidir qué quería. Necesitaba un lugar donde poder pasear y pensar—. Al Galle Face Green —dijo por fin—. Llévame allí.

Joseph lo miró intrigado. Como no deseaba ser objeto de tal observación, Balendran hizo un gesto impaciente con la mano para que arrancara.

Cuando el coche se puso en movimiento, Balendran cerró los ojos. Tenía que ordenar sus ideas. Pero su mente había desarrollado una caprichosa determinación y, en lugar de pensar en que Richard llegaba dentro de dos semanas, se encontró recordando otra vez aquella ridícula canción de borrachos y, junto con ella, aquel pub en St. Martin's Lane, el Salisbury, que Richard y él frecuentaban. Mientras recordaba la letra de aquella melodía, Balendran recuperó también la imagen de su amigo, de pie junto al piano, con la cara enrojecida por el alcohol y el esfuerzo de cantar, un mechón de sus cabellos rubios cayéndole sobre la frente y una mano en su cintura. A medida que la noche avanzaba y sus inhibiciones iban desapareciendo, la mano de Richard se deslizaba por debajo de su camisa. Pasaba los dedos suavemente arriba y abajo por su columna vertebral, hasta que a él no le quedaba más remedio que apoyarse contra el piano para que los demás clientes no se percataran de su excitación. Al pensar en aquella caricia, Balendran sintió que le palpitaba el corazón.

El Galle Face Green era un prado de alrededor de un kilómetro y medio de largo por trescientos metros de ancho, que se encontraba entre el mar, a un lado, y el lago Beira, al otro. Era un parque público y, al atardecer, se llenaba de jugadores de cricket y fútbol, voladores de cometas, jinetes y paseantes. Lo atravesaban tres caminos: el Paseo, un sendero para carruajes perfectamente liso que corría paralelo al malecón; otro similar que bordeaba el lago, y un camino central para el tránsito comercial.

Cuando su coche llegó al Galle Face Green, Balendran se apeó con rapidez con la sensación de estar escapando de una habitación sofocante. Dio instrucciones a Joseph para que estacionara el vehículo junto al camino central y echó a andar por el parque casi desierto hacia el malecón. Inspiró hondo, sintiendo el aire salado en la nariz, la brisa que le refrescaba la cara. Sus pensamientos le recordaron la maraña de hilos de diferentes colores del costurero de su esposa y supo que tendría que desenredarlos uno a uno. Pero el hotel Galle Face, al otro lado del parque, lo hizo detenerse. El hotel era un edificio largo, rectangular, de tres plantas. En los extremos y en el centro, sobre la entrada, había pequeños miradores que rompían la monotonía de la fachada; el efecto se reforzaba porque estaban rematados por un techo acabado en punta. El porche de la entrada era una colmena de actividad, con coches y carruajes que se detenían, depositaban a los pasajeros que llevaban y volvían a partir. La visión del hotel daba una cierta solidez a la idea de que Richard estaría allí en dos semanas. No había habido ningún contacto entre ambos durante más de veinte años. Balendran sintió que cierto temor afloraba en él, pero trató de tranquilizarse diciéndose que era natural. Después de todo, habían estado enamorados. Como cualquier pareja que hubiera roto y, al cabo de los años, se volviera a encontrar, era obvio que al principio se sentirían incómodos. Después, el reencuentro ganaría fluidez. Ya tenían algo de qué hablar. La comisión Donoughmore resolvería cualquier laguna o roce durante su reencuentro.

Volvió a mirar el hotel, imaginando cómo sería la escena. Richard saldría del ascensor y lo vería sentado en uno de aquellos hermosos sofás antiguos de ébano que había en el vestíbulo. Ambos levantarían la mano a modo de saludo. Él se pondría de pie y se acomodaría la americana, esperando a que su amigo fuera hacia él. Alargarían los brazos y sus manos se encontrarían en un firme apretón. «Bala, qué placer, después de tanto tiempo», diría Richard. «El placer es todo mío, querido amigo», le respondería él.

42

Una cometa que remontaba el vuelo, haciendo eses como un borracho mientras subía hacia el cielo, distrajo por un momento a Balendran de sus pensamientos. Entonces su mente, esa gran embaucadora, le trajo otros recuerdos de Richard. El enfado súbito, turbulento, de su amigo. Cómo podía ir por el apartamento que compartían como un vendaval, dando portazos, rompiendo platos; una vez tiró incluso un florero contra la pared. Los lugares públicos no eran inviolables para él. Richard no se privaba de gritarle «cabrón» en Tottenham Court Road o en Russell Square. Ahora se le apareció una escena completamente diferente de su reencuentro: Richard saliendo en tromba del ascensor y, antes incluso de llegar a él, soltando una sarta de insultos, acusándolo de abandono, de cobardía, de no amarlo. Balendran chasqueó la lengua, desechando su fértil imaginación. Le dio la espalda al hotel y echó a andar hacia el mar. «En fin, tenemos veinte años más —se dijo—. Han pasado muchas cosas desde entonces.» Más aún, se le ocurrió de repente que reencuentros como aquél eran a menudo dolorosos, precisamente porque a ambas personas les molestaba haber llegado a tal intensidad en sus sentimientos hacia la otra. Hábitos desagradables o pequeñas molestias eran rememorados con el asombro de haber sido uno tan tonto como para haberlos tolerado por amor.

Amor. Le dio vueltas a la palabra en la cabeza. Él sabía que su amor por Richard había muerto hacía mucho. El paso de aquellos veinte años, una esposa a la que, a su modo, amaba, y un hijo al que adoraba no dejaban lugar a dudas. En cuanto al tipo de amor que habían sentido el uno por el otro, aceptaba que era parte de su naturaleza. Su inclinación, como una palabra descortés que ha sido dicha, o como un acto cruel que ha sido llevado a cabo, era lamentablemente irreversible. Era tan sólo algo con lo que tenía que aprender a vivir, una molestia diaria, como un par de gafas o una fractura mal soldada.

«A medida que renunciamos a ellos uno a uno, nos liberamos más y más del dolor», dijo en voz alta, citando para sí el verso del *Tirukkural* sobre la renuncia.

Con qué frecuencia se lo había repetido durante el primer año de su matrimonio, para consolarse por la angustia que había sentido, el sofoco, acostado junto a su esposa, por las noches, sin poder dormir. El sufrimiento de Sonia había sido más intenso, pues sabía que ella sufría por su culpa; era consciente de su alejamiento, el sentimiento próximo al odio que sentía por ella, sin conocer la causa. Pero no hay vida que no tenga sus compensaciones. En el primer año de su matrimonio habían sucedido dos cosas que contrarrestaron la infelicidad de ambos. La primera, y la más importante, fue la llegada de su hijo, Lukshman. Con qué rapidez ese hecho había alterado las relaciones entre ambos, con qué facilidad habían aprendido a amar a través de su hijo. La segunda había sido que su padre, después del nacimiento de su nieto, le había devuelto por fin su afecto. Después de un prolongado período de sed, había sentido las saciantes aguas del amor de su padre, de su restitución como hijo bien amado.

Por un momento, se permitió pensar en aquel terrible día en el que su padre había ido a su apartamento de Londres tras haberse enterado de alguna manera de su relación con Richard. De inmediato, se estremeció y negó con la cabeza con vehemencia, rechazando detenerse en ese recuerdo. Se obligó, por el contrario, a recordar el perdón de su padre, que se manifestó en un gesto: puso a su cargo la administración de la plantación de caucho de la familia y del templo, que él seguía administrando, y de los cuales obtenía sus ingresos. Darle el control y la responsabilidad era el modo en que su padre había expresado su afecto.

Balendran se paró en seco, asaltado por una idea súbitamente muy significativa que no se le había ocurrido antes. ¡Su padre le estaba pidiendo que reanudara el contacto con Richard! Aquella petición no sólo tenía que ver con la comisión Donoughmore. Era algo mucho más profundo. Su padre le estaba diciendo que confiaba en él por completo, que cualquier cosa que quedara por perdonar estaba ya perdonada. Recordó la presión de las manos de su padre sobre sus hombros. Eran los broches del manto de la aprobación social con el que ahora Balendran se envolvía. Se vio como era. Padre muy adorado de un hijo hermoso e inteligente, con una relación abierta e igualitaria entre ambos que era la envidia de todos los amigos de su hijo; galante esposo de una mujer a quien sus amigas no dejaban de decir lo afortunada que era de tener un marido tan gentil y comprensivo; hijo obediente y diligente que aliviaba la carga de sus padres en su vejez. Mientras que otros hombres podían dar por sentadas esas cosas, considerarlas con ligereza, para él tenían un valor inestimable. Habían sido ganadas arduamente, habían sido conseguidas con gran esfuerzo, eran el sustento del que sacaba las fuerzas para afrontar su vida diaria. El recuerdo de los que estaban a su cargo le dio el control sobre su mente y sus emociones. Como alguien que salía de una fiebre, se sintió exhausto; pero también aliviado, por haber recuperado la lucidez.

Balendran había llegado al malecón. Giró sobre sus pasos y echó a andar de vuelta al coche. El reencuentro con Richard, que sólo un momento antes le había parecido un acontecimiento tan estremecedor, ahora prometía ser sorprendentemente banal. Aparte de un momento inicial de embarazo, su reencuentro con Richard no sería diferente del que pudiera tener lugar durante la visita de cualquiera de sus otros amigos de Londres de paso por Colombo.

3

Una casa dividida, como un frasco y su tapa,
parece una sola cosa pero se separa.

TIRUKKURAL, verso 887

La mañana en que Annalukshmi fue al colegio en bicicleta, Louisa
estaba en el jardín delantero de su casa, supervisando a Ramu, el anciano jardinero y factótum de la casa. Se había puesto un gran sombrero de paja con una red encima, que le daba el aspecto de una api-
cultora. El sombrero era para protegerse la piel del sol, y la red, una
mosquitera. La distrajo de sus tareas el cartero, que se detuvo frente
al portillo y se puso a tocar el timbre de su bici sin parar, como tenía
por costumbre. Louisa se puso la mano en la frente, para evitar que
la luz del sol la deslumbrara, y envió a Ramu a recoger la carta que el
cartero agitaba en la mano. Cuando el jardinero se la alcanzó, ella se
percató de que la letra del sobre era la de su esposo, con la dirección
apenas legible debido a sus garabatos impacientes. Le dijo a Ramu
que siguiera con lo que estaban haciendo, se levantó la mosquitera
por encima del sombrero, subió los escalones del porche y se sentó
en una de las sillas de mimbre.

«Esposa.» Aquel encabezamiento hizo que frunciese el entrecejo, al percibir el tono perentorio. «Prepara a Annalukshmi para casarse. El joven en cuestión es Muttiah, mi sobrino, hijo de Parvathy
Akka.»

Louisa se inclinó hacia delante y releyó la frase, sin poder dar
crédito a lo que acababa de leer.

«Muttiah ha conseguido un empleo.» Continuó leyendo. «Trabaja en la Oficina del Catastro de Kuala Lumpur, tiene un sueldo
fijo y con él puede mantener una esposa y una familia. Hace ya unos

46

años que lo conozco. Lo encuentro serio, se puede confiar en él. Cumple todos mis requisitos y estoy seguro de que hará muy feliz a Annalukshmi. Ya te avisaré de la inminente visita de Parvathy *Akka* y de Muttiah para arreglar el asunto.»

Louisa tragó saliva. Releyó la carta negando con la cabeza, moviéndola lentamente a un lado y a otro, todavía sin poder dar crédito a su contenido. Ramu había dejado de trabajar y la observaba. Ella se puso de pie y, con toda la calma que pudo reunir, entró en la casa.

Ya en su cuarto, se quitó el sombrero, se sentó en el borde de la cama, con las piernas cruzadas, y volvió a mirar la carta. Un sinfín de pensamientos cruzaron por su mente al mismo tiempo, pero, entre todos ellos, uno se impuso; el sobrino de su esposo era hindú.

El retorno de Murugasu al hinduismo había sido el golpe de gracia a su matrimonio, ya por entonces herido de muerte. La educación de Louisa, hija de un predicador, la había predispuesto en contra del hinduismo. Que su esposo abandonara el cristianismo para volver a la religión de sus padres había significado el fin de su felicidad. Ahora, al ordenar que Annalukshmi se casara con Muttiah, un hindú, su esposo le decía al mundo que su matrimonio no significaba nada para él, que era su marido sólo de nombre.

—Es una burla —se dijo en voz alta—. Me abofetea en plena cara. Lo mismo daría que me arrastrara por el pelo a la calle y me escupiera, tan grande es el insulto.

Pensó en Annalukshmi y se estremeció de miedo. No se imaginaba a su hija, ni a ella misma, en aquella casa. Parvathy, su cuñada, gobernaba su hogar estrictamente a la manera hindú. Su hija se vería obligada a ajustarse a lo que se esperaba de una esposa hindú, enclaustrada como una monja, con los movimientos restringidos, los pensamientos y las opiniones suprimidos en favor de los de su esposo. Y estaba él, el novio. Físicamente, no era por completo desagradable, pero el encanto que podía haber en su físico se veía completamente anulado por sus modales torpes y simplones. De hecho, cuando lo vio por primera vez, Louisa se había preguntado si no sería un deficiente mental. Decidió que, sucediera lo que sucediese, no permitiría que su hija pasara por aquello.

Recordó la terrible pelea entre padre e hija que la había conducido a salir de Malasia, temiendo por la seguridad de Annalukshmi.

Aún podía oír el grito de dolor de su hija cuando Murugasu la agarró por el pelo y la abofeteó. Todo, en apariencia, porque su primogénita no había barrido el salón. Pero, como Louisa supo más tarde, el verdadero motivo de aquella agresión fue la ruptura del lazo entre padre e hija, que se había producido cuando Annalukshmi había visto a Murugasu salir de un templo hindú y se había percatado de que el matrimonio de sus padres se estaba desmoronando.

Volvió a mirar la carta, que había dejado sobre la cama, y negó otra vez con la cabeza, moviéndola ahora a un lado y a otro con vehemencia, al pensar en el presumible desastre que aquella propuesta traía consigo. Decidió no darle la noticia a su hija. Debía solucionar ese asunto sola.

Se dio cuenta de que, además de sellar el destino de su hija, con aquella orden Murugasu la estaba atando de pies y manos, obligándola a apoyarlo. Si protestaba, sólo conseguiría hacer público el estado de su matrimonio y acarrear la vergüenza y la desdicha sobre sus hijas. De manera que no tendría más remedio que apoyarlo, que decirle a su asombrada familia que no veía por qué su hija no podía casarse con un hindú. Aunque escasos, esa clase de enlaces mixtos habían tenido lugar en el pasado, y algunos habían sido muy buenos matrimonios, pues, en última instancia, tanta intolerancia religiosa era muy poco cristiana. Louisa bajó las piernas por un lado de la cama. De alguna manera tenía que detener aquella cadena de acontecimientos antes de que provocaran una catástrofe. Pero ¿a quién podía recurrir en tan difícil situación?

Colombo era una ciudad tan pequeña que Annalukshmi, por supuesto, había sido vista en su bicicleta. Y nada menos que por una persona de la relevancia de la prima de su madre, la señora Philomena Barnett, que estaba haciendo su paseo matinal, lo cual, en su caso, significaba obligar a algún pobre conductor de rickshaw a llevarla por Victoria Park. Al ver a Annalukshmi pedaleando en su bici por Green Path, se quedó boquiabierta por el asombro y se llevó el pañuelo a la boca. ¿En qué estaba pensando la prima Louisa? ¿Había perdido el juicio? Indicó al agotado conductor del rickshaw que la llevara de vuelta a su casa. Philomena tenía que ir a Brighton aquella misma mañana, un poco más tarde, para supervisar los preparativos de la cena de cumpleaños del mudaliyar. Juró que tendría unas palabras con la prima Louisa de camino hacia allí.

Philomena Barnett, a quien Annalukshmi llamaba «el Diablo Encarnado», creía en la idea de que el carácter de una persona se refleja en su fisonomía. Ella misma era respetablemente corpulenta y sencilla, y la única frivolidad que se permitía eran los saris que llevaba, de chillones estampados de flores, pájaros y animales. En su opinión, las voluptuosas curvas del cuerpo de Louisa no podrían haber conducido a otra cosa que no fueran problemas. Se había fugado para casarse. La palabra todavía se le atragantaba. Qué egoísta y desconsiderada había sido al hacer eso. Casi había conseguido que el inminente matrimonio de su hermana no llegara a tener lugar. La familia del novio, pensando que todas las chicas Barnett eran dadas a fugarse, como la prima de la novia, retiró su proposición, y sólo la tentación de una dote mayor la había aplacado. Philomena pensó en su última hija aún soltera, Dolly, y en sus recientes intentos por encontrarle marido. Annalukshmi y su pedaleo eran algo que había que detener de inmediato. Ella, una viuda con escasos recursos, no quería que un escándalo estropease las posibilidades de Dolly.

Por eso, esa misma mañana, más tarde, la prima Philomena se apeó de un rickshaw en Lotus Cottage, entre quejidos y jadeos, subió laboriosamente los escalones del porche delantero y encontró a Louisa allí sentada, mirando hacia el jardín con expresión abatida.

—Prima —exclamó—, esta vez has ido demasiado lejos.

Louisa, perdida en sus pensamientos, se puso en pie de un salto, confundida.

—No me mires así. Hoy la he visto en esa bicicleta.

—¿A Annalukshmi? Pero ¿cómo es posible? Yo misma la he visto salir de aquí en un rickshaw.

Philomena negó con la cabeza. Se enjugó la frente con un pañuelo y se sentó en una silla.

—Así que no lo sabías —dijo—. Esto es serio, muy serio. Todos te previnimos contra eso de permitirle tener acceso a ideas que estaban por encima de ella. No tengo nada en contra de que una chica quiera enseñar un poco, pero ¡sacarse una diplomatura! ¿Qué esperabas después de eso?

—Está bien. Le daré un buen rapapolvo y confiscaré la bicicleta —repuso Louisa, que no quería oír un sermón sobre sus errores en la educación de sus hijas.

Philomena no se quedó satisfecha con eso. Veía con claridad que su prima no se tomaba aquella infracción con la seriedad que merecía. Había llegado el momento de que ella misma se hiciera cargo del problema. Y ya sabía exactamente cuál era la solución para esa Annalukshmi, el remedio que nunca fallaba.

—Oye, prima —empezó a decir, inclinándose hacia delante en su silla—. Te diré lo que haremos. Casaremos a Annalukshmi. Es lo mejor. Nada hace sentar cabeza a una chica tanto como el matrimonio. Hay algunos buenos jóvenes tamiles en nuestra congregación, y yo podría conseguirle un buen partido fácilmente.

Al principio, Louisa se sorprendió ante tal sugerencia. Pero, enseguida, una sensación de alivio se apoderó de ella.

—¿Tienes a alguien en mente?

—Pues está el chico de los Worthington, que acaba de conseguir un buen puesto en Correos. Los Light están buscando a alguien para su hijo, y los Macintosh también.

Louisa juntó las manos.

—¡Qué maravilla!

Philomena frunció el entrecejo, desconcertada por el entusiasmo de su prima, que le cogió la mano y se la apretó con fuerza.

—Ahora recuerda tu promesa, prima. Quiero ver a esos jóvenes lo antes posible. De lo contrario, me sentiré muy decepcionada.

—Veré... Veré lo que puedo hacer al respecto.

Dicho esto, se puso en pie, se despidió de su prima y bajó los escalones del porche hacia el rickshaw, todavía recelosa. Su plan había sido aceptado con demasiada celeridad.

Cuando Philomena se fue, Louisa se sintió fatigada. Intuyó que se le avecinaba una terrible jaqueca y se retiró a su dormitorio para recostarse en la cama, con las persianas bajadas y un pañuelo empapado en colonia sobre la frente. Aunque tenía toda la intención del mundo de regañar a Annalukshmi, no podía enfadarse en serio porque su hija fuera en bicicleta. ¿No se había rebelado ella misma una vez, convencida de que estaba por encima de las convenciones sociales? ¿No se había fugado para casarse con Murugasu? Aun así, era consciente de que tenía el deber de proteger la reputación de sus hijas. No obstante, no pudo evitar sonreír al imaginar la mirada de horror que sin duda había puesto su prima al ver a Annalukshmi pasar volando en su bicicleta.

La mente de Louisa se detuvo un instante en la señorita Lawton. Si bien no aprobaba las ideas progresistas de la directora que llenaban la cabeza de su primogénita, no podía evitar sentirse halagada y honrada por que una persona tan influyente, casi legendaria, hubiera ofrecido su amistad a su hija, se hubiera tomado un interés personal en ella. Aunque tenía poco más de cincuenta años, apenas unos diez más que Louisa, debía admitir que le tenía algo de miedo. Era alumna del Colegio Misionero de Colpetty cuando la señorita Lawton llegó como ayudante de dirección. Ya entonces se había ganado el respeto de profesoras y alumnas por igual.

Había una fotografía de Murugasu en la mesita de noche. Louisa la cogió y la miró. Él se la había dado cuando eran novios. Se lo veía acodado contra un pedestal, con la otra mano en la cadera y el pie izquierdo cruzado sobre el derecho. Vestía un traje claro, llevaba el *sola topi* en la mano y tenía el bigote coquetamente curvado en los extremos. Irradiaba vigor y satisfacción; pero también impaciencia, como si, en medio de un paseo, el fotógrafo le hubiera rogado que posara un instante. Su media sonrisa insinuaba que se limitaba a complacer al fotógrafo; que, apenas pudiera, volvería a sus asuntos.

Louisa recordó la primera vez que lo vio. Había sido en la Iglesia Misionera de Kuala Lumpur, adonde su difunto padre, el reverendo Barnett, había sido enviado para atender las necesidades espirituales de los numerosos cristianos tamiles de Jaffna empleados por los británicos en la administración colonial y en los ferrocarriles malayos. Jaffna, debido a su tierra poco fértil y a la proliferación de escuelas misioneras, había proporcionado los empleados necesarios para Malasia. Ella había ido a cuidar de la casa de su padre, ya que su madre había muerto tiempo atrás.

La reputación de Murugasu lo había precedido, e incluso antes de conocerlo, sabía que había decapitado a los dioses del altar de su familia antes de irse a Malasia transformado en un cristiano converso. Mientras servía té con pastas a los feligreses, notó que él la miraba. Cuando intuyó que no lo hacía, lo miró ella, sintiendo admiración por la pasión con la que él había actuado. Ya entonces le sobraba peso y tenía el vientre prominente. Advirtió que estaba muy incómodo en aquel traje blanco, que le iba estrecho y que lo hacía sudar copiosamente. Sin embargo, esa misma incomodidad suya, su modo de mover los hombros, las manchas de sudor en la americana a la altura de las axilas, le habían provocado un escalofrío de placer.

Claro que los Barnett habían puesto reparos a su relación, y lo siguieron haciendo hasta mucho después de la boda. Su lista de quejas era larga. Salpicaba su inglés con demasiado tamil y se había negado a adoptar un apellido cristiano, como otros conversos. Dado que los hindúes tenían sólo un nombre, era costumbre que adoptaran un apellido cristiano. Murugasu, en cambio, había elegido el nombre de su abuelo, Kandiah. También se había negado a poner nombres cristianos a sus hijas; mascaba hojas de betel; eructaba después de las comidas; no sabía cómo usar los cubiertos correctamente; apestaba a sudor porque no usaba talco. Sencillamente, era un cristiano demasiado nuevo. Las cosas que ellos despreciaban: su sudor, su piel oscura, su olor, eran las que ella relacionaba con su ardor. Pues cuando miraba las caras tensas de sus primos y, sobre todo, las de sus primas, se daba cuenta de que nunca habían experimentado una pasión verdadera.

Louisa recordó la primera visita de Murugasu a su casa. Su padre los había dejado solos un momento. Apenas se retiró, Murugasu se levantó de su silla y, con toda tranquilidad, como si fuera a coger una pasta de la mesa, fue hacia ella, cogió su asombrada cara entre sus grandes manos y la besó como un experto. Si cualquier otro hombre hubiera hecho eso, habría protestado, aunque no fuera más que por guardar las apariencias. Pero con él hubiera parecido una excesiva afectación por su parte y no habría servido más que para provocar el asombro despectivo de Murugasu.

Louisa se frotó el brazo al recordar el amor y la pasión que habían compartido. Miró la otra mitad de la cama, la que solía ocupar él. No había ni una almohada allí, sólo la percha de pie, vacía, en su lado del dormitorio. Quiso llorar por lo desolador que se había vuelto su matrimonio. Su cuñada tenía la culpa. Sin embargo, incluso mientras lo pensaba, reconoció que no era en realidad culpa de Parvathy. Ella había sido, únicamente, la portadora de las malas noticias.

El marido de su cuñada había conseguido un trabajo en los ferrocarriles malayos y el matrimonio se había ido a Kuala Lumpur. Catorce años después, Murugasu volvió a ver a su hermana. Louisa tenía aquel reencuentro por el comienzo del fin de su matrimonio. Cuando Murugasu vio a su hermana mayor, de pie en la puerta de su casa, cayó de rodillas en silencio y le tocó los pies con una mano en señal de respeto. Parvathy hizo que se levantara. Le pasó la mano por la cabeza y le dijo:

—*Appa* ya no está en este mundo.

Entonces Murugasu se puso a llorar. Louisa corrió hacia él, trató de abrazarlo desde atrás, pero él se deshizo de ella y volvió a caer de rodillas a los pies de su hermana, escondiendo la cabeza en su regazo.

Más tarde, en conversaciones que había mantenido con Parvathy, en un intento por entender los cambios de su esposo, se había enterado de la difícil relación entre Murugasu y su padre, que había culminado en su acción de entrar en la habitación del altar familiar y decapitar a bastonazos a los ídolos de barro. Era la relación de dos personas que se querían profundamente pero cuyo temperamento se parecía demasiado para poder vivir en paz la una junto a la otra.

Cuando las hijas de Louisa volvieron a casa para almorzar, encontraron el salón vacío. Fueron a ver si su madre estaba en la cocina, pero allí sólo hallaron a la criada, Letchumi, que estaba moliendo algunas especias. La piedra oblonga de moler crujía cuando la criada la movía adelante y atrás sobre la losa plana en la que estaban las especias. Luego Letchumi raspaba los restos de especias que se habían adherido a la piedra y repetía el laborioso proceso una y otra vez.

Ella les informó de que Louisa había ido a echarse un rato.

—¿Ha pasado algo? —preguntó Kumudini.

—Barnett *Amma* nos ha hecho una visita —respondió la sirvienta, en un tono que daba a entender que aquello era explicación más que suficiente.

Las tres hermanas se miraron nerviosas.

—Me pregunto qué querría el Diablo Encarnado —dijo Annalukshmi.

Las tres se dirigieron a la puerta del dormitorio de su madre. Kumudini la abrió sin hacer ruido y asomó la cabeza. Louisa parecía dormir. Iba a cerrar la puerta cuando su madre habló.

—Entrad, hijas. Estoy despierta.

En silencio, entraron y se quedaron de pie al lado de la cama. Kumudini le quitó a su madre el pañuelo de la frente y comprobó si tenía fiebre.

—No es nada. Sólo jaqueca —le explicó Louisa.

Esperó a que Kumudini volviera a colocar el pañuelo en su lugar. Entonces miró a Annalukshmi.

—La tía Philomena ha estado aquí. Te ha visto en Green Path.

Annalukshmi abrió los ojos como platos, desolada.

—Me has mentido deliberadamente —añadió su madre, levantando la voz—. Has hecho a mis espaldas lo que yo te había prohibido.

Annalukshmi tragó saliva, sin saber qué decir. Vio que había expuesto a su madre a las habladurías desdeñosas de su familia, que la había traicionado ante el enemigo común. Desde que eran muy pequeñas e importunaban a Murugasu para que les contara una y otra vez la historia de cómo se habían enamorado él y su madre, los Barnett habían sido siempre los dragones que vigilaban a la princesa.

—Oh, vamos, *Amma* —dijo, al fin, con voz algo temblorosa—. Lo he hecho para divertirme.

Louisa pensó que su hija intentaba quitar importancia a su desobediencia.

—¡Divertirte! —exclamó, incorporándose en la cama, con lo cual el pañuelo resbaló y se cayó—. Cómo te atreves... —empezó a regañarla, pero se interrumpió para volver a recostarse, porque el dolor de cabeza se intensificó. Hizo un ademán con la mano para despedir a sus hijas—. Id a almorzar —les dijo; pero, no bien llegaron a la puerta, añadió—: Kumudini, di al jardinero que coja la bicicleta y la guarde bajo llave en el desván.

Miró desafiante a su primogénita y esta vez Annalukshmi no protestó.

4

De la confusión que toma lo irreal como real
proviene la desdicha del nacimiento.

TIRUKKURAL, verso 351

Durante su juventud, en Londres, el mudaliyar Navaratnam y su hermano menor habían sido los niños mimados del círculo de Mayfair. Su buena presencia, su predisposición a hablar del hinduismo, de la filosofía oriental y, tal vez más importante, a introducir en los secretos del *Kama Sutra* a más de una matrona de Mayfair habían hecho posible que jamás les faltaran invitaciones para cenar.

Su hermano se había casado con una inglesa llamada Julia Boxton, y la única hija de ambos, Sonia, era la esposa de Balendran. Al morir sus padres de viruela poco después de nacer ella, fue criada en Inglaterra por su tía, lady Ethel Boxton, y era en Londres donde ella y Balendran se habían conocido. En la sociedad tamil de casta superior, el matrimonio entre primos que fueran hijos de una hermana y un hermano era muy apreciado. Además de conseguir con ello que la fortuna y las tierras quedaran en la misma familia, servía también para asegurar que el esposo y sus parientes no fueran unos extraños para la mujer. Sin embargo, el matrimonio de los hijos de dos hermanos o de dos hermanas era considerado casi incestuoso, y tales primos se llamaban incluso entre sí «hermano» y «hermana». Debido a ello, la relación entre Balendran y Sonia había suscitado rumores de desaprobación. Por otro lado, el hecho de que ella fuera medio inglesa y forastera en Ceilán había mitigado hasta cierto punto las objeciones.

• • •

La casa de Balendran y Sonia no quedaba lejos de Lotus Cottage y Brighton, pero, a diferencia de los vecinos ricos que tenía su padre en Jardines de Canela, los suyos eran de clase media. Habían elegido vivir en aquella zona no tan elegante porque adoraban estar cerca del mar y por el entorno rústico. Su calle, Seaside Place, ni siquiera estaba asfaltada, y la formaban únicamente tres casas; la suya era la última antes del ferrocarril y el mar. Su propiedad, a la que habían puesto por nombre Sevena, la palabra cingalesa que significa sombra o refugio, era grande y llegaba hasta el mar. A excepción de un pequeño jardín, el resto se había dejado en su estado natural, con cocoteros y cactus de varios tipos.

El día del cumpleaños de su padre, durante el almuerzo, Balendran dijo a Sonia:

—Esta mañana he tenido una conversación interesante con *Appa*.

—Ah, sí. Me estaba preguntando de qué habíais hablado.

—Parece que un amigo mío, un tal Richard Howland, viaja con la comisión que viene a Ceilán. Dicen que es la mano derecha del doctor Shiels.

Sonia dejó de comer.

—*Appa* quiere que convenzas al señor Howland para que ejerza su influencia sobre el doctor Shiels —dedujo indignada—. Lo cual no harás, por supuesto.

Balendran no respondió. Por primera vez, se percató de lo que en realidad se le estaba pidiendo: que dejara a un lado sus opiniones sobre la comisión y convenciera a Richard de que viera las cosas a la manera de su padre. La noticia de su inminente llegada había atraído toda su atención, de modo que hasta ese momento no había llegado a comprender la petición de su padre en todo su alcance.

—¡Bala! Dime que no vas a hacerlo.

Balendran miró su plato, desconcertado.

—No... no lo sé. *Appa* me ha pedido...

—Por el amor de Dios, Bala, no seas ridículo. ¿De verdad vas a decirle a ese tal señor Howland que crees que el sufragio universal es lo peor para Ceilán? En especial, el voto femenino, dado que las mujeres son necesarias para... ¿cómo era?... Ah, sí, «el silencioso cumplimiento de importantes deberes en el hogar».

Balendran se sorprendió ante la vehemencia de su enfado.

—¿Y qué hay de la autonomía? —continuó Sonia—. ¿Vas a decirle que crees que no debe alterarse ninguno de los poderes del gobernador? ¿Que debe seguir siendo un déspota? Es una traición a todo aquello en lo que creemos. Después de todo lo que hemos hablado, de depositar todas nuestras esperanzas en esos cambios, ¿cómo puedes darles la espalda y hacer esto?

Sonia volvió a comer, enojada, haciendo sonar los cubiertos contra el plato.

Balendran tuvo que admitir que su esposa tenía razón. Realmente, era una traición a todo aquello en lo que no sólo ella, sino él también creía. Pero ya le había prometido a su padre hablar con Richard. Balendran suspiró.

Sonia oyó el suspiro, pero lo interpretó como impaciencia ante sus recriminaciones. Negó con la cabeza. El principal motivo de discusión entre ellos era la ciega obediencia de su esposo a su padre y la constante irritación y enojo que ella sentía al respecto. No le encontraba ningún sentido, era como si un científico creyera en duendes. Ella sabía que Balendran no era ningún inepto. Desde que su marido se hizo cargo de la plantación y del templo familiares, ambos lugares habían prosperado como nunca lo habían hecho cuando los administraba su suegro. Intelectualmente, era superior al mudaliyar, y conocía al dedillo todos los aspectos de la cultura y la religión tamiles. De hecho, ella le había sugerido con frecuencia que debía poner por escrito todos esos conocimientos. Él siempre había puesto reparos, y ella no dejaba de pensar que era en deferencia a aquel libro atroz escrito por su padre: *Maravillas de la gloriosa tradición tamil*. Recordó que, a raíz de dicha obra, su suegro fue invitado a viajar a Estados Unidos, donde se lo tenía por un gran sabio hindú; pensó en los ingenuos estadounidenses, que acudían en rebaños a sus clases a aprender meditación de un hombre que no había ido más lejos en ella que cualquier mujer que hacía su *pooja* diaria ante el altar familiar. La renuncia, el primer paso hacia la verdadera meditación, era algo de lo que su tío no sabía absolutamente nada. Aún se había vuelto más mimado desde que regresó con aquella tonta señorita Adamson y su «maestro esto» y «maestro aquello».

El mudaliyar, además de ser varón, era primogénito. Sonia sabía, por varias conversaciones que había oído, que lo habían malcriado sin remedio. Desde niño, le enseñaron a sentir su superioridad, su derecho a todo, que no debía ser cuestionado jamás. Podía interrumpir libremente la conversación de su madre con sus chillidos pueriles, seguro de que ello merecería un afectuoso: «Oh, *Sinna-Rajah* está hablando.» Cuando le venía en gana, para divertirse y horrorizar a sus mayores, intentaba realizar alguna tarea doméstica. Entonces estaba seguro de recibir como recompensa aterradas exclamaciones del tipo: «¡*Sinna-Rajah* ha cogido una escoba!», «¡*Sinna-Rajah* está cogiendo una olla!», «¡*Sinna-Rajah* se está limpiando los zapatos!».

Un niño como ése, al hacerse hombre, es como un cuchillo romo; no se ha afilado en la dura piedra de la adversidad. En sus veinte años de matrimonio, Sonia se había visto obligada una o dos veces a enfrentarse con su suegro. En esas ocasiones, había descubierto que su tío, ante la firme voluntad de otro enfrentada a la suya, reaccionaba a menudo con exceso por temor a que se cuestionara su autoridad, con la sensación de que el mundo se le escapaba de las manos.

Cuando Balendran y Sonia terminaron de comer, el criado empezó a retirar los platos. Ella miró a su esposo. Aquella mañana había llegado una carta de Inglaterra, de su hijo, pero no quería darle la noticia a su marido en plena discusión. Eso empañaría su alegría por la carta.

—¿Quién es Richard Howland? —preguntó, en tono conciliador—. No te había oído mencionar ese nombre antes.

—Un ex compañero de facultad —respondió Balendran, aliviado por el cambio de tema y el tono de su esposa—. Compartimos un apartamento en Londres por un tiempo.

Sonia asintió y esperó a que él continuara, pero, como de costumbre, Balendran no añadió ningún detalle más sobre su época en Londres, de manera que dejó el tema.

—A propósito —dijo, mientras comenzaban a comer el postre—. Esta mañana ha llegado una carta de Lukshman.

—¡Una carta! —exclamó Balendran, encantado, y dejó la cuchara—. ¿Cómo está? No, no me lo digas. Quiero leerla yo.

Ella sonrió ante la felicidad de su marido y sintió, como siempre ocurría con cualquier cosa que tuviera que ver con su hijo, un súbito acercamiento entre ambos.

Ya en el salón, para tomar el café, Sonia le alcanzó la carta y luego se sentó frente a él, que la abrió y se puso a leer. Cuando sonrió y, al instante, lanzó una carcajada, ella exclamó:

—¿Qué? ¿En qué parte estás?

—En la que tu tía Ethel fue a visitarlo, dictaminó que no vivía en un lugar apropiado y se lo llevó a su casa.

Sonia rió.

—Pobre Lukshman —dijo.

—Pobre tía Ethel —repuso él.

Cuando Balendran terminó de leer la carta, la puso sobre su regazo y miró al frente. Sonia se dio cuenta de que lo había invadido la misma melancolía que había sentido ella después de leerla.

Balendran suspiró y negó con la cabeza.

—No tendríamos que haberlo dejado marchar.

—Teníamos que hacerlo, Bala. Necesitaba completar sus estudios. «Los padres no somos más que los arcos. Nuestros hijos son las flechas que arrojamos al futuro» —dijo, citando un pensamiento del filósofo Khalil Gibran, el mismo que utilizaba a menudo para encontrar consuelo para ambos.

Él asintió y abrió las manos, con las palmas hacia arriba, para mostrar que se sometía a la necesidad de que su hijo, en interés de su educación, estuviera al otro lado del mundo.

Sonia dedicaba gran parte de su tiempo y de sus esfuerzos a la Fraternidad para Chicas de Green Path. Se trataba de una asociación femenina que había sido fundada para atender a trabajadoras solteras que habían ido a Colombo a emplearse como secretarias, maestras, dependientas o lo que fuera. La asociación regentaba un albergue para alojar a algunas de ellas, pero lo más importante era que proporcionaba un lugar de reunión al final de la jornada, lo que mantenía a muchas de ellas alejadas de los vicios y los peligros de la ciudad. Sonia había sido una de las fundadoras de la fraternidad, ayudaba en la administración y enseñaba inglés y otras materias a las chicas.

Poco después del almuerzo, Sonia se fue a la fraternidad y Balendran se encerró en su despacho para ocuparse de la contabilidad del templo. Lo encontró muy desordenado. Sonia y el criado habían sacado todos los libros de los estantes para limpiar las estanterías. Los libros se amontonaban en altas pilas en el suelo y, cuando pasó junto a ellas camino de su escritorio, encima de una vio un ejemplar del libro de Edward Carpenter *Del Adam's Peak a Elephanta: esbozos de Ceilán y la India*. Lo cogió. Se lo había regalado Richard. Abrió el libro y leyó la dedicatoria que le había escrito el autor, recordando la excursión que habían hecho su amigo y él para verlo, después de leer otra de sus obras, *El sexo intermedio*. Pocas veces un libro había tenido un efecto tan profundo en él. Allí se enteró, por primera vez, de que la homosexualidad ya había sido estudiada por científicos que no la consideraban patológica; hombres, incluso, que cuestionaban que el único propósito del sexo fuera la reproducción.

Richard había buscado otros libros de Carpenter y descubrió el *Del Adam's Peak a Elephanta*, que compró para regalárselo. Balendran se sorprendió al averiguar que Carpenter había visitado Ceilán y era muy amigo del famoso Arunachalam, primer presidente del Congreso Nacional de Ceilán. Entretanto, Richard hizo averiguaciones sobre Carpenter y descubrió que vivía en Millthorpe, en el campo, cerca de Sheffield, con su compañero. Insistió para que Balendran escribiera a Arunachalam, que era amigo de su familia, y le pidiera una carta de presentación. Balendran se había negado por temor a despertar sospechas sobre su persona, aunque su amigo argumentó que Arunachalam debía sin duda aprobar la vida de Carpenter, si eran tan buenos amigos. Al final, Balendran había consentido en escribir a Carpenter, como amigo de la familia de Arunachalam, y preguntarle si podían ir a visitarlo.

Balendran recordó la larga caminata desde Sheffield hasta Millthorpe, un hermoso día de verano, cálido pero no tanto para que andar se hiciera desagradable. Había campos ondulantes a ambos lados del camino, el verde suave de los prados en fuerte contraste con los colores oscuros de los árboles que bordeaban los campos y formaban, aquí y allá, pequeños bosquecillos. La casa de Carpenter estaba rodeada casi por completo de vegetación, y un encantador arroyo bordeaba los límites de su terreno.

Cuando Richard y él conocieron a Carpenter y a su compañero, George Merrill, Balendran había quedado asombrado y luego intrigado por su modo de vida, por la camaradería en la cual convivían, por cómo se habían construido una vida para ellos, a pesar de la fuerte censura social.

Balendran cerró el libro. La visita les había dado a Richard y a él tantas esperanzas en el futuro de su amor... Pero, un mes después, todas se vinieron abajo con la llegada de su padre y, con él, de la realidad. Se le ocurrió que la juventud era terrible, mientras devolvía el libro a su pila. Vital, hermosa, pero, al final, dolorosa. Se alegraba de haberse liberado de su ardor. La juventud era como la proverbial semilla de *konri*, roja cuando uno la ve, pero con una punta negra, engañosos su vitalidad y su brillo. Salir de la juventud era aceptar su apariencia engañosa, despojar a la vida de ella y quedarse con lo que ésta en realidad es. Así era como él veía su época con Richard. Qué tontería haber creído que el mundo cambiaría para ellos. Ahora que él mismo era padre, sabía que el suyo había hecho lo correcto. Su terrible enfado había sido el rugido de un oso que protegía a su cachorro. Lo había hecho por amor a él.

A los cuarenta, Balendran pensaba que, a pesar de los años difíciles de su matrimonio, a pesar de las concesiones necesarias que había tenido que hacer, su padre había actuado sabia y correctamente. Miró a su alrededor. Su despacho era muy diferente del de su padre. Era luminoso y aireado, con cortinas de encaje que se mecían constantemente con la brisa marina; una pared cubierta de estanterías; un antiguo escritorio de ébano con su silla, en el centro de la estancia, y un jarrón de bronce con flores de aralia sobre un pedestal, también de ébano. Balendran comparó su comodidad actual con la vida modesta que habría llevado en Londres. Nunca hubiera conseguido nada mejor que entrar como socio joven en algún bufete de abogados, y habría seguido en ese puesto hasta el presente. El único apartamento que hubiera podido permitirse habría sido alguno similar al que tenía de estudiante, con su baño y vestíbulo invariablemente helados. En cuanto a Richard, sin duda el amor entre ambos se habría ido enfriando debido a la frustración y a la envidia de Balendran al ver que su amigo se elevaba hasta la cima de la carrera legal. Habían conocido a un caballero indio muy pobremente vestido que vivía en la misma calle que ellos. En aquel entonces les parecía un viejo, pero probablemente tuviera la misma edad que ahora tenía él. Siempre parecía estar disculpándose por algo, con una excesiva deferencia; se bajaba incluso de la acera sin necesidad alguna, para ceder el paso a otras personas. Ésa era la imagen que Balendran tenía de lo que podría haberle sucedido de haberse quedado en Londres con Richard. Tenía que agradecer a su padre el haberlo salvado de semejante destino.

Al pensar en su padre, recordó la promesa que le había hecho con respecto a Richard. Suspiró. Se había comprometido a hacer eso por él y debía cumplirlo. De lo contrario, se vería obligado a explicarle sus propias opiniones políticas, cosa que no deseaba hacer. Pero, por otro lado, ¿podría realmente presentar las opiniones de su padre como propias? Trató de imaginarse haciéndolo, viendo la creciente consternación en los ojos de Richard al ver que su amigo, paladín del socialismo y otras causas liberales en sus tiempos de estudiante, había acabado siendo tan conservador. Balendran negó con la cabeza. No podía hacer eso. Frunció el entrecejo, sopesando la situación. Entonces tuvo una idea. En lugar de presentar las ideas de su padre como propias, hablaría con Richard sobre las diferentes opiniones de los cingaleses sobre lo que debería hacer la comisión, así, mientras lo hacía, podría incluir el punto de vista de su padre. Satisfecho por haber hallado una solución, Balendran se dedicó a la contabilidad del templo.

Las diferentes épocas de la vida de un hombre se reflejan a menudo en los comensales que invita a su cena de cumpleaños. Nunca había sido esto tan cierto como en el caso del mudaliyar Navaratnam. Entre los invitados, había camaradas de su época en Mayfair, cuyos temas de conversación, después de tantos años, se habían reducido a los caballos, los automóviles y el cricket. La señorita Lawton era también una invitada habitual. Conocía al mudaliyar desde los tiempos en que había llegado a Ceilán, siendo una joven ayudante de dirección. Aunque era difícil de creer, en aquellos días él había sido uno de los paladines de la educación de las jóvenes. También estaban sus colegas del Consejo Legislativo, del que formaba parte desde hacía cuarenta y cinco años. Mientras que algunos de ellos seguían siendo leales miembros del grupo de la Casa de la Reina, otros se habían unido al Congreso Nacional de Ceilán y propugnaban la autonomía, y con ello habían seguido una senda política completamente opuesta a la del mudaliyar. De todos modos, Jardines de Canela era un círculo cerrado, y no haberlos invitado habría generado una desagradable censura social para anfitrión e invitados por igual. En la cena de aquel año había, además, algunos invitados nuevos. Eran miembros de la Asociación Tamil de Ceilán, a la cual el mudaliyar acababa de unirse. Prometía ser una velada muy movida.

Sonia y Balendran llegaron temprano. Al mudaliyar le gustaba que su nuera lo acompañara en la recepción de los invitados, dado que su esposa no hablaba inglés y, por lo general, estaba demasiado atareada con los preparativos en la cocina.

A lo largo del sendero para automóviles de la entrada, se habían colocado unas antorchas, encendidas en lo alto de unos postes clavados en el suelo a intervalos regulares, que daban a Brighton un aire festivo. Cuando el coche de Balendran se detuvo ante el porche, Pillai bajó los escalones para abrir la puerta. En ocasiones como aquélla, se ponía una chaqueta blanca con botones dorados y exhibía orgullosamente la cadena de oro del reloj, cosas que denotaban su condición de mayordomo de la casa. Más tarde, antes de supervisar el servicio de la cena, se pondría los guantes blancos.

Pillai sonrió, orgulloso y admirado por lo guapos que estaban el *Sin-Aiyah* y la *Sin-Amma*; él, con su esmoquin negro y la pajarita blanca; ella, con un sari de lamé francés, de un dorado apagado con un ribete de color rojo intenso. El color del sari resaltaba la piel color té con leche y los cabellos oscuros y relucientes de Sonia. La blusa de encaje negro era la última moda, y las mangas, una mera puntilla. Sus joyas eran de oro.

—El *Peri-Aiyah* no ha terminado de vestirse —dijo Pillai—, pero el resto de la familia está en el salón de baile.

Balendran y Sonia, precedidos por el mayordomo, entraron en la casa y subieron la escalera para unirse a los demás.

El salón de baile de Brighton era una de las habitaciones más hermosas de la casa. En la pared del fondo se abrían unas cristaleras que daban a un balcón con un suelo arlequinado en blanco y negro.

Un estucado con un diseño de hojas de parra recorría el borde superior de la pared, y el diseño se repetía, formando un grupo circular, en tres puntos del techo. Del centro de esos círculos pendían unos ventiladores de madera de dos aspas. Esa noche, la mesa del banquete, en la que había sitio para sesenta comensales, ocupaba prácticamente todo el salón. Un único mantel de damasco, blanco, cubría la mesa y, a intervalos regulares, había arreglos florales. Frente a cada servicio había tarjetas con el menú y el nombre de cada comensal, colocadas en soportes de plata.

Al entrar, Balendran y Sonia se encontraron con la familia ya reunida allí, todos con sus mejores galas.

El *choli* indio, corto y ajustado, que deja a la vista buena parte del vientre, todavía no estaba de moda. Se lo consideraba ropa de campesinas. Las blusas de los saris se parecían a sus modestas homónimas inglesas. Eran bastante vaporosas y llegaban a la cintura, con las mangas largas o cortas. En lugar de hacer juego con algún tono del sari, solían ser de colores lisos, blanco, crema, gris, negro o marrón. Algunas tenían volantes en el escote o las mangas, otras estaban bordadas o tenían un trabajo de encaje. Para las grandes ocasiones, era costumbre llevar el sari con unos pendientes, un collar, una pulsera y un broche para sostener la punta del sari en el hombro, todo a juego.

Con un precioso sari negro con diminutos capullos de un rosa pálido estampados, y un juego de diamantes de Matara, Louisa controlaba los servicios ya colocados en la mesa para asegurarse de que no se hubiera olvidado nada. Philomena Barnett revoloteaba a su alrededor, cogiendo las tarjetas, haciendo comentarios sobre la genealogía de cada invitado y añadiendo de paso cualquier chisme que recordara sobre la persona en cuestión. Para tan gran ocasión, había elegido uno de sus saris más elegantes, en el que se podían ver unas doncellas japonesas, vestidas con sus quimonos, que cruzaban delicadamente unos puentes de mariposas, y había optado por un juego de coloridas piedras cingalesas. Su hija soltera, Dolly, una muchacha nerviosa que se había pasado la vida amedrentada por su madre, estaba sentada en una de las sillas adosadas a la pared, asintiendo y parpadeando rápidamente cada vez que su madre le dirigía algún comentario. Manohari estaba sentada a su lado. Era demasiado joven para asistir a la fiesta y, cuando comenzaran a llegar los invitados, tendría que irse. Vestida con un sari de Benarés color verde botella, con un intrincado ribete plateado y un juego de plata, Nalamma hablaba con uno de los criados, dándole instrucciones de última hora. En su sari de gasa francesa con flores estampadas, Kumudini estaba sentada a una mesa lateral haciendo los últimos ajustes en el plan de la cena. Su juego de joyas estaba de moda entre las chicas y consistía en unas perlas engastadas como racimos de uva. Se lo habían regalado Balendran y Sonia para su veintiún cumpleaños.

Balendran reparó en que Annalukshmi, su sobrina preferida, no estaba presente. Trataba a las hijas de Louisa como si fueran sus sobrinas, aunque su abuelo paterno y el mudaliyar solamente eran primos.

En ese momento se oyó una exclamación de la prima Philomena. Había llegado a la tarjeta con el nombre de Nancy.

—Han invitado también a esa chica.

Philomena siempre se refería a Nancy como a «esa chica» debido a sus orígenes humildes, campesinos. No aprobaba en absoluto su amistad con Annalukshmi, y que la hubieran invitado ya era el colmo.

—Mi marido y yo hemos considerado que sería una ofensa a la señorita Lawton no incluirla —respondió Nalamma—. Además, me da pena. Tiene veinticinco años y casi ninguna posibilidad de encontrar marido.

—¡Esos europeos y sus grandes ideas! —exclamó Philomena—. La señorita Lawton debió de pensar que hacía una buena obra al adoptarla, pero, al final, mirad adónde ha llevado eso a esa chica. No es ni carne ni pescado. Tiene la educación de cualquiera de nuestras jóvenes, pero ningún chico decente la tocaría ni por todo el oro de la cristiandad. Habría sido mejor dejarla en su aldea.

Manohari, a quien nada le gustaba tanto como añadir leña al fuego de su tía, dijo:

—Nancy se ha cortado el pelo.

Philomena se quedó de piedra, con la mano apoyada en la mejilla para demostrar lo azorada que estaba.

Sonia fue hasta la mesa, cogió una tarjeta de menú y la leyó en voz alta.

—«*Hors-d'oeuvres*: cóctel de langostinos. Sopa: consomé de *dhall*.» —Enarcó las cejas ante lo pretencioso del nombre—. «Pescado: *seer* asado en salsa blanca. Entremeses: *vol-au-vent* de pollo. Plato principal: pato asado. Postre: *charlotte russe* y *petit fours*.» —Miró admirativamente a Philomena—. Esta vez te has superado, *Akka*.

Philomena frunció la boca modestamente, muy halagada. Como Nalamma no era muy buena cocinando platos europeos, la tarea de planear y supervisar la cena recaía siempre en ella, que se había presentado en la casa aquella mañana con su biblia culinaria, *El libro de cocina de la señora Beeton*, bajo el brazo.

Justo en ese momento, se abrió la puerta del salón de baile y Annalukshmi entró en él. Balendran la llamó y ella fue hacia su tío con una sonrisa.

—Estás preciosa —le dijo, admirando su sari, de seda de Kanjivaram de color turquesa, con un ribete púrpura, y la blusa de encaje blanco. Llevaba un juego de turquesas engarzadas en oro, con un diseño de delicadas flores. También era un obsequio de sus tíos por su veintiún cumpleaños.

Ella asintió, agradeciendo el elogio.

Nalamma fue hasta su hijo y lo cogió del brazo.

—Mi sueño era premonitorio —le susurró—. Tu hermano tiene problemas.

Balendran la miró, sorprendido y atemorizado.

—Nos hemos enterado por el gerente del banco, el señor Govind, que todos los meses le entrega la asignación que le pasa tu padre. Estaba subiendo una escalera, en el trabajo, se quedó sin aliento y se desmayó.

—Pero ¿ya está bien?

Ella asintió.

Balendran suspiró, aliviado.

—Probablemente no sea nada, *Amma*. Cansancio, seguro.

—¿Nada? ¿Cómo puedes decir eso? Tiene que hacerse un examen completo. Pero yo ya sé cómo es tu hermano. Tan caprichoso... Como madre, me siento impotente. Si estuviera aquí, lo habría obligado a ir al médico.

Balendran se dio cuenta de que su madre le estaba sugiriendo otra vez que retomara el contacto, pero decidió no hacer caso de la sugerencia.

Nalamma suspiró.

—Y su hijo, Seelan. —Hizo un gesto de la mano que abarcó todo el salón—. No puedo dejar de pensar en todo lo que se le ha negado.

En ese momento, resplandeciente en su esmoquin negro con pajarita blanca, hizo su aparición el mudaliyar, lo que puso fin a la conversación entre Nalamma y Balendran. Ambos fueron a saludarlo.

Aunque sabía que era de mala educación, Annalukshmi había escuchado aquella conversación muy atentamente. Las hijas de Louisa sabían, por supuesto, toda la historia: que su tío había sido repudiado por casarse con una mujer que había trabajado en la cocina de Brighton.

Annalukshmi se interesó muy pronto por el aspecto romántico de aquella historia. Ávida lectora, por aquel entonces, de novelas góticas y románticas, se percató de que era un raro ejemplo de cómo la vida real imitaba, a veces, el mundo de la ficción. Más tarde, ya a los quince años, su romanticismo se había decantado por su primo, Seelan. El hecho de que fuera un joven misterioso, maldito, desheredado, lo elevaba al nivel de los héroes de las novelas que ella tanto leía. Se sonrió al pensar que realmente había leído esos libros y que había pensado en su primo en tales términos. Como la mayoría de los secretos revelados, lo novelesco de la historia se había diluido con el paso del tiempo.

Se oyeron los motores de los primeros coches que llegaban y todos comenzaron a salir del salón de baile para recibir a los invitados. Al bajar la escalera, Annalukshmi vio que entre los primeros en llegar estaban Nancy y la señorita Lawton. Sonriendo con agrado, fue a saludarlas. Pero, antes de que pudiera llegar hasta ellas, la directora fue arrinconada por otra invitada, una ex alumna suya que se había casado con un miembro del Consejo Legislativo. La mujer, una conocida decana del círculo social de Jardines de Canela, se presentó tímidamente a sí misma, y se ruborizó de placer cuando la directora la reconoció de inmediato.

Nancy y Annalukshmi se miraron y sonrieron. Muy probablemente aquél sería el tenor del resto de la velada para la señorita Lawton.

Los Wijewardena también eran invitados habituales a la cena de cumpleaños del mudaliyar. El hijo, F.C. Wijewardena, era el mejor amigo de Balendran. Su amistad se remontaba a cuando eran alumnos de la Academia de Colombo, y también se habían ido juntos a estudiar a Inglaterra.

Era un ritual, en la cena de cumpleaños del mudaliyar, que F.C., su esposa Sriyani, Balendran y Sonia se reunieran a charlar en la veranda, fuera del salón de la planta baja en que tenía lugar la recepción de los invitados. Dado que la mayoría de éstos eran de la generación del mudaliyar, tenían muy poco en común con ellos.

F.C. era un miembro preeminente del Congreso Nacional de Ceilán y, apenas se habían sentado en las butacas, sacó el tema de la comisión Donoughmore y la nueva constitución.

—Dentro de dos semanas empezará la fiebre del oro.

—¿La fiebre del oro? —preguntó Sonia.

—Sí —respondió F.C.—. Todo este alboroto me recuerda la fiebre del oro. Todos corren a reivindicar sus derechos, a apoderarse de un pedazo de tierra.

Sacó una pitillera de carey del bolsillo de su esmoquin.

—Aparecen divisiones por todas partes. —Encendió un cigarrillo—. Cingaleses del norte contra cingaleses del sur; la casta *karava* contra la *goyigama*; moros, malayos, tamiles cristianos, tamiles hinduistas, budistas, la lista es interminable. Y ni uno solo piensa nacionalmente, excepto nosotros, los del congreso.

—Tal vez el congreso debiera volver a definir lo que significa «nacional» —sugirió Balendran.

Sriyani y Sonia se miraron. Aquellas discusiones entre sus esposos eran siempre muy animadas.

—¿A qué te refieres? —inquirió Sriyani.

—No soy el primero que lo dice. Dos de nuestros ex presidentes del congreso, C.E. Corea y Arunachalam, ya hablaron de ello. Antes del dominio extranjero, teníamos una constitución y un sistema de gobierno apropiado a nuestras necesidades.

F.C. gimió.

—No me irás a hablar otra vez de esa maldita teoría de los consejos de distrito y de aldea.

—¿Por qué no? —inquirió Balendran—. Consejos de aldea que envían miembros electos a un consejo de distrito, el cual, a su vez, elige a los miembros del consejo de ministros. De esa manera, los distintos grupos sentirían que participan en el gobierno del país. En otras palabras, más o menos un estado federal. Uno de tus hombres, el mismísimo S.W.R.D. Bandaranaike, lo sugirió, pero, ahora que es secretario del congreso, lo ha olvidado convenientemente.

—Eso sería una pesadilla administrativa —replicó F.C.—. No, no. El único sistema es el parlamentario, modelado sobre el parlamento de Whitehall. Esos desgraciados tienen que aprender a ver más allá de sus lealtades feudales y pensar en sí mismos, antes que nada, como en cingaleses.

—Doscientos años de dominio extranjero no han cambiado esas lealtades.

F.C. dio una calada al cigarrillo y lanzó el humo.

—De modo que te estás convirtiendo en un hombre de la Asociación Tamil de Ceilán —insinuó, risueño, señalando con la cabeza al salón, donde había detectado la presencia de los nuevos invitados—. Lenta, lentamente, avanzas en esa dirección. Entre los tuyos y esos malditos kandianos, que quieren su estado propio, vais a dividir este país en mil pedazos.

—Ya lo está —repuso Balendran—. Vosotros, los del congreso, os negáis a verlo. Es como un mosaico árabe. Quita un azulejo y arruinarás todo el dibujo.

—Nos hemos olvidado de daros una noticia estupenda —comenzó a decir Sonia, que, al ver la expresión en la cara de su esposo, se interrumpió.

—¿Cuál? —preguntó Sriyani.

Ella y su marido la miraron expectantes.

—Parece —dijo Sonia, renuente— que un buen amigo de Bala podría venir con la comisión.

F.C. y Sriyani se volvieron a Balendran.

—¿Quién es? —preguntó F.C.—. ¿Alguien que yo conozca?

—Bueno, no sé si lo recordarás —dijo Balendran—. Un tal Richard Howland.

—¿Qué estás diciendo, Bala? —exclamó F.C.—. ¿Cómo no lo voy a recordar? Compartía un apartamento contigo.

Antes de que alguno de ellos pudiera hacer otro comentario, oyeron voces airadas procedentes del salón. Balendran se puso de pie rápidamente.

Se había hecho un gran silencio entre los concurrentes. Dos hombres discutían. Uno de ellos era miembro del Congreso Nacional de Ceilán y el otro, de la Asociación Tamil de Ceilán.

—¿Por qué íbamos a apoyar a vuestro congreso por lo que respecta a la autonomía, si vais a pedir a la comisión la abolición de la representación comunal? —exclamó el hombre de la asociación.

—La representación comunal sólo lleva a la gente a pensar en términos de raza y no de nación —replicó el hombre del congreso—. Nos enorgullecemos de defender la representación territorial.

—Y por eso nosotros jamás apoyaremos vuestra petición de autonomía.

—Vosotros podéis contentaros con vivir servilmente bajo los británicos, jaleando y haciendo reverencias como culis, pero algunos de nosotros somos demasiado hombres para eso.

—Preferiremos siempre un rajá británico a uno cingalés.

Había ido demasiado lejos. Mientras la discusión se había mantenido en el marco de la confrontación entre congreso y asociación, la oposición subyacente entre cingaleses y tamiles no había salido a la superficie. Era necesario que alguien interviniera, y lo hizo el mudaliyar, con mucha delicadeza.

—Caballeros, sean cuales fueren nuestras diferencias, estamos de acuerdo en una cosa: el sufragio universal sería la ruina de nuestra nación.

Un murmullo de aprobación recorrió el salón, y alguien dijo:

—¡Eso, eso!

—Las personas como el doctor Shiels no entienden lo que el sufragio universal significaría para una sociedad oriental como la nuestra. Pondría el voto en manos de los sirvientes de nuestras cocinas, de los trabajadores, del mendigo de la calle. Seres analfabetos para quienes las complejidades de la política son tan incomprensibles como la matemática avanzada para un niño. Llevaría al gobierno de la chusma.

—Llevaría a que A.E. Goonesinha y sus matones del Sindiçato Laborista gobernasen el país —sentenció un invitado.

Esto fue saludado con otro murmullo de aprobación.

Goonesinha era una pesadilla tanto para la elite de Jardines de Canela como para la administración británica. Unos años atrás, había dirigido una huelga general que paralizó al país. Su sindicato era uno de los pocos grupos que pedían el sufragio universal.

—En los viejos tiempos, los individuos de su calaña habrían tenido que entrar por la puerta de servicio —recordó un invitado, aludiendo a la baja casta de Goonesinha—. Ahora tenemos que estrecharles la mano y tratarlos como iguales.

En ese momento se anunció la cena. Los invitados comenzaron a salir por parejas del salón y a subir la escalera hacia el salón de baile. Balendran le ofreció el brazo a Sriyani y F.C. hizo lo propio con Sonia.

—No sé qué le pasa a la gente a veces —le dijo Sriyani a Balendran mientras avanzaban—. Después de todo, somos un solo país y un solo pueblo. ¿Por qué no podemos vivir todos juntos en paz?

Balendran no respondió. Para él, la opinión de Sriyani no tenía en cuenta los temores y las preocupaciones evidentes de los tamiles.

Seis años atrás, cuando se había otorgado el sufragio restringido, los tamiles, que hasta ese momento habían sido tratados por los británicos como una comunidad mayoritaria, junto con los cingaleses, se encontraron con que eran una minoría, en razón de la superioridad numérica de los últimos. El comportamiento de los miembros cingaleses del Congreso Nacional de Ceilán no había ayudado a aplacar el temor de gente como su padre a un rajá cingalés. Cuando, después de las elecciones de 1921, los tamiles solicitaron un escaño reservado especial en la provincia occidental, los cingaleses se lo negaron. Balendran pensaba que los políticos cingaleses habían sido unos necios en ese asunto. Otorgando esa petición mínima, habrían ganado fácilmente el favor de los tamiles para el congreso. Era demasiado tarde para sugerir que, sencillamente, lo único que tenían que hacer unos y otros era coexistir pacíficamente.

Sriyani le tiró del brazo y lo distrajo de sus pensamientos.

—Quiero hablarte de tu esposa —dijo, bajando la voz. Esperó a que Sonia se adelantara con F.C. para volverse hacia Balendran—. Vosotros los hombres nunca os dais cuenta de nada, pero estoy preocupada por ella. ¿Qué demonios hace todo el día, ahora que Lukshman se ha ido?

Balendran quedó confundido por la pregunta.

—No... no sé —contestó—. Tiene esa Fraternidad para Chicas.

Sriyani hizo un ademán de impaciencia con la mano para indicar que eso no bastaba para ocupar el tiempo de nadie.

—Además, están las tareas domésticas. Sabes que le encanta la jardinería.

—Pero eso no es sano, Bala. Claro que una mujer tiene que ocuparse de sus deberes en el hogar, pero ¿dedicarles tanto tiempo? ¿Para qué diablos están los sirvientes? El otro día fui a tu casa de visita y me la encontré subida a una escalera, sacando telarañas, mientras el sirviente estaba allí de pie, mirándola, muy ofendido porque no se le permitía hacer su trabajo. —Negó con la cabeza—. Tendrías que animarla a que salga más. Yo no dejo de insistir en que me acompañe en mis visitas, pero es como si le pidiera que hiciese trabajos forzados. Si no tienes cuidado, se convertirá en una verdadera ermitaña.

—Hablaré con ella muy en serio —afirmó Balendran, irónico—. Le ordenaré que te acompañe a un mínimo de dos visitas por semana.

Sriyani lanzó un bufido.

—Ya veo que no eres de mucha ayuda. En fin, tendré que hacer planes para tu esposa por ti. Algo que la saque de esa casa y la haga más sociable.

Habían llegado ya al pie de la escalera y comenzaron a subir hacia el salón de baile.

Balendran miró a Sonia, delante de él. Por supuesto, era consciente del profundo apego que sentía su esposa por la casa, por el mundo hogareño. Lo había comprendido muchos años después de la boda, cuando su padre había intentado enviar a Lukshman a un internado en Londres. Fue una de las pocas veces en las que Sonia se había enfrentado abiertamente a su suegro. Se había negado en redondo a transigir, incluso enfrentada a la ira de su padre. Ella, y así se lo había contado después a él, siempre había sentido la falta de un verdadero hogar, de sus padres, a pesar de la bondad de lady Boxton. Más aún, había pasado su juventud en internados femeninos y volvía a casa de su tía tan sólo para pasar las vacaciones escolares. Ésa era, sencillamente, la manera en que se hacían las cosas en su círculo social, pero Sonia había sido muy desgraciada. Por eso estaba resuelta a que su hijo no sufriera de la misma manera. Cuando se enteró de todo eso, Balendran sintió una nueva ternura, protectora, hacia su esposa. Antes, siempre lo había impresionado por su absoluta autosuficiencia, pero, después de aquella conversación, había llegado a comprender cuánto significaban para ella su casa, su marido y su hijo. Eran su mundo.

En cuanto a negarse a hacer visitas sociales, Balendran sabía que su mujer, que había sido educada para ser la perfecta dama de sociedad, detestaba esa educación y se rebelaba contra ella.

La comida, servida eficientemente por un ejército de criados bajo la supervisión de Pillai, fue impecable. Después de la cena, como era costumbre, los hombres permanecieron en el salón de baile para tomar oporto. Las mujeres comenzaron a retirarse al salón en que había tenido lugar la recepción, donde pronto se les unirían los hombres para tomar el café.

Sonia bajaba la escalera con Annalukshmi cuando las alcanzó Sriyani.

—Quería hablar contigo, pero ya sabes cómo son los hombres. Las mujeres no podemos interponer ni una sílaba.

Sriyani cogió a Sonia del brazo.

—Algunas mujeres del Partido del Congreso van a reunirse para formar una Unión Sufragista Femenina, con el propósito de presionar a la comisión Donoughmore para que recomiende el voto femenino. ¿Qué piensas de que las mujeres reclamen el derecho a voto? ¿Te interesa unirte a nosotras? Y no son sólo mujeres del Partido del Congreso —se apresuró a añadir, por si ese punto pudiera disuadir a su amiga—. Lady Daisy Bandaranaike ha aceptado ser la presidenta. —Enumeró a las otras mujeres involucradas, la mayoría de las cuales eran conocidas damas de sociedad—. Por favor, dime que te unirás a nosotras.

Sonia frunció el entrecejo, pensativa.

—¿Vais a pedir sufragio restringido o universal?

—Se considera mejor pedirlo restringido —explicó Sriyani, como excusándose.

—Pero las mujeres pobres son las que más necesitan el voto —replicó Sonia, pensando en sus alumnas de la Fraternidad para Chicas y sus dificultades.

—Lo sé, lo sé —añadió Sriyani, contemporizadora—. Pero creemos que será más prudente restringir el voto, en primera instancia, a las mujeres mejor educadas y mejor preparadas. Más adelante, podremos ampliarlo a otras.

Sonia suspiró.

—Déjame pensarlo —dijo—. Si te unes a una organización como ésa, tienes que cumplir sus reglas, y no estoy segura de poder hacerlo.

Sin embargo, mientras decía esto, miró a Annalukshmi y vio que su sobrina había seguido la conversación con mucho interés.

—¿Te interesa, Annalukshmi? —preguntó.

—Oh, sí, Sonia *Maamee*.

—¿Te gustaría asistir, entonces?

Annalukshmi asintió, entusiasmada.

Sonia sonrió y enarcó las cejas.

—En fin —le dijo a Sriyani—, parece que, después de todo, podríamos unirnos a vosotras.

Le ofreció el brazo a su sobrina, que lo cogió y se lo apretó para expresar su agradecimiento. Habían llegado al final de la escalera y se dirigieron al salón.

Allí se estaba desarrollando una animada discusión, cuyo centro era la señorita Lawton.

Una ex alumna suya, lady Dias-Rajapakse, una rica heredera, había decidido construir un colegio femenino en el distrito de Ratnapura, donde estaba su casa solariega. Quería ponerle el nombre de la señorita Lawton.

—De ningún modo, querida —decía ésta cuando Annalukshmi entró en el salón—. Yo hago mi trabajo en nombre del Señor.
Si quieres complacerme, debes llamarlo Colegio Misionero de Ratnapura.

—Pero, señorita Lawton, usted ha hecho tanto por la educación de las mujeres de Ceilán... —protestó lady Dias-Rajapakse—.
Se merece ser honrada de esta manera.

Varias de las allí reunidas asintieron. Como el Colegio Misionero de Colpetty era una de las mejores escuelas femeninas del país,
muchas de las mujeres de Jardines de Canela habían asistido a él.

—Yo nunca me habría licenciado en Medicina si usted no hubiera ido personalmente a convencer a mi padre para que me permitiera ir a la facultad en Inglaterra —dijo una.

—Y mucho menos ser doctora —terció otra—. Mi abuela quería sacarme del colegio cuando tenía quince años para casarme con
un primo mío. Si la señorita Lawton no hubiera hablado con mi padre, ahora sería una mujer ignorante y desdichada.

—Mire la diferencia entre nosotras y nuestras madres —argumentó lady Dias-Rajapakse—. Al haber recibido una educación,
hemos podido ser una ayuda para nuestros maridos, en lugar de ser
como pesos muertos colgados de sus cuellos. Y nuestros hijos también se han beneficiado. Todo gracias al incansable esfuerzo de personas como usted.

—No entiendo por qué no le permite hacerlo —interpuso otra
ex alumna—. Otras directoras han tenido calles y escuelas bautiza-
das con sus nombres en Ceilán.

—Exactamente —dijo lady Dias-Rajapakse.

La señorita Lawton comenzó a objetar otra vez, pero sus protestas fueron ahogadas por las voces de las demás mujeres, que le
decían que tenía que permitir que se le otorgara ese honor.

Annalukshmi, de pie contra la pared, cerca de la puerta, sintió
un inmenso orgullo por el hecho de que tantas de aquellas mujeres
bien conocidas tuvieran en tan alta estima a la señorita Lawton. Ella
soñaba con que llegase el día en que ella, como directora de su propio colegio, se encontrara rodeada de ex alumnas agradecidas que
hubieran llegado a tener una vida provechosa como resultado de
sus esfuerzos.

...

Balendran consideró importante hacerle saber a Sonia la necesidad de mantener en secreto su amistad con Richard. La razón que se dio a sí mismo fue que la reputación de su padre quedaría en entredicho si la gente llegara a creer que utilizaba sus contactos personales para alterar las decisiones de la comisión.

Cuando llegaron a su casa, le dijo:

—Hoy has estado un pelín indiscreta, Sonia.

Ella se enojó por el tono paternalista.

—¿Por qué no puedo decir que un amigo tuyo forma parte de la comisión?

—Es evidente que no lo entiendes. Fue una conversación privada. Entre mi padre y yo. *Appa* no querrá que F.C. sepa de mi relación con Richard. Después de todo, es miembro del congreso.

—No seas tonto, Bala —replicó Sonia—. Hablas como si estuvieras envuelto en una importante labor de espionaje.

El tono ligero de ella lo irritó.

—Hay que ser cuidadoso con lo que se dice ante esos políticos.

—Pero es tu amigo —protestó Sonia.

—Aun así.

—¿No te avergüenza estar dispuesto a convencer a un amigo para que acepte defender las opiniones de tu padre?

Balendran apresuró el paso y se dirigió a la puerta del despacho.

—Oh, ya veo que sí. Estupendo.

Balendran entró y cerró de un portazo.

Sonia apretó los puños al sentir la frustración que la invadía cada vez que discutían, cuando su marido hacía caso omiso de sus emociones, sus intereses, sus convicciones. Dio media vuelta y se fue a su cuarto.

Ya en su dormitorio, se sentó frente al espejo y se quitó las joyas. Luego se despojó del sari y de la ropa interior, y se puso el camisón. Acababa de hacerlo cuando oyó abrirse la puerta del despacho, y las pisadas de su marido hacia la puerta principal. Iba a salir en uno de esos paseos nocturnos que daba cuando había comido mucho o estaba demasiado nervioso para dormir. Al pensar que la iba a dejar sola en la casa, fue presa de un temor súbito e irracional. Casi sin darse cuenta de lo que hacía, se encontró en la puerta del dormitorio.

—Bala —llamó.

Era demasiado tarde. Él ya había salido, y pudo oír sus pisadas en el sendero para coches.

Sonia se sintió tonta por su impulso, por su miedo infantil a quedarse sola habiendo tantos criados en la casa. Se volvió y regresó al dormitorio.

Sentada ante el tocador para quitarse el maquillaje, miró el espejo, que reflejaba su dormitorio. Le pareció enorme y lúgubre. Su gran cama de ébano con dosel, rodeada por los cuatro costados por las mosquiteras, elevada sobre el suelo, tan alta, le recordó de pronto una pira funeraria. Se estremeció. El panel lateral del espejo del tocador estaba colocado de tal manera que alcanzaba a ver, reflejada en él, a través de la puerta, la habitación de su hijo. Después de su marcha, ella había mantenido la puerta abierta. Cerró con fuerza los ojos y trató de conjurar su imagen en la habitación contigua, de obligarlo a estar allí, aunque no fuera más que en su imaginación. No lo consiguió. Abrió los ojos y miró el reflejo de la habitación vacía de su hijo. Entonces, una repentina tristeza creció dentro de ella y, casi sin darse cuenta, escondió la cabeza entre los brazos y se echó a llorar.

—Lo añoro —murmuró—. Ay, Dios, cómo lo echo de menos.

Al cabo de un rato, buscó un pañuelo y se sonó la nariz. Se levantó de repente y fue a la habitación de su hijo, llevando su última carta consigo.

La habitación de Lukshman era pequeña, y se sintió a salvo en sus reducidas dimensiones. Se sentó en la cama, tranquilizadora en su estrechez y dureza, muy diferente de la suya, que de tan mullida la hacía sentir, últimamente, como si estuviera hundiéndose en ella. Miró a su alrededor, vio las imágenes alegres de escenas infantiles: niños de pesca en un picnic, una reproducción impresionista de una mujer que iba por un campo de amapolas con su hijo de la mano. A diferencia de su dormitorio, donde la luz de las lámparas no llegaba a los rincones en sombras, aquella habitación estaba totalmente iluminada.

Se acomodó en la cama y se puso a releer la carta. Mientras lo hacía, se imaginó a Lukshman en la casa de la tía Ethel, ocupando el dormitorio que había sido suyo de niña. Recordar aquella habitación, con las cortinas de calicó y la vista al parque, la puso nostálgica. Era raro que nunca hubiera añorado Inglaterra hasta ese momento, que nunca pensara en ella con nostalgia. Pero, últimamente, se pasaba el tiempo recordando su vida allí, y con esos recuerdos siempre aparecía lo que la había llevado a Ceilán. Su amor por Balendran.

Había sabido de su primo por las cartas que su tía Ethel le escribía cuando ella estudiaba en Francia. Incluso después de su regreso, no lo había conocido enseguida, pues él había enfermado de neumonía después de la llegada de su padre a Londres. Su primer encuentro tuvo lugar en el baile de otoño de su tía. Un joven que estaba interesado en ella la había acompañado afuera, al jardín. Acababan de volver a entrar, y ella se estaba quitando la capa, cuando vio a Balendran en la puerta principal, junto a su padre. El mudaliyar la había llamado para presentarle a su hijo. Balendran, que le estaba dando el abrigo al mayordomo, se había vuelto hacia ella, y Sonia casi había retrocedido un paso al ver su cara. Esperaba verlo desmejorado, pero la mirada apagada de sus ojos le hizo pensar que estaba contemplando a un moribundo, no a una persona en vías de recuperación. Él le había estrechado la mano, con los labios apretados, con timidez, y ella advirtió, a pesar de su aspecto enfermizo, que era guapo. Sonia siempre se decía que se había enamorado de él en ese primer encuentro; recordaba su mano en la suya, la hermosa vulnerabilidad de su cara, sus largas pestañas, la nariz delgada, los pómulos prominentes.

Qué diferencia entre sus deseos y lo que había terminado siendo su matrimonio. Ella sabía que pertenecía a ese grupo de europeas que se habían casado con hombres no europeos para huir de la rigidez de su mundo, como una negativa a adaptarse. Lo que no sabían, lo que no podían saber, era que precisamente esos hombres, tan fuera de lo común en Europa y en Estados Unidos, eran, en su tierra, la personificación de aquello de lo que las mujeres como ella trataban de escapar. No estaba preparada para eso. Para la obediencia ciega de Balendran a los dictados familiares y sociales, su formalidad, incluso cuando hacían el amor, su insistencia en que mantuvieran habitaciones separadas.

De todos modos, había amor. A pesar de lo difíciles que habían sido los primeros años de su matrimonio, a pesar de la distancia que ponía siempre su marido, ella había sabido siempre que lo amaba.

Pensar en su amor por Balendran la hizo reaccionar.

«Me estoy portando como una tonta; estoy dramatizando», se dijo.

Se levantó y se quedó de pie junto a la ventana, que daba al jardín. A la luz de la luna veía las plantas y los árboles, todos tan bien conocidos por ella, vivo testimonio de años de cuidados y del placer que ella había experimentado cuidándolos.

Al cabo de un rato volvió a la cama de Lukshman y se acostó. Pensando en su amor por su esposo y por su hijo, se quedó dormida.

La casa de Balendran era la última de la calle, después de ella sólo había vegetación hasta el ferrocarril y el mar. Balendran alcanzaba a distinguir la silueta de los cocoteros recortada contra el firmamento, meciéndose al viento como fantasmagóricas apariciones.

Al llegar al final de la calle, echó a andar por una de las vías del tren, alejándose del terreno de su propiedad. Era casi imposible que pasara un tren a aquellas horas. De todos modos, siempre tomaba la precaución de ir por la vía por la que, en caso de pasar uno, éste aparecería frente a él. Unos minutos después ya se le había acostumbrado la vista a la oscuridad y miró hacia el mar. Resplandecía a la luz de la luna como seda negra. En el horizonte se veían las luces de un barco y, enfrente, la iluminación de la zona del Fort. Avanzó cerca de un kilómetro y medio sin encontrar a nadie. Las vías del ferrocarril, elegidas por los paseantes al atardecer, estaban desiertas a aquella hora. Al llegar a una curva vio, frente a él, la estación de ferrocarril de Bambalapitiya. Aunque hacía rato que ésta había cerrado, el andén estaba lleno de hombres, y las puntas encendidas de los pitillos refulgían rojas en la oscuridad. Balendran vaciló, como siempre, y sintió que su corazón se le aceleraba, bombeando fuerte. Sabía lo que necesitaba para poder seguir adelante, se había enseñado a sí mismo lo que tenía que hacer para continuar. Cerró los ojos y se obligó a dar los siguientes pasos. Entonces volvió a abrirlos y siguió andando, echándose el ala del sombrero sobre los ojos.

Había un techo sobre los tramos de vías frente al andén. Lo sostenía una pared del otro lado. Balendran evitó el andén. Fue, en cambio, por el borde exterior de la pared, caminando deprisa, la cabeza gacha. Vio delante de él al joven con el que iba siempre, Ranjan, un recluta. Estaba apoyado contra la pared. Al verlo llegar, apagó su cigarrillo.

—Buenas noches —le dijo en inglés, cuando llegó a su lado.

—¿Cómo estás, Ranjan? —respondió suavemente Balendran, en el mismo idioma, pues sabía que al joven recluta le gustaba practicar su inglés con él—. ¿Cómo está tu madre? ¿Ha ido por fin al médico?

—Gracias a usted, señor —respondió Ranjan.

La última vez que había estado allí, Balendran se había enterado de la enfermedad de su madre y le había dado dinero para que la llevara al médico.

Comenzaron a caminar alejándose de los otros, y Balendran hizo algunas preguntas más a Ranjan sobre la salud de su madre. Le tenía un sincero afecto. Sentía, más que nada, gratitud, porque era increíblemente discreto. La única vez que habían coincidido en público, el chico había tomado la iniciativa de simular que no lo veía. Más aún, nunca pedía más dinero, aceptaba el que se le daba. A veces mencionaba algo, como la enfermedad de su madre. Cuando Balendran le daba dinero, lo hacía con generosidad, para asegurarse de su discreción.

Al llegar a una cierta distancia de la pared, bajaron por entre las rocas hacia la playa. El joven recluta cogió a Balendran de la mano y lo ayudó. Entre las rocas, encontraron un lugar resguardado, con una piedra lisa donde sentarse. Se hizo un silencio. Poco después, Ranjan puso una mano sobre la bragueta de Balendran y comenzó a masajear su entrepierna con suavidad. Le desabrochó el pantalón y él se levantó lo justo para que se lo pudiera bajar. Después de eso, Ranjan se inclinó sobre él y, cuando sintió su aliento sobre su erección, Balendran suspiró y se dejó caer suavemente de espaldas sobre la roca. Cerró los ojos un momento; luego los abrió y miró al firmamento.

. . .

A Balendran le gustaba tomarse su tiempo con Ranjan, prolongar aquel placer tanto como fuese posible, pues sabía que después lo acometía una angustia espantosa. Más tarde, cuando se alejara apresuradamente de la estación, se maldeciría por su imprudencia, por arriesgarlo todo: su matrimonio, el nombre de su familia. Las precauciones que había tomado, como haber evitado el andén o saber que, de no haber encontrado a Ranjan, habría dado media vuelta, le parecerían cosas absurdas. Miraría hacia atrás para ver si lo seguían, se apartaría de la vía y se escondería entre los arbustos para asegurarse de ello. No lo consolaría pensar que Ranjan no sabía su nombre, que era discreto. Se sorprendería atribuyéndole los peores vicios, convirtiéndolo en un tortuoso chantajista que esperaba su oportunidad. Entonces, se juraría no volver nunca más a la estación.

5

Sopesa bien las cosas antes de lanzarte:
lo que te juegas, los obstáculos y lo que obtienes a cambio.

TIRUKKURAL, verso 676

Philomena Barnett se había puesto manos a la obra para encontrarle un buen partido a Annalukshmi.

Una mañana, justo a la semana del cumpleaños del mudaliyar, Louisa estaba trabajando en el jardín cuando vio a Philomena franquear el portillo de entrada de Lotus Cottage. Se quitó el sombrero de paja y se adelantó a recibir a su prima, que gesticuló para hacerle saber que no estaría en condiciones de hablar hasta que se sentara cómodamente en el porche. Louisa envió a Letchumi a buscar un vaso de *thambili*, que siempre obraba maravillas en el ánimo de su prima.

La recién llegada se bebió el *thambili* de un trago, se enjugó los labios con un pañuelo y dijo:

—Prima...

El tono de su voz no presagiaba nada bueno, y Louisa se sentó en el borde de una silla.

—Me temo que las noticias no son buenas. Los Light y los Worthington han declinado la oferta.

—Pero ¿por qué? —exclamó Louisa, desolada—. Si es un problema de dote, tenemos la plantación de caucho de Malasia.

Philomena alzó una mano, afligida, para indicar que no se trataba de eso. Se miró el regazo antes de hablar.

—Por desgracia, prima, Annalukshmi se ha ganado cierta reputación.

Louisa abrió los ojos como platos. En Ceilán no había nada peor para una chica que tener «cierta reputación».

—Dicen que es libertina.

—¿Nuestra Annalukshmi libertina? ¡Si no ha salido con ningún chico!

—Lo sé. Pero los Light tienen una parienta que trabaja de maestra en el colegio misionero, con tu hija, y su informe no ha sido favorable.

—¿Qué ha hecho para merecer esa reputación? —le preguntó Louisa, completamente fuera de sí por todo aquello.

—No se trata de lo que ha hecho, sino de lo que podría hacer después de la boda, una vez... —Philomena tosió—. Después de que la hayan... Tú ya me entiendes, prima. Una libertina puede ser casta antes del matrimonio pero, una vez desflorada, podría querer explorar otros territorios... muchos territorios.

Louisa ya había oído antes ese argumento, pero nunca se le había pasado por la cabeza que a alguien se le ocurriría usarlo en relación con su hija.

—También está la cuestión de su educación, sobre la cual ya te había avisado tantas veces. —Philomena no pudo evitar el tono zaheridor al decir esto—. El hijo de los Worthington, por ejemplo, se sacó el bachillerato a duras penas. La única razón de que lo hayan admitido en Correos es que su tío tiene un alto cargo en la administración. Por eso no quieren, obviamente, una chica con una educación superior a la suya. Después de todo, Annalukshmi se graduó con honores y ahora tiene una diplomatura universitaria. —Philomena subrayó las dos últimas palabras para recordar a Louisa que ella ya se lo había advertido suficientemente—. Flora Worthington dice que quiere una joven que haga destacar a su hijo, no una que lo eclipse.

A Louisa se le cayó el alma a los pies. Aquellas buenas familias tendrían que haber recibido a Annalukshmi con los brazos abiertos.

—No te desanimes, prima —añadió Philomena, satisfecha de haberle bajado los humos a Louisa—. No está todo perdido. Los Macintosh han aceptado ver a Annalukshmi.

Aquélla era la última familia que Louisa habría esperado que se interesara por su hija, en vista de su fortuna y de su prestigio. Entornó los ojos.

—¿Por qué? ¿Le pasa algo a su hijo?

—¡Prima!

—¿No será epiléptico o idiota, verdad?

—¡Por supuesto que no!

Louisa no se quedó conforme. A pesar de la «reputación» de Annalukshmi, los Macintosh habían dicho que sí. Tenía que haber gato encerrado.

—Es una oportunidad magnífica. Déjame arreglar un encuentro preliminar.

Al cabo de un rato, Louisa asintió, renuente. Al menos tenía que ver al chico. Algo era mejor que nada. Pero le asustaba que la gente hablara de aquel modo de Annalukshmi. Había pensado que podrían decir de ella que era testaruda, incluso algo intempestiva, pero nunca se le había ocurrido que la conducta de su hija le pudiera hacer ganar «cierta reputación».

El asiento junto a la ventana del salón era el lugar de lectura favorito de Annalukshmi. Encendía la lámpara que allí había, bajaba la mosquitera para aislarse del mundo, se ponía un almohadón en la espalda y, con las rodillas dobladas contra el pecho y el libro abierto en sus manos, se perdía en el mundo de sus personajes.

Aquella tarde, Annalukshmi estaba allí sentada, leyendo, cuando Louisa, que también estaba en el salón, cosiendo con Kumudini, se levantó y fue hacia ella. Se aproximó con cierto temor, porque conocía el desagrado que despertaban en su hija aquellos intentos casamenteros.

Annalukshmi estaba completamente absorta en la lectura y no se percató de la cercanía de Louisa hasta que una sombra cayó sobre la página que leía en aquel momento. Levantó la mirada y vio a su madre al otro lado de la mosquitera, con una expresión en la cara que, de inmediato, la llevó a apretar las rodillas aún más contra el pecho.

—*Merlay* —empezó a decir Louisa, apartando la mosquitera—, tengo que darte una noticia. Una buena noticia. —Se sentó junto a su hija.

Annalukshmi la miró, sosteniendo contra el pecho el libro abierto, como un escudo.

—Es sobre un posible encuentro con un chico, *kunju* —explicó Louisa—. Para ti. Arreglado por la tía Philomena.

Annalukshmi recordó al instante los chicos que Philomena había escogido para sus dos hijas ya casadas. Jóvenes sin ningún atractivo, ni nada que los distinguiera, en realidad, excepto que conservarían sus aburridos trabajos en la administración pública hasta jubilarse con una pensión. «Chicos agradables», así era como se refería a ellos compasivamente todo el mundo.

—No —dijo al fin Annalukshmi—. No voy a hacerlo. Ya sabes lo que pienso de las proposiciones de matrimonio.

Kumudini, que había seguido la conversación con gran interés, se unió a ellas.

—¿Quién es, *Amma*? —preguntó.

—Un tal señor Macintosh. Ya sabes, de los Macintosh de Ward Place.

Kumudini contuvo la respiración, impresionada.

—*Akka* —exclamó—, éste no es el típico chico al gusto de la tía Philomena, y tampoco un simple funcionario *thuppai*. ¿No te acuerdas de Grace Macintosh? Era de mi promoción. Es más, perteneció al grupo de estudio que dirigías.

—¿Era buena? —preguntó Annalukshmi, dudando de si hablaban de la misma chica.

Kumudini asintió.

—Y también adorable. De piel clara y preciosa. Y muy vivaracha. Tenía una bonita mancha en un ojo. Como una hoja de té.

Ese detalle era lo que Annalukshmi necesitaba para recuperar en su memoria el recuerdo de Grace Macintosh.

—Ya la recuerdo —dijo, interesada de repente, a su pesar. Le habían gustado Grace y su ingenio.

—Probablemente su hermano se parezca a ella —sugirió Kumudini—. Caramba, ha de estar pero que muy bien. Y son ricos, *akka*. Tienen una casa inmensa en Ward Place y muchas cosas más.

Annalukshmi recordó que enviaban un Rolls-Royce al colegio para recoger a Grace, con chófer de uniforme y todo. Sin embargo, a diferencia de muchas niñas ricas, eso no la afectaba para nada. Y también era una ávida lectora, como ella misma.

—¿Qué me dices, *merlay*? ¿Le pido a la tía Philomena que organice un encuentro?

Annalukshmi se imaginó los ojos de los padres del joven, y los de los parientes que los acompañaran, escudriñándola. Siempre había odiado aquellos encuentros, para ella eran como mercados de ganado en los que se exhibía a una chica como si fuera una vaca premiada.

—No —respondió al fin—, no voy a pasar por eso. Es una manera completamente bárbara de conocer a alguien.

—Pero, *akka* —repuso Kumudini—, si no, ¿cómo vas a conocer chicos?

Dejó la pregunta en el aire un momento.

—Nosotras no tenemos la suerte de tener hermanos, de poder ser presentadas a alguno de sus amigos y así, luego, poco a poco, enamorarnos. Si no aceptamos este tipo de encuentros, ya podemos ir preparándonos para la vida de soltera.

Annalukshmi siempre se había imaginado que conocería a su futuro esposo precisamente de la manera en que Kumudini lo acababa de describir. Cuando se sentaba a soñar despierta en su asiento favorito, se imaginaba a un joven que subía los escalones del porche, con el sombrero en la mano. Ella estaría leyendo y alguien, siempre un alguien sin especificar, los presentaba. La mano del desconocido, seca y cálida, cogería la suya, y tendría un suave vello en la muñeca. Le preguntaría qué estaba leyendo y entonces hablarían del libro. A partir de ahí, nacería el amor.

Su hermana esperaba una respuesta, y ella sólo atinó a decir:

—Hay otras maneras.

—¿Como por ejemplo?

Annalukshmi guardó silencio.

—Esto no es *Orgullo y prejuicio*, *akka* —exclamó Kumudini, haciendo un uso demoledor de sus conocimientos de literatura—. Tu señor Darcy no va a llegar a casa montado en un caballo.

—¿Por qué no lo intentas, *merlay*? —intervino Louisa—. Después de todo, no es más que un encuentro. Si el muchacho no te gusta, te prometo que eso será todo.

—Será agradable, *akka* —añadió Kumudini—. Estoy segura de que Grace vendrá con ellos y podremos hablar del colegio; no tendremos que quedarnos quietas como muñecas.

Annalukshmi siguió callada, pensativa. Su madre le había prometido no insistir si a ella no le interesaba. La presencia de Grace suavizaría la incomodidad de la situación. Más aún, si hablaban sobre sus días de colegio, eso la dejaría en buen lugar, pues había sido líder de un grupo de estudio y, después, incluso monitora jefe. Además, estaba el chico. Después de todo, igual era bien parecido y encantador, como Grace. Miró a su madre y a su hermana.

—En fin, supongo que no hay nada malo en ver cómo es —admitió, a regañadientes.

No obstante, apenas la dejaron sola, se puso a pensar. Desde que era niña, siempre había querido ser maestra. Cuando creció y descubrió el mundo de los libros, no tuvo otro deseo que inspirar en los demás un amor similar al suyo hacia el conocimiento y, quizás algún día, ser directora de un colegio propio. Aunque su familia le recordaba continuamente que la decisión de casarse terminaría con su carrera, pues, a diferencia de otras profesionales, las maestras, por reglamento, no podían continuar trabajando después del matrimonio, ella no se había dejado detener por eso. Nunca había pensado que alguna vez tendría que elegir entre una cosa u otra.

La casa de la directora Lawton estaba en Mission Road, una calle que corría paralela al colegio. La tupida vegetación y un seto la ocultaban a la vista. Una pequeña puerta se abría en el seto, y un estrecho sendero llevaba hasta el porche delantero. La mayoría de las amas de casa cingalesas se habrían horrorizado al ver el jardín. Carecía de la simetría, de los ordenados cuadros que tanto apreciaban. El césped estaba bien cortado pero, a excepción de eso, no se había hecho el menor intento por domesticar ni ordenar la vegetación. La casa, a pesar de los años que hacía que su dueña vivía en ella, seguía teniendo un aire de provisionalidad, como si se tratara de una vivienda que sirviera para alojar a una sucesión de funcionarios de paso por la ciudad. Los muebles macizos, absolutamente desprovistos de gracia, y la carencia de cualquier tipo de decoración creaban ese efecto.

A menudo Annalukshmi pasaba parte del fin de semana con la señorita Lawton y Nancy. Aquel viernes al atardecer, fue a cenar a su casa, y también pasaría allí la noche, pues al día siguiente, por la mañana temprano, tenían planeado ir a la playa de Kinross a bañarse y desayunar.

Al día siguiente, al despertar, Annalukshmi vio que el cielo estaba gris oscuro, pues aún no había salido el sol. Acostada bajo la mosquitera, dejó que sus pensamientos volvieran a la conversación mantenida con su madre y su hermana la tarde anterior sobre el hermano de Grace Macintosh. Desde el porche, le llegaba el ruido de tazas y el murmullo de las voces de la señorita Lawton y su sirvienta, Rosa.

Cuando Annalukshmi salió, la directora la miró, sorprendida, y le dijo:

—Sí que te has levantado temprano hoy, Anna.

Annalukshmi asintió y se sentó a su lado.

—Se te ve preocupada. ¿Pasa algo?

—Estaba en la cama, pensando.

La señorita Lawton le sirvió una taza de café y se la alcanzó.

—Pensaba en qué se convertirá mi vida si me caso.

La señorita Lawton la observó cuidadosamente.

—¿Y qué te ha llevado a pensar en eso?

—Oh, se me ocurrió, eso es todo. —Sonrió—. Un pensamiento madrugador.

La señorita Lawton la instó a continuar.

—Quiero seguir enseñando más que nada en el mundo. Siempre he querido... ser como usted.

—Me halagas, Anna, pero tienes que darte cuenta de que mi vida también tiene sus inconvenientes.

Annalukshmi removió el café.

—¿Y qué hay del amor? ¿Dónde encaja el amor en todo esto?

—Ah —exclamó la señorita Lawton—. Ésa es una cuestión difícil, ¿no crees?

—Pero otras personas... como usted... han hecho una elección.

La señorita Lawton se puso de pie.

—Sí, yo tomé una decisión. Pero escoger nunca es fácil.

En ese momento arrojaron el diario de la mañana por encima de la puerta del jardín y fue a caer en el sendero con un ruido seco. En lugar de esperar a que Rosa se lo trajera, la señorita Lawton bajó los escalones del porche, lo recogió y regresó, golpeándolo contra la palma de la mano.

—¿Sabes, Anna? —empezó a decir, al llegar al pie de los escalones—. Yo nunca le digo a nadie lo que tiene que hacer con su vida. Lo único que puedo hacer es explicar cómo ha sido la mía. Después, cada cuál tiene que decidir lo que quiere hacer. —Subió los escalones y volvió a su silla—. Estoy donde estoy por decisión propia. ¿Me arrepiento de mi elección? —Sonrió—. A veces. Cuando los problemas administrativos son demasiado engorrosos; o el primer día de vacaciones, cuando el colegio se queda vacío y desolado; o a fin de curso, cuando mis niñas del último año de bachillerato, a quienes conozco como si fueran mis hijas, se van para no volver. —Se encogió de hombros—. Pero ¿qué es la vida sin penas?

La playa de Kinross era un lugar muy apreciado para bañarse porque la proximidad del arrecife a la costa formaba una tranquila bahía en la que los bañistas estaban a salvo de las corrientes de mar abierto. Cuando la señorita Lawton, Nancy y Annalukshmi llegaron, ya había mucha gente allí, pues todo el mundo prefería bañarse por la mañana, antes de que el sol calentara demasiado. El mar era de un azul grisáceo y la arena, de color crema, se sentía fresca bajo las plantas de los pies. Encontraron un sitio bajo un cocotero, donde acomodaron las esteras y la cesta de picnic. Nancy llevaba un traje de baño de una pieza con cuello de marinero, pero Annalukshmi, cuya madre jamás habría consentido en que se pusiera uno, usaba la vieja blusa de un sari y una larga falda en su lugar. Cuando salieron corriendo hacia el agua, se percató de que eran las únicas mujeres que iban a bañarse. Las otras estaban sentadas a la sombra de los cocoteros, protegidas por sus sombrillas, contemplando cómo sus maridos, hijos o hermanos se lo pasaban en grande metidos en el agua o jugando en la arena.

Al meterse en el agua, Annalukshmi notó que el frescor de ésta traspasaba la blusa y la falda hasta su piel, sintiéndolo como la caricia de unas manos muy suaves. Miró hacia la playa, hacia el lugar en el que estaban las otras mujeres, y se le ocurrió que, si se casaba, terminaría como ellas, obligada a quedarse sentada a la sombra de un cocotero, como mera espectadora. Nancy flotaba de espaldas y la llamó para que fuera a su lado. Con una alegría inmensa por no ser una de aquellas mujeres, Annalukshmi se tendió boca arriba en el agua y se entregó a la corriente, sintiendo que las olas la llevaban hacia la rompiente.

Cuando notó el roce de la arena, se sentó en la orilla y dejó que las olas rompieran suavemente contra su cuerpo. Nancy había ido a reunirse con la señorita Lawton. Recorrió la playa con la mirada y sus ojos se posaron en un chico que jugaba un improvisado partido de cricket con sus amigos. Llevaba un modelo de traje de baño que acababa de ponerse de moda en Ceilán: una camiseta de tirantes negra con unos ajustados pantalones cortos, todo en una sola pieza. El chico jugaba de *keeper* y estaba agachado, esperando a que le llegara la pelota. El bateador se equivocó al golpear y la pelota fue a caer al agua, cerca de Annalukshmi. El chico al que estaba observando corrió a buscarla, la recuperó, sonrió y le dijo:

—Perdone si la he molestado —y se fue corriendo.

En ese breve instante, Annalukshmi vio todo lo que necesitaba ver. Tenía una bonita cara y se le veían unos dientes perfectos cuando sonreía; los tirantes de la camiseta, algo caídos, dejaban al descubierto una parte de su pecho liso, y el bulto de su entrepierna quedaba claramente marcado contra la ajustada tela del pantalón. Sintió que un ardor repentino le nacía al final de la columna y le bajaba por las piernas. Disimuladamente, volvió a mirar a aquel chico. Pero, antes de que pudiera lanzar otra pelota, una mujer lo llamó. Él corrió por la playa, se arrojó en la arena junto a ella, le cogió la mano, se la besó y se puso a escuchar con atención lo que ella le decía, asintiendo. Mientras miraba a la pareja, Annalukshmi supo que era a eso a lo que debería renunciar si no se casaba. La señorita Lawton y Nancy la llamaron y vio que el desayuno ya estaba servido. Se levantó y comenzó a ir hacia ellas, sintiendo la falda, completamente empapada, pesada e incómoda contra las piernas, y los cabellos, enredados y despeinados, sobre la espalda.

—Mira, Anna —le dijo la señorita Lawton, alegre—. Rosa ha preparado tu comida preferida. *Pol roti.*

La imagen de su adorada directora le recordó la conversación que habían tenido aquella misma mañana y el hecho de que no había vida que careciera de penas, que una tenía que escoger. Cogió un *pol roti* y empezó a comérselo, contenta. Había que elegir, y ahora se sentía muy segura de cuál sería su elección.

. . .

Cuando terminaron el desayuno, Annalukshmi y Nancy fueron a recoger conchas por la orilla. Caminaron un buen trecho en silencio, hasta que Annalukshmi se volvió a su amiga y le anunció:

—Tengo una noticia. Mi tía Philomena está tratando de conseguirme marido.

—Soy toda oídos —dijo Nancy, divertida, sabiendo cuánto detestaba su amiga esos arreglos.

—Su apellido es Macintosh.

—¿El hermano de Grace Macintosh?

Annalukshmi asintió.

Nancy enarcó las cejas, impresionada.

—Una buena familia cristiana. Y muy adinerada. —Se inclinó para recoger una concha—. ¿Te has planteado dejar la enseñanza y casarte, si funciona?

—No creo que me case nunca —repuso Annalukshmi, sonriendo—. Creo que llevaré una vida de empecinada soltería.

—¿Ah, sí?

—Como la señorita Lawton. Ella no se ha casado y no se puede decir que no sea feliz. Tiene muchas satisfacciones. Un colegio propio que administrar, la recompensa de ver a tantas chicas que salen de él para ir a estudiar Medicina o Derecho. Amiga, guía y confidente de tantas. A mí me parece una buena vida.

Se inclinó a recoger una concha muy bonita. Por eso no vio la expresión algo preocupada con que la miró su amiga.

Cuando retomaron la marcha, Nancy dijo:

—Sí, la señorita Lawton tiene una buena vida, pero no es la única vida posible.

—Pero piensa en todo a lo que una tiene que renunciar al casarse —replicó Annalukshmi—. Todo tu tiempo ocupado con la casa, no tienes dinero propio, se lo has de ir pidiendo a tu marido. ¿Y si es celoso y te prohíbe salir de casa, o te pega?

—No todos los matrimonios son así, ni todos los hombres son crueles y desconsiderados.

—Podría ser un seductor, un embaucador, ¿y entonces, qué? Una no puede divorciarse así como así, ya lo sabes. Y no hay que olvidarse de los hijos —continuó Annalukshmi—. Que Dios te ampare si eres fértil. Acuérdate de la pobre Zharia Ismail, de nuestra promoción. Se casó a los dieciséis años y ya tiene cinco hijos. Está que da pena. —Annalukshmi se detuvo—. ¿Y tú? Eres una mujer moderna. ¿Abandonarías la enseñanza y te casarías, a pesar de conocer todas las desventajas?

Nancy se puso seria.

—La verdad, hasta ahora no ha venido nadie a pedirme en matrimonio. Pero, si sucediera y yo lo amara, lo pensaría. —Se volvió a su amiga—. Lo único que digo es que la vida de la señorita Lawton no es la única opción posible.

El lunes por la mañana, al llegar al colegio, Annalukshmi encontró a sus colegas en la sala de profesoras, en medio de una animada conversación.

—La señorita Lawton está en su despacho, entrevistando a la sustituta de la señorita Blake —le informó una de las maestras—. Nadie sabe quién es.

Annalukshmi miró a Nancy, que no dejó entrever nada.

Justo en ese momento, la puerta del despacho se abrió y salió la señorita Lawton.

—Señoritas, señoritas —dijo—. Tengo algo que decirles.

Todas la miraron expectantes.

—Quisiera presentarles al miembro más reciente de nuestro personal.

La señorita Lawton se volvió y le hizo una seña a alguien que estaba en su despacho. Enseguida apareció un hombre en el umbral de la puerta.

Un murmullo recorrió la sala.

—Tras la marcha de nuestra querida señorita Blake —prosiguió la directora—, he decidido cubrir su puesto, no con otra profesora llegada de Inglaterra, sino con el señor Jayaweera, que se hará cargo de casi todos los aspectos contables y administrativos de mi trabajo y me dejará así tiempo para hacer lo que más me gusta: enseñar.

Annalukshmi examinó al señor Jayaweera. Era alto y de buena presencia, y calculó que tendría unos treinta y cinco años. Su piel era oscura y se le marcaba la mandíbula contra las mejillas. Su cara era demasiado angulosa, en su opinión, para poder considerarla hermosa. Aun así, había en él un aire de reserva, de dignidad, y advirtió que su traje de dril, aunque bien planchado, estaba gastado. Se preguntó qué desdicha había caído sobre su familia para obligarle a trabajar de oficinista.

Sonó el timbre que anunciaba el inicio del servicio religioso en la capilla y la señorita Lawton miró el reloj de repente.

—Caramba, no me había dado cuenta de que era tan tarde. —Miró a las maestras a su alrededor—. Anna —dijo—, ¿estás libre ahora?

Annalukshmi asintió.

—Bien. ¿Podrías llevar al señor Jayaweera a mi casa? Se quedará con nosotras hasta que encuentre un alojamiento apropiado en Colombo.

Como se había quedado tantas veces en casa de la señorita Lawton, Annalukshmi sabía que ésta reservaba una habitación especial para caballeros de visita, sacerdotes de viaje, misioneros que iban a Colombo desde el interior por algún asunto o amigos ingleses, dueños de plantaciones de té. La habitación quedaba aislada del resto de la casa, con la puerta en una esquina del porche trasero, lo que significaba que esos huéspedes ocasionales en realidad no compartían la casa con la señorita Lawton y Nancy, y aseguraba la decencia en todos los aspectos.

Cuando el señor Jayaweera recogió su maleta del despacho, Annalukshmi lo condujo al otro lado del cuadrilátero del colegio, hasta una puerta que daba directamente al jardín trasero de la casa de la directora. Al principio caminaron sin decirse nada, pero el silencio pronto se tornó embarazoso y, para aliviarlo, Annalukshmi comenzó a señalar los diferentes edificios y a explicar qué eran. Él asentía, cortés, y hacía preguntas para demostrar su interés. Aunque su inglés era bastante correcto, hablaba con el acento de los cingaleses para quienes el inglés no es su lengua materna; pronunciaba las uves dobles como uves, alargaba las vocales cortas, reemplazaba efes por pes. Y, de vez en cuando, se comía algún artículo que otro. Volviendo a reparar en el traje raído, Annalukshmi pensó que seguramente procedía de un entorno pobre y rural, y se preguntó dónde habría aprendido a hablar inglés. Cuando lo dejó en su habitación, él hizo una leve inclinación de cabeza y le dijo:

—Muchísimas gracias por su amabilidad.

Annalukshmi inclinó, a su vez, la cabeza a modo de respuesta, lo dejó solo y volvió al colegio, pues ya estaba acabando el servicio en la capilla.

Como cada mañana, Annalukshmi pasó lista en su aula y luego volvió a la sala de profesoras. La puerta del despacho de la señorita Lawton estaba abierta y pudo oírla regañar a una alumna por haber llegado, como de costumbre, tarde.

Cuando la alumna se marchó, Annalukshmi fue hasta la puerta y se quedó allí de pie, con ganas de interrogar a la señorita Lawton sobre el señor Jayaweera.

—¿Todo bien, querida?

Ella asintió.

—¿Y qué te ha parecido nuestro señor Jayaweera?

—Parece muy agradable.

—Tenía mis reservas para contratarlo, pero el señor Wesley, el director del Colegio Misionero para Chicos de Galle, lo recomendó. Fue su alumno.

Annalukshmi entendió entonces por qué hablaba inglés con fluidez.

—El señor Jayaweera trabajaba en las oficinas de una plantación de té —continuó la señorita Lawton—. Lo despidieron, pero no fue culpa suya. —Hizo una mueca—. El pobre hombre tiene una carga muy pesada: un hermano mayor que es un conocido alborotador, miembro del Sindicato Laborista. Al parecer, ese hermano suyo visitaba en secreto a los trabajadores de la plantación para informarles de lo que ellos llaman sus derechos e instarlos a sindicarse. Al final, los trabajadores fueron a la huelga, pero el capataz de la plantación y el jefe de policía le pusieron fin enseguida. Atraparon al hermano del señor Jayaweera, lo metieron en la cárcel durante un mes y después lo expulsaron a la India. Como resultado, el señor Jayaweera perdió su empleo. El señor Wesley me ha asegurado que no le interesa en absoluto el sindicato. Es un hombre muy honrado.

Mantiene a su madre viuda y a dos hermanas solteras, con gran sacrificio por su parte.

Antes de que la señorita Lawton pudiera continuar, el señor Jayaweera entró en la sala de profesoras.

—Pase a mi oficina —le dijo la directora—. Permítame mostrarle lo que hay que hacer antes de empezar con mi ronda.

Annalukshmi se apartó de la puerta y se fue a sentar a la mesa. Tenía ante sí un montón de cuadernos de ejercicios para corregir; abrió uno. Al rato, se sorprendió observando al señor Jayaweera con curiosidad, mientras éste hablaba con la señorita Lawton. Había leído muchos artículos en los diarios que decían pestes del Sindicato Laborista y de aquellos que lo apoyaban. Pero siempre había admirado a quienes no temían hablar en voz alta sobre algo en lo que creían apasionadamente, su disposición a sacrificarse por los menos afortunados que ellos. Como había quedado meridianamente claro, la señorita Lawton desaprobaba lo que había hecho el hermano del señor Jayaweera. Pero, por más que lo intentara, Annalukshmi no podía convencerse de que fuese algo malo. Pensaba, en cambio, que debía de ser muy buena persona para hacer semejante sacrificio por los pobres trabajadores de las plantaciones.

Justo en ese momento, la señorita Lawton salió a la sala de profesoras.

—Dejo al señor Jayaweera trabajando en el despacho, Anna —le explicó—. Como estos días me has estado ayudando con el trabajo administrativo, tal vez puedas echarle una mano, si necesita algo.

Annalukshmi asintió y la señorita Lawton salió de la sala.

El señor Jayaweera estaba sentado al escritorio que había sido de la señorita Blake. Leía las cartas llegadas esa mañana. Al cabo de un rato, se puso de pie y miró a su alrededor, con aspecto dubitativo. Annalukshmi se levantó y entró en la oficina.

—¿Le puedo ayudar en algo, señor Jayaweera?

Él no la había oído entrar, y se sobresaltó.

—He estado ayudando a la señorita Lawton, de manera que, si necesita algo, por favor, pregúnteme.

Él le enseñó las cartas.

—¿Dónde pongo esto, señorita?

Ella examinó la correspondencia y le explicó qué cartas tenía que archivar y cuáles dejar sobre el escritorio de la señorita Lawton.

—Muchísimas gracias —dijo él, y le sonrió.

Su sonrisa, franca y amistosa, invitaba a la conversación.

—No hay de qué, señor Jayaweera.

—¿La señorita es de Jaffna? —preguntó, señalando el *potu* en su frente y su estilo de llevar el sari, a la manera tamil, con el *palu* envuelto alrededor de la cintura.

—No —contestó ella—. Soy de Colombo. De Malasia, en realidad.

Él la miró, intrigado, y ella le explicó que su padre trabajaba como funcionario en Malasia.

—¿Y usted, señor Jayaweera? —inquirió ella a su vez—. ¿Es de Galle?

—No, señorita. Fui al colegio en Galle, pero soy de una pequeña aldea llamada Weeragama.

Annalukshmi negó con la cabeza para indicar que no la había oído nombrar antes.

—Está en el sur. Es una zona muy pobre, muy seca. A veces tenemos que caminar tres kilómetros para conseguir agua. A través de la jungla. Es muy peligroso, porque hay muchas serpientes, algunas muy venenosas. Incluso las que no lo son, también, cuando le muerden a uno, le provocan un dolor muy fuerte, más fuerte que cualquier otro.

—¿Quiere decir que le ha mordido una serpiente alguna vez?

—En aldeas pobres es muy corriente. Por suerte, mi hermano estaba conmigo cuando pasó. No es bueno estar solo, porque entonces es difícil hacerse el torniquete y el corte. —Sonrió ante el semblante horrorizado de Annalukshmi—. Primero hay que hacer un torniquete, bien apretado, algo por encima de la herida. Después hay que coger un cuchillo y cortar una uve, con el vértice en la herida y las puntas hacia el corazón de uno. De ese modo, el veneno sale con la sangre y no se va al resto del cuerpo. Luego se pone una piedra serpiente sobre la herida.

—¿Una piedra serpiente?

Él asintió, divertido por el tono de su voz, escéptico pero intrigado al mismo tiempo.

—Sí, es una piedra curativa. Cuando se coloca sobre la herida, se adhiere a ella y absorbe el veneno. Después, se hierve en leche, que enseguida se pone negra, y así puede volver a usarse.

—Pero ¿de dónde le viene su poder curativo?

—Nadie lo sabe. La piedra que nosotros tenemos ha estado en nuestra familia desde hace generaciones. —Sonrió—. Algunos dicen que una serpiente las vomita. Pero eso es sólo una fábula.

Annalukshmi enarcó las cejas.

En ese momento, la llegada de la señorita Lawton puso fin a la conversación. El señor Jayaweera volvió a su trabajo y Annalukshmi, a la mesa. Al sentarse, miró al señor Jayaweera, más intrigada por él que antes de tener aquella conversación.

6

¿Qué es más fuerte que el destino, que hace inútil
cualquier treta para vencerlo?

TIRUKKURAL, verso 380

Como había predicho F.C., la fiebre del oro llegó a su apogeo. Habían pasado dos semanas desde el cumpleaños del mudaliyar. Los miembros de la comisión Donoughmore habían llegado a Ceilán y se hallaban felizmente alojados en la Casa de la Reina.

Richard Howland, que ya llevaba dos días en Colombo, había recibido un informe del secretario colonial que lo había dejado confundido y atónito debido a las numerosas peticiones y contra-peticiones de los diversos grupos de Ceilán. Estaba sentado al escritorio de su habitación, en el hotel Galle Face, con una mano en la frente, revisando las notas que había tomado aceleradamente durante su conversación con el secretario. Aunque no era grande, la habitación era agradable, con suelos de parqué de teca birmana y alfombras persas. En un lado había una cama con dosel y una mosquitera que la envolvía por entero, y, junto a ésta, contra la pared, un armario antiguo de madera de tamarindo. Al otro lado había un escritorio y una silla, también de tamarindo, y dos sillones. A pesar de que el escritorio estaba situado para que, quien se sentara a él, pudiera disfrutar de una maravillosa vista del mar, Richard no reparaba en todo lo que lo envolvía, absorto en sus notas.

—Qué lío, pero qué lío —murmuraba.

Se volvió a su compañero, James Alliston, que estaba de pie junto a la ventana, mirando los jardines del hotel.

—Esto es una pesadilla, Alli —dijo—. No me había dado cuenta del maldito laberinto político que es este país.

—¿Te has fijado —empezó a decir Alli— que cuando los camareros se quedan de pie a contraluz se les nota todo debajo de esos sarongs blancos?

—Por el amor de Dios, Alli —protestó Richard—. ¿Nunca me escuchas cuando te hablo?

Alli sonrió y miró el reloj.

—Probablemente el amor de tu vida ya ha llegado. Es más, debe de estar abajo, en el vestíbulo, en este preciso momento.

—No seas tonto. Ya sabes que no es el amor de mi vida.

Richard trató de aparentar indiferencia. Sin embargo, al pensar que Balendran estaba en el vestíbulo, una sensación de pánico se apoderó de él. Hacía más de veinte años que no se veían. Desde el día en que su relación había terminado tan abruptamente.

Trató de pensar con sensatez. Desde el momento en que había decidido viajar a Ceilán, sabía que podría encontrarse con Balendran. Se había estado preparando para esa eventualidad, para un encuentro casual en la calle, o en cualquiera de las recepciones que seguramente darían para la comisión. Había imaginado cómo sería un encuentro de ese tipo. En el mejor de los casos, era él quien veía a Balendran primero, con lo cual estaría preparado, listo, con una sonrisa, cuando su amigo por fin lo viera a él. En el peor, alguien le daba un golpecito en el hombro, tomándolo por sorpresa, y allí estaba... Balendran. Lo que no había imaginado era que, a su llegada al hotel, acalorado y cansado por las complicaciones del desembarco, las formalidades aduaneras y el regateo con el taxista, fuese a encontrar una nota suya esperándolo: «Richard, he sabido que vienes a Colombo. Me gustaría mucho verte. Si tú quieres. Bala.» Y el número de teléfono.

Recordó la llamada que finalmente había podido hacer después de pasar por momentos de auténtica angustia.

—¿Bala?

—¡Richard! ¡Cómo me alegra que hayas llamado!

Se hizo un silencio embarazoso.

—Me dijeron que venías con la comisión —dijo Balendran.

—No, no estoy en la comisión. He venido para hacer un reportaje sobre ella. Para un periódico.

Otro silencio.

—En fin, tenemos que vernos.

—Cómo no. Ven mañana, a las cuatro. Mi amigo, el señor Alliston, nos acompañará.

—Me gustaría que conocieras a mi esposa, Sonia. Vendrá conmigo.

Así que Balendran se había casado. Pero, después de todo, ¿no era inevitable? Richard se sorprendió pensando en esa «esposa» con un cierto desdén, recordando a las cingalesas que había visto a bordo del barco. También había algunas modernas, pero él pensó en las tradicionales, en las que se cubrían la cabeza con los saris o con los chales cuando pasaban junto a él, como si tuviera una enfermedad contagiosa. Estaba seguro de que la esposa de Bala sería una mujer tradicional, ignorante de las costumbres extranjeras y, sin duda, ignorante también de ciertos hábitos de su marido. Probablemente, sería alguna prima suya de Jaffna, a juzgar por lo que Bala le había contado sobre las costumbres tamiles por lo que hacía referencia al matrimonio.

Richard miró a Alli. «Sí —pensó—, tú tendrás una esposa, pero yo tampoco estoy solo.» Balendran tendría que admitir que Alli era bien parecido, de un modo voluptuoso. Alto, corpulento, de rizados cabellos negros, la piel de marfil y unos labios sensuales que daban siempre la sensación de que se los había pintado de rojo. Pero Alli tenía veintisiete años, era catorce años menor que él, y Richard no había olvidado que Balendran y él solían burlarse de los hombres maduros con amiguitos jóvenes. Se preguntó si Balendran, al ver a Alli, pensaría que éste no era más que una locura senil suya. Le dio un vuelco el corazón al pensarlo.

Alli se había vuelto hacia Richard, consciente de estar siendo sometido a observación.

—Ya te dije que todo terminó hace años —le recordó Richard—. Ya soy adulto.

—Muy bien, señor adulto, pero podrías haber elegido Jamaica o San Mauricio para hacer un reportaje.

—Te he explicado infinidad de veces la importancia de esta comisión, el precedente que puede sentar para la autonomía en otras colonias. —Richard miró atentamente a Alli. No alcanzaba a decidir si, sencillamente, le divertía, o si le daba celos aquel reencuentro.

En ese momento llamaron a la puerta y Alli fue a abrir. Era un botones.

—El señor Balendran lo espera en el vestíbulo, señor —anunció.

Richard se levantó apresuradamente de la mesa, casi tirando la silla al suelo.

—Bajamos enseguida.

El botones hizo una reverencia y cerró la puerta.

Richard se dirigió sin perder un segundo al armario, para coger la americana. Al sacarla, hizo un movimiento torpe, se deslizó de la percha y cayó al suelo. Alli la levantó y se la alcanzó.

—No estamos nerviosos, para nada, ¿no es cierto, querido? —dijo, con una sonrisa burlona.

—Ya basta, Alli —le respondió Richard, irritado.

Balendran y Sonia estaban sentados en el vestíbulo. A pesar de estar apenas a mediados de noviembre, en el hotel ya habían puesto los adornos navideños. Mientras Sonia parloteaba sobre lo incongruente y tonto que quedaban el muérdago y el acebo en los trópicos, Balendran se sorprendió mirando hacia el Galle Face Green, donde un jinete cabalgaba por el césped. Recordó el paseo que había dado por el parque dos semanas atrás, justo después de que su padre le hubiera hablado de la inminente llegada de Richard. Todos los argumentos que había utilizado para convencerse de que aquel encuentro sería indoloro, incluso banal, parecían haber quedado sin sentido ante la inminencia del hecho.

Desde su asiento, Balendran veía todo el vestíbulo del hotel, desde el cual una gran escalera de madera subía al primer piso. A la izquierda de la escalera estaba el ascensor. La puerta de éste se abrió y apareció Richard. Balendran se puso de pie y lo miró. Qué viejo estaba, qué cambiado. Su amigo lo había visto y comenzó a atravesar el vestíbulo hacia él. Richard, tan delgado de joven, había engordado, y ese aumento de peso se notaba especialmente en la cara. Los cabellos, más escasos, habían retrocedido hasta media cabeza. Tenía la cara de un hombre maduro. Balendran sintió una súbita punzada de tristeza, pues allí, en la cara de Richard, como en la distancia física que los separaba en el vestíbulo, estaban los años perdidos de sus vidas.

Richard llegó ante él.

—Bala —dijo, toscamente, y le tendió la mano.

Balendran se la estrechó, pero no pudo hablar enseguida, debido a la tristeza que se había apoderado de él.

—Richard.

Sus miradas se encontraron y, en ese momento, Richard advirtió que los ojos de Balendran no estaban a la defensiva. Su propia cautela se desmoronó. Mientras se estrechaban las manos se produjo entre ambos la comprensión de su relación, de la vida que habían compartido. Se posó sobre ellos como un fino polvo.

Sonia se levantó de su asiento y Balendran soltó la mano de Richard.

—Te presento a mi esposa, Sonia —dijo, volviéndose a ella.

Richard, para su sorpresa, reparó en que era mestiza y en que el corte de la blusa de su sari, de manga corta, era moderno. Le tendió la mano y él se la estrechó.

—Muchísimo gusto —se dijeron el uno a la otra al mismo tiempo, y sonrieron por la sincronización.

—Te presento a mi amigo, el señor Alliston —dijo Richard, y se volvió hacia Alli, que se había quedado un paso atrás.

Alli se adelantó y estrechó la mano de Sonia en primer lugar, ya que ella era la mujer del grupo.

Eso le dio a Balendran tiempo para mirarlo. Se le ocurrió que era muy joven, y enseguida tuvo cuidado de que la sorpresa no se le reflejara en la cara. El señor Alliston se había vuelto hacia él. Balendran le estrechó la mano con calidez.

—Bienvenido a Ceilán. Espero que tenga una agradable estancia.

Todos permanecieron un momento sin saber qué hacer, qué decir.

—Bueno, ¿vamos? —sugirió Richard, señalando al jardín.

El jardín del hotel Galle Face se abría directamente a la playa. La parte superior era una terraza con mesas de hierro forjado y sillas de mimbre, donde se podía tomar el té. La terraza estaba bordeada por una baranda y unos escalones llevaban al jardín inferior, donde había unos cocoteros que daban sombra. Más allá estaba el mar. Al salir al jardín oyeron música proveniente del salón de baile en la terraza superior. La orquesta tocaba un animado charleston.

Cuando se hubieron sentado a una mesa en la terraza y pedido el té, se hizo un silencio embarazoso, pero enseguida Balendran y Richard hablaron al mismo tiempo.

—Debo admitir que fue una sorpresa...

—Es imposible creer que tú...

Richard le hizo una señal a Balendran para que hablara primero.

—Es imposible creer que estés realmente en Ceilán. Cuando nos enteramos de que venías como, por así decirlo, consejero del doctor Shiels, nos quedamos de piedra.

—No se me ocurre una ocupación peor que ésa. La situación política aquí es más compleja de lo que me hubiera imaginado jamás. Esta comisión Donoughmore se está metiendo donde los ángeles no osan pisar.

—Sí —afirmó Balendran, aliviado de que hubieran encontrado un tema, algo que aliviara la incomodidad—. Es una sociedad compleja, con numerosas divisiones horizontales y verticales. Va a ser muy difícil encontrar una constitución que sirva para todos. Pero hay que tener esperanzas.

—Yo pensaba que podría evaluar la situación en un mes —explicó Richard, inclinándose hacia delante—. Necesitaría muchos meses de trabajo. No sé cómo esa comisión osa creer que puede dar una recomendación razonable en un período tan breve.

—Ahí tienes, así son los británicos —sentenció Alli—. Piensan que pueden presentarse y decirle a todo el mundo lo que deben hacer. Después se hacen los locos, cuando sus brillantes soluciones no sirven para nada.

—Exacto —dijo Sonia—. Estoy completamente de acuerdo con lo que ha dicho el señor Alliston.

—Creo que ambos sois un poco duros con los británicos —les recriminó Richard. Era típico de Alli, hacer una afirmación tan simplista como ésa—. Al fin y al cabo, tratan de hacer todo lo que está en su mano para remediar errores pasados.

—Tonterías —replicó Alli—. Tratan de conservar su pastel y comérselo. Pero, sobre todo, que parezca que son justos y tratan bien a las colonias mientras les roban descaradamente. Recuerden lo que les digo, las recomendaciones de esta comisión asegurarán que los británicos continúen haciendo lo que quieran.

Richard, que no quería ponerse a discutir con Alli, cambió bruscamente de tema.

—¿Te parece que este país está preparado para el sufragio universal? —le preguntó a Balendran.

—No. Pero creo que, de todos modos, hay que concedérselo. El país es un sepulcro encalado. —Hizo un gesto para abarcar todo lo que los rodeaba—. No te dejes engañar por todo esto. No tienes más que salir al campo para encontrar la pobreza más absoluta, el analfabetismo, gente que se muere de malaria porque le falta la atención médica más elemental. Ya se han remediado muchas cosas con el sufragio restringido.

—¿Como por ejemplo? —preguntó Richard, buscando lápiz y una libreta en los bolsillos.

—Como, por ejemplo, la retirada de un decreto que los británicos y algunos miembros de la elite local usaban para apropiarse de tierras que tradicionalmente habían pertenecido a las comunidades de las aldeas. Claro que hubo muchas protestas, en especial por parte de los europeos.

—¿Los europeos? —preguntó Richard, intrigado por saber a quiénes se incluía en el término.

—Perdona —dijo Balendran—. Con el término europeos, los cingaleses nos referimos a menudo a cualquiera de ascendencia europea, lo que incluye a británicos, estadounidenses o australianos.

Richard le hizo un ademán para que continuara.

—Decían ser una minoría en peligro cuyos derechos había que proteger. Y eso a pesar de que controlan el ochenta y cinco por ciento del té y el sesenta por ciento del caucho de este país.

Antes de que pudieran continuar hablando, Alli se puso de pie, aburrido por la conversación.

—¿Adónde vas? —preguntó rápidamente Richard.

—Abajo, al final del jardín, a contemplar el mar.

—Voy con usted, señor Alliston —le dijo Sonia, poniéndose en pie—. Me encanta la vista desde allí.

Balendran se alarmó porque la marcha de ambos lo dejaba a solas con Richard. Pero el señor Alliston, galante, ya había ofrecido el brazo a Sonia. Ella lo aceptó y bajaron la escalera, charlando. Balendran sorprendió una mirada de Richard y se percató de que su amigo estaba tan incómodo como él.

—Tu esposa es encantadora —comentó Richard al poco rato—. ¿Dónde la conociste?

—Nos conocimos en Londres, en... —Balendran hizo una pausa—. Nos conocimos en casa de su tía.

Richard lo miró, sorprendido, y luego miró hacia el jardín, a Sonia, mientras un pensamiento perturbador tomaba forma en su cabeza.

—¿Mientras estudiabas en Londres? —inquirió.

Balendran se removió, incómodo, en la silla.

—Richard, no hablemos del pasado.

Se hizo un silencio muy embarazoso entre los dos, marcado por los golpecitos del lápiz de Richard contra la libreta y el sonido de la orquesta que tocaba una balada melancólica.

De vuelta a casa, Sonia se volvió a Balendran en el coche y dijo:

—Me ha gustado mucho el señor Alliston. Al principio, sus modales indolentes me desconcertaron. Pero creo que tiene mucho sentido común. Ve las cosas con una claridad notable. Es bueno para tu amigo, el señor Howland. Evitará que haga ondear demasiado en alto la bandera británica.

Se reclinó en el asiento y se cruzó de brazos.

—Y es tan apuesto... Qué gracioso, los hombres como él siempre son muy guapos. Hasta el señor Howland, se ve que fue...

Un rápido movimiento de Balendran le cortó el resto de la frase; lo miró. Él la miraba atónito.

—Bala, querido —dijo ella, sonriente, mientras lo cogía de la mano—. Te has dado cuenta, ¿verdad?

—¿De qué? —preguntó Balendran, tratando de disimular el miedo que sentía.

—De que son... homosexuales. «Amigos de Oscar», como los llamaba la tía Ethel.

Balendran apartó la mano.

—No seas tonta, Sonia. No entiendo cómo puedes decir algo tan terrible de alguien que, supuestamente, te ha caído bien.

Sonia lo miró, herida por sus palabras.

—Además, ¿en qué lo has notado? —inquirió Balendran, con aspereza—. No ha habido nada que lo diera a entender.

—Tal vez algunas personas somos más perceptivas que otras —respondió Sonia, severa. Y agregó—: fue la diferencia de edades. Además, el señor Alliston es un poco... *outre*, como diría tía Ethel.

Balendran miró por la ventanilla, y al rato sintió que el corazón le latía como para salírsele del pecho.

Esa noche, Balendran se retiró a su despacho con la idea de trabajar en algunos asuntos relacionados con la plantación, pero se sentó al escritorio a pensar en el encuentro con Richard. Le había causado una fuerte impresión que Sonia se hubiera percatado de algo de lo que él creía que su esposa nunca habría podido darse cuenta; le sorprendía que Sonia supiera, incluso, lo que era la homosexualidad. «Amigos de Oscar», los había llamado lady Boxton. Era algo que él creía que estaba desterrado de la sociedad refinada, más allá de los límites de la comprensión de las mujeres decentes. Sin embargo, las dos eran mujeres decentes, damas, y el hecho de que supieran semejante cosa lo impresionaba.

Suspiró al pensar en la pregunta de Richard sobre Sonia. Todo había marchado bastante bien hasta ese momento. Ahora lamentaba haberlo cortado de forma tan abrupta. Fácilmente podría haber dicho algo como: «No, la conocí después de que te fueras», con lo que habría hecho referencia directa a su relación, y su separación, sin dejar a Richard con la falsa impresión de que le había sido infiel. Negó con la cabeza ante su propia estupidez.

De repente, se sorprendió pensando en la primera vez que había visto a Richard, cruzando el parque en Lincoln's Inn, con los faldones de la toga ondeando contra las pantorrillas. Era un hermoso día de otoño y él estaba acodado en la baranda, demasiado perezoso para ir a la biblioteca a estudiar. Vio a Richard subir la escalera y entonces alzó la cabeza y lo miró.

—Hola —lo saludó Richard, como si ya se conocieran.

—Hola —respondió él con timidez.

—¿Quieres tomar un té o un café?

Balendran asintió.

Siempre se había preguntado cómo era posible que Richard, simplemente, lo hubiera mirado y hubiera advertido su deseo. Él, siempre tan cuidadoso de no ser sorprendido mientras miraba a hombres. Pensó en el mechón de cabellos rubios que le caía sobre la frente a Richard en aquella época, en esos gestos encantadores de mover la cabeza para quitárselo de la cara, de echárselo hacia atrás con la mano cuando se enfrentaba a un problema, de apartárselo de los ojos con un soplido cuando estaba cansado o exasperado. Se preguntó si Richard se habría acostumbrado a no tener ese mechón de cabello, si todavía movería la cabeza para sacudírselo o se pasaría aún la mano por la frente.

El encuentro con Balendran había dejado a Richard muy agitado y, como siempre hacía en esa situación, buscó calmarse con algo de ejercicio.

La piscina del hotel estaba desierta, dado que hacía rato que se había puesto el sol, y tuvo el placer de tenerla toda para él. Alli, que odiaba hasta pensar en hacer ejercicio, se sentó en el jardín a hacerle compañía.

Mientras nadaba de un extremo a otro, Richard no se podía quitar de la cabeza que Balendran había conocido a Sonia cuando estudiaba en Inglaterra. Por lógica, dado que era prima suya —ella misma se lo había comentado a Alli—, seguramente la había visitado varias veces durante los años pasados en Inglaterra. Sin embargo, nunca la había mencionado. Precisamente que no lo hubiera hecho hizo que se convenciera, sin el menor género de duda, de que, incluso cuando aún estaban juntos, Balendran ya había empezado a abandonarlo. Eso le resultó verdaderamente perturbador. Su relación, antes de haber sido tan brutalmente interrumpida, había sido la única en colmar todas sus aspiraciones de fidelidad. A diferencia de otras parejas, ellos se habían negado a buscar gratificaciones fuera de su relación. Pensar que, durante todo ese tiempo, Balendran le había sido infiel... y con una mujer, para colmo.

Miró a Alli y sintió la sensación de fracaso que le invadía siempre que pensaba en la constante necesidad de su compañero de buscar gratificaciones fuera de su relación. Alli buscaba trabajadores jóvenes, toscos, robustos. Todo lo que Richard no era. Él prefería lo que Alli y su grupo llamaban «reinonas». Hombres como Alli y como él mismo, no excesivamente masculinos. Lamentablemente, esos hombres, la mayoría de las veces, buscaban a sus opuestos.

«Bala y yo éramos compatibles en ese aspecto —pensó. Entonces recordó a Sonia—. Bueno, no tanto, evidentemente.»

Richard hizo una pausa en un extremo de la piscina. Como decía Alli, ¿no habría elegido Ceilán, inconscientemente, por sentimientos no resueltos hacia Balendran? Negó con la cabeza. Él no creía en el inconsciente, ni en actos fallidos freudianos, ni en ninguna de todas esas patrañas tan de moda. Él sabía exactamente por qué había ido allí. Por la comisión Donoughmore. Además, estaba Alli. Las cosas no eran perfectas entre ellos pero, de todas maneras, después de siete años, seguían juntos.

7

Así como los dioses en el Cielo se alimentan de fuego,
así los hombres en la Tierra se alimentan por los oídos.

TIRUKKURAL, verso 413

Los administradores coloniales de Ceilán solían decir que el hombre corriente —el campesino, el obrero, el pescador— no aspiraba a liberarse del dominio colonial. Los agentes del gobierno británico en las provincias de Ceilán entendían los problemas del hombre corriente y sabían qué soluciones debían aplicarse. La elite cingalesa que aspiraba a la autonomía no tenía ni idea de cómo vivía el hombre corriente; tenía muy poco contacto real con él. Por eso, mal podía arrogarse el derecho a representarlo.

Estas afirmaciones se hacían sin tener en cuenta en ningún momento la pobreza y el analfabetismo desgarradores, la insalubridad y el espantoso estado sanitario que la dominación colonial había representado para el «hombre corriente». Había, sin embargo, algo de verdad en ellas. Pues el hombre corriente sabía que la autonomía no abriría ni un ápice ninguno de los grilletes que lo mantenían sujeto a la servidumbre feudal. Sencillamente, cambiaría unos amos por otros.

Curiosamente, Annalukshmi compartía las opiniones del «hombre corriente». La autonomía no prometía darle mayor libertad, mejorar su situación como mujer, no más de lo que ésta ya había mejorado durante el dominio colonial.

Sin embargo, la conversación que Annalukshmi había oído sobre la Unión Sufragista Femenina había despertado por primera vez su interés en la comisión Donoughmore y en la posibilidad que ésta representaba para el voto femenino. Su tía Sonia cumplió su promesa y la invitó a asistir a la primera reunión, que tuvo lugar a los pocos días de la llegada a Ceilán de la comisión.

Cuando llegó el momento de decir a su madre que Sonia la había invitado a aquella reunión, Annalukshmi temió su reacción. Pero, al fin y al cabo, era una invitación de la tía Sonia, y sabía que eso sería una ventaja para obtener el permiso de su madre. Cuando, siendo una niña, había ido de visita a Ceilán desde Malasia, quedó prendada de su tía y pasó todo el tiempo que pudo con ella, escuchando sus historias sobre la vida en Inglaterra.

Aunque Louisa tenía algunas reservas, en realidad estaba encantada de que Annalukshmi pasara una velada con Sonia.

La reunión se celebró en el edificio de la Fraternidad para Chicas de Green Path, que había sido la casa de la benefactora de la fraternidad. Eliminando los tabiques intermedios, el salón, el comedor y los dormitorios habían sido unidos en una gran sala de reuniones, y en ella tuvo lugar la reunión sufragista. A un lado de la sala había una estrecha tarima, sobre la que se habían dispuesto unas sillas y una larga mesa. El resto del espacio disponible estaba ocupado por hileras de sillas de madera con asientos de mimbre. El lugar era relativamente pequeño y, para cuando llegaron Annalukshmi y Sonia, sólo encontraron sitio detrás de todo. La sala se llenó del ruido de los ventiladores, el sonido de las conversaciones y el frufrú de los saris. Al cabo de un rato, las mujeres que habían estado sentadas en la primera fila se levantaron y se dirigieron, muy solemnes, hacia el estrado. Muchas de ellas eran conocidas damas de Jardines de Canela. Cuando hubieron tomado asiento, se hizo el silencio. Entonces, la primera oradora se puso de pie para dirigirse a las allí reunidas. Era una mujer menuda, una doctora canadiense llamada Mary Rutnam, que se había casado con un tamil y vivía en Colombo. Aunque era muy respetada por sus obras de caridad en los suburbios de la ciudad, como defensora de la contracepción era una figura algo polémica. Sin embargo, su discurso fue bastante ortodoxo. Se limitó a exponer lo que la Unión Sufragista Femenina pediría a la comisión. Iba a recomendar el voto femenino restringido, por el cual sólo las mujeres con posibles y las que hubieran recibido una educación estarían cualificadas para votar.

Mientras escuchaba eso, Annalukshmi entendió que, en virtud de su diplomatura de magisterio, ella formaría parte del grupo de mujeres que tendrían derecho a votar. A pesar del entrecejo fruncido de su tía, Annalukshmi no pudo evitar alegrarse.

La siguiente oradora fue más interesante. Era la esposa de George E. De Silva, una mujer que, si bien provenía de una buena familia, se había casado con un hombre de baja casta. Su esposo era abogado y miembro destacado del Sindicato Laborista, y la señora De Silva, siguiendo la tradición laborista, no escatimó palabras para denunciar la estrechez mental y el egoísmo de los hombres que se oponían al voto de las mujeres.

Después de los discursos se eligieron las portadoras del mensaje de la unión y se levantó la reunión. A continuación, hubo una pequeña recepción, después de la cual Sonia y Annalukshmi se fueron.

Cuando Annalukshmi regresó a Lotus Cottage, Manohari y Kumudini estaban sentadas en el porche. Las vio y salió corriendo delante de Sonia.

—Ha sido maravilloso —exclamó, tras subir los escalones del porche—. Tendríais que haber venido. —Posó como una oradora y, en una improvisación de los discursos que había oído, dijo, en voz alta y declamatoria—: Las mujeres de Ceilán, de todas las nacionalidades, ya están organizadas y unidas con el objetivo de lograr el voto. Los hombres nos consideran sus propiedades, sus muebles. Pero no somos tan ignorantes de la vida política de este país como la gente cree. Nosotras podríamos enseñarles algunas cositas a los hombres. Podríamos...

—¡Annalukshmi!

Se volvió y se encontró de cara con su madre, de pie en el umbral de la puerta.

—¿Te has vuelto loca? ¿Cómo te pones a gritar de esa manera?

—Es culpa tuya, prima —dijo una voz desde dentro—. Quién acude a reuniones políticas, sino los gamberros.

Philomena Barnett apareció en el umbral de la puerta, junto a su prima, sosteniendo una taza de té en una mano y un trozo de pastel en la otra. Le dio un buen mordisco al pastel y continuó:

—Sólo las marimachos se involucran en los asuntos de los hombres. Las mujeres normales piensan en sus esposos y en sus casas, y en nada más.

—Es precisamente porque piensan en sus hogares por lo que las mujeres se están involucrando —afirmó Sonia, al llegar al porche—. Hay muchas leyes que conciernen a las mujeres y a los niños, y es justo que las mujeres podamos dar nuestra opinión sobre ellas.

—Yo, por mi parte, me siento más que satisfecha por depender de la caballerosidad de los hombres —replicó Philomena—. Una vez que las mujeres empiecen a meterse en política, entonces seguro que sus hijos serán desatendidos. Por otro lado, si las mujeres pasaran más tiempo dedicándose a ser mejores madres, todos los males de la sociedad se arreglarían.

—Ah, pero ¿cómo pueden las mujeres ser mejores madres, si no tienen la educación necesaria para atender mejor a sus hijos, para saber qué es lo mejor para sus hijos? —inquirió Sonia, con suavidad.

—Entonces habrá que pedirles a los hombres que proporcionen eso. Yo estoy de acuerdo con educar a las muchachas hasta cierto punto. —Al decir eso, Philomena miró a Annalukshmi.

—Precisamente por eso las mujeres piden el voto —explicó Sonia, con una sonrisa—. Así podrán usarlo para pedir, para conseguir que los hombres proporcionen una educación y una salud mejores, tanto para ellas como para sus hijos.

—Sí —exclamó Annalukshmi—. Con el voto podremos cambiar las cosas.

Aquellos argumentos habían dejado arrinconada a Philomena, de modo que buscó apoyo en las palabras de otros.

—Sir Ponnambalam Ramanathan, que, después de todo, es desde hace muchos años un caballero de la reina y un político, un ejemplo para todos nosotros, los tamiles, se opone por completo a ello. Considera que va en contra de nuestra gran tradición tamil. La pureza, la nobleza, el decoro de las mujeres se arruinarían, si se les diera el voto. Además, nosotras somos demasiado ignorantes por lo que respecta a esos asuntos. Él tiene mucha razón cuando dice que sería como tirarles perlas a los cerdos.

112

—La esposa de George E. De Silva, que fue una de las oradoras, dijo que hombres como sir Ponnambalam son estrechos de mente y egoístas —replicó Annalukshmi, envalentonada por Sonia—. Dijo que los hombres como él son los cerdos, que las mujeres son las perlas, y que las buenas perlas no son tan fáciles de aplastar. Ni siquiera por los hombres.

Philomena se llevó una mano a la mejilla y miró a su sobrina para expresar mejor su conmoción ante tamaña grosería. Entonces negó con la cabeza para expresar que no le sorprendía en lo más mínimo.

—Esa señora De Silva es Agnes Nell —le dijo a Louisa—. Ya sabes, de los Nell. Una buena familia mestiza. Y esa muchacha va y se casa con un cingalés de baja casta. —Bajó la voz, como si estuviera contándole un secreto vergonzoso—. Un hombre del Sindicato Laborista. Y fíjate en lo bajo que ha caído —continuó Philomena—. Habla como la esposa de un pescador Mattakkuliya.

Philomena asintió sagazmente a las chicas, para indicarles el abismo al que también ellas se podían precipitar si no iban con cuidado.

Cuando Sonia se marchó y todas volvieron a sentarse para seguir tomando el té, Annalukshmi se enteró de que, sin contar con su permiso, su madre le había dado una fotografía suya a Philomena, que se la había enviado a los Macintosh. Se enfureció.

—¿Cómo has podido hacer semejante cosa sin consultármelo? —exclamó.

—Pero, *kunju*, ya has aceptado ver a ese joven —le recordó Louisa, tratando de apaciguarla.

—No se dijo nada de enviarle una foto. ¿Qué soy? ¿Un mueble? Es ofensivo que un perfecto desconocido pueda mirar mi foto, pasársela a sus amigos y parientes, como si yo fuera un *souvenir*. Ni siquiera sé el nombre de ese chico.

—Chandran —dijo Philomena.

—¿Cómo? —Annalukshmi se distrajo por un momento de su discurso.

—Su nombre es Chandran Macintosh.

Una imagen del despacho de su tío Balendran centelleó en su mente.

—¿Chandran Macintosh? —repitió.

El nombre le resultaba familiar. ¿Había conocido ya a ese chico en casa de su tío? Repitió el nombre para sus adentros, para ver si se le aparecía una cara, pero no dio resultado. Pero Annalukshmi sabía lo mala que era su memoria. Bien podía ser que lo conociera, incluso que hubiera hablado con él.

—De todos modos —dijo, para terminar con todo aquello de una vez—, no es necesario tomarse tantas molestias por mí. Me temo que no me voy a casar con ese chico Macintosh... con nadie, en realidad.

Comenzó a comer su trozo de pastel, simulando no percatarse del diálogo silencioso, el intercambio de miradas y el balanceo de cabezas, que tuvo lugar entre las otras mujeres sentadas a la mesa.

Annalukshmi había quedado con Sonia en que iría de visita a Sevena al sábado siguiente, a pasar la tarde. Tenía algunos libros de su tío que ya había terminado de leer y quería devolvérselos. Además, la visita le daría la oportunidad de averiguar algo más sobre ese Chandran Macintosh, aunque no tuviera la menor intención de casarse con él.

El sábado por la mañana, el coche de Balendran fue a recogerla a Lotus Cottage.

Annalukshmi adoraba la casa de su tío por la paz que se respiraba en ella, debido a lo tranquilo de la zona en que se encontraba, y porque desde ella se tenía una preciosa vista del mar, con el sonido arrullador de las olas que rompían rítmicamente en la playa. De todas las casas que conocía, era su preferida. Era lo suficientemente grande, pero no demasiado. A diferencia de Brighton, no tenía habitaciones que parecieran tumbas, con los muebles cubiertos de fundas que sólo se quitaban en ocasiones especiales. Los techos de las habitaciones eran altos, por lo que la brisa marina podía circular ininterrumpidamente por la casa, manteniéndola fresca, incluso en abril. Los muebles, si bien elegantes, eran confortables. Y, por supuesto, el toque de su tía estaba en todas partes, desde las flores de aralia y jazmín que flotaban en recipientes de arcilla roja decorada, hasta la disposición de los muebles, con sillones cómodos en los rincones, en los que una podía arrellanarse a leer.

Cuando el coche traspuso la verja de entrada, Annalukshmi vio a Balendran y a Sonia de pie en el porche delantero. Se le ocurrió que, si había una pareja cuyo matrimonio podría querer emular, cuya relación era igualitaria, que convivía compartiendo ideas, como compañeros, ésa no era otra que la formada por sus tíos.

Cuando el coche se detuvo frente a la casa, Annalukshmi se apeó de él, subió los escalones y besó a sus tíos en la mejilla.

—He sabido que te has vuelto toda una sufragista —la saludó Balendran, irónico, cogiéndola del brazo.

—Sí, *Maama* —contestó ella—, así que los hombres ya podéis ir con cuidado de ahora en adelante.

Cuando entraron en la casa, Annalukshmi les dijo:

—Hay algo que quiero preguntaros.

—Suena misterioso —dijo Sonia.

—Chandran Macintosh. ¿Lo conocéis?

Ellos la miraron sorprendidos. Luego Balendran gimió y Sonia puso los ojos en blanco.

—¿Qué pasa? ¿Qué tiene?

Sonia sonrió y levantó las manos, como protegiéndose.

—No quiero volver a oír esa historia. Que te la cuente tu *Maama*. Voy a ver cómo va el almuerzo.

Cuando ella se fue, Balendran habló.

—Siento mucha curiosidad por saber por qué has preguntado por él. Pero primero te contaré nuestra historia. —Le indicó que lo siguiera y se dirigió a su despacho.

Cuando ella estuvo sentada frente al escritorio, Balendran fue hasta un montón de revistas *Punch* que había en el suelo y, de detrás de ellas, sacó una tablilla blanca. La puso frente a su sobrina. Entonces Annalukshmi supo por qué le resultaba familiar el nombre de Chandran Macintosh. En la tablilla había dibujado un bosquejo de Sonia, con una firma. Ella lo había visto muchas veces, detrás de aquel montón de revistas.

—¡Es un artista! —exclamó, asombrada.

—Sería más exacto decir que tiene pretensiones artísticas.

Annalukshmi volvió a mirar el dibujo. El autor había captado un cierto parecido con los rasgos de su tía, pero la tensión vertical en los músculos del cuello, la sonrisa, que contrastaba extrañamente con la mirada de desasosiego, eso no tenía nada que ver con su tía. Había un cuidado por el detalle en la manera en que se había reproducido la belleza de la cara de su tía, el chal alrededor del cuello, el sari, que indicaba que el autor había pensado realmente que había retratado a su tía.

—¿De cuándo es esto? —preguntó.

Balendran negó con la cabeza.

—Eso es lo más ofensivo. Lo hizo sin que nos enteráramos, en el baile del gobernador, en Nuwara Eliya. Lo dibujó en secreto.

—Entonces, ¿nunca lo habéis visto en persona?

—Gracias a Dios, no. Recibimos el retrato con los saludos del artista.

Balendran se llevó el dibujo.

—Ahora me toca a mí —dijo, sonriente.

Annalukshmi se miró las manos. Le era difícil comenzar, después de saber cómo desaprobaba su tío al autor del bosquejo.

—La tía Philomena está tratando de arreglar un encuentro —explicó.

—¿Con ese chico? —Balendran se sentó frente a ella—. *Merlay*, ¿por qué no me lo habías dicho antes? No te habría dicho lo que he dicho.

—No, *Maama* —replicó ella—. Me alegra que lo hayas hecho.

—Umm, me gustaría poder decirte algo más. —Balendran tamborileó sobre el escritorio con el abrecartas—. Supongo que ha de ser guapo —comentó—. Fui al colegio con su padre, y no estaba mal. —Frunció el entrecejo—. Es más...

Se puso de pie, fue a la biblioteca, buscó entre los libros y al final sacó uno grande y pesado que se titulaba *Impresiones de Ceilán en el siglo XX*.

—Este libro fue publicado a principios de siglo —explicó—. Muchas de las familias de Jardines de Canela están aquí.

Puso el libro sobre el escritorio y lo abrió. Annalukshmi se levantó y miró las fotografías por encima del hombro de su tío. Él había buscado la sección de Colombo y ella ya había reconocido a algunas familias, aunque el libro era muy viejo. Qué raros y ridículos se veían, en especial las mujeres, con sus incómodos vestidos y sombreros eduardianos en aquel entorno tropical.

—Eso fue antes del movimiento para la reforma del vestido —aclaró Balendran, como leyéndole el pensamiento—. Oh, aquí está —dijo, señalando un retrato de familia—. Ése es Reginald, el padre de Chandran Macintosh.

Annalukshmi se inclinó y miró al muchacho que señalaba su tío. La piel oscura y lo monocromático de la foto le resaltaban los rasgos, como si el fotógrafo hubiera enfatizado en blanco la amplitud de la frente, la nariz recta, la firme curva del mentón. Mientras lo miraba, Annalukshmi no supo si lo que sentía era el deseo o el temor de que Chandran fuera tan guapo como su padre.

En ese momento, el criado apareció en la puerta para anunciar que el sacerdote principal del templo familiar había llegado para su cita.

Annalukshmi fue a buscar a su tía y la encontró en su dormitorio, escribiendo una carta. Cuando llamó a la puerta y entró, Sonia le indicó con un gesto que se sentase en la cama. Terminó las últimas palabras de la carta, apretó un secante contra la hoja y se volvió a su sobrina.

—¿Y? No me tengas en ascuas, me muero por saber de qué se trata.

—Es una tontería de la tía Philomena. Quiere arreglar mi matrimonio con ese Chandran Macintosh.

Sonia enarcó las cejas.

—Cielo santo, cualquiera diría que prepara tu funeral.

Annalukshmi pasó un dedo por el dibujo de la colcha.

—¿Sabes, querida? Es muy fácil saber si uno ama a alguien o no. No es matemática avanzada. Lo sabes casi de inmediato, en realidad, tan de repente que al principio dudas de que lo que sientes sea en verdad amor.

Sonia guardó silencio y observó a su sobrina. Advirtió que sus palabras no tenían nada que ver con lo que a ella le preocupaba.

—Y, ¿suponiendo que yo no quisiera renunciar a algo que valoro, como, por ejemplo, la enseñanza?

Sonia inspiró lentamente.

—Es una decisión difícil, ¿verdad que sí? —Se reclinó en la silla—. Tal vez lo mejor que pueda decirte es que tendrás que esperar a ver cómo se desarrollan los acontecimientos.

Annalukshmi hizo un gesto de impaciencia, como diciendo que no le gustaba la idea de esperar pasivamente.

Sonia jugueteó con las pulseras.

—¿Sabes, Annalukshmi? No podemos aspirar a que la vida sea fácil, a que el futuro sea algo ya decidido y establecido. La cuestión es que la vida no es así. En especial, cuando eres joven, el mundo yace a tus pies y, realmente, cualquier cosa es posible. Hay que ser flexible, no hay que tener miedo a admitir que no se sabe hacia dónde se va, a quedarse inmóvil hasta que el camino que una debe tomar aparezca con claridad. De lo contrario, puedes aferrarte a lo primero que se te cruce en el camino y vivir arrepintiéndote el resto de tu vida.

—Sí, *Maamee*.

—Y ahora, vamos a almorzar. Manténme al tanto de cómo van las cosas con esa proposición.

Sonia le tendió la mano a Annalukshmi y ambas salieron de la habitación.

El señor Jayaweera llevaba seis días en el colegio y, sin embargo, después de la primera conversación que habían mantenido, el día de su llegada, Annalukshmi no había podido intercambiar con él más que una inclinación de cabeza y una sonrisa. Aquel sábado la habían invitado otra vez a cenar en casa de la señorita Lawton y a quedarse a pasar la noche. Después de terminar un té tardío con sus tíos, el coche de Balendran la llevó a la casa de la directora.

Joseph la dejó en la puerta del jardín delantero y ella se encaminó a la casa por el estrecho sendero, desde donde vio al señor Jayaweera con Nancy, en el jardín. Las sombras del crepúsculo comenzaban a extenderse sobre el césped. Nancy estaba sentada en un banco de piedra, bajo un árbol de aralia, escuchando con mucha atención al señor Jayaweera, que estaba delante de ella, con un pie sobre el banco, inclinado hacia ella. Annalukshmi, no del todo segura de si debía o no interrumpirlos, fue hacia ellos. Cuando Nancy la vio, la saludó con la mano, y el señor Jayaweera se incorporó y sonrió.

—La señorita Lawton ha salido a visitar a una amiga. Volverá enseguida —explicó Nancy cuando Annalukshmi llegó a su altura, y dio una palmadita en el banco, a su lado, para que su amiga se sentara en él—. Estábamos en medio de una conversación fascinante. ¿Tú crees en los espíritus malignos, en que una persona puede estar poseída por un espíritu?

Annalukshmi se sorprendió por la pregunta.

—Pues no, no lo creo.

Nancy le hizo un gesto al señor Jayaweera.

—¿Por qué no le cuenta su historia?

—Estoy seguro de que a la señorita Annalukshmi no le interesan las supersticiones de nuestra aldea —dijo él—. Además, se está haciendo tarde.

—Claro que me interesan —protestó la aludida—. Ahora que ha despertado mi curiosidad, me sentiría muy mal si no me lo cuenta, señor Jayaweera.

—De acuerdo, entonces —accedió él—. Mi hermana mayor, Dayawathy —empezó diciendo, apoyándose contra el tronco del árbol de aralia—, era una chica tranquila y dulce, y una ferviente budista, además; siempre llevaba flores al templo que queda cerca de nuestra aldea. Un día fue a hacer una ofrenda. Como no regresaba, mi madre fue a buscarla. Encontró a mi hermana en el camino. Se había desmayado. Cuando volvió en sí, se había convertido en otra persona. Sin ninguna razón aparente, gritaba y salía corriendo de la choza, tratando de arrancarse la ropa. A veces, desaparecía al anochecer y volvía por la mañana, exhausta.

Mientras el señor Jayaweera hablaba, las sombras, como ocurría siempre con rapidez al atardecer, se habían alargado, y su rostro había quedado a oscuras.

—La gente de la aldea, por supuesto, dictaminó que sólo una cosa le podía haber sucedido a mi hermana. Estaba poseída por un demonio y, a juzgar por su estado, tenía que ser un demonio muy temido, Maha Sohona. De manera que mi madre decidió que se realizaría un *sanni yakuma* para exorcizar al demonio.

»Yo estudiaba en Galle por aquel entonces, y me pidieron que fuera a casa para la ceremonia. Ahora bien, yo era un muchacho de dieciséis años que había vivido mucho tiempo en el Colegio Misionero de Galle, que había estudiado ciencias y matemáticas, que recelaba de todo aquello, y le dije a mi madre que eran supersticiones antiguas. Ella decidió hacerlo, de todos modos. Limpiaron un círculo frente a la casa y construyeron un altar con hojas de coco. Esa noche toda la aldea se reunió para presenciar el exorcismo. Sacaron a mi hermana en su litera y la colocaron frente al círculo. Entonces dio inicio la ceremonia. Primero hubo cánticos. Luego el exorcista encendió una antorcha, tragó la llama y la ceremonia siguió su curso.

A medida que el señor Jayaweera hablaba, su voz, de una manera inconsciente, se fue haciendo más queda, y Annalukshmi se encontró inclinada hacia delante, absorta en la historia.

—El aire estaba tan espeso debido al incienso encendido que yo apenas alcanzaba a ver delante de mí, y no sé si fue por el humo o qué, pero empecé a sentirme muy raro. Mareado, pero también como si la mente se me separara del cuerpo.

Annalukshmi, quizá porque estaban a oscuras, o por el tono de la voz del señor Jayaweera, sintió que la recorría un escalofrío. Desde un extremo del jardín se oyó el graznido lastimero de un pájaro.

—Los cánticos se hicieron más y más altos, los tambores sonaron cada vez más rápidos, y sentí como si tuviera los tambores dentro de mi pecho y como si los cánticos resonaran dentro de mi cabeza. Entonces se oyó un rugido ensordecedor y un demonio saltó dentro del círculo. No llevaba encima más que un traje de hojas de *burulla* y tenía la cara negra y espantosa. Empezó a bailar, girando y girando en el círculo.

En ese momento, el señor Jayaweera se interrumpió para explicar que aquel «demonio» era otro exorcista, en el cual había entrado el espíritu del demonio que había poseído a su hermana.

—Los aldeanos dijeron, claro, que era Maha Sohona —añadió, retomando el relato—. Ahora bien, el exorcista empezó a hablarle a Maha Sohona. Primero le rogó que dejara a mi hermana en paz. Como el espíritu se negó, el exorcista lo amenazó en nombre de Nuestro Señor Buda. Entonces el demonio se asustó y prometió hacer lo que se le pedía. El exorcista le pidió que volviera a entrar en el cuerpo de mi hermana, que fue sacudida por unas convulsiones. Al cabo de un rato se quedó inmóvil. Empezó a hablar, pero no era su voz en absoluto. El demonio que hablaba a través de ella dijo que se iría sólo cuando le dieran un gallo en sacrificio. —El señor Jayaweera se inclinó hacia delante, hacia Annalukshmi y Nancy—. Entonces ocurrió algo espantoso. El exorcista le dio un gallo a mi hermana y ella, una chica amable y dulce, una budista ferviente, le desgarró el cuello de inmediato y se bebió su sangre.

Annalukshmi y Nancy se miraron.

En ese momento oyeron abrirse la puerta del jardín. Era la señorita Lawton, que se detuvo en el sendero al verlos.

—¿No sería mejor que entrarais, chicas? —exclamó—. Los mosquitos son terribles a esta hora. Y la cena estará lista pronto.

Annalukshmi y Nancy se pusieron de pie.

—Si alguna vez me posee un demonio, no dude de que acudiré a usted, señor Jayaweera —bromeó Nancy.

Él sonrió.

—Estaré a su entera disposición —repuso él, e hizo una reverencia con burlona seriedad.

La señorita Lawton las esperaba. Nancy y Annalukshmi atravesaron el jardín hacia ella.

Nancy cogió a Annalukshmi del brazo y le advirtió, en voz baja:

—No creo que convenga mencionar esa historia ante la señorita Lawton.

—Yo creo que le parecería fascinante.

—Yo la quiero mucho, pero todos tenemos nuestras limitaciones. Ya sabes cómo es con todo lo que no sea cristiano. No quiero que sermonee al señor Jayaweera, despreciando aquello en lo que él y su familia creen. En cualquier caso, cómo podemos saber si las cosas no ocurrieron exactamente de esa manera.

Annalukshmi asintió para decir que no hablaría del asunto. Por mucho que apreciase a la señorita Lawton, no ignoraba ese prejuicio suyo.

—Es más, ni siquiera iba a contratar al señor Jayaweera, porque es budista —continuó Nancy—. Pero el señor Wesley es muy persuasivo y, cuando le contó las dificultades de su familia, a ella se le ablandó el corazón.

• • •

Como ya era casi diciembre y el curso escolar llegaba a su fin, era hora de elegir a las nuevas alumnas que serían admitidas al año siguiente. Después de la cena, cuando hubieron recogido la mesa, la señorita Lawton les pidió que la ayudaran a revisar las solicitudes.

No bien se habían sentado a la mesa, con la montaña de solicitudes frente a sí, Nancy cogió una y dijo:

—Ya sé que a usted no le gusta admitir a chicas no cristianas, pero aquí hay una, Niloufer Akbarally, cuya admisión me parece que deberíamos considerar seriamente.

La señorita Lawton sonrió y negó con la cabeza.

—Lamentablemente, este año la junta misionera me ha pedido que sea más estricta que de costumbre. Como muy bien sabes, ciertos miembros del Consejo Legislativo consiguieron que el Ministerio de Educación adjudicase parte del dinero que nos da a nosotros, los colegios cristianos, a colegios no cristianos. Es hora de que cuidemos de los nuestros, querida Nancy. Primero, las chicas de la Misión de Cristo; luego, las otras protestantes. Podría admitir a algunas católicas, pero no más.

—Pero las Akbarally han estudiado en el Colegio Misionero de Colpetty durante generaciones. Usted sabe que han ganado muchos premios y han conseguido muchos honores para nuestro centro.

—Pero ahora, habiendo tantos colegios no cristianos, ¿no sería mucho mejor que los Akbarally mandaran a su hija a uno donde la chica estuviera entre los suyos?

—Pero el nivel de enseñanza es muy bajo en esos centros. Señorita Lawton, usted siempre ha dicho que nosotras, las mujeres cristianas, tenemos una mayor libertad que las mujeres de las demás confesiones por la naturaleza misma del cristianismo. Que su mensaje de amor y tolerancia ha alimentado a las culturas europeas que, a su vez, han dado tal libertad a las mujeres. ¿No es entonces necesario compartir esa iluminación con aquellas que puedan tener menos libertad?

—¿Por qué no volvemos más tarde a la solicitud de los Akbarally? —sugirió Annalukshmi.

—No podría estar más de acuerdo contigo sobre la cuestión de la libertad, querida Nancy —dijo la señorita Lawton, como si no hubiera oído el comentario de Annalukshmi—, pero mira este montón de solicitudes. Estoy segura de que más de la mitad son de no cristianas, la mayoría de ellas, incluso, más que aptas para ser admitidas. Nuestro colegio es uno de los mejores del país, por eso todo el mundo quiere que sus hijas estudien aquí. No puedo dejar a nuestras jóvenes cristianas en desventaja, admitiendo a otras en su lugar.

Annalukshmi se percató de que no llegaría a ningún lado intentando detener una discusión que había presenciado tantas veces, de manera que se excusó y salió a la veranda.

Ya en el porche trasero, vio que el señor Jayaweera estaba sentado en un sillón, ante la puerta de su habitación, leyendo un libro a la luz de una lámpara de queroseno. Se había cambiado de ropa y ahora llevaba un sarong y una camisa. Cuando la vio llegar, se puso de pie. Ella le indicó con un ademán que se sentara.

—¿Qué está leyendo, señor Jayaweera? —le preguntó.

—Un libro de W.A. Silva. Sobre la vida en el Ceilán rural.

Ella se quedó de pie, apoyada contra uno de los postes del porche.

—No puedo dejar de pensar en su historia —dijo, al rato—. ¿De verdad cree que su hermana fue poseída?

—No estaba preparado para creerlo. Pero, si usted hubiera visto a Dayawathy, también lo habría hecho. ¡Pensar que pudo desgarrar el cuello de un gallo y beberse su sangre! —Dejó el libro en su regazo—. Vivimos en una época en la que reina la ciencia. A ambos se nos ha educado para pensar eso. Si algo no se nos demuestra con pruebas, entonces es que no existe. Pero quizá haya muchas cosas que no puedan explicarse de esa manera. Tal vez las creencias antiguas, las mismas que se nos ha enseñado a olvidar, tengan cosas que enseñarnos.

Annalukshmi calló, pensando en lo que él acababa de decir.

—Y su hermana, señor Jayaweera, ¿no ha vuelto a padecer la misma dolencia desde entonces?

Él guardó silencio, mirándose las manos.

—No —respondió, pasados unos segundos, con mucha tristeza en la voz—. No ha padecido nada. Mi hermana murió hace unos años.

Annalukshmi lo miró a la media luz de la lámpara de queroseno.

—Lo siento.

Él asintió.

—De malaria. Es muy corriente en esa parte de Ceilán. Casi todas las familias han perdido a alguien debido a ella.

Annalukshmi asintió, condoliéndose.

—Su vida ha sido muy difícil; primero su hermana, luego su hermano. —Se detuvo, percatándose de lo que había dicho.

—¿Sabe eso?

—Sí —confesó, reacia—. Me lo dijo la señorita Lawton.

Se hizo un silencio entre ambos, roto tan sólo por el ulular de un búho en el jardín.

—¿Sabe, señor Jayaweera?, a mí no... yo no pienso mal de su hermano.

Él la miró, sorprendido.

—Es más, creo que lo que hizo es admirable. No muchos se interesan de verdad por los pobres. No lo suficiente para correr riesgos por ellos, al menos.

—Usted es demasiado idealista, señorita. Debido a lo ocurrido, perdí mi empleo y mi familia estuvo a punto de morirse de hambre. De no haber sido por la bondad del señor Wesley, por este trabajo, ahora seríamos mendigos. La gente con ideas brillantes nunca piensa en el coste que éstas acarrean a los demás.

Abrió el libro y retomó la lectura.

Annalukshmi se dio cuenta de que lo había ofendido, pero era incapaz de decidir cómo o por qué. La severidad en el rostro del señor Jayaweera no invitaba a continuar la conversación. Al cabo de un rato, se dio la vuelta y se fue.

8

Cuando el enemigo se acerque como un amigo,
sonríe, pero no te conviertas en su amigo.

TIRUKKURAL, verso 830

En los días que siguieron a su encuentro con Richard, Balendran había querido decirle a su padre que, en realidad, el señor Howland no era el consejero del doctor Shiels. Pero, cada vez que pensaba hacerlo, lo posponía. Hablar con su padre de Richard era desagradable, embarazoso, en especial teniendo en cuenta su falta de compostura la última vez que habían hablado del tema.

Era costumbre del mudaliyar almorzar todos los miércoles en el hotel Grand Oriental, en el distrito comercial del Fort, un lugar de encuentro habitual para los cingaleses ricos. El hotel estaba al lado del muelle de desembarque del puerto de Colombo. Tenía un patio con palmeras donde tocaba una orquesta y un comedor bellamente decorado, con un *chef* europeo. Para esos almuerzos semanales, el padre de Balendran reservaba un comedor privado en el piso superior. Tenía vistas al puerto, con su interesante espectáculo de elegantes navíos que entraban y salían. Balendran y Sonia eran siempre sus invitados en tales ocasiones.

Un miércoles por la tarde, los tres salían del hotel Grand Oriental, después de almorzar, cuando Balendran vio a Richard y al señor Alliston que iban hacia ellos por el soportal que bordeaba el hotel.

Sonia también los había visto.

—Bala, son tus amigos.

Los saludó con la mano y se volvió a Balendran. La expresión en la cara de su marido le dijo que había cometido un error, aunque ella no pudo entender en qué consistía.

Su suegro miró hacia delante.

—Es tu amigo el señor Howland, ¿verdad? —preguntó.

Richard y el señor Alliston ya habían llegado a su altura. Al ver al padre de Balendran, Richard vaciló, con expresión de desasosiego.

—Señor Howland —empezó a decir el mudaliyar, a la manera de un gran hombre de mundo, tendiéndole la mano—, qué gran placer, después de tantos años...

Richard dudó, pero al momento se adelantó y le tendió la mano.

—Señor —saludó, y le estrechó la mano secamente. Enseguida le presentó a Alli.

—Oh, ya veo que tiene a su fiel compañero consigo —le dijo Sonia a Richard, señalando el ejemplar de *El libro de Ceilán*, de Cave, que llevaba en la mano.

—Sí —le respondió él—. Lo estamos siguiendo al pie de la letra.

—Demasiado al pie de la letra —protestó Alli—. Uno no atraviesa medio mundo para pasear por calles que parecen sacadas de Londres.

—Ah, señor Alliston —dijo el mudaliyar—, entonces debería visitar los lugares históricos, donde podrá saborear algo de nuestro glorioso pasado; sitios como Anuradhapura y Polonnaruwa.

—Gracias, señor —replicó Alli, cortés—, pero ése no es el turismo que me gusta. Me interesan los griegos en sus tabernas, no la Acrópolis.

El mudaliyar miró a su hijo, sin entender.

—Lo que el señor Alliston quiere decir, *Appa*, es que prefiere ver cómo vive la gente en Ceilán, antes que visitar los lugares históricos o los monumentos —aclaró Balendran.

—Oh, pero eso es muy fácil de arreglar. —Sacó el reloj y lo consultó—. Es más, si no está ocupado ahora, para mí sería un placer invitarlos a ambos a tomar el té en mi casa. Así podrá ver cómo vive una familia cingalesa típica. —Les dirigió una espléndida sonrisa a todos, que lo miraron desconcertados.

—Se lo agradezco mucho, señor... —comenzó a decir Richard, pero Alli lo interrumpió.

—Aceptamos con mucho gusto —dijo.

—Entonces está arreglado. —El mudaliyar los guió a donde estaba estacionado su coche.

Siguiéndolo, Balendran miró a su padre, consternado. Iba a hablarle de sus ideas a Richard y, a través de él, al doctor Shiels. Balendran vio que Richard dirigía al señor Alliston una mirada enfurecida, a la que éste respondió con una inocente sonrisa.

—Me temo que va a desilusionarse, señor Alliston —le susurró Sonia—. No va a ver una familia cingalesa típica, que digamos.

—Será igualmente encantador —repuso Alli.

Ya habían llegado al coche y el chófer sostenía la puerta abierta. El automóvil era un Delahaye de 1925 color gris verdoso y, por su tamaño, muy ostentoso. Pero el interior olía a cerrado, pues el techo, algo bajo, no era descapotable.

Cuando entraron en Brighton, Nalamma fue corriendo al vestíbulo. Al ver a los dos europeos con su familia, se quedó quieta, sorprendida.

—Han venido a tomar el té —le anunció su marido en tamil.

Nalamma se fue deprisa para dar instrucciones a los sirvientes de que hicieran los preparativos necesarios, y el padre de Balendran los llevó al salón.

Cuando el té estuvo servido, el mudaliyar se reclinó en su asiento y cruzó las manos sobre el pecho. Un escalofrío recorrió la espalda de Balendran. Su padre iba a tocar el tema de la comisión.

—Toda esta experiencia de la comisión ha de ser fascinante para usted, señor Howland.

—Lo es, señor.

—Estoy seguro de que también lo será para el doctor Shiels.

Richard entornó los ojos.

—Seguramente, señor.

El mudaliyar se inclinó hacia delante.

—Espero que, cuando haga sus recomendaciones, el doctor Shiels lo haga con cautela, habiendo considerado las implicaciones que la reforma de una sociedad oriental acarrea. Sucede, señor Howland, que siempre he creído que el problema de la Europa moderna es que ha olvidado su aristocracia y la obediencia a su voluntad. Si la voz de cada hombre va a contar de la misma manera, la voz de quienes piensan quedará ahogada por la de quienes no lo hacen porque no tienen tiempo para hacerlo. Esta situación deja a todas las clases por igual a merced de oportunistas sin escrúpulos.

Mientras su padre hablaba, Balendran vio que Richard comenzaba a fruncir el entrecejo, como si gradualmente fuera dándose cuenta de algo. Cuando por fin hizo una pausa, dijo:

—Señor, espero que no crea aún que soy asesor del doctor Shiels.

Balendran sintió que se le secaba la boca.

—Debe entender que no tengo la menor influencia sobre el doctor Shiels. —La voz de Richard cortó el aire—. Sería inútil creer que yo podría alterar las decisiones del doctor Shiels.

Sonia y el señor Alliston miraron a Richard, incómodos por la severidad de su tono.

El mudaliyar se echó hacia atrás, como si lo hubieran abofeteado.

Richard se levantó.

—Tenemos que irnos —le dijo a Alli. Se volvió a su anfitrión—. Le agradezco su hospitalidad, señor.

El aludido levantó apenas la mano, acusando recibo de las palabras.

Balendran se levantó y siguió a Richard.

Alli seguía despidiéndose de todos, de modo que estuvieron un momento a solas en el vestíbulo.

—Richard —empezó a decir Balendran, en voz baja—, lamento mucho esto. Yo iba a decírselo a mi padre pero...

—Así que por eso tenías tantas ganas de verme, Bala. No por amistad, no por el recuerdo de lo que hubo entre...

—Sshhh.

—... sino porque querías hacerle el trabajo sucio a tu padre. —Hizo un gesto hacia la sala—. ¿En serio creías que podías engañarme tan fácilmente?

Balendran no respondió.

—Supongo que sí. El mismo idiota de Richard de siempre, ¿eh?

Balendran abrió los ojos como platos, percatándose de a qué se refería Richard con eso.

Su amigo tomó su expresión como una admisión de culpabilidad. En alguna parte de él, había esperado que sus sospechas sobre la infidelidad de Balendran fueran infundadas.

—Me decepcionas, Bala. Por segunda vez —dijo, con voz trémula—. Me decepcionas profundamente.

—Richard...

En ese momento salió Alli, seguido de una preocupada Sonia.

Richard se llevó dos dedos al ala del sombrero, a modo de saludo, y empezó a salir, indicándole a Alli que lo siguiera.

Balendran los miró marcharse: Richard, con paso rápido, como si deseara estar lo más pronto posible lejos de Brighton.

—¿Te has explicado al señor Howland y te has disculpado con él? —preguntó Sonia.

Antes de que Balendran pudiera responder, su padre salió del salón.

—¿Por qué no me habías dicho que no estaba en la comisión? —le espetó a gritos.

—Iba a decírtelo, *Appa*. Esta misma tarde.

—Me has hecho quedar como un rematado idiota. Pensar que he desperdiciado mi hospitalidad en esos dos. Pensar que... —Se quedó sin palabras. Entonces, se volvió y subió en tromba la escalera.

Balendran hizo una seña a Sonia y ambos se fueron hacia su coche.

—Bien merecido que se lo tiene *Appa*. El señor Howland tenía todo el derecho del mundo a enfadarse —exclamó Sonia apenas estuvieron en el coche.

—No hables de lo que no entiendes, ¿me oyes?

Nunca le había hablado así su marido, y le hirvió la sangre de rabia. Casi no pudo contenerse hasta que llegaron a casa.

Al llegar a Sevena, Balendran y Sonia se apearon del coche y subieron a paso vivo los escalones del porche. Apenas quedaron solos, Sonia dijo:

—Me pone enferma. ¿Por qué permites que te trate así?

—Te tengo dicho que no es asunto tuyo.

—¿Por qué ese terrible sentido del deber? Esa obediencia absoluta no tiene sentido.

—Es mi padre. Así son nuestras costumbres. Tal vez tú no puedas entenderlo. —Habló como si despreciara el hecho de que ella fuera medio inglesa.

—Bala —repuso ella—. No es cuestión de «tus costumbres» y «mis costumbres». —Le apoyó una mano en el brazo.

Él se apartó de ella con brusquedad y se fue a su despacho. Entró y cerró dando un portazo.

Ella se quedó mirando la puerta un momento. Luego se sentó lentamente en el sofá, desolada porque otra vez hubieran llegado a ese punto muerto.

Ya en su despacho, Balendran se quitó la americana, encendió el ventilador y se quedó de pie junto a la ventana, sintiendo la brisa marina y el viento lanzado por el ventilador que le refrescaban el cuerpo. No podía olvidar la expresión en la cara de Richard cuando le estaba diciendo que lo decepcionaba profundamente. La vergüenza que había arrastrado consigo todos aquellos años por la forma en que había terminado su relación se apoderó de él con toda su fuerza. La melancolía comenzó a invadirlo. Era un sentimiento profundo que reconocía de los tiempos en que Richard y él se peleaban. Al despertar por las mañanas, tras una áspera discusión, se levantaba con una tristeza que le duraba todo el día, una angustia que se le metía en los huesos, haciéndole difícil incluso reunir la fuerza de voluntad necesaria para ir de la salita a la cocina a preparar una tetera. No podía ser. Después de tantos años, era imposible que Richard tuviera tal efecto sobre él.

Sin embargo, más adelante, esa misma noche, sentado al escritorio, ocupándose de la contabilidad del templo, Balendran fue víctima de una inquietud que le dificultaba concentrarse en el trabajo. Después de equivocarse al hacer una suma por tercera vez, negó con la cabeza y cerró el libro. La casa estaba en silencio. Se levantó sin hacer ruido y salió del despacho. Iría a pasear por las vías del tren. Pero, cuando ya se había puesto el sombrero y tenía el bastón en la mano, se quedó mirando su imagen en el espejo, sintiendo un letargo, como una fiebre mansa. No tenía ni las fuerzas ni el deseo de salir. Con un suspiro, se quitó el sombrero y devolvió el bastón a su lugar.

• • •

Apenas estuvieron de regreso en su habitación del hotel, Richard se volvió a Alli, furioso.

—¿Por qué no hiciste caso de mis deseos? Era evidente que lo último que yo quería era ir a esa maldita casa.

Alli lo miró, intrigado por su enojo.

—Ese hombre vil, ese desgraciado. Tratando de sobornarme con su estúpida hospitalidad.

—¡Por Dios, Richard! —exclamó Alli—. Estás sacando las cosas de quicio. Sí, es un viejo pomposo y tonto. Pero él se sintió más humillado que tú cuando supo...

—No sabes lo que dices.

Richard se dirigió bruscamente al armario, de donde sacó su traje de baño.

Para cuando Richard llegó a la piscina, su enojo se había aplacado. Al bajar los escalones para meterse en el agua, se dio cuenta de que le temblaban las piernas. Se sumergió en la parte menos profunda, sintiéndose vulnerable y perturbado.

Richard nunca se detenía en el recuerdo de su anterior encuentro con el padre de Balendran, tan humillante; el encuentro de ese día lo había despertado de su letargo.

Al volver a su habitación, vio a Alli sentado en la cama, la espalda contra el cabezal, leyendo *La aldea de la jungla*, de Leonard Woolf. Levantó la mirada cuando entró Richard pero, al ver la expresión severa de su cara, pensó que seguía de mal humor y se apresuró a regresar a su lectura.

Tras ponerse la bata, Richard fue a sentarse en la cama, junto a los pies de Alli.

—Necesito hablar contigo —dijo, después de unos momentos de silencio—. Contarte algo que no te he explicado nunca. —Puso los pies de Alli sobre sus rodillas.

Alli se puso el libro abierto, boca abajo, sobre el pecho, y esperó.

—Nunca te he contado cómo terminaron las cosas entre Balendran y yo, ¿verdad?

—No, querido, nunca lo has hecho.

Richard negó con la cabeza y apartó la mirada de Alli, avergonzado de lo que le había ocultado durante tanto tiempo.

—El viejo, el mudaliyar, apareció un día en nuestro apartamento.

Alli contuvo el aliento.

—Con sólo verle la cara, supimos que ya sabía lo nuestro.

—Pero ¿cómo pudo averiguar algo así?

—Un amigo de Bala, creo. Un tipo llamado F.C. Wijewardena. Fue espantoso. Más para Bala que para mí, supongo.

Richard se quedó callado, perdido en sus recuerdos.

—Apenas el viejo empezó a sermonearnos, Bala salió corriendo del apartamento, sin un abrigo siquiera, en pleno invierno. Cuando nos quedamos solos, su padre me dijo que yo era un degenerado, que había pervertido a su hijo. Al principio traté de imponerme, de echarlo del apartamento. Entonces me amenazó con denunciarme a la policía por sodomía. —Richard hizo una pausa—. Me quedé aterrado. Después de todo, no había pasado mucho tiempo del juicio a Wilde. —Miró a Alli—. Nuestras vidas son muy frágiles. Una palabra ante la ley puede hacerlas añicos. El viejo vio esa ventaja y me venció. —Richard negó con la cabeza—. Pronto estuve de rodillas suplicándole que no fuera a la policía. Llegó a abofetearme, y yo no me defendí. —Richard apartó la mirada—. Me ordenó que me fuera del apartamento. Él se mudaría allí y se haría cargo de su hijo. Obedecí sus órdenes. Me fui, volví a la casa de mis padres en Bournemouth.

Alli cogió la mano de Richard.

—Después de tantas promesas de amor, de no separarnos nunca, no volví a tener noticias suyas.

Alli atrajo a Richard contra su cuerpo y lo abrazó fuerte. Se quedaron los dos quietos, escuchando el sonido de las olas que rompían en la playa. Richard miró a Alli.

—Tiene que haber habido una buena razón para el silencio de Bala. No lo desprecies por lo que hizo.

Alli negó con la cabeza, indicando que no lo hacía. Un instante después, cogió la cara de Richard entre sus manos.

—No malinterpretes lo que te voy a decir, amor mío —dijo—, pero, ahora más que nunca, me temo que no fue la comisión lo que te trajo hasta aquí.

Richard se apartó, para protestar.

—Sé que no crees en la psicología, pero pienso que a veces hacemos cosas por razones que ignoramos.

—¿No estarás sugiriendo que sigo enamorado de Bala?

—No lo sé —respondió Alli—. Pero sí creo que debemos afrontar nuestros problemas, no huir de ellos.

Alli se levantó de la cama, fue hacia la ventana y miró por ella.

—Este Ceilán es muy aburrido —afirmó—. No hay nada que ver aquí. Siglos de imperialismo han anulado la cultura local por completo. —Se volvió a Richard—. Estaba pensando en hacer un viaje a la India. A ver los templos del sur.

Richard iba a protestar, pero Alli lo detuvo con un ademán.

—Ya sé lo que estás pensando, y ésa es, en parte, la razón. Mientras esté lejos, tendrás una oportunidad para resolver este asunto de una vez por todas.

Esbozó una sonrisa.

—Claro que quizá esté cometiendo una estupidez. Podrías enamorarte de ese Balendran otra vez, como si nada, y entonces, ¿adónde iría yo?

—Oh, no, Alli. Nunca, nunca.

—*Qui vivra verra* —dijo Alli, y se volvió a mirar el mar.

9

Al decir «Nadie me conoce», mi amor
florece y revolotea por las calles.

TIRUKKURAL, verso 1139

El interés de Kumudini en ver casada a Annalukshmi, aunque nacía del sincero deseo de que su hermana fuera feliz, era en parte egoísta. Si todo iba bien con el hijo de los Macintosh, sus posibilidades de casarse aumentarían. Con su hermana mayor casada, ella ya podría recibir proposiciones. En los días siguientes al envío de la fotografía a los Macintosh, se encontró pensando en un chico en particular.

La Academia Van der Hoot para Señoritas, de la que Kumudini era alumna, era administrada por la señora Van der Hoot, una mestiza medio holandesa, medio cingalesa. El edificio de la academia era también su casa, y tenía una hija, Sylvia, amiga de Kumudini, y un hijo, Dicky, que era interno en el Hospital General. Los compañeros de Dicky iban con frecuencia a visitarlo durante el horario lectivo, situación que la señora Van der Hoot no evitaba en absoluto porque sabía que la fama de su academia tenía algo que ver con la presencia de tan codiciados solteros. De hecho, solía programar la clase de baile para que coincidiera con esas visitas. Entonces, se convencía a los amigos de Dicky para que acompañaran en el baile a las alumnas. La señora Van der Hoot, buena conocedora de la susceptibilidad de los cingaleses a los elementos de casta y de raza, ponía mucho cuidado a la hora de emparejar a unos con otras, de modo que las parejas de baile así formadas fueran socialmente compatibles: *karava* con *karava*, *goyigama* con *goyigama*, mestizo con mestiza, tamil con tamil. Como Kumudini era la única alumna tamil, su pareja de baile era, invariablemente, un joven médico tamil

134

llamado Ronald Nesiah. Por Sylvia, Kumudini se enteró del interés de Ronald en ella, transmitido a través de Dicky. Por supuesto, él no se hubiera atrevido nunca a decírselo a ella personalmente. Kumudini no le habría perdonado jamás tal atrevimiento. Cuando bailaban juntos, mantenían la formalidad más estricta, dirigiéndose siempre el uno al otro como doctor Nesiah y señorita Kumudini. Sin embargo, era delicioso saber todo el tiempo que él estaba interesado en ella. Mientras bailaban, ella era plenamente consciente del calor de su mano en su espalda, de la palma de su otra mano contra la suya. De vez en cuando, ella le dirigía una mirada de soslayo y lo que veía no le desagradaba. Tenía un bonito bigote, cortado a la moda, con los extremos curvos. La nariz era un poco grande y la frente casi demasiado prominente, pero ésos no eran defectos serios. Su manera de hablar, lenta y comedida, hacía pensar en un hombre tranquilo que reflexionaba antes de actuar. Un hombre que se convertiría en un esposo paciente y atento.

A los pocos días de enterarse de la posible proposición de matrimonio para su hermana, Kumudini se lo contó a Sylvia.

—¡Eso es estupendo, Kumudini! —exclamó su amiga, entusiasmada, dando una palmada de alegría—. Estoy segura de que tu doctor va a estar encantado.

—No irás a decirle nada... —le dijo Kumudini, ruborizándose.

—¿Por qué no? Ya sabes lo mucho que ha estado esperando esta oportunidad.

—¿En serio? —Kumudini parpadeó, confundida, queriendo saber más.

—Dicky dice que tu doctor es como un caballo de carreras mordiendo el freno. Dice que le cuesta mucho impedir que se arroje al suelo de rodillas, en medio de nuestro salón, y se te declare.

—No es mi doctor —protestó Kumudini, modosa.

Sylvia entornó los ojos.

—Y digo yo, Kumudini, ¿por qué no le susurro la noticia al oído a Dicky? No tiene nada de malo acelerar los acontecimientos, ¿no?

Antes de que Kumudini pudiera responder, Sylvia agregó:

—Déjalo en mis manos. Seré un modelo de discreción.

Los susurros de Sylvia Van der Hoot tuvieron un efecto mayor del que ni ella ni Kumudini pudieran haber predicho.

Pocos días después, Louisa estaba en su jardín, supervisando a Ramu, que podaba las rosas, cuando oyó un agudo «¡Prima!». Se dio la vuelta y vio a Philomena Barnett aproximándose por el sendero de la entrada, gesticulando, toda agitada. Louisa mandó a Ramu a la cocina a por un vaso de *thambili*, se quitó el sombrero y fue a recibir a su prima. Cuando llegó al porche, la prima Philomena, que ya estaba allí, exclamó:

—¡Tengo muy buenas noticias, prima, muy buenas!

Pero se negó a decir nada más hasta haber bebido su *thambili*.

—¡Prima! —repitió—. Ha llegado otra petición.

—¿Para Annalukshmi? ¡Qué emocionante!

—No, prima. No es para Annalukshmi. Es para Kumudini.

Louisa se sentó en una silla, asombrada.

—Pero... Pero ¿de quién se trata?

—Ronald Nesiah, hijo de D.S. Nesiah —dijo Philomena, triunfante—. El doctor Ronald Nesiah.

Louisa exhaló el aire de sus pulmones de golpe. El hijo de D.S. Nesiah, el hombre que, según se decía, sería juez supremo si el cargo recaía alguna vez en un cingalés.

—¿Cómo...? ¿De qué conoce a Kumudini?

—Al parecer, es muy amigo del hijo de la señora Van der Hoot. La conoció en su academia.

—Pero ¿qué sabemos de él?

—Prima —repuso Philomena con una sonrisa—, ¿qué quieres saber de una familia como ésa?

Se inclinó hacia delante en la silla.

—Bueno, prima, ya sé que primero tiene que casarse Annalukshmi. Pero no perdemos nada considerando esta propuesta. La señora Nesiah ha pedido verte personalmente para hablar del asunto.

Louisa entornó los ojos, vacilante.

—¿No podríamos esperar a que se resuelva lo de Annalukshmi?

—La verdad es que la señora Nesiah ha recibido otra proposición para su hijo. Pero él la posponía y la posponía, y nadie sabía por qué. Hasta que ayer volvió a su casa y mencionó a Kumudini. Por eso su madre quiere verte, para poder decidir qué hacer con la otra propuesta.

Louisa guardó silencio.

—Prima, es una oportunidad de oro. No la dejes pasar. Después de todo, no tienes demasiadas opciones que digamos.

Louisa entendió que Philomena se refería a Annalukshmi y su «reputación», lo que podía ahuyentar a los pretendientes de sus hermanas. Al cabo de un rato, Louisa asintió y dijo que estaba de acuerdo con la entrevista.

Cuando Philomena Barnett se marchó, Louisa acabó de asumir la noticia que le había traído en toda su amplitud. Sintió alegría, pero al mismo tiempo preocupación; se preguntaba hasta dónde habrían llegado las cosas entre Kumudini y ese doctor Nesiah. Temía que pudiera haber habido algo impropio en su relación.

Por lo general, Kumudini volvía a casa antes que sus hermanas, pero ese día se retrasó. Cuando llegó, Annalukshmi y Manohari ya estaban sentadas a la mesa del comedor para empezar a almorzar. Louisa no pudo esperar al final del almuerzo y dijo a Kumudini:

—Quiero hablar contigo. En mi dormitorio.

Kumudini miró a su madre, alarmada.

Annalukshmi y Manohari también lo hicieron. Kumudini había hecho algo malo. Era toda una novedad.

Apenas Louisa y Kumudini entraron en el dormitorio, Manohari se levantó de la mesa y fue de puntillas hasta la puerta.

—*Chutta* —empezó a protestar Annalukshmi, pero Manohari levantó una mano para silenciarla. Como ella también estaba muy intrigada, no insistió.

Tras cerrar la puerta a sus espaldas, Louisa se volvió a Kumudini.

—Tengo una noticia. Ha llegado otra propuesta.

—¡Qué maravilloso, *Amma*! —exclamó Kumudini, aliviada de que la seriedad de su madre no tuviera que ver con ninguna falta suya.

—Pero no es para Annalukshmi, sino para ti.

Kumudini miró a su madre y enseguida se ruborizó.

—Supongo que no tengo que decirte quién es.

Kumudini estaba muda.

—*Merlay*, no habrás... Ya me entiendes... No lo alentarías.

—¡No, *Amma*! —protestó Kumudini.

La expresión ofendida en la cara de su hija tranquilizó a Louisa.

—Está bien —dijo—. No lo he pensado ni por un momento.

Pasó a contarle todo lo que le había dicho Philomena. Cuando terminó, le preguntó:

—¿Qué piensas del muchacho? ¿Te interesa?

Kumudini apartó la mirada, pero Louisa vio el brillo en sus ojos.

—En fin, ya veremos qué sucede con la señora Nesiah —añadió Louisa—. Entretanto, *merlay*, debes mantener la más estricta formalidad con ese joven Nesiah. Que la gente no diga que te arrojas en sus brazos.

Kumudini asintió.

Louisa fue hacia la puerta.

Al oír los pasos de su madre, Manohari salió corriendo hacia la mesa del comedor y se sentó. Apenas tuvo tiempo de susurrar:

—Una propuesta. Para Kumudini, *akka*.

Justo entonces se abrió la puerta y su madre y su hermana salieron del dormitorio. Manohari se dispuso a servirse un poco de arroz, con una cara inocente.

Pero la expresión de asombro de Annalukshmi las dejó en evidencia. Louisa frunció el entrecejo y Kumudini volvió a ruborizarse.

—Está bien, supongo que no hay nada que contar —dijo Louisa.

—Pero, qué... ¿quién es él? —preguntó Annalukshmi.

Louisa explicó quién era y cómo había sucedido todo. Mientras lo hacía, Annalukshmi continuaba mirando a su hermana.

—Felicitaciones, Kumu —exclamó. Se levantó de la mesa, fue hasta su hermana y la abrazó fuerte.

Kumudini, completamente emocionada, se echó a llorar.

—Vamos, vamos —dijo Louisa, mientras servía el *rasam* en las tazas—, no vendamos la piel del oso antes de cazarlo.

• • •

Esa misma tarde, la señora Van der Hoot les enseñó a cortar blusas de saris. De pie con las otras alumnas, atenta a lo que se hacía, Kumudini pensó en todo lo que había aprendido en aquella academia y en que ahora podría ponerlo en práctica. Mirando los patrones de las blusas, se imaginó su boda, el sari que escogería, las damas de compañía, los adornos florales. Después estaba la vida de casada, en una casa nueva para decorar y cuidar. Siempre había sabido exactamente lo que quería en su hogar, qué tela para cortinas y servilletas, qué diseño en la vajilla.

Ronald Nesiah no fue esa tarde con los otros chicos, y Kumudini, si bien algo decepcionada, lo admiró por su discreción. Sentada durante la clase de baile, se sintió como si ya fuera toda una matrona, mirando con interés a las debutantes de ese año, juzgándolas desde la cómoda posición de alguien que ya no tiene que lucirse para conseguir marido.

Philomena Barnett, que no era de las que se retrasan a la hora de cumplir sus tareas, arregló el encuentro entre la señora Nesiah y su prima para unos días después. Tendría lugar en la residencia de los Nesiah, en Rosmead Place, que quedaba a dos manzanas de Horton Place.

Louisa se sorprendió al ver que, a pesar de la reputación de D.S. Nesiah como juez, su casa era modesta. Se trataba de una edificación de una sola planta, bien cuidada, con un jardín impecable.

Un criado las hizo pasar, las llevó hasta unas sillas, en el porche, y fue a buscar a su señora. Las puertas que daban al salón estaban abiertas, y le vieron llamar a la puerta del dormitorio de la señora Nesiah, al tiempo que anunciaba su llegada. Para sorpresa de ambas, la señora de la casa no salió de inmediato. Pasaron diez minutos y ella seguía sin aparecer. Louisa se inclinó hacia Philomena y le dijo:

—Prima, ¿no nos pidió que viniéramos a las once?

—Sí, sí —respondió Philomena.

Pasaron otros cinco minutos y Louisa iba a preguntar a su prima si estaba segura de que era el día correcto, cuando se abrió la puerta y apareció la señora Nesiah. Atravesó el salón hasta el porche y, en lugar de saludarlas enseguida, le indicó al criado que fuera a traer dos vasos con zumo de lima. Luego, con una leve inclinación de cabeza y una sonrisa, se sentó en una silla frente a ellas. Las miró expectante, casi como si no supiera a qué habían ido. Philomena se sentó en el borde de la silla.

—Louisa, esta señora es Rani Nesiah. Rani, ésta es mi prima, Louisa Kandiah.

Ambas mujeres intercambiaron inclinaciones de cabeza.

Louisa reparó en que la señora Nesiah era una de esas mujeres de piel muy oscura que insistían en ponerse talco, lo que le daba un extraño color grisáceo, como el de un cadáver.

La señora Nesiah esperó a que el criado les hubiera servido las bebidas, y luego dijo, abruptamente:

—Pues, sobre su proposición. —Ellas esperaron a que continuara, pero volvió a quedarse callada antes de hacerlo—. Ya debe saber que tenemos otra, de una muchacha de muy buena familia, y hemos de considerar su propuesta a la luz de esta otra.

Louisa la observó con mucha atención, preguntándose adónde conducía eso.

—Ronald tiene que completar sus estudios. Tiene que ir a Inglaterra para obtener el FRCS. Su licenciatura cingalesa no sirve para nada. La cuestión es que no tenemos el dinero necesario para enviarlo. Por eso estamos buscando una chica cuya familia costee sus estudios en Inglaterra. Eso ha de entrar en la dote.

Las dos la miraron, desconcertadas.

Louisa se reclinó en su asiento, sintiendo que el corazón le daba un vuelco. Pagarle los estudios a un futuro esposo en Inglaterra era una inversión muy costosa, superior a lo que podía costear la parte de la herencia que le correspondía a Kumudini.

Philomena fue la primera en reaccionar.

—¿Cuánto... cuánto costaría?

La señora Nesiah dio la cifra.

Louisa gimió. Estaba muy por encima de lo que ellos podían aportar como dote. La señora Nesiah se volvió hacia ella.

—La educación de Ronald es muy importante para nosotros. Lo siento, pero debe entenderlo.

Esperó un signo de comprensión por su parte y, al cabo de un rato, Louisa asintió. Entonces, la señora Nesiah se puso de pie para indicar que la reunión había terminado.

—Gracias por encontrar un momento para venir —dijo.

Luego, sin esperar siquiera a que bajaran los escalones del porche, dio media vuelta y entró en la casa.

Para cuando llegó a la calle, Louisa estaba furiosa. Abrió la sombrilla con brusquedad y echó a andar a paso vivo hacia Albert Crescent. Philomena tuvo que darse prisa para alcanzarla y no tuvo siquiera tiempo de abrir su sombrilla.

—¡Vaya cara! —exclamó Louisa. Se detuvo y se encaró con su prima—. ¡Cómo se atreve a tratarnos así, como si fuéramos pordioseras!

Echó a andar otra vez. Philomena abrió su sombrilla y la siguió.

—¿Quiénes se creen que son? —exclamó Louisa—. ¡Sólo porque tiene un hijo médico no puede tratar a la gente como si fuera basura!

—Lamentablemente, así son las cosas, prima —repuso Philomena, conciliadora—. Si uno tiene un hijo médico, puede pedir la luna y conseguir que se la den.

—Me alegro de que Kumudini no se case con alguien de esa familia. Me alegro mucho, en serio.

Sin embargo, incluso mientras lo decía, Louisa sintió una honda desilusión. Aminoró la marcha y siguieron caminando en silencio.

—En fin —dijo Louisa, tratando de animarse—, habrá otras ofertas. Y, además, tenemos que concentrarnos en la proposición de Annalukshmi.

—Estoy segura de que eso marchará a las mil maravillas, prima —afirmó Philomena, calmándola—. Les he dado la fotografía y todavía no hay novedades. Pero cuando no hay noticias, eso son buenas noticias.

Louisa no pudo evitar preocuparse. Aquella entrevista le había hecho caer en la cuenta de lo escasas que eran las dotes de sus hijas cuando se dividía la propiedad de caucho de Malasia entre las tres.

Philomena paró un rickshaw al final de Horton Place y se separaron. Louisa fue a pie hasta Lotus Cottage, negando con la cabeza de vez en cuando. Tendría que hablar con Kumudini y contarle lo que había sucedido.

· · ·

Cuando Louisa llegó a su casa, Kumudini ya estaba allí, ansiosa por enterarse del resultado del encuentro. Estaba limpiando el polvo de la biblioteca cristalera del salón, sacando los libros y pasándoles un plumero. Al ver a su madre siguió trabajando, pues no quería demostrar su ansiedad.

Louisa reparó en la mirada huidiza de su hija y se sintió mal. Entró y dejó la sombrilla en un perchero junto a la puerta principal. Entonces se sentó en el sofá del salón.

—Ven aquí, Kumudini —la llamó, indicándole que se sentara a su lado.

Un estremecimiento de entusiasmo sacudió a su hija, que fue a sentarse con ella, todavía con el plumero en la mano.

Louisa sintió una punzada de dolor.

—Cariño —dijo.

Kumudini contuvo la respiración, esperando a que su madre hablara.

—Lo lamento, pero tengo malas noticias. Nos han rechazado.

—¿Re... rechazado? —repitió Kumudini, incrédula.

—Nosotras no... Sencillamente, no tenemos el dinero que piden de dote. Al parecer, Ronald... tiene que sacarse el FRCS en Inglaterra.

Kumudini se levantó y fue hasta la biblioteca. Sacó un libro y se puso a limpiarlo. Estaba extrañamente serena, pero se daba cuenta de que ésa no era la reacción apropiada. Trató de pensar en por qué estaba tan calmada y se percató de que para ella ese rechazo no podía ser genuino. Había habido un error. Ronald estaba enamorado de ella. Se lo había dicho al hermano de Sylvia una y otra vez. No se dejaría convencer por consideraciones tales como el dinero de su dote. Kumudini confiaba en que, apenas se enterara del resultado de la entrevista, se pondría furioso y rectificaría la situación. Su madre no estaba al tanto de la intensidad de sus sentimientos.

Se distrajo de sus pensamientos al oír el ruido que hacían sus hermanas al entrar por el portillo. No quería que su madre les diera la noticia, obligándola entonces a decir lo que pensaba, de modo que salió a recibirlas con cara de circunstancias. Sus hermanas iban hacia ella por el sendero y, no bien la vieron, exclamaron:

—¿Cómo ha ido?

Ella se encogió de hombros y esperó a que llegaran a los escalones del porche.

—Hay que limar algunas cosillas —insinuó.

Louisa, que había salido al porche, la miró incrédula.

Annalukshmi y Manohari miraron alternativamente a su madre y a su hermana, sin entender qué estaba pasando. Al ver que la observaban, Kumudini se volvió y entró. Cuando consideró que no la podía oír, Louisa hizo una mueca y dijo:

—Han rechazado la proposición.

Annalukshmi y Manohari contuvieron el aliento, desoladas.

—¿Por qué? —preguntó Annalukshmi, al fin.

—Tiene que ver con la dote. No es suficiente para ellos.

Annalukshmi pasó junto a su madre y entró en la casa en busca de su hermana. La encontró en el dormitorio, sentada al borde de la cama, con el plumero aún en la mano.

—¿Kumu? —preguntó, tanteando la situación.

Después de un momento, Kumudini la miró.

—*Amma* no lo ha entendido bien. A Ronald no le va a importar mi dote. Cuando se entere de lo sucedido, lo arreglará todo. —Sin embargo, ahora que había expresado en voz alta sus esperanzas, un sentimiento de angustia se apoderó de ella—. Después de todo —añadió, con la voz quebrada—, después de todo, ¿por qué es tan importante ese FRCS? Puede ejercer la medicina sin eso y ganarse muy bien la vida.

La expresión en la cara de su hermana no le dio ninguna esperanza.

—*Akka* —empezó a decir, con voz lastimera—, él me ama. Yo sé que me ama. Se lo dijo a Sylvia y a Dicky. Yo me di cuenta por la forma en que me miraba.

Annalukshmi dejó su bolso y fue a sentarse junto a su hermana.

—Kumu —dijo, y su tono hizo que ella se estremeciera.

Annalukshmi abrazó con fuerza a su hermana. Louisa y Manohari habían llegado a la puerta de la habitación, pero ella les hizo una seña para que se fueran. Muy suavemente, comenzó a acariciarle los cabellos a su hermana, que se puso a llorar.

• • •

Esa noche, mientras Annalukshmi observaba a Kumudini, sentada en una silla junto a la ventana, con las manos en el regazo, extrañamente sin hacer nada, sintió que parte de la tristeza de su hermana se le contagiaba. Se sorprendió pensando en el señor Jayaweera y en la clara frialdad que se había instalado entre ambos después de su última conversación, en casa de la señorita Lawton, una semana atrás. Annalukshmi había repasado mentalmente, una y otra vez, sus palabras, preguntándose qué había dicho ella de su hermano que lo hubiera ofendido tan profundamente. Después de todo, sólo había tratado de hablar bien de él, de colocar sus acciones bajo una luz favorable. Lo más molesto era que la amistad de Nancy con él parecía haberse profundizado. En más de una ocasión se los había encontrado en mitad de una conversación pero, por alguna razón, no se había sentido cómoda uniéndose a ella.

Al día siguiente, Annalukshmi tuvo un momento libre por la mañana. Al llegar a la sala de profesoras, vio que el señor Jayaweera estaba solo en la oficina de la señorita Lawton. Recordó sus pensamientos de la noche anterior y, siguiendo un impulso, fue y se quedó de pie en el umbral de la puerta del despacho. Él se levantó de su silla.

Ambos guardaron silencio, hasta que ella dijo:

—Señor Jayaweera, me parece que lo he ofendido por algo y quisiera disculparme por ello.

La cara del señor Jayaweera se ensombreció.

—Cuando le hablé de su hermano —continuó Annalukshmi, ansiosa—, fue con la intención más respetuosa. Pero me he dado cuenta de que sus actos han traído problemas para su familia, lo entiendo...

—No, señorita Annalukshmi, no lo entiende. No lo entiende en absoluto. —Hizo una pausa. Jugaba nerviosamente con un lápiz que había sobre el escritorio—. La historia que le contó la señorita Lawton sobre mi hermano es errónea. Fui yo quien convenció a los trabajadores para que fueran a la huelga.

—Yo creía...

—Sí, mi hermano está en el Sindicato Laborista. Pero fui yo quien alentó a los trabajadores a luchar por sus derechos. Trabajan

144

tanto, sus vidas son tan difíciles, familias enteras viviendo en una sola habitación, sin instalaciones sanitarias de ningún tipo. Como esclavos.

—Pero su hermano fue a la cárcel.

El señor Jayaweera volvió a guardar silencio.

—¿Recuerda que le dije que las personas con ideas brillantes nunca piensan en el coste que éstas acarrean a los demás? Hablaba de mí. Ni por un momento pensé en mi madre y mis hermanas. Yo soy el que gana el pan en mi familia, ése es mi papel. Mi hermano me convenció para dejar que él fuera a la cárcel en mi lugar, para que así yo pudiera seguir manteniendo a la familia.

Vio la mirada de sorpresa en la cara de Annalukhsmi.

—Ahora me considerará una mala persona. Y un tonto.

Annalukshmi iba a protestar, pero él se lo impidió con un gesto.

—Es algo de lo que estoy muy avergonzado.

Ambos se quedaron en silencio. En el cuadrilátero se desarrollaba una clase de educación física y se podía oír el silbato de la profesora y el ruido de la pelota.

—Sé que las mujeres que son muy amigas se lo cuentan todo —dijo el señor Jayaweera—. Pero, por favor, no le diga nada de esto a la señorita Nancy.

Annalukshmi asintió para indicar que guardaría el secreto.

10

El laúd está torcido, la flecha es recta. No juzguéis
a los hombres por su apariencia sino por sus actos.

TIRUKKURAL, verso 279

A la mañana siguiente de su discusión con Sonia, Balendran le pidió disculpas por haber estado grosero la noche anterior. Le explicó que el cansancio tenía la culpa, y las cosas continuaron como siempre. Dos días más tarde, al volver a casa, Balendran se enteró de que Richard le había hecho una visita y había dejado su tarjeta. Al guardársela en la cartera, sintió un inmenso alivio, y la tristeza que lo acompañaba desde aquel desagradable desencuentro en casa de su padre lo abandonó en parte.

Balendran conocía a Richard lo suficiente para saber que su visita no era señal de perdón, pero sí una puerta que se abría. Cuando fue a lavarse para el almuerzo, se sintió algo avergonzado por no haber dado el primer paso, puesto que, evidentemente, era él quien tenía que disculparse.

Honestamente, se le había ocurrido el día anterior, al pasar con el coche ante el hotel Galle Face. Pero saber que quizá tuviera que hablar sobre cómo había acabado su relación hizo que pospusiera la visita para más adelante. Ahora Richard había ido a verlo, y Balendran sabía que su deber era devolverle la visita, ofrecerle una explicación. Mientras se inclinaba sobre el lavabo y se arrojaba agua a la cara y al cuello, decidió que, en la medida de lo posible, evitaría hablar de su relación y, en especial, de cómo había terminado.

. . .

Balendran canceló sus compromisos de la tarde y fue a ver a Richard. Al llegar al hotel, le informaron que el señor Howland había ido a la sesión de la comisión. En lugar de volver más tarde, decidió ir al ayuntamiento, en cuyo salón de plenos se celebraban las sesiones de la comisión, a ver si encontraba a su amigo allí.

El edificio del ayuntamiento, al norte de Victoria Park, era blanco e imponente, con su cúpula y su alta columnata en la fachada.

Desde el coche, Balendran vio que la calle frente al ayuntamiento estaba casi colapsada debido al gran número de vehículos que se encontraban estacionados allí, por lo que dijo a Joseph que lo dejara en la entrada y se fuera a buscar un sitio para aparcar.

Él fue directamente a la galería del público y advirtió que ese día el Congreso Nacional de Ceilán comparecía ante la comisión. Su delegación estaba formada por el presidente, E.W. Perera, los secretarios S.W.R.D. Bandaranaike y R.S.S. Gunawardena, y otros miembros destacados del congreso. Había muchos más de ellos entre el público. Balendran alcanzó a ver a Richard, sentado en primera fila, con la cabeza inclinada sobre su libreta, pero no había ningún sitio libre cerca de él. Oyó que alguien lo llamaba en voz baja, se volvió y vio a F.C. Wijewardena, que le señalaba un asiento vacío a su lado. Balendran se abrió paso a lo largo de la fila. Por el camino, varios miembros del congreso, todos ex alumnos de su alma máter, la Academia de Colombo, lo saludaron en voz baja y algunos le estrecharon la mano.

—Vaya, vaya, qué sorpresa —dijo F.C. irónicamente, cuando Balendran se hubo sentado—. Pensaba que evitabas el cuerpo a cuerpo de la política activa. Que preferías ver las cosas desde tu torre de marfil.

Balendran sonrió.

—Hago excepciones.

F.C. se inclinó, por encima de Balendran, hacia el miembro del congreso que estaba al otro lado, también de su misma promoción.

—No hay nada que hacer con él —le comentó—. Cuántas veces le he pedido que se una al congreso.

—Sí, sí, Bala —añadió el otro—. No son maneras. Le harías un servicio al país, ¿no crees?

Balendran volvió a sonreír pero no respondió. Trató en cambio de concentrarse en la sesión. La postura del congreso era la que él había esperado por todo lo que F.C. le había contado. Abogaban por restringir el voto porque, si se concedía el sufragio universal, eso permitiría votar a un tipo de hombres que no ejercerían responsablemente su derecho a voto. También estaban en contra de la representación comunal y querían la autonomía.

Sin dejar de prestar atención a lo que decía la delegación del congreso, la mirada de Balendran se desviaba una y otra vez hacia Richard, muy concentrado tomando notas.

Al terminar la sesión, el público empezó a ponerse de pie y a abandonar la galería. Balendran se levantó también.

—¿Por qué no vienes a tomar el té con nosotros? —lo invitó F.C. Balendran negó con la cabeza.

—En realidad... he venido para encontrarme con un amigo —se excusó, y miró a Richard, que iba hacia ellos.

—Vaya, vaya —exclamó F.C.—. He aquí una imagen del pasado —añadió, mirando a Balendran.

Richard los vio en ese momento y vaciló. Se enderezó y fue hacia ellos.

—Qué agradable volver a verte —le dijo a Balendran, formal, mientras saludaba con la cabeza a F.C.

—Señor Howland —saludó F.C., tendiéndole la mano—. Cuánto tiempo.

Richard lo miró un momento, intrigado, hasta que lo reconoció. Una expresión gélida le petrificó la cara. Le hizo una brusca inclinación de cabeza a modo de respuesta.

F.C. retiró la mano.

—En fin, Bala —dijo—, ya os veré esta noche a Sonia y a ti en la cena. —Le dio una palmadita en el hombro y se marchó.

Cuando la galería se vació de público, Balendran y Richard se quedaron en silencio, mirándose.

—Sonia me ha dicho que fuiste a verme.

Richard asintió.

—Así que se me ocurrió venir aquí directamente.

Echaron a andar juntos, saliendo de la galería. Cuando llegaron fuera, la columnata de la entrada estaba desierta. Richard lo miró, inquisitivo, y Balendran, al ver que su amigo esperaba a que dijera algo, le sugirió por fin:

148

—Deberíamos... ir a algún sitio tranquilo, donde podamos hablar. —Le temblaba la voz.

—¿Qué te parece mi hotel?

En la terraza del hotel, casi todas las mesas estaban ocupadas por clientes que tomaban el té. Balendran y Richard miraron a su alrededor, sin saber dónde sentarse. El *maître* fue hacia ellos y les indicó una mesa libre, pero estaba embutida entre dos grupos de europeos ruidosos. Balendran miró a su amigo para saber su opinión.

—No, imposible —le dijo Richard al *maître*—. Que nos suban el té a mi habitación.

—¿No molestaremos al señor Alliston?

—Oh, Alli. Se ha marchado. A la India.

—¿A la India?

Richard sonrió.

—Evidentemente, Ceilán no ofrece suficientes estímulos para nuestro Alli.

Se hizo un silencio incómodo entre los dos mientras recorrían el pasillo alfombrado de rojo hacia la habitación de Richard. Cuando éste abrió la puerta y lo hizo pasar, Balendran se quedó torpemente inmóvil, mirando a su alrededor. Era una habitación pequeña, no una de las suntuosas suites del hotel, como había supuesto.

—Ponte cómodo —dijo Richard señalándole un sillón. Luego fue a dejar su americana. Balendran se sentó.

Al instante, su amigo volvió y se puso delante de él.

—En fin, que aquí estamos —dijo, levantando las manos. Después las dejó caer pesadamente a los lados del cuerpo y se sentó frente a Balendran.

Guardaron silencio aún durante unos segundos; Balendran, con la cara vuelta hacia la ventana; Richard, mirándose las manos.

—Creo que ha habido un malentendido —empezó a decir de pronto Balendran—. Hay algo que he de explicarte. Es sobre Sonia.

—Ya no es necesario —repuso Richard—. Esta mañana, mientras tomábamos el té, le pregunté a Sonia cómo os habíais conocido.

Balendran lo miró, asombrado.

Richard se levantó y fue a la ventana.

—Pero hay otras cosas de las que tenemos que hablar.

Balendran también se levantó.

—Richard, no quiero hablar del pasado. Sólo he venido para aclarar lo que creí que había sido un malentendido.

—Aquel día, en Londres, después de que huyeras del apartamento —continuó Richard, como si no lo hubiera oído—, tu padre me amenazó...

—Por favor, Richard. —Balendran se dirigió hacia la puerta.

Richard fue tras él y lo cogió del brazo.

—¿Sabías que tu padre me amenazó con denunciarme a la policía? Fue espantoso. No tuve otra opción que irme. Me fui a casa de mis padres, en Bournemouth, donde esperé. Noticias tuyas. Algo. Pensaba que sabía qué clase de persona eras. Pero me equivoqué.

Balendran se apartó de Richard, herido por sus palabras. Pasado un momento, comenzó a retroceder hacia la silla y se volvió hacia su amigo.

—Richard, has de entender que las cosas también fueron difíciles para mí.

—Después de veinte años de silencio, ¿eso es todo lo que tienes que decir?

—En todo este tiempo no me he permitido pensar en lo que pasó.

—Pues, entonces, no hay nada de qué hablar —dijo Richard.

—Después de salir corriendo como un loco del apartamento, me aterraba la idea de volver, de enfrentarme a mi padre, así que me puse a caminar por las calles, aunque estaba lloviendo. Al final, paré un taxi para volver a casa. Cuando llegué, mi padre me estaba esperando. Me dijo que te habías ido. Sus maletas estaban en tu habitación. Después de eso enfermé. Neumonía. Durante las semanas que estuve enfermo, aunque mi padre cuidó de mí, no me habló. No me dirigió ni una sola palabra. Nunca he sentido tanta desolación. Cuando me curé, había pensado mucho en todo lo ocurrido y me di cuenta de que mi padre tenía razón. Nuestra relación no podía continuar. —Miró a Richard—. Claro que muchas veces he pensado en escribirte, pero, en aquel momento, me pareció mejor dejar las cosas como estaban, ya que la ruptura ya había tenido lugar. —Hizo una pausa—. Con el correr de los años... eso ha sido algo que siempre me ha avergonzado. Algo con lo que habré de vivir para siempre.

—Si te hubieras puesto en contacto conmigo, las cosas habrían sido diferentes, nuestras vidas hubieran sido diferentes. —Richard se sentó—. Pero uno no puede modificar el pasado.

Sonrió.

—Pues aquí estamos, después de tanto tiempo. Hablando, por fin.

Balendran también se sentó.

—¿Sabes?, hay algo que jamás he podido averiguar. ¿Cómo se enteró mi padre de lo nuestro?

—Por F.C. Wijewardena.

Balendran lo miró, mudo.

—Tu padre me dijo que había recibido una nota. Un anónimo. Cuando volví a ir por el Salisbury, ¿te acuerdas de aquel pub en St. Martin's Lane?, me enteré de que un cingalés de Oxford había estado haciendo preguntas sobre nosotros.

—¿F.C.? Pero ¿estás seguro? Tiene que haber un error.

—No, no lo hay. El dueño de la taberna recordaba esa pitillera de carey que tenía tu amigo. Y sólo tenías un amigo cingalés estudiando en Oxford.

Llamaron a la puerta. Richard fue a abrir. Balendran se reclinó en la silla. Sintió que le daba vueltas la cabeza. Un camarero entró un carrito y comenzó a servir el té. Esa tregua le dio a Balendran una oportunidad para pensar en lo que le había dicho Richard.

F.C. había ido al Salisbury desde Oxford, había hecho preguntas sobre él y luego le había escrito a su padre. Deliberadamente se había propuesto destruir su relación con Richard. F.C. Wijewardena, un hombre a quien él consideraba su mejor amigo. No lo podía entender. Pensó en F.C. esa misma tarde, en cómo lo había llamado para ofrecerle un asiento libre, a su lado; en cómo había bromeado con él por haberse mantenido apartado del congreso. Iba a cenar con él esa misma noche.

El camarero se alejó y Richard le alcanzó una taza de té a Balendran.

—Espero no haberte sorprendido demasiado. Siempre supe que era una víbora.

Balendran cogió la taza y la dejó sobre la mesa, frente a sí.

—Y pensar que siempre he confiado en él.

—A pesar de las víboras, me alegro de que estemos juntos.

Swansea, la casa de F.C. Wijewardena y Sriyani, estaba en Ward Place. Había sido de sus padres pero, cuando éstos se retiraron a su plantación, cerca de Kandy, F.C. y su esposa se trasladaron a vivir en ella. Era una de las residencias más grandes de Ward Place, con quince dormitorios y muchas hectáreas de terreno. La casa recordaba a Brighton, pues tenía un sendero para coches que se bifurcaba alrededor de un jardín ovalado, un pórtico con columnas y tres plantas. Pero, en el centro mismo de la fachada, había una torre con un techo de tejas rojas que se elevaba muy por encima de la casa. Su función era decorativa y la habían construido por mero capricho de los dueños. Detrás de la casa había un establo. F.C. era un apasionado de los caballos y poseía algunos que corrían regularmente en las temporadas hípicas de Colombo y Nuwara Eliya.

Aquella noche, cuando él y Sonia llegaron a Swansea, para cenar con sus amigos, Balendran no sabía si sería capaz de soportarlo. ¿Cómo podría volver a mirar a F.C. a la cara? Había tenido tiempo para reflexionar sobre su traición y ésta había adquirido más importancia, una mayor dimensión. Le sorprendía no haber pensado nunca que F.C., durante las visitas que les hacía en Londres, podía haber adivinado que Richard y él no eran simples compañeros de apartamento. Sin entender la naturaleza intrínseca de la homosexualidad, probablemente, le había enviado una nota a su padre, pensando que así lo rescataba a él, que había caído bajo la mala influencia de Richard. Quizá en otras circunstancias, en otro momento, Balendran podría haberlo perdonado por interferir en su vida; pero su conversación con Richard había revivido todo el pasado, toda la angustia, todo el sufrimiento que habían padecido él y su amigo. No podía perdonar a F.C., que había sido el causante de todo eso. Ahora, al mirar hacia la oscuridad, se sintió invadir por la ira ante el hecho de que F.C. hubiera considerado que tenía el derecho, el deber, de interferir en su vida, en su felicidad, y colocar así su futuro en la senda que había seguido de allí en adelante. Sabía que su indignación era impotente. De alguna manera, tendría que simular cordialidad esa noche, por Sonia. Después de eso, por lo que a él hacía, su amistad había terminado.

Cuando el coche llegó al porche delantero, F.C. y Sriyani estaban en los escalones, esperándolos.

—¿Qué es eso que he oído decir, Bala? —dijo Sriyani, alegre, cuando Balendran y Sonia se apearon—. Se rumorea que has decidido bajar de tu torre de marfil.

F.C. y ella rieron.

Balendran se obligó a sonreír. Sonia lo miraba para que le explicara, y él dijo:

—Hoy he ido a la sesión de la comisión.

—Ah, no me habías dicho que irías.

—Sí, quería ver a Richard Howland, así que se me ocurrió ir a la sesión, para ver si lo encontraba.

Al pronunciar el nombre de Richard, miró, sin querer, a F.C., y estuvo seguro de percibir una expresión fugaz que le cruzaba la cara.

Entraron en la casa; Sriyani y Sonia, delante; F.C. y él, detrás.

F.C. le pasó el brazo por los hombros.

—Estoy ansioso por saber qué te ha parecido la sesión —dijo.

Balendran tuvo dificultades para controlar el impulso de sacudirse el brazo de F.C.

—Mm-mm —gruñó, a modo de respuesta.

—¿No te parece que la delegación del Partido del Congreso ha estado espléndida? —inquirió retórico F.C., al tiempo que entraban en el salón y se sentaban a la mesa.

—En realidad —repuso Balendran—, lo que me ha parecido espléndido es el comentario del doctor Shiels al congreso, cuando ha replicado que cómo osan pedir la autonomía y, al mismo tiempo, no recomendar el sufragio universal. Cómo el congreso tenía la desfachatez de pedir más poder sin aceptar la responsabilidad de todos los habitantes de Ceilán.

Los tres se quedaron mirándolo, sorprendidos por lo airada que había sonado su voz al decir eso.

—Lo que quiero decir, F.C., es que resulta patético que un británico se preocupe más por los pobres de este país que el Partido del Congreso, que dice ser la voz del pueblo. Escuchando hoy al congreso, preferiría que nos quedáramos como estamos, bajo el puño de los británicos.

—Vamos, Bala, tú en realidad no crees eso —interpuso Sonia con una mirada que le pedía que se mantuviera dentro de los límites de la etiqueta.

—Sí, claro que sí. Por el amor de Dios, ¿qué sentido tiene un Ceilán libre, si esa libertad sólo la disfrutará una oligarquía formada por los ricos y los nacidos en familias aristocráticas? Congreso, británicos, es todo lo mismo.

—Vamos, Bala, puedo objetar a eso —protestó F.C.

—Puedes objetar a lo que te dé la gana —replicó Balendran—. En última instancia, ese congreso tuyo no es distinto de los británicos. Vosotros queréis el poder para hacer exactamente lo que han hecho los británicos hasta ahora; aparecer montados en vuestros altos caballos pensando que sabéis exactamente lo que hay que hacer, meterse en la vida de los demás, tomar decisiones en su nombre, porque, después de todo, ¿no sois vosotros superiores a ellos, no sabéis vosotros qué es lo mejor? Gente como ésa no me merece más que desprecio.

—Bala —dijo Sonia, con firmeza—, es evidente que estás exaltado. Sal a la veranda a tomar un poco el fresco. Cuando regreses, no se hablará más de política.

—Tienes toda la razón del mundo, Sonia —concedió Balendran, poniéndose de pie—. En tu lugar, yo me sentiría muy avergonzado, F.C. —Se dirigió a las cristaleras que llevaban a la veranda y, antes de salir, se volvió a Sriyani y Sonia y se excusó.

A pesar del aire fresco del jardín, Balendran sudaba tras su perorata. Pero, por otro lado, sentía alivio. La intensidad de su enfado se había mitigado por el momento. A través de la ventana le llegaban las voces del comedor: los demás intentaban hilvanar una conversación civilizada. Eso le recordó a su hermano y la fiesta que daba todos los años antes del gran partido de cricket entre la Academia de Colombo y el St. Thomas' College. Era para los compañeros de promoción de Arul, chicos mayores que él, que, muy joven todavía y, además, sin el menor interés por el cricket, no estaba invitado. De manera que cenaba en el porche trasero, frente a la cocina, escuchando las voces de los chicos, que le llegaban a través de una ventana como aquélla. Se sintió otra vez aquel jovencito, aislado de los demás. Oía a Sriyani, que hablaba de su reciente viaje a Europa, y pensó en sí mismo. «No me conocen. Ninguno de ellos tiene la menor idea de quién soy en realidad.» Entonces se sintió sobrecogido por la soledad que experimenta el extraño que se encuentra en una reunión de amigos íntimos o familiares. Y, al igual que un extraño en una reunión como ésa podría pensar con nostalgia en su familia, en su esposa y en sus hijos, sentados a la mesa para cenar, Balendran pensó en la habitación de hotel de Richard y en su amigo sentado en la silla frente a él. Se preguntó si sería en realidad la única persona que de verdad lo conocía, que de verdad entendía su modo de ser, pues él lo ocultaba a las personas alrededor de las cuales había tejido su vida. Y, al pensar eso, sintió un deseo irreprimible de estar con Richard, de hablar con él de su pasado en común. Tan intenso era, que supo que la única manera de soportar volver a la mesa, conversar civilizadamente durante la cena, era prometerse que, después de que él y Sonia se fueran a casa, le diría que le había prometido a Richard llevarle esa misma noche unos artículos de periódico sobre la comisión.

Cuando Balendran llegó al hotel Galle Face, la recepción estaba desierta. Fue al ascensor y pidió al ascensorista que lo llevara al tercer piso.

Cuando llamó a la puerta de Richard, su amigo dijo:

—Está abierto. Puede entrar con el café.

Balendran abrió la puerta y entró. Richard estaba sentado a su escritorio, revisando algunas notas. Se levantó al verlo.

—Vaya —exclamó—. Esto sí que es una sorpresa.

Balendran cerró la puerta a sus espaldas. Fue hacia Richard, le apretó amistosamente el brazo al pasar a su lado y se sentó.

—¿Ya conoces la vida nocturna de Colombo? —preguntó.

Richard negó con la cabeza.

—Pues coge el sombrero. El coche nos espera.

. . .

A la mañana siguiente, al despertar, Balendran se quedó un ratito en la cama, pensando en los momentos pasados con Richard la noche anterior, sus recuerdos del pasado, la visión humanista del mundo que ambos compartían. Sintió una intensa gratitud y calidez hacia su amigo. Deseaba tanto estar con él otra vez que sabía que sería inútil intentar resistirse.

Cuando llegó al hotel, Richard ya se había ido a la sesión. Impetuoso, Balendran canceló sus entrevistas y compromisos y se fue al ayuntamiento.

Esta vez, Richard estaba sentado en la última fila de la galería del público. Cuando Balendran entró, su amigo lo miró, le sonrió y enarcó las cejas, indicando que lo estaba esperando. Cuando Balendran se abrió camino a lo largo de la fila, Richard levantó el sombrero del asiento que había reservado para él. Cuando se hubo sentado, ambos se saludaron con una inclinación de cabeza pero, como la sesión ya había comenzado, no hablaron. Un instante después, Richard se inclinó para hacer algunas anotaciones en su libreta. Al mirar a su amigo, Balendran sintió el simple deseo de apoyar la mejilla contra su espalda.

11

*Dada a tiempo, incluso la ayuda más insignificante
es más grande que la Tierra.*
Tirukkural, verso 102

El domingo siempre era un día tranquilo en Lotus Cottage, un día en el que no se hacía nada al final de una semana ajetreada. Por la mañana, después de misa, una mujer iba a la casa a dar a cada una de las chicas un masaje con aceite de sésamo. Luego, ellas se ocupaban en tareas que no implicaran ningún esfuerzo hasta la hora de su baño en un agua que había sido hervida con semillas de *ciacca* y otras hierbas. Manohari hacía sus deberes escolares, Kumudini cosía, Annalukshmi arrastraba un gran sillón de mimbre hasta el jardín y se sentaba bajo el árbol de poinciana a leer un buen rato. Esas horas eran sagradas, nadie en Lotus Cottage habría hecho nada para perturbarlas.

Aquel domingo, Annalukshmi estaba leyendo el *Silas Marner* de George Eliot y ya llevaba leídos dos tercios del libro. La última parte de una novela era siempre su preferida. Sentía un entusiasmo que la dejaba sin aliento, la sensación de que avanzaba rápidamente hacia un futuro que ya estaba decidido, pero que ella no podía más que suponer a medida que éste se iba cumpliendo.

Estaba tan absorta en la lectura que no oyó el timbre de la bicicleta junto al portillo. Sólo el grito de «¡Telegrama!» le hizo levantar la mirada. Kumudini ya estaba en el portillo. Annalukshmi corrió por el jardín, mientras una sensación de temor la invadía. Los telegramas en raras ocasiones traían buenas noticias.

Louisa, que había oído el grito, salió al porche secándose las manos en un paño de cocina.

Kumudini trajo el telegrama y, sin decir nada, se lo dio a su madre. Louisa lo abrió rápidamente mientras sus hijas la rodeaban para leerlo con ella. Decía así:

PARVATHY Y MUTTIAH LLEGAN MIÉRCOLES DENTRO DE DIEZ DÍAS. STOP. VIAJAN EN EL *EMPRESS OF TOKYO*. STOP. SE QUEDAN SÓLO DOS SEMANAS EN CEILÁN. STOP. CASA A ANNALUKSHMI CON MUTTIAH. STOP. RECIBIRÉ A MI HIJA EN MALASIA YA DESPOSADA. STOP. MURUGASU. STOP.

Louisa lanzó una exclamación y se llevó la mano a la boca.

Annalukshmi sintió que le palpitaban las sienes. Pensó que iba a desmayarse y se apresuró a sentarse en una silla. ¡Diez días! Por barco se tardaban dos semanas en ir de Malasia a Ceilán. Parvathy y Muttiah ya estarían a mitad de la travesía por el océano Índico: iban a buscarla.

—*Amma*, ¿tú sabías esto? —preguntó Kumudini, tras releer el telegrama.

Al cabo de un rato, Louisa asintió. Entonces les habló de la llegada de la carta de Murugasu, un mes atrás, y de sus intentos por eludir el cumplimiento de las órdenes de su marido tratando de arreglar un matrimonio para Annalukshmi. Cuando terminó, Kumudini dijo:

—El hijo de los Macintosh. Es nuestra única esperanza. Tienes que decirle a la tía Philomena que averigüe si está interesado en *akka* y, de ser así, que organice un encuentro de inmediato.

—Ya os he dicho que no quiero casarme con nadie —protestó Annalukshmi, pero nadie le hizo caso.

—¿Cómo voy a decirle eso a la prima? —objetó Louisa—. Querrá saber por qué.

—Dile que *akka* se está poniendo difícil —sugirió Kumudini, sin la menor consideración por los sentimientos de su hermana—. Dile que amenaza con fugarse.

—¡Pero bueno, Kumudini! —replicó Louisa, enojada, y luego miró a Annalukshmi, como estudiándola.

—Nunca he oído nada tan ridículo —rezongó su hija mayor—. Tener esta propuesta de Malasia ya es bastante malo. Y ahora...

—¿Entonces qué, *Amma*? —preguntó Kumudini, interrumpiendo a su hermana.

Louisa se volvió y entró en la casa. Kumudini la siguió, elaborando su idea.

—Si este asunto con el hijo de los Macintosh fracasa, estás perdida —sentenció Manohari, regodeándose—. ¡Chas! Cuando quieras darte cuenta, ya estarás en Malasia. —Levantó las manos, como mostrando un cartelito—. Señora de Muttiah.

—¡Cállate! —exclamó Annalukshmi—. No digas ni una palabra más.

Bajó los escalones del porche y fue a su sillón. Tomó asiento y cogió su libro, pero lo volvió a cerrar de un golpe.

Muttiah, su esposo. ¡Qué ridículo! Muttiah el Simple. Porque era un idiota, un imbécil, un tonto de remate. Se lo imaginó como lo había visto siete años atrás, antes de volver a Colombo desde Malasia. Los párpados gruesos; el entrecejo fruncido por el esfuerzo cuando intentaba articular más de tres palabras seguidas, con esa manera tan torpe de escupirlas, y, además, ¡lo que decía tenía tan poco sentido! Era alto y tenía brazos y piernas musculosos. Pero su cuerpo, usualmente desparramado en una silla, se añadía a su indolencia, a su imbecilidad. Sintió que se le erizaba el pelo de asco al pensar en una caricia suya, en un abrazo. Pero el rechazo iba más allá. Sabía, por las veces que había ido a visitarla, que en la casa de Parvathy se esperaría que ella se comportara a la manera tradicional hindú. Que evitara la compañía de las visitas masculinas y se sentara en la habitación trasera; que sólo saliera de casa acompañada por un familiar varón; que cumpliera obedientemente con sus deberes de esposa; que jamás contradijera a su esposo, incluso cuando supiera que estaba equivocado. Se esperaría de ella que fuera el ejemplo perfecto de la «Esposa Verdadera» del *Tirukkural*, cuyo esposo es su único dios. Y pensar que su propio padre le estaba ordenando que se casara con un hindú. Era una afrenta para su madre. «Qué locura —se dijo—. No me importa que se oponga, pero mi padre jamás me recibirá desposada en Malasia.»

· · ·

Louisa sabía que la sugerencia de Kumudini era la única solución. De manera que, esa misma tarde, pidió un rickshaw y fue a ver a Philomena Barnett.

Su prima vivía en una casa modesta en Flower Road. Una casa práctica y sencilla que no tenía nada del encanto de Lotus Cottage. Ya desde el sendero de la entrada, Louisa pudo oír a la hija aún por casar, algunos decían que incasable, de Philomena, Dolly, aporreando al piano *Yaciendo en los eternos brazos de Jesús* y cantando con una voz temblorosa que nunca llegaba al «yaciendo» del estribillo, lo que la hacía sonar desesperada por yacer con alguien. Philomena estaba sentada en el porche delantero, jugando al solitario. Al ver a Louisa trató de levantarse de la silla, pero desistió.

—Prima —la saludó—. Ven, siéntate, siéntate.

Se volvió hacia el salón y se puso a gritar a Dolly. Fueron necesarios varios intentos para que su hija la oyera. Cuando ésta apareció, Philomena le ordenó que trajera algo para beber y se volvió a su prima.

Entonces, Louisa le habló de las supuestas amenazas de Annalukshmi de no cooperar en ningún intento para casarla.

Cuando terminó, Philomena exclamó:

—¡Ja! —Estaba asombrada. Luego negó con la cabeza, como diciendo que no le extrañaba lo más mínimo.

Después de eso, no le fue difícil a Louisa convencer a su prima para que tratara de apresurar las cosas con los Macintosh.

Philomena Barnett, como de costumbre, actuó con rapidez, y el martes llegó a Lotus Cottage con la noticia. Los Macintosh habían aceptado un encuentro. Tendría lugar el jueves por la tarde en casa de los Kandiah.

Annalukshmi pensó que en ese momento había cosas más importantes de qué preocuparse que esas tonterías que no llevarían a ningún sitio. Pero, después de todo, había dado su consentimiento para que se siguiera adelante con la proposición al hijo de los Macintosh. Tendría que pasar por un encuentro con él.

. . .

El olor a césped recién cortado era algo que Annalukshmi siempre relacionaba con ocasiones especiales, por lo general, cumpleaños. Cuando la tarde del jueves llegó a su casa temprano, Ramu estaba cortando el césped con una cuchilla larga, y había montoncitos de hierba ya cortada, como diminutas colinas verdes, por todo el jardín. Mirándolo desde el porche, le pareció que realmente era el cumpleaños de alguien pero, en lugar de alegrarse, volvió a sentir la leve sensación de náuseas que la había acompañado todo el día, ahora con más fuerza. Fue a buscar a su madre y a Kumudini, negando con la cabeza ante su propia estupidez por haber permitido que siguieran adelante con todo aquello. Al salir por la puerta trasera y dirigirse por el porche posterior a la cocina, sintió el aroma a dulces que se freían en aceite de coco, otra cosa que relacionaba con los cumpleaños. Por lo general, ese olor le daba hambre, pero en aquel momento le revolvió el estómago. Cuando llegó a la cocina, su madre y Kumudini estaban haciendo pastelitos.

—*Akka* —dijo su hermana al verla—, quiero enseñarte algo.

Se lavó las manos y llevó a Annalukshmi hasta el dormitorio. Manohari estaba sentada al escritorio, haciendo una guirnalda con jazmines. Sobre la cama había un sari de Kumudini. Era de gasa de París, de color rosa, con pequeños pájaros estampados. A Annalukshmi le desagradó de inmediato. Era demasiado infantil para ella.

—¿Qué te parece? —preguntó Kumudini.

—Con ese sari parecerás una delicada flor femenina, un ejemplo perfecto de mujer tamil —agregó Manohari, cáustica.

—No, muchas gracias —replicó Annalukshmi—. Creo que me pondré mi sari blanco de algodón.

Su hermana la miró atónita.

—No estarás hablando en serio, *akka*. Es un sari para llevar a diario.

—No me voy a vestir de gala por nada del mundo.

—Está bien, *akka*. En ese caso, calienta los carbones y plancha tú misma el sari de algodón. Yo no pienso hacerlo.

Annalukshmi consideró el laborioso proceso de planchar los casi cinco metros y medio de tela con que estaba hecho un sari.

—De acuerdo, supongo que tendré que conformarme —claudicó, con muy poca delicadeza.

Kumudini vio que le había ganado la mano y decidió aprovecharse de ello. Levantó la guirnalda de jazmines.

—¿Y qué te parece esto? —preguntó.

—De ninguna manera. Odio llevar eso tan pesado en la cabeza.

—*Chutta* ha tenido que trabajar mucho para hacerla.

Annalukshmi negó con la cabeza.

—Mira, *akka*. O haces las cosas a mi manera o las haces a la tuya. —Kumudini hizo ademán de recoger su sari.

—Ay, por Dios —exclamó Annalukshmi—. Está bien, me pondré esa maldita guirnalda.

Kumudini no sólo consiguió que su hermana se pusiera su sari y la guirnalda, sino que, con alguna resistencia, pudo ponerle un poco de carmín en los labios, algo de *kohl* alrededor de los ojos y talco para aclararle las mejillas.

Cuando hubo terminado de maquillar a su hermana, se hizo a un lado para que ésta pudiera ver en el espejo el resultado de su trabajo.

Annalukshmi se miró e hizo una mueca.

—Estás muy guapa —le aseguró Kumudini.

Annalukshmi miró a Manohari, que asintió en señal de aprobación. Volvió a mirarse al espejo, insegura todavía.

En ese momento, oyeron que se abría el portillo.

—¡Cielo santo! —exclamó Kumudini, mirando el reloj que había en la pared—. No puede ser que ya hayan llegado.

Se oyeron pisadas en el porche. Se pusieron de pie y fueron a ver quién era. Cuando salieron del dormitorio, Louisa atravesaba el salón a toda prisa.

Philomena Barnett apareció en la puerta principal. Una mirada a su cara afligida bastó para que supieran que se había producido una catástrofe.

—¡Ay, prima! —jadeó Philomena—. ¡Ay, prima, prima! Ha ocurrido algo espantoso. El chico ha huido.

—¡Qué!

—¡Ha huido, prima! —repitió, indignada, Philomena—. Ese cerdo desvergonzado se ha fugado.

Louisa gritó, horrorizada.

—*Akka* ha sido abandonada —exclamó Manohari—. Abandonada como la señorita Havisham en *Grandes esperanzas*.

Ese último comentario fue demasiado para Louisa. Le dio una bofetada a Manohari, se sentó en una silla y estalló en lágrimas.

Louisa y sus hijas pudieron, poco a poco, sonsacarle la historia a una prima Philomena casi histérica. Resultó que el hijo de los Macintosh se había escapado de casa para irse a vivir con una mujer que tenía una casa en el Pettah. Una mujer mayor que él. Una mujer rica. Una mujer divorciada. «Una advenediza de baja casta», agregó Philomena. Sus padres trataban de quitarle a esa mujer de la cabeza, y entonces llegó la propuesta de Annalukshmi. Después de ver la fotografía que la prima Philomena había entregado a sus padres, el chico había querido conocerla, incluso. Pero esa mañana se había marchado, casi con lo puesto.

—Un sujeto vil, un degenerado —afirmó Philomena—. Ahora vivirá en pecado con esa mujer.

Tras escuchar toda la historia, Annalukshmi se puso de pie y se dirigió a su dormitorio. Kumudini se levantó y la siguió.

—*Akka* —dijo, apoyándole una mano en el hombro.

Annalukshmi se deshizo de la mano de su hermana.

—Bueno, eso ha sido todo —atinó a decir, y se metió en su cuarto.

Tras cerrar la puerta con llave, se sentó ante el espejo y se miró la cara maquillada. Vaya una tontería, qué pérdida de tiempo había sido todo aquello. Y ella, vaya una tonta, al no haberse plantado antes. Había cosas más urgentes por resolver en su vida en aquel momento que ese chico. Cogió una toalla y comenzó a quitarse el maquillaje, restregándose la piel con rabia. Cogió la guirnalda de jazmines, la arrojó a la papelera y se recogió la trenza en un moño. Se quitó el sari deprisa.

El resto de la tarde, Annalukshmi lo pasó leyendo, no como si esperara encontrar en el libro una solución a su inminente boda con Muttiah, sino porque sabía, instintivamente, que lo que debería hacer se le ocurriría sólo si ocupaba su mente en otra cosa. Ir de un lado a otro de la habitación presa de los nervios no conduciría a nada.

• • •

Ya tarde, llegó un paquete para Annalukshmi, que seguía encerrada en el dormitorio, a pesar de los repetidos intentos de su madre y sus hermanas para entrar, dado que, después de todo, también era la habitación de Kumudini y Manohari.

El paquete había sido entregado de manera brusca. Un hombre había llamado al portillo, le había entregado el paquete a Letchumi sin decir palabra y se había ido. Louisa y las hermanas de Annalukshmi se levantaron de sus sillas cuando Letchumi les llevó el paquete, envuelto en papel de estraza y atado con un cordel. En él se leía: «Señorita Annalukshmi Kandiah.» No figuraba el nombre ni la dirección del remitente. Miraron el paquete como si pudiera explotar. Después de deliberar qué hacer con él, se lo llevaron a Annalukshmi.

Cuando Louisa llamó, oyeron el ruido que hizo Annalukshmi al levantarse de la cama e ir hasta la puerta.

—Quiero estar sola, *Amma* —dijo con voz amable.

—Lo que pasa, *kunju*, es que ha llegado un paquete para ti.

Se produjo un silencio al otro lado de la puerta, al cabo del cual Annalukshmi descorrió el cerrojo y la abrió. Se quedaron mirándola unos instantes. Había una cierta serenidad en su mirada, y una dureza en sus facciones que no le habían visto nunca. Annalukshmi tendió la mano para recibir el paquete y Louisa, a desgana, se lo entregó.

—¿Estás bien, *kunju*?

Ella asintió y cerró la puerta.

Se llevó el paquete a la cama, desató el cordel y lo desenvolvió. Era un bosquejo de ella, hecho a partir de la fotografía que habían hecho llegar a los Macintosh. Pero era diferente. El hijo de los Macintosh había cambiado la perspectiva y ella se veía como mirada desde abajo, con un regazo desproporcionadamente grande. Los pliegues del sari estaban simplificados y eso, combinado con la perspectiva, generaba una impresión de grandeza.

Annalukshmi levantó el dibujo para verlo mejor. Al hacerlo, una nota cayó al suelo. La recogió y la leyó:

> *Ojalá las cosas hubiesen sido diferentes.*
> *Pero eso habría sido deshonesto.*

Con la nota en una mano y el bosquejo en la otra, se sentó en la cama. Sí, pensó, habría sido deshonesto. De una manera extraña, él había actuado correctamente. Podría haberse casado con ella en aras de la respetabilidad y haber continuado su relación con esa mujer. Ella no se hubiera enterado y, de haberlo sabido, no habría podido hacer nada. Pensó en la descripción de la mujer que había hecho la tía Philomena. Madura, divorciada, tal vez una advenediza. Cualidades que no encajaban en una familia de Jardines de Canela. Él había elegido el camino más difícil, y ella lo admiraba por ello; había seguido los dictados de su corazón. Antes que cumplir con lo que le ordenaba su familia, simplemente, se había fugado. La solución que Annalukshmi había estado buscando apareció ante sus ojos.

Sonrió. Es una pena que no nos hayamos conocido, pensó. Habríamos sido buenos amigos.

12

¿Qué es la balsa del «quiero» y «no quiero»
ante las embravecidas aguas del amor?

TIRUKKURAL, verso 1134

—Bala, ¿dónde demonios te habías metido? —preguntó Sonia, con un deje de acusación en la voz.

Balendran subió los escalones del porche delantero. Era una pregunta retórica, pues su esposa sabía perfectamente que había estado en la sesión de la comisión, con Richard, como durante toda la semana.

—Perdona que llegue tarde para el almuerzo —se excusó, sintiéndose culpable.

—No es por eso —repuso Sonia—. Ha venido un montón de gente a verte. Primero vino *Appa*. Hizo una visita inesperada al templo y se enteró de que esta semana no se había retirado aún el dinero de los cepillos. Le dije que habías estado asistiendo a las sesiones de la comisión con el señor Howland; pero eso no le gustó demasiado, como te puedes imaginar.

Balendran se puso nervioso.

—Me pasaré mañana —murmuró.

—Además, hay problemas en la plantación. Tu *kangany* ha estado haciendo de las suyas.

Balendran gimió. Estaba eternamente envuelto en las riñas entre el capataz y los trabajadores.

—¿Ha estado quedándose con dinero de los salarios otra vez?

Sonia negó con la cabeza.

—Ha encontrado una manera nueva y original de hacer maldades.

Sonia le contó lo sucedido. La hermana del *kangany* había llegado a la edad de casarse y él le había estado buscando un esposo apropiado. Se había fijado en un chico, de nombre Naathan, pero éste ya estaba comprometido con una joven llamada Uma. Para separarlos, había convencido a Naathan de que su prometida le era infiel. Ahora bien, Uma se había presentado en su casa, para apelar a Balendran en busca de reparación, y esperaba a su regreso en las habitaciones del servicio.

Balendran recordaba bien a Uma. Una chica bonita y vivaracha, y también buena trabajadora. Mientras esperaban a que sirvieran el almuerzo, Balendran la mandó llamar.

Uma llevaba un sari que le llegaba a las pantorrillas. Al estilo de muchas mujeres de las castas inferiores, no usaba blusa, sino que, en aras de la decencia, se envolvía los senos con el extremo del sari, bien apretado. El grueso *mukkuthi* de oro que le atravesaba la nariz resaltaba su piel oscura.

En cuanto vio a Balendran, la muchacha se echó a llorar. Se puso de rodillas y trató de tocarle los pies. Él nunca se sentía cómodo con esa señal de respeto, de modo que enseguida le dijo que se pusiera de pie.

—*Aiyo, durai* —exclamó ella en tamil—. Usted es nuestra madre y nuestro padre. Por favor, ayúdeme.

Balendran le hizo repetir la historia, porque el tamil de Sonia era deficiente y quería asegurarse de tener la información correcta. Cuando Uma terminó de contársela, él le dijo:

—Iré la semana que viene.

—Pero íbamos a casarnos la semana que viene, *durai*.

—Debes ir de inmediato, Bala —lo apremió Sonia—. Como muy tarde, este fin de semana.

—Pero le prometí a Richard que el sábado lo llevaría a Galle —protestó Balendran. Entonces reparó en la cara surcada de lágrimas de Uma—. Está bien. Iré este fin de semana.

A la joven se le iluminó la cara de alegría, y trató de nuevo de tocarle los pies.

La plantación de caucho era, de entre todas las obligaciones de Balendran, su preferida. Había sido muy mal administrada antes de que él se hiciera cargo. El administrador anterior, el señor Nalliah, se embolsaba una parte de las ganancias de la venta del caucho; los trabajadores estaban muy mal pagados y vivían en condiciones miserables. Balendran había puesto en práctica algunas de sus ideas progresistas sobre el trabajo y los derechos de los trabajadores. Había despedido al administrador, hecho reconstruir las casas de los trabajadores, con agua corriente, lavabos y baños; introducido el concepto de bonificaciones para tener a los trabajadores contentos y productivos. Más importante que todo eso, había desbaratado la influencia que tenía el *kangany* sobre ellos. Normalmente, la gratitud de Uma le habría complacido inmensamente. Pero ahora se sentía irritado por su dependencia de él. Había interferido en su tan deseado viaje con Richard.

—Cuándo aprenderá esta maldita gente a solucionar sus propios problemas —murmuró entre dientes mientras iba a lavarse antes de la comida.

Al echarse el agua a la cara, pensó en Richard y él paseando por las murallas del fuerte de Galle. Suspiró, exasperado, por los buenos momentos que se perdería. Entonces se le ocurrió una idea. Como la comisión no se reunía los fines de semana, podía invitar a su amigo a ir a la plantación con él. Se secó las manos con la toalla y fue al comedor, recuperado el buen humor.

Aquella tarde, Balendran se retrasó y llegó a la sesión de la comisión Donoughmore cuando ésta ya había empezado. Era el turno de A.E. Goonesinha y el Sindicato Laborista. Cuando entró en la galería del público, Goonesinha estaba diciendo que el sindicato abogaba por el sufragio universal adulto, sin restricciones de raza, casta o credo, porque consideraba que ello ayudaría a mejorar la condición de los pobres. También abogaban por el voto femenino, en especial el de las mujeres trabajadoras, porque éstas, a diferencia de las más afortunadas, se enfrentaban a las duras realidades de la vida, tenían que ganarse el pan.

En otras circunstancias, Balendran habría prestado mucha atención al testimonio de Goonesinha, feliz de oír por fin a alguien defender sus ideas ante los miembros de la comisión. Pero ahora buscaba a Richard, con la mente fija en su viaje a la plantación.

Su amigo estaba sentado en la última fila y, como siempre, le había guardado un sitio.

Balendran advirtió que F.C. lo miraba, e inclinó levemente la cabeza, a modo de saludo, pero no hizo ademán de ir hacia él. En cambio, recorrió la última fila hasta llegar a Richard.

—Llegas tarde. ¿Qué ha pasado? —le susurró, mientras él se sentaba a su lado.

—Problemas en la plantación —respondió, también en un susurro—. Este fin de semana tengo que ir a solucionarlo.

—¿Se suspende nuestro viaje a Galle?

Balendran negó con la cabeza.

—Estaba pensando que podemos ir a Galle y, después, a la plantación.

—Pero, Bala —protestó Richard—. No quiero ser una molestia.

—Tonterías —repuso Balendran—. La plantación es mi orgullo y mi alegría. Me desilusionaría no poder mostrártela y alardear un poco de lo que he hecho allí.

Richard escudriñó la cara de su amigo para asegurarse de que hablaba en serio y sonrió a modo de asentimiento.

Cuando terminó la sesión y el público comenzó a abandonar la galería, F.C. le gritó a Balendran que lo esperara.

—Estaré fuera —dijo Richard.

—Bala —empezó a decir F.C., cuando llegó a su lado—, qué agradable verte en las sesiones. —Le dio una palmadita en la espalda.

Balendran guardó silencio.

—A propósito, sobre lo de la otra noche. Olvidemos lo ocurrido, ¿de acuerdo?

—No creo que sea posible —replicó Balendran—. Me temo que nuestras actitudes son radicalmente diferentes. No sé de qué podríamos hablar en el futuro.

—Vamos, vamos, Bala; es una tontería permitir que nuestras ideas se interpongan entre nosotros.

—Nuestras ideas son parte de nosotros, F.C. No es tan fácil dejarlas a un lado. Como tú bien sabes, cuando la gente actúa según sus ideas, puede terminar arruinándole la vida a otros.

—Cielo santo —exclamó F.C., tratando de quitarle hierro al asunto—. Hablas con tanta seriedad y pompa que pareces uno de esos tipos del sindicato.

Balendran no respondió a eso. Le hizo una rápida inclinación de cabeza y salió en busca de Richard.

Ya de vuelta en casa, Balendran le explicó a Sonia sus planes de llevar a Richard de visita a la plantación. Mientras se lo contaba, se percató de que debería preguntarle si quería acompañarlos y que, si lo hacía, ella diría que sí. Por eso se abstuvo de invitarla. Sabía que se estaba portando muy egoístamente al excluirla, pero le irritaba que pudiera querer ir. De todos modos, la expresión dolida en la cara de su esposa durante la cena le hizo pensar que debería compensarla de algún modo por aquello.

Balendran y Richard salieron de Colombo el viernes por la tarde. Durante el trayecto a Galle, guardaron un agradable silencio lleno de camaradería. De vez en cuando, su amigo hacía una pregunta sobre algo que veían por el camino y él le explicaba de qué se trataba.

Pero, al llegar a Galle, Richard se animó mucho, entusiasmado por aquel fuerte holandés del siglo XVII frente a ellos. Balendran había pedido a Joseph que los llevara por la entrada antigua, para poder mostrar a Richard el escudo de la Compañía Holandesa de las Indias Orientales, con el gallo y el león, y el año 1669, sobre el portal.

El gran fuerte encerraba dentro de sus murallas la ciudad moderna, cuyas calles estaban limpias y sombreadas por árboles de *suriya*. Mientras el coche entraba en el fuerte y se metía por una de las estrechas callejuelas, Richard, reclinado en el asiento trasero, miraba a su alrededor, haciendo muchas preguntas sobre los antiguos edificios y sobre las residencias, con sus altas columnatas.

Joseph detuvo el coche junto a la muralla. Richard bajó y corrió hasta el camino de ronda para mirar hacia abajo, al mar. Balendran lo siguió. Su amigo sonrió, encantado. Abrió los brazos y se quedó, los brazos en cruz, sintiendo el viento que le agitaba los faldones de la americana.

—Ah, qué hermoso, Bala. —Miró la bahía, abajo—. Vamos a bañarnos. Me muero por meterme en el agua.

Balendran asintió. Volvieron al coche para dejar las americanas y sacar los trajes de baño.

Unos escalones llevaban a un cuartito en la muralla que probablemente había servido como sala de guardia en la época de la ocupación holandesa. Balendran lo conocía, pues a menudo su familia iba de picnic a ese mismo lugar, y también a bañarse en el mar. Llevó a Richard allí.

La pequeña habitación estaba a oscuras, excepto por la luz que entraba por la puerta. Había desperdicios en el suelo, pero no emanaba de ella el casi obligatorio tufo a orín que estaba presente en la mayoría de los edificios abandonados de Ceilán. Al llegar a la puerta, Balendran recordó que, cuando en otras ocasiones se había cambiado allí con su hermano o con su hijo, se habían turnado para sostener uno la ropa del otro, pues no había ningún lugar limpio donde dejarla. Se dio cuenta de que tendría que hacer lo mismo con Richard.

—Te... te sostendré la ropa. No hay donde ponerla —dijo.

Richard asintió, pero sin mirarlo.

Una vez que hubieron entrado, se dio la vuelta y comenzó a desnudarse. Sus dedos se movieron con torpeza al desabotonar la camisa. Se la pasó a Balendran e hizo una pausa, como si no supiera qué hacer. Se volvió de nuevo y comenzó a desabrocharse el pantalón. A pesar de su incomodidad, Balendran se sorprendió mirando la espalda de su amigo, observando cómo los músculos se tensaban y destensaban con el movimiento de los brazos. Richard se bajó el pantalón, dejando al descubierto la blanca redondez de sus nalgas. Tuvo que darse la vuelta para pasarle los pantalones a su amigo y coger su traje de baño. Cuando lo hizo, Balendran no pudo evitar mirar su desnudez, tan familiar incluso después de tantos años: la cicatriz bajo la cadera derecha, la extraña escasez de vello en la entrepierna, el arrugado escroto contra los testículos, el prepucio sobre él. Una oleada de calor se formó en la base de su columna y le bajó por las piernas. Apartó rápidamente la mirada, dirigiéndola a las paredes.

Cuando llegó su turno, Balendran se desvistió deprisa, pasándole la ropa a Richard. Ya con el traje de baño puesto, se volvió. Richard lo miró fijamente. Balendran frunció el entrecejo, intrigado. A modo de respuesta, su amigo se adelantó y le dio un ligero beso en los labios. Le alcanzó su ropa, se volvió bruscamente y salió del cuartito. Balendran se quedó desconcertado. Un instante después, siguió a su amigo fuera, que lo estaba esperando en el primer escalón.

—Richard...

—Sí, lo sé —dijo su amigo sonriendo—. Que se inicie la sesión.

Balendran no rió la broma. Miró el suelo ante sí, tratando de pensar en lo que quería decir.

—Lo que ha pasado ahí dentro...

—Sí, entiendo.

—¿Qué? —preguntó Balendran, sorprendido.

—Perdóname —se excusó Richard—. He hablado antes de tiempo. Pensaba que ibas a decirme que era una aberración y que no debe volver a suceder.

Balendran guardó silencio.

—Iba a decir que ha sido una sorpresa para mí.

Richard miró la ropa que sostenía en la mano. Algo en su cara hizo que Balendran diera un paso adelante y lo mirara a los ojos.

—Para ti... también lo ha sido, ¿verdad que sí?

Richard se encogió de hombros.

—No lo sé. Sí, supongo que sí.

Balendran miró a su amigo, asombrado.

—¿Qué? —exclamó Richard—. ¿Por qué me miras así? —Se volvió y subió rápidamente los escalones.

Balendran se quedó mirándolo, con aquel descubrimiento entre las manos. Durante aquella semana, había llegado a disfrutar, e incluso a ansiar, su compañía, una vez desaparecida la tensión por el reencuentro. Se había dado cuenta de que, a su lado, podía ser él mismo. Ahora temía que Richard hubiera buscado su compañía, y disfrutado de ella, por diferentes motivos.

—Espera —llamó.

Richard había llegado ya al final de la escalera y se volvió a mirarlo con expresión hosca.

Balendran subió los escalones hasta él.

—Valoro demasiado tu amistad para dejar pasar las cosas así como así, Richard. Sé sincero y dime qué sientes.

172

Richard bajó la vista.

—De acuerdo, pues. En esta última semana, me he enamorado de ti. Otra vez.

Ahora que se lo había oído decir, Balendran ya no podía esperar que no fuera así.

—Es obvio que tú no sientes lo mismo por mí. Aunque me engañaba pensando que sí.

Ambos permanecieron en silencio. A Balendran sólo se le ocurría una manera de responder: decir que estaba casado, que tenía un hijo, un hogar; que Richard tenía al señor Alliston; que llevaban vidas diferentes en países diferentes. Pero sabía que eso sonaría condescendiente. La cuestión era que Richard se había enamorado de él y él no correspondía a ese sentimiento, algo que no se atrevía a asegurar. Balendran sintió que su amistad llegaba a su fin, como se puede oír el chirrido de los goznes de una vieja puerta al cerrarse.

Para cuando dejaron atrás el fuerte Galle, el sol se ponía rápidamente y unas sombras largas se extendían sobre las murallas. Algunas de las callejuelas del fuerte ya estaban en penumbra, por la sombra que arrojaban sobre ellas los edificios situados a ambos lados. Un viento fresco, proveniente del mar, hizo revolotear unos papelitos y arrastró unas latas vacías delante del coche. Cuando traspusieron la entrada del fuerte, Balendran miró hacia atrás y le fue difícil creer que apenas una hora antes habían pasado bajo ese mismo portal. Parecía que hubieran transcurrido días. Cuando volvió a acomodarse en el asiento, la expresión en la cara de su amigo le recordó cuánto había cambiado todo entre ellos en tan breve tiempo. Pues el silencio entre ambos ya no era de camaradería. Se había instalado entre ellos como la creciente oscuridad afuera.

Cuando el coche se detuvo frente al bungalow de la plantación, Uma estaba de pie junto a los escalones del porche delantero. Había estado aguardando la llegada de Balendran y, por su expresión, éste dedujo que esperaba que, una vez él allí, solucionase su problema de inmediato. La saludó y luego acompañó a Richard dentro de la casa.

El bungalow era una construcción sencilla, edificada para las inspecciones. Por su arquitectura, recordaba más a una choza de aldea que a un bungalow de estilo colonial. El techo era de palma de coco y las paredes, encaladas, de adobe. Un porche corría alrededor de toda la casa. Era fresca, gracias a las paredes de adobe y al techo de palma. Había dos dormitorios a la derecha del salón comedor. Balendran miró cómo estaban ambos por dentro y, al encontrar uno de ellos mejor condicionado, se lo ofreció a Richard, y él se quedó con el otro. El criado ayudó a Joseph a descargar las provisiones que habían llevado para sus comidas. Balendran le ordenó que atendiera a Richard y luego le dijo a su amigo:

—Tengo que ir a ocuparme de ese asunto —e hizo un gesto hacia Uma—. La chica me estaba esperando.

Richard lo miró, sin saber si usaba eso como excusa para escapar, pero la preocupación dibujada en la cara de Uma disipó su recelo y asintió. Balendran cogió su sombrero y el bastón y siguió a Uma, que bajó los escalones del porche delantero con una lámpara de queroseno en la mano.

Normalmente, Balendran se esforzaba por aplacar al *kangany* y seguirle la corriente, al tiempo que procuraba asegurar el bienestar de sus trabajadores. Pero aquella vez, debido a lo ocurrido entre él y Richard, no desplegó su diplomacia habitual, y estuvo duro con él. El futuro esposo de Uma, que no tardó en entender su propia estupidez, rogó a la chica que lo perdonara. Cuando todo el asunto estuvo arreglado, Balendran estaba exhausto. Consultó su reloj y vio que ya eran las nueve y media de la noche. Richard lo esperaba para cenar.

Uma y su agradecida madre lo acompañaron de vuelta, llevando en alto las lámparas ante él para iluminarle el camino. Entendiendo su cansancio, lo acompañaron en silencio. Pero, cuando ya casi habían llegado a la casa, la madre de Uma dijo:

—*Durai*, nos sentiríamos muy honrados si estuviera usted presente en la boda de mi hija, la semana que viene.

—La semana que viene —repitió para sí Balendran, y de inmediato pensó en las sesiones de la comisión—. Me temo que estaré... —empezó a decir, pero se interrumpió de golpe.

Aquella semana la comisión comenzaría a recorrer el país y Richard la seguiría. Había planeado acompañar a su amigo. Pero, considerando cómo estaban las cosas, seguramente ya no sería así. Entonces se percató de que esa noche sería la última vez que Richard y él podrían estar juntos. No podía soportar la idea de que acabaran separándose de aquel modo.

Al llegar al final del camino, hizo una seña a las mujeres para que se volvieran. Él se apresuró a ir hacia las luces de la casa.

Cuando entró por la puerta principal, se quedó inmóvil, desolado. Richard no estaba en el salón comedor, y la puerta de su dormitorio estaba cerrada. Sobre la mesa sólo había su cena. El criado la había puesto bajo una mosquitera y se había ido de la casa para no regresar hasta la mañana siguiente. Balendran miró la puerta del dormitorio de Richard y dudó apenas un segundo. Avanzó, llamó a la puerta y, sin esperar respuesta, entró.

Richard se había puesto el pijama y ya estaba en la cama.

—Me niego a permitir que nuestra amistad termine así —le dijo a un Richard sorprendido—. En silencio.

Fue hasta la cama y se sentó en ella.

—Nuestra amistad significa mucho para mí. En el poco tiempo que llevas aquí, he llegado a darme cuenta de que, en cierto sentido, eres la única persona que de verdad me entiende. —Le cogió una mano a Richard—. Dentro de unas semanas te habrás ido y...

Balendran se interrumpió, porque una súbita congoja se apoderó de él. Y entonces, casi sin darse cuenta de lo que hacía, se inclinó y besó a Richard en los labios. Cuando se apartó, su amigo, con un movimiento rápido, le cogió la cara entre las manos. Se quedaron quietos, mirándose.

—Tú me amas —afirmó Richard.

Y esta vez Balendran no protestó.

Un instante después, Richard lo atrajo hacia sí y lo hizo tumbar en la cama, a su lado.

13

Rápido como tu mano al sujetar la ropa que se te cae,
así es un amigo en la necesidad.

TIRUKKURAL, verso 778

Se le acababa el tiempo. Parvathy y Muttiah llegarían en dos días. Al final de sus clases de la mañana, Annalukshmi pidió a la señorita Lawton y a Nancy si podía hablar un momento con ellas. De pie en el despacho de la directora, les explicó que su tía y su primo estaban al caer y que iban a obligarla a casarse con Muttiah.

—¡Pero eso es terrible! —exclamó la señorita Lawton—. No puedes permitir que te obliguen a casar con un hombre que no te gusta, Anna. Sencillamente, no puedes permitirlo. Y con un hindú, para colmo.

—Tienes un plan, ¿a que sí? —preguntó Nancy a su amiga.

Annalukshmi asintió y se volvió a la señorita Lawton.

—Estaba pensando en su amiga, Mary Sisler.

Entonces les contó su idea, que consistía en huir a casa de Mary Sisler y quedarse allí las dos semanas que Muttiah y Parvathy permanecerían en Ceilán. Mary Sisler era una antigua amiga y compañera de colegio de la señorita Lawton. Las tres habían pasado mucho tiempo de las vacaciones escolares en la plantación de té donde Mary vivía con su esposo, en Nanu Oya. No se alojaría en casa de una completa desconocida. Las vacaciones de Navidad, que duraban un mes, comenzarían a finales de esa misma semana, de modo que la señorita Lawton tendría que sustituir a Annalukshmi por poco tiempo.

La directora llamó por teléfono a su amiga y le explicó que Annalukshmi estaba «en un terrible aprieto» y necesitaba alojarse dos semanas en su casa. Mary Sisler aceptó sin vacilar.

Se decidió que Annalukshmi cogería el tren de la mañana el miércoles, el día de la llegada de Parvathy y Muttiah. Ahora que su huida era casi un hecho, sintió un gran alivio, como si se hubiera quitado un peso de encima.

Aquel mismo día, por la tarde, se decidió también que el señor Jayaweera la acompañaría. Al principio, Annalukshmi no quiso molestarlo, pues tendría que coger el tren de ida y regresar de inmediato, en lo que era un viaje de siete horas de duración en cada sentido. Pero el señor Jayaweera insistió, argumentando que no era seguro para una chica viajar sola.

Esa tarde, sentada en su asiento de la ventana, observando a su madre ocupada en sus tareas en el salón, Annalukshmi sintió, por primera vez, un nudo de angustia en la boca del estómago al pensar que la engañaría. Había decidido que le enviaría una carta el miércoles por la mañana, cuando ya estuviera en casa de la señorita Lawton. En ella le contaría que se había ido a un lugar seguro y que regresaría apenas se fueran su tía y su primo. La carta le llegaría ese mismo día, al anochecer. Pero, durante unas horas, su madre no tendría ni idea de qué le había sucedido. Trató de decirse a sí misma que, cuando recibiera la carta, su madre sentiría una secreta sensación de alivio porque su hija hubiera escapado, porque ese matrimonio no fuera a celebrarse. Pero sabía que se preocuparía al no saber dónde estaba, por si en realidad estaba en buenas manos. Annalukshmi trató de enojarse con ella, acusándola en silencio de ser incapaz de resistirse a una orden de su esposo, de ser cobarde y no enfrentarse a su padre. Pero no pudo lograrlo, al pensar en la embarazosa situación de su madre cuando Parvathy y Muttiah llegaran a su casa, después del larguísimo trayecto desde Malasia, en un viaje inútil. Incluso contempló, por un momento, la posibilidad de revelarle su plan, pero de inmediato desechó tal ocurrencia.

Pensar en uno de sus progenitores la llevó inevitablemente al otro. Hasta aquel momento, no había pensado en que su padre se pondría hecho una furia cuando averiguara su desobediencia. Recordó con un estremecimiento la pelea que tuvo con él, su impotencia para impedir que le pegara, su debilidad contra la fuerza de Murugasu. Su prevención ante él, y el hecho de que su padre se diera perfecta cuenta de ello, convertía en insoportable para ambos el mes que Murugasu pasaba todos los años en Colombo. Sintió pánico al pensar que toda la irritación y el rencor que abrigaba contra ella fueran a encontrar una nueva salida. Sufriría en sus carnes su enfado.

Pero prefería enfrentarse a la ira de su padre por un tiempo antes que vivir toda una vida desgraciada como esposa de Muttiah.

Cuando Annalukshmi llegó a casa de la señorita Lawton el miércoles por la mañana, encontró a la directora, a Nancy y al señor Jayaweera esperándola. Según lo planeado, Nancy había preparado una maleta, que estaba a los pies del ayudante de dirección, con un poco de ropa, para que su amiga se la llevara.

—Bueno, Anna —dijo la directora—. Todo está a punto. He llamado un taxi, que llegará en cualquier momento. —Luego, al ver la preocupación dibujada en su cara, agregó—: Mary es muy buena anfitriona, como bien sabes. Estarás en buenas manos. Y no olvides que iremos a verte el fin de semana. No estarás sola por mucho tiempo.

La señorita Lawton le entregó los billetes de tren. El nerviosismo que había acompañado a Annalukshmi desde que se levantó aquella mañana se convirtió en temor. Se excusó y fue al baño.

Tras cerrar la puerta a sus espaldas, se mojó la cara, esperando que eso la calmara. Pero no sirvió de nada. En ese momento oyó la bocina del taxi. Annalukshmi se quedó quieta, incapaz de moverse.

Llamaron a la puerta.

—Date prisa —la apremió Nancy—. Ya está aquí el taxi.

Ella guardó silencio.

—Annalukshmi, ¿estás bien?

Nancy hizo girar el pomo. Annalukshmi no había pasado el cerrojo y su amiga entró. Se quedó mirándola, preocupada.

—Sabes que nadie te obliga a hacer esto.

—No... Estoy bien.

Cuando salieron de la casa, la señorita Lawton y el señor Jayaweera la estaban esperando. El taxi se había detenido ante la puerta del jardín y el conductor tocaba la bocina, impaciente.

—Vamos, entonces —dijo la señorita Lawton.

Sintiéndose algo desorientada, Annalukshmi siguió a la señorita Lawton y al señor Jayaweera.

Para entonces, el taxista estaba enojado porque le habían hecho esperar y, cuando los vio salir, empezó a quejarse por el tiempo que le habían hecho perder.

—¡Cállese, estúpido; cállese ya! —le gritó la señorita Lawton, perdiendo la paciencia.

Entonces el taxista se metió en su vehículo y cerró la puerta de un fuerte golpe. Sin perder el tiempo, la señorita Lawton hizo subir a Annalukshmi. El señor Jayaweera subió tras ella, a su lado.

Nancy se asomó por la ventanilla.

—Te veré dentro de unos días —le aseguró.

Apenas acabó de pronunciar esas palabras, el taxista arrancó, haciendo chirriar los neumáticos y levantando una nube de polvo.

—Adiós, adiós —gritaron la señorita Lawton y Nancy.

Annalukshmi no devolvió el saludo con la mano. Apoyó la cabeza contra el respaldo del asiento y cerró los ojos.

Para tratarse de un miércoles por la mañana, el tren estaba increíblemente abarrotado. Cuando encontraron sus asientos, en el último vagón, Annalukshmi y el señor Jayaweera se sentaron, el uno frente a la otra, junto a la ventana. El compartimiento estaba lleno. Había dos cingalesas sentadas al lado del señor Jayaweera. Annalukshmi se percató de que una de ellas era tamil. Como ella misma, tenía el *potu* en la frente y vestía el sari al estilo tamil, con el *palu* envuelto alrededor de las caderas y sujeto en la espalda. Las dos señoras vestían costosos saris de gasa de París. A la izquierda de Annalukshmi había un anciano, también cingalés, y, junto a él, una europea.

No hacía mucho que estaban sentados cuando se abrió la puerta y entró otro caballero cingalés. Tendría casi cincuenta años y, a juzgar por el corte del traje y su hermoso bastón, era obvio que se trataba de un hombre rico. Se quedó muy sorprendido al ver que el compartimiento estaba ocupado. Miró su billete y luego los números de los asientos.

—Perdóneme, señor —le dijo, muy amable, al señor Jayaweera—. Creo que está ocupando mi asiento.

Annalukshmi y el señor Jayaweera se miraron, sorprendidos. Los demás pasajeros los observaban.

Sacaron sus billetes y los revisaron, preguntándose si estarían en un compartimiento equivocado. Pero no.

—Lo siento, señor, pero está en un error —repuso el señor Jayaweera, con amabilidad.

El hombre lo miró de arriba abajo, reparando en su traje raído.

—Señor —dijo, abandonando la amabilidad inicial—. Estoy seguro de que quien se equivoca es usted. Éste es un vagón de primera clase. —Miró a los demás pasajeros del compartimiento y advirtió que los cingaleses entraban en complicidad con él. La mujer europea tenía la boca fruncida, como sugiriendo que, en su opinión, estaban todos en un compartimiento equivocado.

Contra ese frente común, el señor Jayaweera pareció inseguro de sí mismo. Volvió a mirar su billete.

—Pero éstos son nuestros asientos, señor —protestó Annalukshmi—. Ha de estar usted equivocado.

El caballero advirtió su modo de hablar, sus modales refinados y su bonito sari de gasa. Su cara traicionó su sorpresa.

—Señora —dijo, otra vez amable—, ¿podría ver esos billetes?

Annalukshmi y el señor Jayaweera se los alcanzaron. El hombre los miró con detenimiento y se los devolvió.

—Al parecer, han vendido de más —explicó, dirigiéndose a Annalukshmi—. Quizá podamos llegar a un acuerdo, señora. Usted puede permanecer aquí y yo puedo pedirle al revisor que le encuentre un asiento a su chico en otro compartimiento, aunque probablemente sea en segunda clase, ya que parece que los vagones de primera están todos ocupados.

Annalukshmi se encolerizó al oír que aquel hombre se refería al señor Jayaweera como «su chico», como si fuera un jardinero o un criado. Se enderezó en el asiento.

—Lo lamento, pero creo que es usted quien tendrá que encontrar otro asiento, señor.

El hombre reaccionó ante sus palabras echándose un poco atrás, como si lo hubiera abofeteado. Los otros pasajeros murmuraron, desaprobándola. La señora europea se puso de pie y salió del compartimiento.

—Señora, he intentado ser amable, pero...

—Por favor, señorita Annalukshmi, no se preocupe...

—Señor, la amabilidad no tiene nada que ver con esto. Éstos son nuestros asientos y hemos llegado primero. Si han vendido de más, dado que usted ha llegado después, es usted quien tiene que pagar las consecuencias de ello.

El hombre se ruborizó ofendido y los otros pasajeros cingaleses comenzaron a agregar comentarios de cosecha propia.

—¿Por qué no se comporta como una dama? —le dijo la mujer tamil a Annalukshmi.

—Eso, está gritando y protestando como una vendedora callejera —añadió su compañera.

—Es terrible ver adónde ha llegado esta generación —sentenció el anciano.

—¿Y cuál es, exactamente, su relación con este hombre? —preguntó el caballero cingalés—. ¿Está usted casada con él?

Annalukshmi enrojeció de ira y de vergüenza ante lo que implicaba aquella pregunta.

—Eso me parecía —añadió el hombre, asintiendo.

Entonces el señor Jayaweera se puso de pie.

—Señor —dijo—, no hay razón para hablar así. —Se volvió a Annalukshmi—. Iré a un compartimiento de segunda clase. —Y, dicho esto, salió al pasillo.

—No —intervino Annalukshmi, poniéndose también de pie—. Ya que está obligando a este hombre a cederle su asiento, entonces tendré que irme con él y será el responsable de negarle su asiento a una dama.

Por primera vez vio inseguro al caballero. Aprovechó la ventaja.

—También me ha faltado al respeto, sugiriendo que mis relaciones con este hombre, que ha sido enviado para acompañarme, son impropias.

—Señora, no pretendía sugerir que hubiera nada impropio...

—Lo dio a entender, señor. —Annalukshmi hizo que su voz temblara deliberadamente—. Ha puesto en duda mi honor delante de todas estas personas; me ha deshonrado.

—Sí, señor —afirmó la señora tamil, cambiando de bando ahora, como hacen los cautelosos—. Es una vergüenza lo que ha dicho.

—No es bienvenido aquí —agregó su compañera—. Somos damas, y sólo Dios sabe a quién insultará usted después.

El caballero vio que había sido derrotado. Giró sobre sus talones y se fue sin decir una palabra.

Annalukshmi fue a buscar al señor Jayaweera. Lo encontró al final del vagón, de pie, en el umbral de la puerta abierta, encendiendo un cigarrillo.

Fue a su lado.

—Siento lo ocurrido. Por favor, vuelva, ese hombre desagradable ya se ha marchado.

—¿Por qué no regresa usted? La seguiré apenas termine el cigarrillo —sugirió él, al cabo de un momento.

14

El deber no espera retribución alguna:
¿recompensa el mundo a la nube por la lluvia?

Tirukkural, verso 211

Balendran y Richard, tras mandar aviso a Sonia, alargaron por unos días su estancia en la plantación.

Al regresar a Colombo, Balendran dejó a su amigo en el hotel y, cuando el coche torcía por Seaside Place, se percató de cuánto había cambiado su vida. Se descubrió observando Sevena con atención, como si esperase que se hubiera transformado.

Cuando llegó al porche delantero, su esposa no salió a recibirlo. Subió los escalones y entró en el salón. Estaba vacío. Un extraño presentimiento se apoderó de él.

—¿Sonia? —llamó.

—Estoy aquí —respondió su voz desde el despacho.

Fue hasta la puerta y entró. Encontró a su mujer frente al jarrón, acomodando unas flores. Levantó la vista y lo miró fugazmente.

—Ah, hola —lo saludó, para volver de inmediato a su tarea.

Por un momento, sintió pánico. Ella lo sabía. De alguna manera, había averiguado lo suyo con Richard. Pero enseguida se sacudió esa sensación de encima, dándose cuenta de que era una tontería. Sencillamente, estaba resentida porque la había dejado sola. Depositó el sombrero y el bastón sobre una silla. Entonces, se volvió hacia ella y esperó, dispuesto a afrontar su frialdad, lo que era preferible a la alternativa que él acababa de considerar.

Ella continuó concentrada en arreglar las flores.

—¿Le ha parecido interesante la plantación a Richard? —preguntó por fin.

—Sí —respondió él—. Creo que se ha llevado una buena impresión de mi trabajo allí.

—Fantástico.

Se hizo un silencio entre ambos.

—En fin —atinó a decir Balendran—, será mejor que vaya a lavarme antes de la cena.

Sonia asintió con un gesto casi imperceptible.

Balendran se disponía a salir del despacho, y casi había llegado a la puerta, cuando ella habló.

—A propósito, sobre el escritorio hay una nota de *Appa* para ti.

Lo dijo como de pasada, pero Balendran sintió que la atmósfera se cargaba de peligro. Se dirigió rápidamente al escritorio, cogió la nota y la abrió. Rezaba así:

He ido otra vez al templo y aún no se ha recogido el dinero de los cepillos. Hoy fui a buscarte y me he enterado de que estás en la plantación. Tengo que ir a Jaffna en el tren nocturno, para estar allí cuando llegue la comisión. En mi ausencia, ocúpate de mis asuntos de Brighton.

Balendran dejó el papel sobre el escritorio.

—¿Qué... qué le has dicho a *Appa*? —preguntó, tratando de que no le temblara la voz.

—Que habías ido a la plantación.

—Ya sabes lo que piensa *Appa* de Richard. Espero que no le hayas mencionado que me acompañaba.

—Pues sí. Cuando vino y me preguntó dónde estabas, le dije que habías ido a la plantación y que el señor Howland había ido contigo.

Balendran se enfureció.

—¿Por qué demonios se lo dijiste? —preguntó con acritud.

—¿Por qué iba a mentirle? —respondió Sonia. Dio un paso atrás, miró cómo le había quedado el arreglo, asintió, satisfecha, y fue hacia la puerta—. La cena estará lista dentro de media hora —añadió, antes de salir.

Apenas se quedó solo, Balendran se sentó y apoyó la cabeza en las manos. Miró la nota frente a sí y se preguntó qué sabría su padre, qué sospecharía. El mero hecho de que en la nota no dijera nada de Richard ya era extremadamente sospechoso. A pesar de todos sus esfuerzos por tranquilizarse respecto a las conclusiones a que hubiera llegado su padre, se sintió como si jugase a una versión mental de la gallina ciega. Le invadió un deseo irrefrenable de estar ante él, de leer por sí mismo, en sus ojos, en sus gestos, qué pensaba. Entonces, se puso de pie de un salto y recogió el sombrero y el bastón de la silla. Su padre no habría salido todavía.

Sonia estaba en el salón y levantó la mirada sorprendida cuando lo vio dirigirse a la puerta.

—Voy a ver a *Appa* —le dijo.

Ella enarcó las cejas, interrogadora, pero él consideró que no le debía ninguna explicación.

Cuando llegó a Brighton, había mucha actividad alrededor del coche de su padre. Al entrar por la puerta principal, encontró a su madre subiendo la escalera. Rajini, la esposa de Pillai, la seguía con un montón de sábanas limpias. Nalamma vio a su hijo y volvió a bajar rápidamente. Le cogió la cara entre las manos y le dio un beso en cada mejilla.

—Estamos preparando tu antiguo cuarto. Como antes —le anunció.

Él la miró, sin entender, y ella frunció el entrecejo, intrigada.

—¿No lo sabes? —preguntó—. Se supone que *Appa* te ha pedido que vengas a acompañarme durante su ausencia.

Balendran la miró, muy sorprendido.

—Le he dicho que no es necesario. Pero, como no me he encontrado muy bien últimamente, estaba preocupado con la idea de dejarme sola.

Incluso antes de verlo, ya tenía la respuesta que había ido a buscar. Se sintió flaquear. Entonces, se abrió la puerta del despacho y su padre apareció de repente, seguido de la señorita Adamson. Cuando vio a su hijo, se detuvo, sorprendido. Balendran lo miró brevemente y luego apartó la mirada, temeroso de encontrarse con la suya.

—¿Qué ocurre aquí? —preguntó Nalamma a su marido—. ¿Cómo es que nuestro *thambi* no sabe que se quedará conmigo?

—Ven —le ordenó el mudaliyar a su hijo, y volvió a entrar en su despacho.

Balendran lo siguió. Apenas estuvo frente al escritorio, se sentó en una silla, temeroso de que las piernas no lo sostuvieran. Puso el bastón y el sombrero sobre una silla cercana.

—Me alegro de poder verte —dijo su padre, y acto seguido se puso a revolver los papeles que había sobre el escritorio, como buscando algo entre ellos.

Se tomaba su tiempo, y Balendran lo miró, perplejo. Entonces se dio cuenta de que a su padre le costaba mirarlo a la cara.

—He preparado una lista con las cosas que necesito que hagas por mí —le explicó, al fin, alargándole una hoja.

Balendran la cogió con manos temblorosas.

—Además, querría que Sonia y tú vinierais a quedaros con tu madre. No ha estado demasiado bien últimamente, y me preocupa dejarla sola de noche. ¿Os va bien?

Balendran levantó la mirada y sus ojos se encontraron por primera vez con los de su padre. Entonces, una expresión cruzó fugazmente su cara, una mirada de ansiedad, casi de súplica. Su padre le rogaba que le confirmara que sus temores eran infundados.

—Por supuesto, *Appa* —respondió Balendran, tratando de que su voz sonara segura—. No te preocupes. Todo irá bien durante tu ausencia.

El alivio se reflejó en la cara de su padre.

—Sabía que podía contar contigo.

En ese preciso instante, entró la señorita Adamson para anunciar que ya estaba todo listo. Al salir de detrás del escritorio, el mudaliyar apoyó la mano en el hombro de su hijo y, antes de salir, le dio un apretoncito. Ese gesto afectuoso, tan poco común en él, llenó a Balendran de amor hacia su padre. Sin embargo, simultáneamente, sintió una vergüenza bochornosa. Había una foto de su hijo, Lukshman, ostentosamente exhibida sobre el escritorio. La cogió. La habían tomado en Nuwara Eliya, durante la temporada hípica. Lukshman estaba de pie junto al caballo preferido de su abuelo, la yegua *Nellie*. Era una foto preciosa, la cabeza de su hijo apoyada contra el cuello del animal, con una serena sonrisa en su cara y el sol en los cabellos. Mientras miraba la fotografía, Balendran tuvo una repentina visión de esa sonrisa borrada de golpe de la cara de su hijo, reemplazada por una expresión de horror y asco por el crimen de su padre. Pensó en su esposa. Sonia dependía para su felicidad, para su existencia, de la vida que tenían en común. Su hogar, Sevena, era todo su mundo. Cuánto podría conmocionarla semejante revelación era algo que él ni siquiera se atrevía a imaginar. En ese momento, oyó el coche de su padre que arrancaba. Fue a la ventana y se quedó mirando cómo avanzaba, frente a la ventana del despacho, alejándose por el sendero. Mientras veía desaparecer las luces traseras del automóvil, sintió que lo abandonaban sus visiones. Recogió el sombrero y el bastón, y fue en busca de su coche.

En el hotel Galle Face, el recepcionista estaba ocupado con unos clientes. En lugar de esperar para que avisaran a Richard de su llegada, Balendran fue rápidamente al ascensor e hizo que el ascensorista lo llevara al piso en el que se encontraba la habitación de su amigo.

Cuando el ascensor empezó a subir, sintió un nudo en el estómago. Pero pensó en su hijo, en su padre, en su esposa, en su vida allí, en Ceilán, y eso le dio fuerzas para afrontar el encuentro que iba a tener con Richard.

Llamó a la puerta y, al momento, su amigo la abrió. Llevaba puesto un albornoz y se secaba el pelo con una toalla.

—Caramba, qué sorpresa tan agradable. —Abrió los brazos, pero Balendran intentó pasar junto a él, esquivando su abrazo. Richard lo cogió por la muñeca y lo miró a la cara, escudriñándolo—. ¿Qué pasa aquí?

Balendran no respondió de inmediato. Luego dijo:

—Mi padre sabe... sospecha, al menos, lo que ha sucedido entre nosotros.

Richard tragó saliva y se sentó en la cama.

—¿Cómo? —preguntó, en un susurro.

Balendran hizo un gesto vago con la mano, indicando que no era importante.

—De todos modos, he disipado sus sospechas. —Se dirigió a la ventana.

Richard esperó, observándolo.

—Aunque eso ha tenido un precio. —Balendran hizo una pausa—. Mi padre se va a Jaffna para asistir a las sesiones de la comisión allí. He de quedarme en Brighton con mi madre. Y tendré que ocuparme de los asuntos de mi padre.

—Bueno, eso no es tan malo, ¿no? —repuso Richard, aliviado—. Me quedaré aquí. Estar juntos es más importante que esas condenadas sesiones.

El alivio en la cara de Richard le dolió. Le era difícil continuar. Sabía que lo que iba a decir destrozaría a su amigo. Pero tenía que poner fin a aquello por su hijo, por su familia. Entonces, mirando por la ventana, respiró hondo y dijo:

—Creo que deberías ir.

Oyó que Richard soltaba un bufido y se volvió hacia él. Su amigo lo miraba asombrado. Entonces vio el miedo en sus ojos.

—¿Qué... qué has querido decir con eso, Bala? —preguntó, al fin, con voz trémula.

Balendran sintió un dolor agudo, una necesidad perentoria de coger a Richard en sus brazos. En cambio, aferrado al alféizar de la ventana, se puso a mirar al mar, hasta que se le pasara esa urgencia y pudiera recuperar su determinación.

Richard se puso de pie y fue hacia él. Lo cogió por los hombros y lo obligó a volverse. Balendran mantuvo la cabeza gacha, pero Richard le cogió la cara con las dos manos.

—¿Me amas? —preguntó.

Balendran no respondió.

—¿Y bien?

—No... no lo sé.

—¡No lo sabes! —gritó Richard—. Eso no basta. Eso no me basta en absoluto.

Balendran movió la cabeza, intentando soltarse de las manos de Richard, pero éste lo agarró con más fuerza. Entonces, se inclinó hacia él y lo besó con rudeza, mordiéndole el labio inferior. Balendran gritó de dolor y se soltó. Se tocó el labio y vio que sangraba. Sacó el pañuelo y se lo enjugó. Entonces miró a Richard con rabia.

—¿Qué esperabas? —gritó—. ¿Adónde pensabas que llegaríamos con esto? ¿En serio pensabas que iba a abandonar mi vida aquí por... por qué?

—Yo estaría dispuesto a abandonar mi vida con Alli por ti.

—Estoy casado y tengo un hijo. ¿Cómo puedes comparar lo que yo tengo con lo que tienes tú?

Richard se rehízo.

—¡Fuera! —estalló—. ¡Sal de aquí! ¡Vete!

Balendran fue hacia la puerta pero, al pasar junto a Richard, éste lo cogió del brazo y trató de doblárselo en la espalda. Balendran se soltó.

—Basta, Richard —dijo—. Ya basta.

Richard lanzó un puñetazo, pero Balendran le cogió la mano y lo atrajo hacia sí.

—Basta —susurró, sin soltarlo—. Se acabó, ¿no te das cuenta? Todo ha terminado.

Un momento después, apartó suavemente a Richard y se apresuró a ir hasta la puerta.

—Bala —llamó Richard—. Espera, por favor.

Balendran abrió la puerta y salió al pasillo. Comenzó a dirigirse a grandes zancadas hacia el ascensor y echó a correr cuando oyó que Richard volvía a llamarlo. En lugar de esperar al ascensor, bajó por la escalera. En el primer rellano se apoyó contra la pared y aspiró hondo, tratando de recuperar el control de sí mismo. Luego bajó los últimos escalones hasta el vestíbulo del hotel.

Cuando su coche comenzó a alejarse, Balendran miró hacia atrás, al hotel, y sintió un vacío inmenso. Deseaba taparse la cara con las manos y restregarse los ojos en un intento por borrar esa última imagen de Richard, la súplica en sus ojos cuando le rogó que esperara. Quería echarse a llorar. Pero era el hijo del mudaliyar Navaratnam y esas cosas no le estaban permitidas en presencia de un chófer. El decoro lo obligaba a sentarse erguido como un caballero, con las manos torpemente entrelazadas en el regazo.

Esa misma noche, Balendran y Sonia fueron a quedarse con Nalamma, en Brighton. Mientras el coche los llevaba por las oscuras calles de Colombo, ambos iban en silencio, perdidos en sus mundos, mirando los árboles altos y grandes a ambos lados de la calle, y, de vez en cuando, alguna farola que arrojaba su cono de luz sobre las aceras desiertas. Pasado un rato, Balendran advirtió que su esposa estaba mirándolo, y se volvió hacia ella.

—He estado pensando —empezó a decir Sonia—. Es vergonzoso el tiempo que hace que no veo a la tía Ethel, y está envejeciendo. Me gustaría ir por una temporada a Inglaterra. Pasar un tiempo con ella y con Lukshman.

Balendran sintió un vacío premonitorio en el estómago. Trató de mirar la cara de su esposa, pero estaba oculta por las sombras del coche en movimiento.

—Cuando... cuando dices una temporada, ¿a qué te refieres?

—Oh, estaba pensando que podría ir inmediatamente después de Navidad y volver para abril.

—Me parece bien —dijo él—, por supuesto. Si eso es lo que quieres.

—Incluso había pensado en ir por Navidad —añadió Sonia—. Para pasar las fiestas con Lukshman, pero no me sentiría a gusto dejándote aquí solo.

Volvieron a guardar silencio.

Cuando el coche traspuso las verjas de entrada de Brighton, Balendran buscó sobre el asiento la mano de su esposa, la cogió y se la apretó. Sonia no devolvió el gesto.

En los días que siguieron, Balendran agradeció en silencio a su padre que le hubiera pedido que se quedara en Brighton. En su hogar de la infancia, en la misma habitación donde había crecido, con sus cuadros en las paredes y el crujir del viejo ventilador que durante las noches le ayudaba a conciliar el sueño, halló un recordatorio constante de la vida que tenía en Ceilán; la vida que, en última instancia, se decía a sí mismo, era la que realmente contaba. Su madre, tan contenta de tener a su hijo de vuelta en casa, recreaba la comida de su infancia: *uppuma* por las mañanas, *ravva ladu* con cardamomo, como a él le gustaba. Se sentía reconfortado por esos alimentos, como si fuera un convaleciente que lentamente se recuperaba de una larga enfermedad.

Sin embargo, estaba lejos de sentirse a salvo del dolor por Richard. Durante el día, cumplir las obligaciones de su padre evitaban que pensara demasiado en su amigo. Pero por las tardes, cuando se sentaba en el porche delantero de Brighton, a leer en los periódicos la información sobre las sesiones de la comisión en las diversas ciudades por las que pasaba, un dolor lacerante le atravesaba el pecho. De todos modos, incluso mientras sufría por Richard, contemplaba a Sonia cortando flores en el jardín, con su madre, las cabezas juntas, como viejas amigas. El aire de serenidad y satisfacción en la cara de su esposa hacía que la idea de ser descubierto fuera aún más espantosa.

Su desolación le servía de consuelo. Hacía que se cuestionara la profundidad de su amor por Richard y que se diese cuenta de que amaba a su esposa, que era, en muchos aspectos, más que una buena amiga para él. Comprender eso le dio esperanzas de que algún día, en el futuro, su amor por Richard disminuyera o, sencillamente, se convirtiera en un viejo achaque.

Cuando las sombras se alargaban sobre el jardín oval de Brighton, Balendran dejaba el periódico e iba a reunirse con su esposa. Cogía a Sonia de la mano y ambos paseaban por el césped, repasando los acontecimientos del día, revisando los cambios que habían tenido lugar en el jardín.

15

*Aprende bien lo que hay que aprender
y luego vive tu aprendizaje.*

TIRUKKURAL, verso 391

El bungalow de los Sisler en Nanu Oya estaba encaramado sobre una cresta. Había una terraza semicircular detrás de la casa y, desde allí, la plantación se extendía hasta el valle. El verde de las plantas del té se veía salpicado por las coloridas ropas de los trabajadores que lo recogían. Había un banco en el borde de la terraza, a la sombra de un ciprés. Annalukshmi pasaba allí la mayor parte del tiempo, durante su estancia con los Sisler, contemplando las colinas circundantes, perdida en sus pensamientos. El libro que había llevado consigo yacía boca abajo en el banco, a su lado. Cada vez que intentaba leer, sentía una especie de náusea, como le ocurría cuando tenía fiebre y trataba de hacerlo. No dejaba de pensar en lo que habría sentido su madre al recibir su carta. Se preguntaba si habría sospechado que la señorita Lawton tenía algo que ver con su huida, si habría ido a verla para exigirle que le dijera la verdad. ¿Podría ocurrir que, un día, dejando a un lado sus elucubraciones, levantara la vista y viera a su madre allí, de pie en la puerta trasera de la casa, los brazos cruzados, furiosa? Esa imagen le daba miedo, pero lo que realmente la aterraba era pensar en su padre. Cada vez que pensaba en su cólera, al enterarse de lo ocurrido, temblaba e iba de un lado a otro de la terraza para tratar de apartar esa idea de su mente. La preocupación constante le revolvía el estómago, y se le estaba haciendo difícil comer.

Tanto Mary Sisler como el cocinero se habían percatado de su congoja. Ambos intentaban, a su manera, remediarla. El cocinero iba a sentarse a su lado todas las mañanas y, con la excusa de contarle la historia de su vida, le describía las deliciosas comidas que había preparado para los diferentes amos y amas a cuyo servicio había estado. Finalmente, apiadándose de él, Annalukshmi le hacía una pregunta sobre alguna comida en concreto, sabiendo que, invariablemente, la encontraría esperándola en la mesa. Mary Sisler, una mujer buena pero tímida, tenía también su remedio. Todas las tardes, insistía en que su invitada se sentara en el salón con ella y su esposo a escuchar los discos de Gilbert y Sullivan.

—No hay nada como una música alegre por las tardes —decía al final de cada disco.

Su huésped asentía, fingiendo estar de acuerdo.

Annalukshmi esperaba con impaciencia la llegada de la señorita Lawton y de Nancy. Desde la tarde del viernes, iba casi cada hora hasta donde comenzaba el sendero y oteaba el horizonte para ver si se acercaba un taxi por la carretera, deseando que, de alguna manera, hubieran salido antes de Colombo.

Pero sucedió que, cuando por fin llegaron, Annalukshmi no estaba allí esperándolas, pues había entrado un momento en la casa. Al oír el sonido inconfundible de la puerta de un coche al cerrarse, salió corriendo del salón, hacia la puerta principal de la casa. La señorita Lawton y Nancy estaban en medio de un corro de actividad formado por los criados de los Sisler, que se encargaban del equipaje, supervisados por su señora. Cuando las recién llegadas vieron a Annalukshmi, lanzaron una exclamación al unísono. La señorita Lawton corrió hacia ella y la cogió de las manos.

—Anna, Anna querida, han sucedido cosas muy, pero que muy extrañas en Colombo.

Dicho esto, le pasó un brazo por encima de los hombros, la llevó dentro, al salón, y la hizo sentar en una silla. Entonces, en silencio, le entregó una carta.

—Espero que no te moleste —dijo—. Pero me he tomado la libertad de leerla, por si había alguna emergencia que hiciera imprescindible tu regreso.

Annalukshmi abrió la carta y reconoció la letra de Kumudini.

Akka:

Creo que la señorita Lawton sabe dónde estás. Por eso le envío esta carta.

Han sucedido algunas cosas desde que te fuiste y, como me incumben a mí de un modo especial, Manohari y yo hemos creído que debo ser yo quien te ponga al tanto de ellas.

Te puedes imaginar nuestro desconcierto y horror cuando no apareciste después del trabajo. Para entonces, Parvathy *Maamee* y Muttiah ya habían llegado. *Amma* estaba fuera de sí y ya iba a ir a la policía cuando llegó tu carta. Fue tanta su preocupación, que se desmayó allí mismo. Manohari y yo pensamos que debes saberlo. Sólo para que comprendas los problemas que has causado, a Amma y a todos. Ha sido muy egoísta y muy cruel por tu parte que nos hayas sometido a esto. La pobre *Amma* ha tenido que hacer frente a la situación, tan embarazosa, de explicarle tu ausencia a Parvathy *Maamee*.

Ahora viene lo sorprendente. Ya sabes cómo la hemos odiado siempre, llamándola «*Mukkuthi* la babosa» y que la culpábamos porque *Appa* hubiese vuelto al hinduismo. De modo que, naturalmente, esperábamos que se enojara un montón. Pero no, juntó las manos y se echó a reír. «De tal palo, tal astilla», dijo. Entonces nos contó que, una vez, *Appa* se fugó de casa, en Jaffna, de la misma manera, dejando una nota. Su amabilidad y su buen humor ante tu falta de consideración —no olvides que han viajado durante dos semanas en cubierta para llegar aquí— han cambiado por completo lo que sentíamos por ella. Hemos llegado a verla como lo que realmente es, una buena tía con un carácter encantador.

Akka, es sobre Muttiah que quiero hablarte ahora. Dos días después de su llegada, Parvathy *Maamee* le hizo una extraña petición a *Amma*. ¿Consentiría en que Muttiah se casara conmigo? Claro que eso no le gustó demasiado, como te puedes imaginar, siendo Muttiah hindú. Se negó, amable pero firmemente, sin ni siquiera consultármelo. Cuando me enteré de su negativa al ofrecimiento, no me gustó. Para serte sincera, me había dado cuenta de que, desde su llegada, Muttiah me miraba mucho. Debo confesar que, desde el principio, lo encontré muy agradable y, además, bastante guapo. De manera que tuve una larga conversación con *Amma* y la convencí de que viera las cosas de manera diferente. Siempre y cuando tuviéramos una boda cristiana, siempre y cuando yo siguiera siendo cristiana, al igual que mis hijos, no tenía nada de malo que me casara con Muttiah. Pobre Parvathy *Maamee*. Me dio pena tener que poner esas condiciones pero, al mismo tiempo, no puedo consentir ni consentiré nunca en casarme sin que sean respetadas. Ella, por fin, aceptó.

Sólo queda un cabo suelto: tu permiso. Por favor, piénsalo cuidadosamente antes de dar tu consentimiento. Prométeme que pondrás tu bien y tu persona por encima del mío y de la mía. Has de saber que, si el matrimonio tiene lugar, tú quedarás como guardada en un cajón, con muy pocas posibilidades de casarte. Además, parecerá que se te ha relegado porque tienes algún defecto, y ya sabes el tipo de murmuraciones maliciosas que se generarán a partir de ahí, sobre tu estado mental, tu moralidad, etc.

Manohari me dice que agregue que no debes tener miedo a regresar a casa y enfrentarte a *Amma*. El buen humor de Parvathy *Maamee* ante todas estas dificultades ha ayudado a calmarla. Sin embargo, debes estar dispuesta a vértelas con algunos sermones y reprimendas por su parte.

Confío en que esta carta llegue a tus manos y espero tu respuesta.

Kumu

Cuando Annalukshmi terminó de leer la carta, las preguntas se agolparon en su mente. Pero había un pensamiento predominante. Tenía que regresar. Se volvió a la señorita Lawton.

—Debo volver —afirmó.

La señorita Lawton asintió, dejando traslucir que ya lo esperaba.

—Mañana por la mañana temprano sale un tren de Nanu Oya —le informó—. Le he pedido al señor Jayaweera que te espere en la estación del Fort en un taxi.

Nancy se ofreció a acompañarla y, ante la insistencia de Mary Sisler, la señorita Lawton aceptó quedarse a pasar el resto del fin de semana.

En el tren de regreso a Colombo, Annalukshmi seguía perpleja por el contenido de la carta de Kumudini y por la asombrosa decisión de su hermana.

—No lo entiendo en absoluto —exclamó de repente—. Temo que el deseo de Kumudini de casarse con Muttiah haya nacido de la desesperación. —Le explicó a Nancy el fracaso de la propuesta a los Nesiah.

—No niego que pueda sentirse desesperada —repuso su amiga—. Por otro lado, no puedes desechar la posibilidad de que a ella le guste de verdad ese chico.

Annalukshmi miró por la ventanilla hacia las verdes colinas de las plantaciones de té.

—Espero que sepa dónde se mete —dijo—. Mi madre ha sufrido tanto en su matrimonio por las diferencias religiosas... —Se volvió a Nancy—. Debido a ellas, y a los problemas consiguientes, regresamos a Ceilán.

Nancy asintió, instándola a continuar.

—Mi padre y yo..., en un tiempo, nos adorábamos. La gente decía que era una lástima que no hubiera tenido un hijo. Pero mi padre replicaba diciendo que a él no le importaba en lo más mínimo, que yo era mejor que un hijo. Me llevaba con él a la plantación de caucho, me enseñaba a llevar la contabilidad, me mostró cómo se hacía el caucho. Incluso me enseñó a nadar en el río que corría por nuestra propiedad. Siempre decía que, ya que no había tenido un hijo, me estaba enseñando a hacer el trabajo para que, cuando él ya no estuviera, yo me hiciera cargo de todo. Entonces llegó mi tía Parvathy desde Malasia.

Annalukshmi guardó silencio, pensando en aquella época.

—Traía la noticia de la muerte de mi abuelo. Eso cambió a mi padre. Fue presa del remordimiento, porque él y su padre nunca se habían reconciliado, porque no había estado presente para cumplir con el deber más importante de un hijo hacia su padre: encender su pira funeraria. Creo que empezó a lamentar su conversión al cristianismo, su boda con una cristiana. Mis padres tuvieron un matrimonio tumultuoso, se gritaban todo el tiempo, pero era evidente que en el fondo se amaban. Entonces, él comenzó a tratar a mi madre con la amabilidad que uno utiliza con los desconocidos. A mí me ponía tan triste verlo de aquella manera, porque sabía que sufría, que intenté ser más afectuosa, hacer esas cositas que a él tanto le gustaban, como masajearle la cabeza con aceite de coco. Aun así, gradualmente, comenzó a cambiar también hacia mí.

»Algunas semanas después de la llegada de mi tía, nos llevó a visitarla por primera vez. Nos hicieron ir a la habitación trasera, con las otras mujeres. Obviamente, en nuestra casa nos sentábamos donde queríamos, de manera que, al rato, sin pensarlo siquiera, fui a la habitación delantera a hacerle una pregunta. Cuando entré, todos los hombres guardaron silencio. Mi padre apartó la mirada de mí, como si lo hubiera avergonzado. De vuelta a casa, ese día, me regañó. Me dijo que era torpe, que quería que aprendiera de mi tía a comportarme correctamente como una mujer tamil de Jaffna. Cuando volvió a ir de inspección a la plantación, se llevó a mi primo Muttiah en mi lugar. Cuando llegué a casa del colegio, me encontré con que, sencillamente, se había ido, sin decirme nada.

»Algún tiempo después, mi madre me envió a comprar arroz. En el camino de regreso tomé un atajo que pasaba justo por delante del templo hinduista local. No podía creer lo que veía. Entre los devotos que salían del templo estaba mi padre. Se estaba limpiando, con gesto furtivo, la ceniza sagrada de la frente, para que no nos diéramos cuenta cuando regresara a casa. En ese momento, levantó la vista y me vio. Se dio la vuelta rápidamente y se fue en dirección contraria, como si no me hubiese visto. Entonces supe a ciencia cierta que el matrimonio de mis padres se estaba yendo a pique. De ahí en adelante, mi padre y yo quedamos atrapados en el fingimiento. Un silencio incómodo se había creado entre los dos. Cada vez que trataba de acercarse a mí, de hablarme, de pedirme que hiciera alguna cosa, me ponía tensa.

»Finalmente, un día se puso a regañarme porque era mi turno de barrer el salón y me había olvidado. Lo dejé hablar un rato y luego le dije, en voz baja: "No trates de aparentar que no nos vimos. Al menos ten la decencia de no insultar mi inteligencia." Él se puso como loco. Me agarró del pelo y empezó a pegarme en la cara, en las manos y en la espalda. Si mi madre no hubiera aparecido y lo hubiera detenido, me habría hecho daño de verdad. Cuando por fin me soltó, mi madre le dijo: "Ya es suficiente. No permitiré que nuestra desdicha afecte a las niñas." Unos meses después, nos vinimos a Ceilán.

Para entonces, el tren había llegado a una estación. Las dos contemplaron la actividad que se desarrollaba en el andén. Annalukshmi, pensando en aquellos tiempos difíciles en Malasia; Nancy, considerando lo que su amiga le había contado.

Cuando el tren arrancó de nuevo, Annalukshmi se volvió a Nancy.

—Nunca había hablado de esto con nadie.

—Yo también tengo cosas de mi vida que mantengo en secreto —confesó Nancy—. Nunca te he contado la verdadera historia de mi familia. Mis padres no murieron de cólera. En realidad, no se murieron de nada. —Se miró las manos—. Fueron asesinados.

Annalukshmi contuvo el aliento, azorada.

—Durante los disturbios de mil novecientos quince entre musulmanes y cingaleses.

—Yo... no sé mucho al respecto. Estábamos en Malasia.

—Yo era una niña de trece años. A nuestra aldea llegó el rumor de que los musulmanes habían asesinado a un monje budista y, después, habían colgado su cadáver de un árbol. Claro que no había ocurrido nada de eso, como me enteré después. Simplemente, había habido un desacuerdo entre musulmanes y budistas cingaleses sobre que unos desfilaran y tocaran música frente a los lugares de devoción de los otros, y viceversa. En nuestra aldea sólo había una familia musulmana, eran los dueños de la única tienda. Un grupo de matones la asaltó esa noche, la saqueó y, tras encerrar a la familia dentro, prendieron fuego a la casa. Fue espantoso. Todavía, de vez en cuando, puedo ver las caras de los miembros de esa familia en la ventana, sus gritos rogándonos que desatrancáramos la puerta. Pero nadie lo hizo. Los matones habían sido contratados por el jefe de la aldea, que quería abrir su propia tienda.

»Nuestra aldea sólo contaba con una familia musulmana. Pero en otras había muchas, y en las ciudades, barrios enteros de ellas. Así que te puedes imaginar la carnicería. Pero los británicos interpretaron mal lo sucedido, pensaron que era una protesta anticolonial. Armaron a plantadores británicos con fusiles y les dijeron que fueran a las aldeas y dispararan a matar. Una noche llegaron a la nuestra.

»Nos despertaron unos gritos y enseguida se oyeron los primeros disparos. Mi madre me hizo esconder de inmediato en un gran baúl de madera que teníamos en la choza y cerró la tapa. Desde allí lo oí todo. —A Nancy le tembló la voz—. La orden del plantador, sus criados que sacaron a mis padres a rastras de la casa. Luego hubo un silencio al que siguió el estampido de unos disparos. No sé cuánto tiempo permanecí allí. Creo que llegué a desmayarme, porque, cuando los aldeanos supervivientes vinieron a sacarme, ya amanecía.

Annalukshmi apoyó una mano en el hombro de su amiga.

—Lo siento tanto, Nancy... Tendrías que habérmelo contado antes. ¿Lo sabe la señorita Lawton?

—Oh, sí —dijo Nancy, al cabo de un momento—. El plantador que mató a mis padres era alguien a quien ella conocía. El hombre tuvo remordimientos, supongo, y le pidió que me adoptara. La señorita Lawton me decía siempre que, para no perturbar a nadie, ni a mí misma, cuando la gente me preguntara por mis padres, era mejor decir que habían muerto de cólera. Por qué remover lo ocurrido y esas cosas. De pequeña, creía que la señorita Lawton tenía razón. Con el correr de los años, he llegado a lamentar la mentira que me pidió que contara.

Annalukshmi negó con la cabeza, asombrada por lo que le estaba diciendo su amiga.

Nancy sonrió con pesar.

—Así son los británicos. Supongo que cuando alguien cree que tiene derecho a dominar medio mundo por su propio bien, le es difícil admitir que puede cometer errores, que está arrepentido y necesita ser perdonado. —Se volvió a Annalukshmi—. Fueran cuales fueran las circunstancias, fue un acto de benevolencia por parte de la señorita Lawton. No quiero que pienses mal de ella, que te pongas en su contra ni nada parecido. Ella me ha querido casi tanto como habría querido a una hija propia. Nunca me ha hecho sentir un caso de caridad o una carga. Y piensa en lo que habría sido de mi vida de no haber sido por ella. Una niña pobre en un orfanato, o enviada a trabajar de sirvienta en alguna casa.

Nancy guardó silencio.

—La vida de la señorita Lawton también ha tenido sus momentos difíciles —añadió—. Aquí es una figura respetada e influyente, pero en Inglaterra, en el pueblecito de donde proviene, no es más que la hija de un pastor pobre. Y de uno envuelto en un escándalo. Al parecer, algo relacionado con el uso indebido de los fondos de su iglesia. Aunque ella nunca me lo ha dicho directamente, entiendo que puede haber sido apartado de sus funciones eclesiásticas. ¿Puedes imaginarte la vergüenza de la pobre señorita Lawton? Una chica viviendo en un pueblo pequeño con el peso constante del error de su padre a sus espaldas. Tal vez eso la llevara a decidirse a venir aquí, a trabajar en las colonias. Pero es un hecho que algún día deberá retirarse y, si se fuera de Ceilán y volviera a su pueblo, sería otra vez, sencillamente, Amelia Lawton, la hija del reverendo Lawton.

Nancy cogió la mano de su amiga.

—Así que ya ves, Annalukshmi, no siempre es fácil decir que una persona, ya sea tu padre, la señorita Lawton, tu tía o tu primo, simplemente, son esto o aquello, buenos o malos.

En ese momento, el tren tomó una curva pronunciada, haciendo que el vagón se balanceara de un lado a otro. Las dos vieron los primeros vagones del tren, los pasajeros de una atiborrada tercera clase, muchos sujetos de las puertas, algunos incluso viajando en el techo. El tren lanzó un largo pitido melancólico que resonó contra las laderas de las colinas. Annalukshmi miró a su amiga. Se dio cuenta de que nunca volvería a ver a la señorita Lawton ni a Nancy como antes.

Cuando se bajó del taxi en Lotus Cottage, Annalukshmi reparó en que Parvathy estaba sentada en el porche delantero y sintió que le sudaban las manos. Empujó el portillo de la entrada y lo traspuso. Al oír el crujido del portillo al cerrarse, Parvathy se volvió y entornó los ojos para mirar. Entonces se levantó, asombrada, del asiento.

—¡*Kadavale!* —exclamó.

El sonido de su voz atrajo a Louisa y a sus otras dos hijas al porche.

—¿Annalukshmi? —preguntó su madre, como si no pudiera creer que fuera su hija la que estaba allí parada, al pie de los escalones.

Annalukshmi esperó, sin saber qué le aguardaba.

Louisa se recuperó.

—¿Considera usted que esta casa es un hotel, señorita? —exclamó—. ¿Piensa que puede ir y venir a su antojo? —Movió el índice, amenazadora—. Tienes suerte de que te permita trasponer ese portillo. Y esa señorita Lawton, me ha decepcionado...

—Ella no ha tenido nada que ver con esto, *Amma*. He actuado enteramente por mi propia voluntad.

—No me contestes, jovencita.

Parvathy le tocó el brazo a Louisa.

—Déjala, *thangachi* —le dijo—. Ha de estar muy cansada después de un viaje tan largo.

Louisa miró intensamente a Annalukshmi y entonces se volvió y entró en la casa.

Apenas se hubo ido, Kumudini y su hermana menor bajaron los escalones corriendo para saludar a Annalukshmi. Manohari le cogió la maleta, solícita, y Kumudini le pasó un brazo por los hombros.

—Pobre *akka* —dijo—. Debes de estar exhausta.

La llevaron al porche. Annalukshmi se vio ante su tía y, rápidamente, se puso de rodillas y le tocó los pies, según la costumbre hinduista. Parvathy la hizo levantar. La miró cuidadosamente y le dio una palmadita en el brazo.

—Necesitas darte un baño después del viaje.

Iban hacia la puerta principal de la casa cuando alguien carraspeó. Annalukshmi giró la cabeza y vio a Muttiah. Había llegado por el costado de la casa y estaba de pie al otro lado del porche. Estaba igual que la última vez que ella lo había visto, siete años atrás. La única diferencia era su lozano bigote, coquetamente curvado en los extremos.

Muttiah habló.

—Has... vuelto.

Hablaba exactamente como ella lo recordaba, frunciendo el entrecejo por la concentración, tropezándose con las palabras y, cómo no, diciendo sandeces. Muttiah el Simple. Annalukshmi miró rápidamente a Kumudini. Había una sonrisa modosita en la cara de su hermana. Miró a Muttiah, perpleja una vez más por lo que su hermana pudiera ver en él.

—¿Recuerdas que plantaste un... un esqueje de rododendro... en el jardín de tu casa de Malasia... hace muchos años?

Annalukshmi lo miró, atónita.

—Y murió —continuó él—. Te supo... tan mal. ¿Recuerdas cómo... cómo nos reíamos... de ti? —Sonrió—. Annalukshmi es... tonta como el mármol..., no sabe... ni plantar un... árbol. —Echó la cabeza hacia atrás y rió, muy satisfecho de sí mismo.

Entonces, Annalukshmi se quedó mirando con atención a su primo, reparando en el impecable traje de seda china color crema, las uñas bien cuidadas, los cabellos extremadamente lacios peinados a lo Valentino. «Cree que es el ombligo del mundo», pensó, asombrada en parte de que aquel hombre pudiera realmente creer tal cosa. Esa suficiencia lo convertiría sin duda en un esposo egoísta.

—Ven, *akka* —le instó Kumudini, con suavidad, cogiéndola del brazo—. Entremos en casa para que puedas darte un baño.

—No estoy muy segura de que sepas lo que haces, Kumu —dijo Annalukshmi, sentada al tocador para secarse el pelo con una toalla.

Su hermana, sentada en el borde de la cama, se incorporó con aire indignado.

—No me digas. ¿Y por qué dices eso?

—Ya sabes cómo gobierna su casa Parvathy *Maamee*, Kumu. ¿Podrías ser feliz viviendo así?

—*Akka*, yo no soy como tú. No tengo necesidad de salir por ahí todo el tiempo, ni de tener una opinión en todas las conversaciones.

—De acuerdo, pues. ¿Lo amas?

—No soy una completa imbécil, *akka*. Hace apenas unos días que está aquí. No soy tan tonta para creer que el amor es como los fuegos artificiales, ¡pum-pam-pum!, que se enciende y explota apenas una conoce a alguien. Es amable y bastante encantador. ¿Por qué no podría llegar a amarlo algún día?

Annalukshmi miró a Manohari, que estaba de pie junto a la cómoda.

—Y tú, ¿qué opinas?

—Cada oveja con su pareja, como decía la vieja —respondió Manohari, irónica, y agregó—: supongo que, a su modo, es guapo. Y se viste con elegancia.

Mientras Manohari hablaba, Annalukshmi observó el reflejo de Kumudini en el espejo del tocador y descubrió lo que nunca antes había visto en la cara de su hermana: el brillo del deseo en sus ojos. Volvió a imaginarse a Muttiah, tratando de verlo como lo veía su hermana, pero no pudo. Sin embargo, había otro tema pendiente. Casarse con Muttiah sería una afrenta para su madre. Y, por otra parte, ¿no había sufrido ya el matrimonio de sus padres como resultado de esas diferencias religiosas?

—La única cuestión pendiente, *akka*, es si das tu consentimiento o no —dijo Manohari.

—¿Y qué hay del hecho de que sea hindú? —preguntó Annalukshmi, sin hacer caso a Manohari—. Sabes que será un duro golpe para *Amma*.

—No saltará de alegría porque me case con él, pero espero que con el tiempo llegue a aceptarlo —argumentó su hermana.

—Y no olvides, *akka* —agregó Manohari—, que si Kumudini vuelve a Malasia como esposa de Muttiah, *Appa* te perdonará por haberte fugado.

Annalukshmi había terminado de secarse el pelo y arrojó la toalla sobre la cama con irritación.

—Pues no veo que mi permiso sea necesario. Ya habéis decidido qué ha de hacerse. Al menos parece que sabes lo que haces, de manera que supongo que debo darte mi consentimiento.

Kumudini se ruborizó.

—Sé que seré feliz. Y no olvidaré que has antepuesto mi felicidad a la tuya. —Fue a abrazar a su hermana—. Gracias —añadió, en un susurro.

Entonces, ella y Manohari salieron de la habitación para decir a su madre que su hermana había dado su consentimiento.

Annalukshmi, al quedarse sola, cogió el cepillo y comenzó a pasárselo por los cabellos, pensativa.

Segunda parte

16

¿Habito yo siempre en sus pensamientos,
como él habita en los míos?
TIRUKKURAL, verso 1204

En los cuatro meses que siguieron a la partida de Richard, Balendran resolvió desechar de su mente el recuerdo de su amigo. A principios de enero, Sonia había embarcado para Inglaterra, donde visitaría a su hijo y a lady Boxton, y eso la mantendría alejada de Ceilán durante tres meses.

Cobrar conciencia de lo que había estado a punto de perder ayudó a Balendran en su empeño. Se esforzó por hallar placer en las cosas que lo rodeaban. La plantación le daba nuevas satisfacciones. Las reformas que había introducido a lo largo de los años estaban dando por fin sus frutos y la producción había aumentado muchísimo. Se había convertido en un modelo que exhibir y, con frecuencia, tanto occidentales como cingaleses le pedían hacer una visita a su plantación para estudiar in situ sus reformas. Sin embargo, tales excursiones nunca llegaban a nada, pues la piedra sillar de su éxito, la reforma laboral, no era del agrado de sus invitados. De todos modos, se sentía justificado al ver que las medidas progresistas realmente podían tener como resultado la obtención de mayores beneficios. Más aún, el precio del caucho había alcanzado un máximo histórico y la columna de débitos de sus libros de contabilidad lo llenaba de satisfacción.

Había retomado también un viejo sueño suyo; escribir un libro sobre la cultura de Jaffna. Pronto la tarea lo absorbió y llegó a apreciar el tiempo que pasaba con los campesinos de la zona, hablando de sus rituales, descubriendo, con gran sorpresa por su parte, las diferencias de costumbres y lengua de una aldea a otra; la cultura radicalmente distinta de las pequeñas y áridas islas que rodeaban la península de Jaffna, la lengua de cuyos habitantes era un tamil casi medieval.

Para cuando su esposa regresó de Inglaterra, podría decirse que sus intentos por olvidar a Richard habían sido un completo éxito.

Una tarde, hacia finales de abril, Balendran se dejó caer por Brighton a la vuelta de uno de sus viajes de investigación. Había prometido informar a su padre sobre la venta de una parcela del terreno familiar de Jaffna que había efectuado. Un criado le informó de que el mudaliyar no se encontraba allí, y ya volvía a su coche cuando oyó que Pillai lo llamaba. Al volverse, vio al mayordomo de su padre que bajaba corriendo los escalones del porche delantero para ir a su encuentro.

—Sin-Aiyah —le dijo apremiante—. La *Peri-Amma* desea verlo arriba.

Balendran lo miró con atención, preguntándose qué habría sucedido. Pillai cogió su manojo de llaves y lo hizo pasar al vestíbulo.

Al llegar al final de la escalera, encontró a su madre yendo de un lado para otro de su salita de estar, presa de la inquietud. Fue hacia él sin decir una palabra y le cogió las manos.

—Ha sucedido algo terrible. Hoy hemos sabido que tu hermano está muy enfermo.

Balendran la miró asombrado.

—¿Te ha dicho Arul qué tiene?

—Él no me ha dicho nada. Lo sé por los criados. Es una enfermedad mortal.

Balendran se volvió hacia la escalera, pero Pillai ya se había retirado.

—¿No te parece que Arul se habría puesto directamente en contacto con nosotros, si tuviera un problema tan grave?

—Me lo ha dicho Rajini, la esposa de Pillai.

—Tonterías, *Amma* —exclamó Balendran—. Rajini no sabe leer ni escribir. ¿Cómo puede haberse comunicado con ellos?

Nalamma hizo un ademán de impaciencia con la mano.

—Lo que importa no es cómo nos hemos enterado, sino qué vamos a hacer al respecto.

—Esperemos unos días, a ver qué pasa —sugirió él, tratando de calmarla—. Tal vez nos lleguen noticias.

—Si esperamos unos días puede ser demasiado tarde.

Cuando salió de la casa, Balendran vio a Pillai supervisando a los jardineros que recogían las hojas caídas en el césped. Se acordó entonces de que, a diferencia de los otros sirvientes de su padre, el mayordomo sí sabía leer y escribir. ¿Se habría enterado Rajini por él? Recordó también cómo Pakkiam, la esposa de su hermano, se sentaba entre las piernas de Rajini, todas las tardes, para que ésta la peinara. Pakkiam había sido como una hija adoptiva para la pareja, que no había tenido hijos. Pensó en el apremio con el que Pillai le había pedido que fuera junto a su madre. ¿Podía haberse puesto él en contacto con su hermano? Aún no había terminado de formularse aquella pregunta cuando desechó la idea. La posición privilegiada de Pillai como mayordomo de la casa se debía a su lealtad inquebrantable a su padre, su dedicación absoluta al bienestar de la familia, su completa honestidad. Su padre les había hecho jurar a todos, incluidos los sirvientes de la casa, ante los dioses del altar familiar, que nadie tendría el menor contacto con Arul. Pillai jamás desafiaría a su padre de esa manera. Pero, mientras pensaba en ello, recordó que su madre, tan sumisa y obediente, había mantenido algún tipo de vínculo con la familia de su primogénito, involucrándolo a él en el engaño a su padre.

Mientras su coche se alejaba de Brighton, Balendran se reclinó en el asiento, exhausto por el largo viaje, pero también por el terrible calor de abril. Pensó en el matrimonio de su hermano con Pakkiam, que había trabajado como sirvienta para ellos. Veintiocho años habían pasado ya desde que Arul se fuera a la India con ella, y, como otras veces, se preguntó si habría problemas entre ellos, dadas sus diferencias.

Arul era hijo de un rico terrateniente, había sido educado en la cultura inglesa y occidental y se había pasado la vida entre algodones. Pakkiam era una *koviar*, una mujer de baja casta. Como tal, pertenecía a un mundo completamente distinto. Antes de llegar a Brighton, no sabía lo que era la luz eléctrica ni el agua corriente, nunca se había sentado en una silla, jamás había poseído más que una muda de ropa. Era analfabeta. ¿Habría sido difícil para ellos encontrar una base común sobre la cual construir su vida?

Cuando llegó a Sevena, Sonia, que había regresado hacía algunas semanas de Inglaterra, estaba sentada en el porche, con la preocupación en el semblante. Balendran, de inmediato, pensó en la noticia sobre su hermano.

—Ha sucedido algo —dijo, mientras subía los escalones del porche hacia su esposa.

Ella le alcanzó un telegrama.

—Es tu hermano.

Cogió el telegrama y lo leyó:

PAPÁ MUY ENFERMO. STOP. NO DURARÁ MÁS DE UN MES. STOP. DESEA VERLO. STOP. EN BOMBAY. STOP. SU SOBRINO SEELAN

Balendran sintió que su corazón se aceleraba. Se sentó en una silla, temiendo que las piernas no lo sostuvieran.

—¿Irás? —le preguntó su esposa.

—No lo sé —respondió él, al cabo de unos segundos—. Tengo que hablar con *Appa*, a ver qué dice.

—¿Y si dice que no?

Balendran no respondió. No tenía respuesta para esa pregunta. Estaba demasiado confundido por tan perturbadora noticia. Se puso de pie y se acomodó la americana.

—Me vuelvo a Brighton —dijo.

Recogió el telegrama y bajó los escalones.

Sonia lo observó marcharse. Esperaba que tuviera fuerzas para hacer lo que le dictara su corazón en aquel asunto, que no obedeciera las órdenes de su padre siguiendo su sentido del deber. Ella sabía bien lo que era estar triste por hallarse lejos cuando la muerte de un ser querido es algo inminente. Aunque se había refugiado en la felicidad que le proporcionaba la renovada compañía de su hijo, su estancia en

Londres se había teñido de pena. Hacía veinte años que no iba por allí y, a pesar de la correspondencia regular con su tía, sentía que se habían convertido en extrañas. Las cartas de lady Boxton, animadas por las referencias a los hechos de sociedad de Londres, no habían transmitido su creciente debilidad. En el convencimiento de que podría no volver a verla con vida, Sonia se había esforzado por recuperar el tiempo perdido. Durante los tés de la tarde, o las mañanas que pasaban juntas mientras Lukshman estaba en clase, había tratado de hablar con su tía de su vida en Ceilán pero lady Boxton, aunque en apariencia escuchaba lo que ella le decía, parecía estar perdida en sus pensamientos. Sonia quería que su marido tuviera la oportunidad de hablar con su hermano, de intentar al menos restablecer los lazos que se habían roto, antes de que fuera demasiado tarde.

Ya en el coche, de vuelta a Brighton, Balendran miró el telegrama y sólo sintió incredulidad ante la posibilidad de que su hermano se estuviera muriendo. Se había acostumbrado a su ausencia pero, al mismo tiempo, también a saber que vivía en Bombay, a esa existencia paralela que su madre mantenía viva mediante una serie de intrigas en las que invariablemente lo involucraba. Pues quién si no él la acompañaba al templo el día del cumpleaños de su hermano, para que pudiera ofrecer una *pooja*; quién si no él, después de que ella hubiera tenido un sueño nada auspicioso relacionado con Arul, debía dar instrucciones al sacerdote para que hiciera una ofrenda a Ganesha, o ir en persona a San Antonio en Kochchikade. Y además estaba su hijo, Seelan. Arul les había hecho llegar la noticia de su nacimiento. Una nota breve, escrita a máquina, sin firma. Todos los años, su madre enviaba un soberano de oro para el cumpleaños de su nieto. Se lo enviaba al señor Govind, el gerente de banca que se encargaba de pagar la asignación mensual que su padre había establecido para Arul. Balendran había estado al corriente de la vida de su hermano y, de una manera algo extraña, había participado en ella. Ahora le era difícil imaginar que esa vida llegaba a su fin, que el vínculo entre ellos se cortaría definitivamente.

Volvió a mirar el telegrama, pensando en si debía ir o no. Sabía que dependía de su padre, pero tenía que reconocer que no deseaba ir.

Su hermano y él se llevaban siete años. Mientras que en ese momento la diferencia de edad era insignificante, cuando su padre lo echó de Brighton con Pakkiam, Arul tenía diecinueve años, y él apenas doce. Nunca se habían conocido como adultos. Su hermano era, en muchos aspectos, un extraño para él. A eso había que sumar el antagonismo entre ambos. Hasta el descubrimiento de su relación con Pakkiam, Arul había gozado del favor de su padre. Mientras que él pasaba su tiempo libre leyendo u ocupándose de su colección de sellos, su hermano y su padre compartían el gusto por la vida al aire libre. Iban a Vavuniya a cazar, o a recoger perlas en Mannar, y no se les ocurría invitarlo. Él no había tenido ninguna posibilidad ante la fuerte personalidad de su hermano. Su voz, sus gestos, sus acciones eran apasionados. No le costaba nada convertirse en el centro de atención de una habitación, de una conversación, de unas vacaciones. Además, Arul lo trataba con desdén. Consideraba que su amor por la lectura o por las aficiones tranquilas era afeminado. Lo zahería por su falta de habilidad en los deportes, se burlaba de su repugnancia por la caza.

El desagrado que le causaba Arul se hacía extensivo también a su esposa. Pakkiam había ido a trabajar para ellos a los quince años. Era hermosa, de ojos almendrados, largos cabellos de un negro azabache, piel color té con leche y bonita figura. Durante los dos primeros años de su estancia en Brighton, él casi no había reparado en ella, una muchacha agradable y feliz que no paraba de cantar mientras trabajaba, que se adornaba con flores arrancadas del jardín. Pero luego, durante su último año en la casa, antes de irse con Arul a la India, le había cambiado el carácter. Se había vuelto grosera y agresiva, dispuesta a echarse a llorar a la menor reprimenda de su madre. Su agresividad se había vuelto contra él por razones que jamás había llegado a comprender. Había empezado a saludarlo a gritos cada vez que lo veía. Las palabras en sí mismas eran inofensivas, cosas como «oh, ahí viene *thambi*», «que tengas mucha salud, *thambi*», «*thambi* está muy guapo hoy». Pero el tono era burlón y cruel, y ella miraba su cuerpo delgado, torpe, y se reía de él. Aunque era hijo del amo de la casa, se había sentido impotente contra sus agresiones verbales. Nunca eran tan abiertas para hacer factible que él se quejara a su madre. Además, no hubiera sido bien visto, habría demostrado que no tenía la hombría necesaria para poner en su lugar a una criada.

Balendran calculaba que el cambio en Pakkiam databa del comienzo de su relación con Arul. Pensaba que su excesiva familiaridad con él había sido un intento por ponerse a su mismo nivel, por ser considerada su igual al tener un romance con su hermano.

Aunque Balendran creía firmemente en los derechos de los pobres y no era indiferente a su miseria, no creía, en cambio, que, si se les diese el poder, los oprimidos fueran a ser más magnánimos que los ricos. Alguien como Pakkiam no sabría cómo ejercer ese poder más que como había visto que éste era ejercido sobre ella.

A pesar del disgusto que sentía por su hermano, le preocupaban sus miserables condiciones de vida. Sabía que trabajaba en un empleo modesto, en la administración de Correos. Incluso con la asignación de su padre, las cosas tenían por fuerza que ser difíciles para él y su esposa, que debían vivir en una casa pequeña con un jardín minúsculo. Y habían criado a un hijo. Con toda seguridad, la incapacidad de Arul para darle todo lo que sabía que su hijo habría tenido en Ceilán lo habría atormentado.

Balendran dobló el telegrama y se lo guardó.

«Es demasiado tarde para remediar todo eso —se dijo—. Es mejor que no vaya.»

Sin embargo, mientras lo pensaba incluso, sintió que lo invadía la incomodidad por un asunto pendiente. Era como si lo hubieran llamado a cenar en medio de un complejo problema contable. Uno sentía una sensación de alivio al verse alejado del problema pero, al mismo tiempo, la certeza de que seguía allí, esperando a ser resuelto.

El coche llegó a Brighton y él volvió al momento presente. Sus especulaciones, sus deseos, carecían de importancia. En última instancia, era su padre quien decidiría qué debía hacerse.

El mudaliyar odiaba el uso innecesario de la electricidad, de manera que la casa estaba casi a oscuras, a excepción de las luces del despacho de su padre y de la salita de su madre. Balendran alcanzó a oír el débil sonido de un piano proveniente de Lotus Cottage, así como la voz de una de sus sobrinas, que cantaba al son de la melodía. Joseph lo dejó en la entrada trasera. Subió los escalones de la galería abierta que unía la cocina con el cuerpo principal de la casa y, mientras se dirigía a la puerta, reparó en que habían encendido una fogata delante de las habitaciones del servicio. La casa de los criados estaba separada del edificio principal por unos árboles y, a través de ellos, alcanzó a ver unas figuras que bailaban al ritmo de unas voces que cantaban. Recordó la noche del cumpleaños de su padre, veintiocho años atrás, cuando él había seguido a su hermano hasta allí. Se estremeció al pensar en el momento en que oyó el grito de su padre. Había corrido hacia las habitaciones del servicio pero, al llegar a los árboles, se había encontrado con Pillai. Había forcejeado, pero el mayordomo, con la ayuda de dos jardineros, lo había sujetado con fuerza, obligándolo a retroceder por el jardín trasero hacia la casa. Sin embargo, los había visto: a su padre con la mancha roja en el brazo, y a su hermano con el cuchillo en la mano. Balendran se volvió, sin querer detenerse en ese recuerdo, y entró en la casa.

Cuando llegó al vestíbulo, vio la luz de la salita de su madre que iluminaba la escalera. Al mirar hacia arriba, supo que primero tenía que ir a verla a ella y sintió un escalofrío. Subiría para decirle a su madre que su hijo se estaba muriendo. Se apoyó con fuerza en el pasamanos y comenzó a subir lentamente la escalera.

Nalamma levantó la mirada de su costura y contuvo el aliento cuando vio a su hijo subir los últimos peldaños. Parecía salir de la oscuridad y tuvo un mal presentimiento.

—¿Qué ocurre, *mahan*? —preguntó, con miedo.

Fue hacia ella, cogió las manos de su madre entre las suyas y las besó. Entonces se arrodilló a sus pies.

Ella lo miró, esperando a que hablara pero, al mismo tiempo, temiendo que, cuando le dijera lo que tenía que decirle, el mundo se le cayera encima.

—Es como pensabas —dijo él.

Un gemido escapó de entre los labios de Nalamma. Entonces, alargó un brazo, atrajo a Balendran hacia sí y lo abrazó, como si este otro hijo también pudiera desaparecer de repente.

—¿Cuánto tiempo? —preguntó—. ¿Cuánto tiempo tenemos?

—Cerca de un mes, tal vez menos.

Ella lo soltó. Tenía la cara surcada de lágrimas. Se puso de pie.

—Ven. Tenemos que hablar con tu *Appa*.

Tras enjugarse las lágrimas con la punta del *palu* del sari, se lo cogió a la cintura. Él la siguió hacia la escalera. Cuando su madre llegó al vestíbulo, perdió el valor y le pidió que llamara a la puerta del despacho. Él llamó y, al instante, su padre les gritó que pasaran. Él lo hizo primero, su madre lo siguió.

El mudaliyar estaba junto a la ventana, mirando hacia el jardín oval. Se volvió para recibirlos.

—*Appa* —empezó a decir Balendran, inseguro—, hoy... he recibido este telegrama.

Se lo dio a su padre y lo observó mientras lo leía, preguntándose si el dolor por un hijo moribundo sería demasiado para él.

El mudaliyar adoptó una expresión inescrutable para que ni su hijo ni su esposa supieran que ya estaba enterado del contenido de aquel telegrama. Aunque les había hecho jurar que no se pondrían en contacto con Arul, no había podido cortar por completo los lazos con su hijo. Aparte del dinero que le enviaba todos los meses, había arreglado que el señor Govind averiguara cómo se encontraba su hijo y lo mantuviera al corriente periódicamente. El señor Govind le había enviado la misma información por telegrama hacía unas horas. De hecho, estaba paseándose de un lado a otro del despacho, muy agitado, pensando en la terrible noticia, cuando su hijo y su esposa llamaron a la puerta.

Dejó el telegrama sobre el escritorio.

—*Appa* —dijo Balendran, consciente de los ojos de su madre clavados en él—. ¿Debo ir a verlo?

El mudaliyar ya había previsto aquella pregunta y, por supuesto, tenía decidido que debía ir. Arul era su hijo y, a pesar de que lo había desobedecido, causándole mucho dolor, él seguía queriéndolo como quería a Balendran. En realidad, casi no pasaba una semana sin que la presencia de Balendran o la fotografía de Lukshman sobre su escritorio le hiciesen suspirar por la pérdida de ese otro hijo y ese otro nieto. Pues para él estaban irrevocablemente perdidos; su hijo, por su matrimonio, y su nieto, por la sangre que llevaba en las venas. Ahora que Arul estaba a punto de morir, consideraba imprescindible que Balendran fuera y convenciera a su familia para que enviaran el cuerpo a Ceilán, de modo que su primogénito pudiera ser enterrado de manera acorde con su alcurnia. En la India no habría hombres de la casta *koviar*, para bañar el cuerpo y acompañarlo al lugar de incineración; ni de la casta *parayar*, para tañer los tambores; ni de la casta *pallar*, para cortar la leña y preparar la pira funeraria. Su hijo, su primogénito, sería enterrado como un pordiosero sin nombre. Sería una vergüenza para él, un insulto al nombre de la familia. La seda, como decía su padre, siempre es seda, aunque esté rasgada. Su hijo seguía siendo de su sangre y debía tener un funeral digno de su linaje.

Pero se veía enfrentado a un dilema. Si bien deseaba enviar a Balendran, no quería que pareciese que dejaba sin efecto, sin más, el juramento que había obligado a prestar a todos los de la casa ante el altar familiar.

—Ya sabes cuál es mi deseo sobre esta cuestión, y espero que se me obedezca —afirmó, esperando el ruego de su hijo.

Balendran asintió, aceptando las palabras de su padre, aliviado por no tener que ir.

—¿Hay alguna razón por la que debiera cambiar de idea?

Antes de que Balendran pudiera responder a esa pregunta, Nalamma estalló.

—¿Qué razón necesitas? ¿Eres un hombre o una piedra?

Nunca le había hablado así a su esposo, que se irguió indignado.

—¿Olvidas con quién estás hablando? —exclamó, con voz furibunda.

Para su sorpresa, Nalamma le sostuvo la mirada. El mudaliyar se puso furioso ante su negativa a pedirle perdón por su atrevimiento, y su ira se exacerbó debido a la conmoción ante la muerte inminente de su hijo.

—¡Vete! —gritó. La mirada de Nalamma vaciló—. ¡Fuera de mi despacho, mujer irrespetuosa! Llévatela —le ordenó a Balendran—. No hay más que hablar.

Cuando su esposa y su hijo hubieron salido y la puerta estuvo cerrada, el mudaliyar golpeó la mesa con la palma de la mano. Comenzó a ir otra vez de un lado a otro de la habitación, maldiciendo a su esposa por haber intervenido y evitado de esa manera que su hijo le pidiera permiso para ir a Bombay.

• • •

Cuando Balendran y su madre llegaron al final de la escalera, ella le soltó el brazo.

—Puedo ir sola.

—¿Estás segura?

Ella asintió.

—Hay algo que debes hacer. Ve a ver a la *vellakari*.

Él la miró asombrado.

—¿A la señorita Adamson?

Ella apartó la mirada, pero no antes de que él alcanzara a ver en su semblante una mezcla de incomodidad y astucia.

—Ella ejerce una gran influencia sobre él —le aseguró—. Ya sabes cómo es con los occidentales. Cualquier cosa que le digan, se la cree. —Lo empujó con suavidad—. Ve.

—Pero, *Amma*, éste es un asunto familiar. No podemos involucrar a una extraña.

—¿Qué te ocurre? —exclamó Nalamma—. Soy tu madre. Haz lo que te digo.

Balendran suspiró. No tenía sentido discutir con ninguno de sus padres cuando estaban de aquel talante. Se volvió y bajó la escalera. El dormitorio de la señorita Adamson estaba en el pasillo que corría por detrás de la escalera principal de la casa. Esperó un momento ante la puerta, escuchándola moverse dentro, y luego llamó.

—¿Quién es? —preguntó ella, con voz queda.

Él se aclaró la garganta.

—Balendran.

Ella fue a la puerta, la entornó y lo miró.

—Me gustaría hablar con usted —le dijo, sintiendo que estaba invadiendo su intimidad.

Ella asintió, aceptando.

—Por favor, espere un momento —dijo, y cerró la puerta.

Él esperó en el pasillo, irritado. ¿Por qué había aceptado ese tonto encargo? Su padre había expresado su deseo y eso era todo. No tenía sentido apelar a aquella mujer, que era una forastera, que no sabía nada de la familia.

Finalmente, la señorita Adamson salió de su habitación y Balendran le indicó que lo siguiera al comedor. Llevaba una larga bata de seda y no se quitaba la mano del cuello, para que no se le abriera.

217

Tenía los cabellos peinados en una trenza que le caía por la espalda e iba con la cabeza gacha, recatada. Balendran pensó que era la primera vez que la veía como lo que era: una occidental. Viéndola con aquella ropa, que pertenecía a su vida anterior, pensó en lo incongruente que en realidad le quedaba el sari.

Cuando llegaron al comedor, se hizo a un lado para dejarla pasar y él entró a continuación. Alargó un brazo para encender la luz pero ella dijo, en voz baja:

—Al maestro no le gustaría.

Él se detuvo, torpemente, y bajó el brazo.

—He querido hablar con usted por un asunto privado... un asunto familiar —comenzó a decir, queriendo terminar con aquello lo antes posible.

Ella esperó, con la cabeza gacha.

—No sé si sabe que tengo un hermano mayor que vive en la India.

Ella asintió.

—¿Está enterada de las circunstancias que provocaron su marcha?

—Un matrimonio que el maestro no aprobaba.

Balendran asintió.

—Ahora mi hermano se está muriendo y es importante que alguien de la familia vaya con él. Lamentablemente, mi padre lo ha prohibido.

Hizo otra pausa; le resultaba muy difícil continuar.

—Mi madre piensa que usted ejerce alguna influencia sobre él... una influencia positiva.

Se detuvo, pues la señorita Adamson había hecho un pequeño movimiento hacia atrás.

—¿Le parece que es así? —preguntó él—. ¿Piensa que podría hacerle cambiar de idea?

La señorita Adamson soltó el cuello de la bata y se cruzó de brazos. A él le pareció que se la veía muy turbada.

—¿Le parece que sería posible? —insistió.

—No lo sé —repuso ella—. Su madre exagera mi influencia sobre el maestro. Pero lo intentaré. Hablaré con él.

Él hizo una leve inclinación de cabeza y salió del comedor.

218

. . .

Cuando su coche dejaba Brighton, Balendran miró hacia atrás, a la ventana del despacho. Le volvió el recuerdo de aquella terrible noche en que Arul agredió a su padre con un cuchillo. Cuánta vergüenza y desolación había causado su hermano a la familia.

Balendran sabía que, para su padre, las diferencias de casta eran tan reales como lo había sido para sus ancestros el hecho de que la Tierra era plana y estaba habitada por espíritus. El nacimiento, la casta de una persona eran algo tangible, como si esâs diferencias se manifestaran en la sangre que le corría a uno por las venas, en los ligamentos, en el olor del sudor. Su padre tenía una historia, que contaba a menudo, sobre cómo, sin saberlo, había bebido de la taza de un intocable y, de repente, había vomitado. Su cuerpo había detectado el puro veneno y lo había expulsado. Balendran no estaba en absoluto de acuerdo con su padre, pero, de haber estado en el lugar de Arul, habría tenido en cuenta sus sentimientos. Su hermano, con esa característica testarudez suya, no sólo se había negado a ver las cosas desde la perspectiva de su padre, sino que se había enfurecido con él. Pero ¿cuál había sido su crimen? Después de todo, había reaccionado a aquella relación como lo habría hecho el padre de cualquiera de sus pares. Había ordenado a Pakkiam que volviera a su aldea. Y por eso su hermano lo había apuñalado. Estremeciéndose, pensó en qué habría sucedido si su hermano hubiera matado a su padre; no sólo por la pérdida, sino también por el escándalo, la vergüenza que los habría perseguido durante el resto de sus vidas. Sin llegar a eso, ya había sido muy difícil.

El médico de la familia fue discreto y no dijo nada de la puñalada. Pero, después de la marcha de Arul a la India, su boda con Pakkiam había pasado a ser del dominio público. Balendran había sufrido en el colegio por ello. Sus compañeros de clase lo pinchaban y no dejaban pasar a una trabajadora por su lado sin llamarle la atención y decirle que allí iba su futura esposa. Una vez, incluso, había visto a un compañero de clase que, subrepticiamente, limpiaba algo que él había tocado, como si la intocabilidad de Pakkiam se le hubiera contagiado. A su padre, la tensión le había subido muchísimo, y se había visto obligado a guardar cama durante un mes. Su madre había tenido que soportar visitas de parientes y otros muchos «bienintencionados» que iban a ver qué podían averiguar para divulgarlo después. La primera vez que salieron como una familia, a una fiesta en casa de los padres de F.C., se hizo un silencio en el salón cuando ellos llegaron. Se habían pasado casi toda la velada siendo menospreciados por el resto de los invitados.

Aun así, su padre había dispuesto que se enviara una asignación mensual a Arul. Balendran lo admiraba por ello.

A la mañana siguiente, el mudaliyar llamó a Balendran, que llegó a Brighton a la hora indicada y encontró a su padre paseándose nerviosamente por el despacho. Cuando lo vio, se detuvo y le indicó que se acercara.

—He decidido que debes ir —le comunicó—. No sabemos cuánto tiempo le queda a tu hermano. Por lo tanto, debes salir para la India mañana por la tarde sin falta.

Balendran lo miró asombrado.

Su padre le alcanzó el billete del pasaje a Bombay.

—Quiero que hables con su familia y hagas los arreglos necesarios para que su cuerpo sea enviado aquí —continuó diciendo su padre—. Debe ser enterrado en Jaffna con todos los honores. Si se niegan, amenaza con retirarles la asignación.

Mientras su padre hablaba, Balendran lo escuchaba a medias. Estaba mirando a la señorita Adamson que, sentada a su escritorio, se ocupaba de la correspondencia, en apariencia indiferente a lo que sucedía a su lado. Él no sintió respeto o gratitud, sino la confirmación de lo que ella significaba allí, en casa de su padre.

En unos días Balendran vería a Arul y, mientras su coche lo llevaba de vuelta a Sevena, se percató por fin de lo real que era la muerte inminente de su hermano. Sólo entonces sintió el dolor de la pena, como un peso enorme sobre el pecho. Qué devastador era, qué terrible, que a Arul se le troncara la vida cuando no había vivido ni la mitad. No podía más que imaginárselo agonizando, al lado de su esposa y su hijo, y preguntándose cómo sobrevivirían ellos sin él. Balendran pensó en el triste reencuentro, después de tantos años de separación. Encontrarse así, casi a las puertas de su muerte, era insoportable. ¿Qué le diría después de tanto tiempo? La larga separación los había convertido en extraños. ¿Y Seelan? Ya tendría veintisiete años. ¿Qué le podría decir? ¿Estaría resentido por haber sido despojado de su herencia? ¿Lo odiaría? ¿Y Pakkiam? La había conocido como una criada de la casa. Ahora era su cuñada. Aunque tenía toda la intención del mundo de tratarla con el respeto debido a una cuñada, sería incómodo para ambos.

Además, estaba la orden de su padre de que reclamara el cuerpo de Arul para incinerarlo en Ceilán. Balendran se enderezó en el asiento. Mientras su padre se lo decía, no lo había digerido del todo. Pero en ese momento comprendió aquella orden en todo su alcance. Tenía que ir a la India, para encontrarse con Arul y su familia, y reclamar el cuerpo de su hermano. Arul tenía un carácter que igualaba, si no excedía, el de su padre. Había sido su cólera, después de todo, la que lo había llevado a apuñalarlo. Se imaginó diciéndole a Arul lo que quería su padre y se sintió languidecer al pensar en la diatriba con la que le respondería su hermano. Pakkiam y Seelan lo apoyarían, claro. No podía esperar otra cosa de ellos. Pakkiam jamás permitiría que le quitaran a Arul. Seelan jamás consentiría en que otro que no fuera él encendiera la pira funeraria. ¡Era el deber más sagrado que un hijo podía jamás cumplir para con su padre! Pero el mudaliyar estaba decidido a ver a su amado hijo, aunque sólo fuera después de muerto, a darle los honores que merecía como miembro de su familia.

Balendran se enjugó el sudor de la cara con el pañuelo y dejó escapar un suspiro ante la tarea que lo esperaba.

17

*La amistad frena al mal, guía al bien
y comparte las penas.*
TIRUKKURAL, verso 787

Abril era el mes más cálido del año. A pesar de la proximidad de Colombo al mar y de la existencia del lago Beira, el bochorno se adueñaba de la ciudad. En las calles arboladas, parecía que un calor reverberante hubiera quedado atrapado entre el toldo de hojas polvorientas, por encima de las cabezas, y la calle asfaltada. Hasta las noches eran sofocantes, y uno se dormía sobre un colchón caliente, dando vueltas sin parar con sueños agitados, para despertarse empapado en sudor. Era un momento en el que los ánimos, tanto públicos como privados, estaban exaltados. Y 1928 no fue una excepción, pues el mes de abril había traído consigo el rumor de que el Sindicato Laborista iba a entrar en acción. Los taxistas de la Minerva Hiring Company habían votado a favor de unirse al sindicato, pero la compañía se había negado a reconocer el derecho a sindicación de sus empleados. El dueño había despedido al representante sindical, diciéndole que «se largara» porque allí no quería su «maldito sindicato». El descontento aumentaba entre los demás taxistas.

Una atmósfera de abandono envolvía a Jardines de Canela, pues la mayoría de sus residentes había huido al clima más fresco de las montañas, a la ciudad de Nuwara Eliya. Fundada precisamente como un retiro de montaña, para pasar lo peor de la estación seca, en otro tiempo había sido patrimonio exclusivo de los británicos, pero cada vez era más fácil encontrar allí a cingaleses ricos, muchos de los cuales poseían casas en la ciudad. En abril, Jardines de Canela parecía un poblado fantasma. Esta impresión se acentuaba porque los numerosos sirvientes, que siempre estaban por todas partes, también se habían ido, para celebrar en sus aldeas el Año Nuevo cingalés o tamil. Los residentes que habían optado por quedarse no podían evitar sentirse melancólicos, tener la impresión de haber sido abandonados.

Dado que los centros escolares cerraban por las vacaciones de abril, Annalukshmi había vuelto a la plantación de los Sisler con la señorita Lawton y Nancy. Pero, privada de Letchumi y Ramu, con Kumudini ya casada y en Malasia, Louisa le pidió que volviera a casa al cabo de una semana, para ayudarla con las numerosas tareas domésticas que habían caído sobre sus espaldas.

A medida que un día bochornoso seguía invariablemente a otro, Annalukshmi se descubrió inquieta y pensativa, mientras molía las especias para el curry, vigilaba ollas hirviendo en la sofocante cocina, barría el porche o regaba el jardín.

Después de la boda de su hermana, se había entregado con renovado vigor a la enseñanza. Además de preparar mejor sus clases, había dedicado horas extras, después del horario escolar, a ayudar a las alumnas que iban más retrasadas. También se había ofrecido voluntaria para dirigir el cuadro teatral del colegio con vistas a la ya próxima competición interescolar sobre dramas de Shakespeare, que iba a realizarse en junio, en la cual representarían un acto de *Como gustéis*. Había tratado de programar algunos ensayos durante las vacaciones de abril, pero las alumnas se habían rebelado contra la idea, pues la mayoría de ellas tenía planeado pasar el mes en Nuwara Eliya.

Annalukshmi se encontró anhelando el fin de las vacaciones de abril o, al menos, el regreso de sus amigas de Nanu Oya.

Para aumentar su desazón, a la tía Philomena, también privada de servicio doméstico, le había dado por dejarse caer con mucha frecuencia. Sus visitas estaban estratégicamente planeadas para coincidir con las comidas. De manera que, a la hora del almuerzo o de la cena, debían soportar una de sus letanías sobre los defectos de sus anfitrionas, en especial sobre la nueva espina que le habían clavado en el corazón: el matrimonio de Kumudini con un hindú, aunque ni siquiera una jauría de perros rabiosos habría evitado que la prima Philomena asistiese a la boda.

Una mañana, Philomena Barnett apareció en el portillo de Lotus Cottage, recorrió el sendero de entrada con un ímpetu y una energía inusuales en ella para esa época del año y subió los escalones del porche con una expresión de mal disimulada satisfacción en la cara.

Louisa limpiaba el polvo de los muebles del porche mientras sus dos hijas barrían el suelo y quitaban las telarañas. Interrumpieron su labor, suspirando para sus adentros ante la perspectiva de otra tediosa visita del Diablo Encarnado.

—Mira, prima —dijo Philomena—. Estoy asombrada. Llevo días viniendo aquí de visita y no has sido capaz de contarme las novedades sobre Kumudini.

—¿Novedades? —repuso Louisa, sin saber a qué se refería.

—¿Quieres decir que no lo sabes? Kumudini está embarazada.

—¡Qué! —exclamó Louisa, incrédula.

Annalukshmi y Manohari se miraron, asombradas.

Louisa se recuperó.

—¿De qué hablas, prima? Tienes que estar equivocada.

Philomena negó con la cabeza.

—No. Mi amiga Viola Emannuel acaba de llegar de Malasia. Su marido es uno de los pocos ginecólogos tamiles de Kuala Lumpur, y sabe con absoluta certeza que Kumudini está embarazada. De cuatro meses. Se quedó encinta poco después de la boda.

—No, prima, eso no es posible. —Louisa miró a sus hijas en busca de apoyo.

—¿Cómo no íbamos a saberlo, si Kumudini estuviese en estado? —preguntó Annalukshmi. Estaba segura de que su tía lo había entendido mal—. ¿Por qué razón no iba a escribirnos para contárnoslo?

—Ésa es la cuestión, ¿por qué? —apuntó Philomena, dejándose caer en una silla—. Seguro que Parvathy y tu padre le han prohibido que os lo diga. Quieren que dé a luz allí para impedir que bauticen al bebé.

Louisa también se sentó. Sin saberlo, su prima había expresado en voz alta uno de sus temores. Aunque, si bien a regañadientes, ha-

224

bía dado su permiso para el matrimonio, la duda y la inquietud la atormentaban. Le preocupaba que su esposo no respetara lo pactado con Parvathy en referencia a la religión de los futuros hijos de Kumudini.

—No —replicó con seguridad—. Parvathy jamás haría eso. Es una mujer de palabra.

—Después no digas que no te lo advertí, prima —repuso Philomena.

Cuando Louisa y sus hijas fueron a la cocina para dar los últimos toques al almuerzo, Manohari dijo:

—Imaginaos, *akka* embarazada justo después de la boda. Ha logrado una carrera al batear la primera pelota.

Louisa la miró con el entrecejo fruncido y le dijo que no fuese grosera.

—No está embarazada —sentenció Annalukshmi, impaciente, y se enjugó el sudor de la frente con la manga—. Son tonterías de la tía Philomena. No entiendo por qué sigue viniéndonos con sus malditas estupideces. Me dan ganas de ponerle sales purgantes Epsom en la comida un día de estos.

—Estoy de acuerdo en que probablemente no sea cierto —empezó a decir Louisa—. Pero hoy mismo voy a mandar una carta a Kumudini. Por correo urgente. Aclararemos esto de una vez por todas.

Esa misma tarde, acostada en la cama, tratando de dormir a pesar del calor agobiante y de que el ventilador del techo sólo servía para remover el aire caliente, Annalukshmi pensó en lo que había dicho la tía Philomena y se convenció aún más de que estaba equivocada. Aparte de que, según la costumbre, las mujeres regresaban a casa de sus madres durante la última etapa del embarazo, las cingalesas de Malasia siempre lo hacían al principio. Los equipamientos médicos de Malasia eran malos comparados con los de Ceilán, y, durante los primeros meses, algo peligrosos, era importante estar cerca de un buen hospital y contar con buenos profesionales a mano. Dudaba de que su tía o su padre, fueran cuales fuesen las intenciones que tuvieran con respecto a la religión de la criatura, corrieran semejante riesgo con su hermana o con su futuro nieto.

Miró la cama vacía de Kumudini y suspiró, pensando en la boda, cuatro meses atrás. Como Muttiah y Parvathy no se iban a quedar más de dos semanas en Ceilán, había tenido lugar una actividad febril para organizar la fiesta. A pesar de sus exclamaciones horrorizadas y sus amenazas de repudiar a su familia, la tía Philomena no había podido resistirse a una boda. Había llegado con el *Libro de cocina de la señora Beeton* bajo el brazo para supervisar los preparativos del desayuno. Había sido algo modesto, sólo para los parientes más cercanos. El mudaliyar y su esposa habían prestado el salón de baile de Brighton para la ocasión. El tío Balendran había entregado a la novia, ya que su padre no había podido llegar a tiempo desde Malasia. Sí había enviado, en cambio, un largo telegrama reprobando severamente a Annalukshmi y elogiando a Kumudini por su buen juicio. Durante la ceremonia propiamente dicha, a Annalukshmi le había sido difícil no percibir las miradas extrañas, a menudo compasivas, que le dirigían los presentes, las conversaciones susurradas detrás de los abanicos abiertos.

Los preparativos para la boda habían sido tan rápidos que sólo cuando estaban en el muelle, despidiendo a su hermana, se dio cuenta de lo que perdía. Al regresar ese día a la casa, silenciosa y tranquila entonces, se sintió melancólica. La llegada de la Navidad no contribuyó a disipar su tristeza. Había añorado a su hermana durante la preparación del pastel, la visita anual a los Colombo Cold Stores para comprar el cerdo lechal de la comida de Navidad, la compra de los regalos. Cuando pasaron las fiestas, se alegró de volver al trabajo y al evidente placer que encontraba en su profesión.

Annalukshmi cogió su libro, lo miró y volvió a dejarlo. Con ese calor, hasta leer suponía un esfuerzo excesivo. Además, ya había leído aquella novela. Pensó en ir de visita a Brighton y averiguar si su tío abuelo, el mudaliyar, iría al centro por negocios. Quizá la pudiera llevar a la librería Cargills. Advirtió entonces que Manohari estaba acostada de lado, con la cabeza apoyada en un brazo, mirándola.

—Tenía entendido que Nancy y la señorita Lawton estaban en Nanu Oya —le comentó.

—Y así es.

—Eso es lo que tú crees. Ayer, cuando fui de compras con *Amma*, al mercado del Pettah, vi a Nancy con ese tal señor Jayaweera.

—¿Cómo es posible? La señorita Lawton y Nancy me lo habrían dicho, si hubiesen regresado a Colombo.

—Bueno, sólo te digo lo que vi.

Annalukshmi se recostó en la cama, intrigada. Seguro que si hubieran regresado, Nancy o la señorita Lawton se lo habrían hecho saber. El señor Jayaweera se había mudado hacía poco a una casa en el Pettah. Se preguntó si la señorita Lawton y Nancy habrían ido a visitarlo sin ella. Se sintió menospreciada, ya que habían hablado de ir juntas a ver su nuevo alojamiento. Sin embargo, no permitiría que eso le estropeara la alegría de saber que habían regresado, lo que sin duda significaría un cierto alivio en la fatiga de sus tareas domésticas.

Decidió pedir un rickshaw esa tarde, cuando hiciera menos calor, para ir a visitarlas.

Annalukshmi abrió la puerta del jardín de la señorita Lawton. Al entrar, reparó en que no habían cortado el césped en las dos últimas semanas, pues el jardinero había regresado a su aldea. El sendero de entrada, por lo general muy limpio, estaba cubierto de hojas secas. Se fijó en que la puerta principal de la casa seguía cerrada y en que no habían sacado ninguno de los muebles del porche. Se convenció entonces de que no habían regresado, que Manohari se había confundido.

Como sabía que la criada de la señorita Lawton, Rosa, no había ido a su aldea ese año, fue hacia la parte trasera de la casa para hablar con ella y salir de dudas.

Estaba a mitad de camino, cuando se sorprendió al oír de repente las voces de Nancy y del señor Jayaweera procedentes de la veranda, en el costado de la casa, ocultos tras una espaldera cubierta de una tupida enredadera. Annalukshmi se detuvo, contenta de que finalmente sus amigas hubieran regresado en efecto de Nanu Oya. Fue hasta la espaldera, e iba a apartar unas ramas, cuando oyó que Nancy decía, tras un largo suspiro:

—No puedes entender lo difícil que es para mí. No soy mentirosa por naturaleza. Todo esto me hace sentir muy mal.

—Sí, lo sé, lo sé —repuso el señor Jayaweera, tranquilizador, en cingalés—. Pero será sólo por unas semanas más.

Con cuidado, Annalukshmi apartó unas hojas para tratar de entender lo que estaba sucediendo. Lo que vio la sobresaltó.

El señor Jayaweera y Nancy estaban sentados en un banco de madera. Él había pasado un brazo sobre los hombros de su amiga y le acariciaba la cabeza, que ella apoyaba en su hombro.

Annalukshmi intentó volver sobre sus pasos pero ya era demasiado tarde: la habían visto. Los tres se quedaron inmóviles, hasta que el señor Jayaweera y Nancy se separaron rápidamente. Él se puso de pie y ella giró la cara.

Un instante después, en silencio, él tendió una mano a Annalukshmi para ayudarla a subir al porche lateral. Los tres volvieron a mirarse. Entonces Nancy se echó a llorar.

—Perdóname —se disculpó—. Lo siento mucho, mucho. No quería que te enteraras así. —Se puso de pie y entró en la casa.

—Por favor, señorita Annalukshmi —imploró el señor Jayaweera—, vaya a hablar con ella. —Hizo una inclinación de cabeza y se marchó.

Annalukshmi entró en la casa a buscar a su amiga.

Al atravesar el salón en penumbras, sintió que cientos de preguntas se le agolpaban en la mente. Pero, más que eso, se sentía curiosamente traicionada por lo que acababa de descubrir. Había malinterpretado la intimidad entre su amiga y ella. Habían compartido la historia de sus vidas pero todo el tiempo su amiga le había estado ocultando ese importante secreto.

Encontró a Nancy sentada en la cama. Ya no lloraba. Levantó la cabeza para mirarla.

—¿Estás muy dolida? —preguntó Nancy.

Annalukshmi no respondió de inmediato.

—Pues... no puedo negar que sí —admitió—. Un poco. Después de todas las cosas que nos hemos contado...

—Sí —dijo Nancy—. Pero quería proteger nuestra amistad.

—¿Qué quieres decir?

—Todavía no le he dicho nada a la señorita Lawton. Sencillamente, no me pareció justo involucrarte en mis problemas y provocar una situación embarazosa entre vosotras.

Annalukshmi vio la desazón en la cara de su amiga. Fue a sentarse en la cama junto a ella.

—Tendrás que contárselo. No va a echarte de casa, como lo haría sin duda una madre cingalesa.

—No. Pero tampoco le hará ninguna gracia saber que tengo una relación con un hombre pobre con una familia que mantener, sin futuro y que, además, no es cristiano. —Nancy se levantó y atravesó la habitación, entonces se volvió a su amiga—. La señorita Lawton ha expresado a menudo su preocupación por mi futuro, ya lo sabes; se da cuenta de que mi posición es inestable, que no encajo en ninguna parte. Pero creo que, aunque no siempre hemos estado de acuerdo en todo, ni tenido las mismas opiniones sobre todas las cosas... Supongo que deseo creer que, si yo encontrara algo que quisiera de verdad y me hiciera feliz, ella no se opondría.

—Sí, Nancy, estoy segura de eso.

—Pero tendré que actuar con cuidado. Elegir el momento adecuado para decírselo. La posición de Vijith, del señor Jayaweera, es vulnerable. No quiero que le eche la culpa de todo, que le pida que se vaya del colegio.

—Pero cuanto más esperes peor será. Es mejor contárselo ahora y afrontar las consecuencias.

—Vijith y yo queremos esperar unas semanas. Su casera le ha prometido conseguirle empleo en un banco. Cuando en el colegio se enteren de lo nuestro, las cosas van a ponerse muy mal para la señorita Lawton. Los padres de las alumnas pensarán que ha cometido una imprudencia al alentar nuestra relación, alojándose él en nuestra casa. O pensarán que no vio lo que pasaba delante de sus narices y que, por lo tanto, no está capacitada para que ellos le confíen a sus hijas. Vijith y yo consideramos que lo más honesto es que él encuentre otro empleo.

Más tarde, mientras el sol se ponía sobre el césped, pasearon por el jardín, y Nancy le contó que su relación con el señor Jayaweera había comenzado a poco de su llegada. Ella se había sentido, casi de inmediato, muy cómoda con él. Le gustaba que, cuando estaban solos, le hablara en cingalés, una lengua que ella hablaba tan poco ahora y que la devolvía a su vida de antes de irse a vivir con la señorita Lawton. Pronto había sido obvio para ella que el señor Jayaweera correspondía a su aprecio. No llevaba ni un mes en el colegio cuando le confesó que sus sentimientos hacia ella iban más allá de la amistad. Mientras Nancy hablaba, Annalukshmi contempló algunos momentos del pasado reciente bajo una luz diferente. Y, aunque contenta por su amiga, no pudo evitar preocuparse.

En enero, Nancy y Annalukshmi habían decidido hacerse socias del Club de la Asociación Cingalesa de Tenis sobre Hierba, cuya sede estaba en Victoria Park. En los últimos meses se habían visto a menudo para jugar un partido. Una tarde, pocos días después de que Annalukshmi se hubiera topado con Nancy y el señor Jayaweera, las dos amigas se encontraron para jugar al tenis. Cuando terminó el partido, Nancy comenzó a guardar sus cosas muy deprisa.

—Espero que no te importe —dijo—, pero hoy no puedo quedarme a tomar algo. He quedado con Vijith para vernos un rato en el parque.

—Por supuesto —repuso Annalukshmi, tratando de que no se le notara la decepción en la voz.

Nancy le palmeó el hombro a modo de agradecimiento. Luego se montó en su bici y salió hacia Victoria Park.

Annalukshmi la observó marcharse, sintiéndose abandonada. Le había pedido al conductor de su rickshaw que fuera a buscarla quince minutos tarde, para que ella y Nancy tuvieran tiempo de tomar algo juntas. Ahora tendría que esperarlo sola. Se dirigió al jardín delantero del club y se sentó a una de las mesas de hierro forjado. Había otros jugadores sentados a las mesas a su alrededor. Su alegre charla aumentó su sensación de soledad. El cielo comenzaba a encapotarse, anunciando una de esas tormentas vespertinas que aliviaban brevemente el calor de abril. Después de estar allí sentada un rato, no pudo soportarlo más. Le dejaría algo de dinero a un recogepelotas para que pagara al conductor del rickshaw por el tiempo perdido.

Hecho esto, se puso a pasear por el parque.

Apenas había dejado el club, vio a Nancy y al señor Jayaweera delante de ella. Él llevaba la bicicleta de Nancy por el manillar y ella caminaba a su lado. Se apresuró a salirse del sendero, para que no la vieran, y los observó. Él llevaba a Nancy del brazo y la miraba con mucho cariño. La cara de su amiga resplandecía de felicidad.

. . .

La señorita Lawton regresó de su viaje a Nanu Oya pocos días después y sugirió que Annalukshmi fuera a visitarla. La cara de la directora se iluminó de satisfacción al verla, pero ella apenas pudo mirarla a los ojos mientras le estrechaba la mano con afecto. Esa noche se quedó a cenar, pero, en lugar de ser un placer, le resultó embarazoso. Siempre había valorado la compañía de la señorita Lawton por la libertad que tenía de hablar de cualquier cosa con ella, la seguridad de que hallaría en ella una interlocutora comprensiva e inteligente. En su presencia, fue consciente de inmediato de las cosas sobre las que no podía hablar, y le fue difícil charlar sobre otros temas.

Una semana después de que Philomena Barnett les hablara de Kumudini, llegó una carta a Lotus Cottage. Era de Parvathy y estaba dirigida a Louisa.

> *Mi querida* thangachi:
>
> *¡Alégrate, porque Kumudini está embarazada! Cuando recibas esta carta, ya estará camino de Ceilán para pasar allí el embarazo.*
>
> *Debes saber, no obstante, que ya está de cuatro meses. Mu-rugasu* thambi *y yo nos hemos pasado todo este tiempo urgiéndola para que volviera a Colombo pero, dando muestras de una determinación que ha heredado sin duda de su padre, ella se ha negado, insistiendo en que su deber es estar al lado de su esposo, que cientos de mujeres dan a luz todos los años en los hospitales de Kuala Lumpur sin peligro ni para ellas ni para sus bebés. Ni siquiera quería que supieras de su estado, argumentando que te preocuparías sin motivo. Por fin, Mu-rugasu* thambi *y yo nos pusimos firmes y por eso ahora va hacia ti. Llegará dentro de dos semanas. Sigo fiel al pacto que hicimos sobre la religión del niño.*
>
> *Parvathy*

La carta que Louisa le había mandado a su hija no podía haber llegado todavía a Malasia, de manera que ésta no era una respuesta a aquélla. La última frase de Parvathy, recordando su compromiso de bautizar a la criatura, despejaba cualquier duda que pudieran albergar al respecto. En realidad, parecía que había sido escrita a propósito para disipar cualquier posible sospecha. Cuando releyeron la carta y la comentaron, no pudieron más que pensar que la única culpable del retraso era la misma Kumudini. Se preguntaron por qué ella, famosa por su buen criterio, podía haber retrasado así su retorno.

—Es el amor —dijo por fin Manohari, con burlona afectación—. No soporta separarse de quien inunda su vida de luminosos rayos de sol.

Pronto Louisa no pudo pensar en otra cosa que no fuera el hecho de que iba a ser abuela. Esa misma mañana, a pesar del calor agobiante, que hacía que las zapatillas de cuero se pegaran al asfalto, Louisa fue al Pettah a comprar tela de algodón para hacerle blusitas a la criatura. Esperaba que Annalukshmi la acompañara en esa labor.

El Pettah, al ser uno de los distritos más antiguos de Colombo, no tenía ninguna de las anchas calles arboladas de las que la ciudad alardeaba. Sí tenía, en cambio, un estrecho laberinto de callejas sobre las que el sol caía inclemente, y la mezcla de olores, a carne sangrienta y a frutas y verduras en putrefacción, era más ofensiva que de costumbre debido al calor. Annalukshmi, que llevaba los paquetes con cara de pocos amigos, observaba a su madre abrirse paso entre la muchedumbre; correr de una tienda a otra, comprando encaje, cintas, botones y tela de algodón; regatear con entusiasmo y fiereza. No le cupo duda de que durante los cinco meses siguientes su madre tendría una sola cosa en la cabeza: el nacimiento de su nieto.

Aquella tarde, de vuelta en casa, Louisa le dijo a Annalukshmi que deseaba que suspendiera por ese día su partido de tenis con Nancy; que suspendiera los restantes partidos de la semana, en realidad. Debía dedicarse a coser blusitas para el hijo de Kumudini.

232

—No voy a suspender nada —protestó Annalukshmi, ahora verdaderamente furiosa—. Te portas como si el niño fuera a nacer la semana que viene.

—No seas egoísta —la reprendió Louisa—. Tendrás todo el tiempo del mundo para jugar al tenis con Nancy.

—También lo tendrá Kumudini cuando llegue a casa. No tendrá nada que hacer en todo el día, excepto sentarse a coserle blusitas a su bebé.

—Menuda tía vas a ser —comentó Manohari—. Igual de malvada que la señora Reed en *Jane Eyre*.

—¡*Kadavale!* —exclamó Annalukshmi—. Cualquiera diría que es el segundo advenimiento de Cristo.

Louisa la miró como si hubiera cometido un sacrilegio.

El siguiente trimestre escolar comenzaría en unos días, y Annalukshmi se ofreció para ayudar a la señorita Lawton y a Nancy a poner en orden la sala de profesoras. Quedaron en encontrarse una mañana para hacerlo.

Annalukshmi estaba limpiando el casillero de las profesoras cuando dijo:

—Esta semana tenemos buenas noticias. Mi hermana Kumudini está embarazada.

La señorita Lawton estaba ante la mesa, revisando la vieja correspondencia, decidiendo qué tirar. Nancy estaba subida a una silla, bajando las cortinas para lavarlas. Ambas interrumpieron lo que estaban haciendo.

—¡Felicidades! —exclamó la señorita Lawton.

—Estarás encantada con la idea de ser tía —agregó Nancy.

Annalukshmi se encogió de hombros.

—Pero es maravilloso, ¿no crees? Un nieto, o una nieta, para tu madre; y un sobrino, o una sobrina, para ti.

—Sí, por supuesto. Pero ¿tiene que reducirse a eso toda la conversación de una persona, ha de ocupar eso cada segundo de mi vida? Después de todo, las mujeres de las aldeas dan a luz en los campos y siguen trabajando, sin tanta alharaca ni tanto ajetreo.

Annalukshmi siguió limpiando, por eso no advirtió que la directora la miraba con aire preocupado. Pero Nancy sí lo notó.

—De todos modos, felicita a tu familia de mi parte —dijo la directora. Miró algunas cartas más y las arrojó al suelo—. ¿Sabes? He estado pensando, Anna —añadió entonces—. El Ministerio de Educación ha enviado una circular para ver si hay maestras interesadas en hacer un curso de perfeccionamiento. Obtendrías una mejor cualificación y eso te permitiría ser profesora y enseñar en grados superiores. ¿Te interesaría?

Annalukshmi se giró en redondo.

—Sí, por supuesto, me interesaría mucho.

—Muy bien —repuso la señorita Lawton—. Eso pensaba. Recuérdamelo luego, antes de irte, para que te dé uno de los formularios que tengo en el despacho.

Más tarde, cuando iban por el cuadrilátero hacia la casa de la directora, Annalukshmi dijo a Nancy:

—Me alegra esto. Me dará algo en qué pensar durante el próximo trimestre. Puede ser una buena oportunidad para ascender. Tal vez, incluso, para llegar a la cima.

Nancy la miró, preocupada.

—¿Qué posibilidades crees que tengo de convertirme en directora algún día?

Miró a su amiga en busca de apoyo, pero lo que vio fue la reserva en su cara. Habían llegado al bosquecillo de árboles de aralia y Nancy se detuvo bajo su sombra. Estaba callada y se miraba las manos.

—Aplaudo tu ambición, Annalukshmi, y creo que serías una excelente directora. Pero me temo que olvidas cómo son las cosas. Siendo cingalesas, ni tú ni yo tendremos jamás ninguna posibilidad de ser directoras.

—Pero no hay duda de que el mundo está cambiando.

—¿Ah, sí? Mira los colegios budistas e hinduistas que fueron creados como reacción contra los centros escolares fundados por los misioneros cristianos. Hasta ellos han contratado a directores y directoras europeos, a pesar de la cháchara nacionalista de sus fundadores. Los padres cingaleses quieren el prestigio que comporta enviar a sus hijos a centros dirigidos por occidentales.

Annalukshmi sintió que algo se desataba en su mente, como un ovillo de lana que se cae de una mesa y rueda por el suelo.

—Pero las cosas tienen que cambiar —protestó—. Y estoy segura de que la señorita Lawton, por ejemplo, me apoyaría. Estoy segura de que ella convencería a la junta misionera y a los padres cingaleses, si fuera necesario.

Nancy apoyó una mano en el brazo de su amiga.

—¿Estás tan segura, conociendo las actitudes de la señorita Lawton? El año pasado, cuando la señorita Blake dejó el colegio, no pudo conseguir una sustituta de Inglaterra. Podría haber ascendido a alguna de nuestras colegas más veteranas. En lugar de hacerlo, contrató a Vijith como ayudante de dirección.

Annalukshmi miró a su amiga. El ovillo de lana se deshacía más y más rápido. Ahora que Nancy lo mencionaba, se acordó de que, cuando la señorita Lawton le había pedido que la ayudara con las tareas de la señorita Blake, no había mostrado en ningún momento la intención de que ella pudiera sustituirla ni entonces ni nunca. De pronto, recordó la respuesta de la directora cuando le confesó que no sabía mucho del trabajo de la ayudante de dirección. Le había dicho: «Por supuesto, no espero que lo hagas todo. Eso estaría por encima de tus posibilidades.»

—He olvidado algo en mi aula. Con tu permiso —dijo de repente, y comenzó a alejarse.

Nancy la miró, preocupada, y luego se fue a su casa.

Annalukshmi se dirigió rápidamente hacia el edificio de las aulas de primaria. En lugar de entrar en su aula, se encontró en la sala de música. Cerró la puerta a sus espaldas y fue a la ventana abierta, desde donde se podía contemplar una panorámica del mar. El movimiento rítmico de las olas, rompiendo sobre la playa y luego retrocediendo, la brisa que le soplaba en la cara, todo tuvo sobre ella un efecto tranquilizador.

Se volvió y miró el aula de música. Recordó una tarde en que las tres habían entrado allí y se habían puesto a tocar los pianos juntas, cantando al ritmo de la música. Recuperó sin cesar muchos otros momentos felices pasados con la señorita Lawton y Nancy: los días de playa, las vacaciones en Nanu Oya, las noches en la casa de la directora. No podía negar que había sido feliz allí, en el colegio que la señorita Lawton había sido extraordinariamente buena con ella. Pero ahora se daba cuenta de que esos tiempos felices habían estado rodeados siempre por las rejas ocultas de las restricciones que le eran impuestas.

18

*Lo que distingue a la sabiduría es ver la realidad
detrás de cada apariencia.*
TIRUKKURAL, verso 355

Balendran se pasó los cinco días que duraba el trayecto entre Colombo y Bombay paseándose arriba y abajo por la cubierta del vapor o acodado en la baranda de la borda, pensando sin parar en la horrible situación a la que se dirigía, la terrible tarea que iba a llevar a cabo. Examinó la posibilidad de no transmitir el mensaje de su padre. Simplemente, evitaría mencionar el asunto y, luego, le diría que la familia se había opuesto. Se podía imaginar cómo enfurecería eso a su padre y, si bien temía su cólera, le parecía más tolerable que reclamar el cuerpo de Arul a su esposa y su hijo. Entonces recordó la amenaza de su padre de suspender la asignación mensual a la familia de su hermano. La muerte de Arul, seguramente, haría que los suyos dependieran aún más de esa asignación. Sin tener ninguna culpa, sin entender la razón, se encontrarían en la calle. No, no podía rehuir esa tarea. Tendría que transmitir la petición de su padre, dejar que ellos decidieran lo que quisieran hacer.

Para cuando la costa de Bombay se hizo visible en el horizonte, Balendran estaba agotado por sus cavilaciones y con los nervios de punta.

La ciudad de Bombay. Balendran podía olerla desde la borda del barco; una mezcla de olor a alcantarilla y a brisa marina. Estaban bajando la pasarela. Contempló a la multitud en el muelle y se le ocurrió que lo más probable era que algún miembro de la familia de su hermano estuviera allí, esperándolo. Sólo de pensarlo le sudaron las manos.

Una vez que estuvo asegurada la pasarela, los pasajeros comenzaron a desembarcar. Balendran recogió sus cosas. A pesar de que aquellos días en el barco habían sido difíciles, se sintió inquieto al tener que abandonarlo.

Cuando bajó al muelle miró a su alrededor.

—Caballero, ¿es usted el señor Balendran?

Él se volvió rápidamente y se encontró con un joven.

—¿Seelan?

Se miraron un momento. Su sobrino iba vestido a la moda, con una americana cruzada, pantalón blanco, un sombrero Trilby en una mano y un buen bastón en la otra. Balendran reaccionó por fin y rápidamente le tendió la mano.

Seelan se la estrechó.

—Es un honor y un placer tenerlo aquí, señor.

Balendran se sorprendió por el tono formal, casi oratorio, y por el acento inglés.

—Gracias —dijo.

Seelan señaló las maletas.

—¿Son las suyas?

Él asintió.

Seelan llamó a un par de mozos, les dijo algo en lo que Balendran supuso que sería hindi y luego los guió hasta una calesa. Balendran los siguió y, mientras lo hacía, observó con mayor detenimiento a su sobrino. Entonces reparó en que, a sus veintisiete años, se parecía a Arul, y en que de su madre había heredado tan sólo los ojos. Pero había necesitado esa segunda mirada para percatarse del parecido y, tras estudiar a Seelan con atención, se dio cuenta del porqué. Aunque tenía los mismos rasgos que su padre, su disposición, por así decirlo, era completamente distinta. Los cabellos ensortijados estaban peinados hacia atrás con brillantina, y los labios carnosos, apretados en un gesto formal, perdían así la expresiva energía que había sido tan característica de Arul. Balendran volvió a estudiar la ropa de su sobrino. Sabía cómo diferenciar un traje confeccionado en Europa de otro confeccionado en Oriente, y el de Seelan se encontraba, sin ninguna duda, entre los de la primera categoría. Frunció el entrecejo, intrigado. ¿Cómo había podido pagárselo? Sabía que su familia pasaba estrecheces. Esa ropa hablaba de una abundancia que igualaba la suya o la de cualquier familia de Jardines de Canela. Como si fuera el hijo de una de esas familias, su sobrino tenía un porte de persona importante. De hecho, pensó, mirando el elegante ángulo en que llevaba el sombrero, Seelan era un dandi y, a juzgar por su acento inglés, un anglófilo también. Qué extraño era eso, qué inesperado.

Habían llegado a la calesa. Balendran subió y esperó, mientras Seelan daba instrucciones al cochero y a los mozos para que ataran las maletas atrás. Balendran encontró un libro sobre el asiento, a su lado, y lo cogió. Era *El alcalde de Casterbridge*, de Thomas Hardy. Se sorprendió. El gusto por la lectura no ligaba con los modales algo fatuos de su sobrino. Por lo general, los chicos como él preferían los coches, los caballos de carreras y los gramófonos.

Seelan subió a la calesa. Cuando vio el libro en manos de su tío, lo miró, expectante, como esperando algún comentario.

—Veo que te gusta Thomas Hardy.

—Sí, señor —respondió Seelan de inmediato—. Leer es uno de mis mayores placeres.

La calesa arrancó y un silencio incómodo se instaló entre ellos.

—¿Cómo está tu *Appa*? —preguntó Balendran.

La tristeza ensombreció el semblante de su sobrino.

—Me temo que está en las últimas, señor. Le quedan una o dos semanas, en el mejor de los casos.

—Pero ¿qué tiene?

—Cáncer de pulmón, señor.

—Él... ¿sufre mucho?

—Lamentablemente, se ha extendido a los huesos. Pero lo sedamos. Con morfina.

—¿Me reconocerá?

—Oh, sí, señor.

El tema se había agotado. Balendran miró la ciudad a su alrededor, simulando interés, mientras trataba de pensar en qué decir. Poco a poco, se dio cuenta de que estaba siendo sometido a examen. Volvió la cabeza de repente y sorprendió a su sobrino estudiándolo, con una expresión extraña, casi impaciente, en los ojos. Seelan se apresuró a apartar la mirada. Balendran lo imitó, preguntándose por qué lo había mirado así. No era deseo, pues conocía de sobra la diferencia, sino algo parecido al deseo que no sabía cómo definir. «Avidez» fue la palabra que le vino a la cabeza, pero qué tendría que ver con esa expresión no alcanzaba a comprenderlo. No quería volver a mirar a su sobrino a la cara, pero no pudo evitar mirar sus manos, que tenía entrelazadas con fuerza, con demasiada fuerza. Advirtió que, bajo su porte confiado y formal, su sobrino no estaba del todo seguro de sí mismo.

Atravesaron un sinfín de calles sucias y concurridas. Después de un buen rato, entraron en un callejón y los caballos redujeron la marcha hasta detenerse por completo. Balendran miró a su alrededor, azorado, viendo la mugre de la calle. De una alcantarilla emanaba un olor fétido. Había creído que iban a pasar por allí para llegar a una zona residencial mejor. Se volvió a Seelan.

—¿Es aquí?

El chico se ruborizó.

—Sí —murmuró, y se apresuró a bajar de la calesa y a ayudar al cochero a descargar las maletas.

Balendran bajó tras él, maldiciéndose para sus adentros por haber puesto a su sobrino, sin querer, en una situación embarazosa. Pero no podía dejar de mirar a su alrededor, realmente impresionado.

El callejón terminaba en un patio rodeado por tres lados por un edificio de dos plantas con numerosos apartamentos. Un balcón corría a lo largo de todo el primer piso y de él colgaba ropa tendida, que ocultaba las puertas de los apartamentos. En un tiempo había estado encalado, pero la suciedad y la humedad habían dejado manchas negras sobre las paredes. Había basura apilada en una esquina, y algunos perros callejeros, esqueléticos, la revolvían con los hocicos. Desde varios apartamentos llegaba el sonido de una radio, de alguien que golpeaba algo, los gritos de dos mujeres en medio de una pelea feroz, el llanto de un niño. Balendran negó con la cabeza. Aquello no era en absoluto lo que había esperado. Había pensado que, con la asignación y el sueldo de Arul, vivirían al menos en una casa pequeña, no en medio de esa miseria espantosa.

Una mujer vestida con un sari azul atravesaba el patio. Él la miró, dudando de que fuera Pakkiam. Pero iba hacia ellos. Tenía que ser ella. Balendran sintió que el corazón se le aceleraba. Nunca la había visto así, como su cuñada. ¿Qué se suponía que tenía que decirle? ¿Debía llamarla *anney* o *akka*? ¿Y si se equivocaba y la trataba de «tú», cosa que sólo se hacía con los criados? El insulto sería imperdonable, en especial en presencia de su sobrino.

Pakkiam había llegado ante él y, durante un momento, se miraron. La Pakkiam que él recordaba era una chica de diecisiete años. La mujer que tenía delante había cumplido los cuarenta y cinco. Los rasgos, a pesar de los años, eran reconocibles. Fue su semblante lo que le hizo pensar que estaba ante una desconocida. Sus ojos, antes tan vivaces, estaban apagados ahora, y, cuando los levantó hacia él, reparó en que había estado llorando. La boca, siempre henchida de canciones y, más tarde, de desafío y sarcasmo, ahora estaba cerrada, los labios fruncidos, como para contener su dolor.

Ella hizo una reverencia y dijo en tamil, quedamente:

—Bienvenido, *thambi*.

Él le devolvió una inclinación de cabeza, tratando de pensar qué decirle, qué palabras de consuelo podría usar, pero casi no la conocía, y cualquier cosa que dijera sonaría inadecuada y formal.

Seelan había cogido las maletas y fue a su lado.

—¿Cómo está *Appa*? —preguntó, ansioso.

—No tiene muy buen día —respondió ella—. Quiere otra inyección pero esperará a ver a su hermano.

Seelan asintió y emprendió la marcha escaleras arriba, hacia el primer piso del edificio, pero entonces lo pensó mejor y se hizo a un lado, para ceder el paso a su tío, que subió en primer lugar. Seelan y Pakkiam lo siguieron.

Mientras subía la escalera, Balendran sintió una pesadez que se apoderaba de él pues, a cada paso, se acercaba al momento en el que vería a su hermano.

El apartamento, en contraste con el exterior, estaba limpio. La salita servía también de comedor. Balendran se percató enseguida de las señales de pobreza en el tapizado raído del sillón; la mesa de comedor rayada, con un florero con baratas flores de tela; el viejo aparador con unos pocos platos; las cortinas descoloridas colgadas en los umbrales de los dormitorios. Las paredes estaban desnudas y pedían a gritos una capa de pintura.

—Seelan, ¿eres tú? —llamó una voz cansada y trémula desde una de las habitaciones—. ¿Ya habéis llegado todos?

Balendran se volvió hacia Pakkiam, inquisitivo. Ella asintió para indicarle que sí, que era Arul.

—Sí, *Appa*. Estaré contigo en un minuto.

Seelan llevó las maletas a su dormitorio, en el cual, como ya habían decidido, se alojaría su tío mientras estuviera allí. Balendran iba a seguirlo, pero Pakkiam le apoyó una mano en el brazo.

—Ahora está despierto, *thambi*. Es mejor que hables con él antes de que le pongamos otra inyección.

Balendran sintió un escalofrío. Pakkiam esperaba. No tenía otra opción que hacer lo que ella le pedía. Atravesó la salita, apartó la cortina del dormitorio en el que se encontraba su hermano y entró.

A Balendran le llevó unos segundos que sus ojos se acostumbraran a la habitación en penumbra. Entonces vio a su hermano, acostado en la cama. Arul no lo había visto entrar y tenía la cara vuelta hacia un lado, sobre la almohada. Allí parado, en el umbral en penumbra, mirando a su hermano, se percató de que no se había preparado para ese momento, que, incluso sabiendo que su hermano se moría, se lo había imaginado con la fuerza y el temperamento que poseía de joven. Recordaba que Arul siempre había sido un paciente terrible y había esperado encontrarlo lleno de rencor, asustado por la muerte, quejándose porque se le escapaba la vida cuando apenas tenía cuarenta y siete años. Pero el hombre acostado en aquella cama parecía mayor que su padre, boqueaba, luchando por respirar, su cara estaba tan chupada que se le notaban los huesos del cráneo, y tenía el pelo ralo y débil. Arul hizo un ruido con la garganta, un ruido ronco. Balendran se preguntó si no debía ir a buscar a Pakkiam. Entonces se dio cuenta de que su hermano, con tremenda dificultad, se estaba aclarando la garganta. Eso hizo que perdiera su nerviosismo, reemplazado ahora por una gran aflicción.

Arul lo vio de repente. Los dos se quedaron inmóviles durante un segundo, mirándose. Entonces, Balendran fue hacia la cama y Arul dijo, suavemente:

—*Thambi*. —Y luchó por sonreír.

Balendran ya estaba junto a la cama, Arul le indicó que se inclinara hacia él, cogió con las dos manos la cara de su hermano y lo miró un largo rato. Tan cerca, Balendran alcanzó a percibir, por debajo del perfume de la colonia y del talco, el olor a descomposición de su hermano, un olor como a agua estancada. Arul puso las manos sobre la cama y emitió un gruñido de satisfacción. Se volvió a aclarar ruidosamente la garganta y luego habló.

—Se te ve muy bien —dijo, con una voz apenas audible—. Me alegro.

—Tú también...

Arul hizo un gesto de impaciencia con la mano, para indicarle que esos cumplidos no eran necesarios.

—Siéntate, siéntate —le urgió.

Había una silla en un rincón de la habitación, Balendran la acercó y se sentó en ella. Volvieron a mirarse. Ninguno de los dos sabía por dónde empezar. Entonces hablaron al unísono.

—*Amma* te manda su...

—¿Cómo fue el...?

Se callaron también a la vez; ambos querían que hablara el otro.

—*Amma* te manda su amor —repitió Balendran.

Arul asintió y volvieron a quedar en silencio.

Desde otro apartamento, a Balendran le llegaron los gritos de un niño y la regañina de una madre.

Su hermano ya no lo miraba. Tenía la cara vuelta hacia el otro lado, como si alguna cosa le hubiera llamado la atención. Balendran vio en su cara un rictus de dolor.

Al apartar la mirada, descubrió un bastón apoyado contra la pared, en un rincón. Era de Arul, uno que se había tallado él mismo de joven. Tuvo un repentino recuerdo de su hermano avanzando delante de él cuando salían a pasear, golpeando las plantas con aquel bastón para ahuyentar a las serpientes, cantando a voz en grito.

Pakkiam y Seelan entraron en la habitación.

—Estarás contento, ahora. Tu *thambi* ya está aquí —dijo Pakkiam. Después, recostó a Arul contra su cuerpo para acomodarle las almohadas. Sonreía mientras lo hacía, pero Balendran advirtió que tenía conciencia del dolor que le estaba causando a su marido. La cara de Arul se contrajo, la boca abierta. No obstante, cuando ella terminó, él le acarició la mano, agradecido.

Balendran reparó en que Seelan estaba de pie junto a la ventana, calentando una cuchara sobre un mechero. Con destreza, cogió una jeringa con la otra mano e hizo ascender en ella el líquido que contenía la cuchara. Balendran vio una bata blanca y un estetoscopio sobre el respaldo de la silla del escritorio.

—¡Eres médico! —exclamó, asombrado.

Seelan se ruborizó de placer.

Balendran se volvió, maravillado, hacia su hermano. Arul y Pakkiam sonrieron, encantados por su sorpresa.

—Estás viendo a todo un señor becario, *thambi*. Ha estudiado en Londres —dijo Arul—. Regresó de allí hace apenas un mes.

La beca universitaria era un honor que se daba sólo a los estudiantes más brillantes de las colonias. Balendran miró a su sobrino con redoblada admiración.

Seelan fue hasta la cama con la jeringa en la mano y una sonrisa tímida pero agradecida en los labios.

Arul extendió el brazo. Seelan lo cogió y, con un movimiento rápido, clavó la aguja. Arul contuvo el aliento y luego exhaló el aire. Seelan retiró la jeringa.

Pakkiam y Arul se volvieron a Balendran, esperando ver su asombro ante la maravillosa maniobra que acababa de llevar a cabo su hijo. Él asintió con la cabeza para demostrar su admiración, contento de que hubieran tomado su sorpresa como un cumplido, de que no hubieran sospechado que nacía de las pocas ilusiones que él se había hecho sobre la vida de su hermano en Bombay.

Balendran contempló a su sobrino regresar al escritorio junto a la ventana, seguido por la orgullosa mirada de sus padres. Nada era como él lo había supuesto. Su hermano y su esposa vivían en paz el uno con el otro. La enorme brecha que existía entre ellos no había destruido el amor que se tenían.

Recordó entonces el propósito de su visita y la amenaza de su padre de cancelar la asignación de Arul. Seelan había terminado lo que hacía al escritorio, regresó y se sentó en el borde de la cama. Se le ocurrió, mientras miraba a su sobrino, que, siendo éste médico y ya en pleno ejercicio de su profesión, Pakkiam no dependería más de la asignación de su suegro. Seelan podría fácilmente mantenerla con su sueldo. Balendran se dio cuenta de que la amenaza de su padre ya no tenía ningún peso, que todo su poder se había desvanecido.

En su primera mañana en Bombay, Balendran salió a pasear para ver el barrio donde vivía su hermano. Lo encontró tan miserable como la residencia de Arul, pero después descubrió, en medio de la miseria, un pequeño parque bien cuidado. Se sentó un rato a mirar el tránsito. Hasta las calles más bulliciosas de Colombo eran poco transitadas, tranquilas, en comparación con aquéllas, y encontró algo emocionante en la rapidez del tránsito, las bocinas, los peatones que cruzaban por cualquier lado, las vacas que, sencillamente, se paraban en medio de la calle.

Cuando volvió al apartamento de su hermano, oyó voces airadas dentro y supo que había sucedido algo.

Cuando entró, la conversación en el dormitorio de Arul se interrumpió. Pakkiam apartó la cortina y miró. Le hizo una seña. Estaba alterada y él temió que el estado de Arul se hubiera agravado. Al entrar, se sorprendió al encontrar a su hermano incorporado en la cama, más fuerte que el día anterior. Lo miró con ira. Había una carta arrugada sobre la cama.

—¡Cómo te atreves, Bala, cómo te atreves a venir aquí con semejante petición! —le gritó Arul—. ¡Desgraciado, buitre desalmado, has venido a picotear mi cadáver!

Balendran contuvo la respiración, anonadado. Su hermano había averiguado la orden de su padre.

Los gritos le provocaron un acceso de tos a Arul.

Pakkiam lo abrazó.

—No te pongas nervioso, *Appa*.

Ella le hizo una seña a Balendran para que se sentara en la silla junto a la cama. Él obedeció. Arul le acababa de llamar «buitre desalmado». Su hermano creía que había guardado silencio con el avieso propósito de reclamar su cuerpo cuando ya estuviese muerto. Balendran se maldijo por no habérselo contado todo a su hermano la noche anterior.

Las convulsiones de la tos hicieron que la carta cayera de la cama al suelo. Balendran la recogió. Estaba en tamil. Le dio la vuelta rápidamente y leyó el nombre al pie: Pillai. Miró a su hermano, asombrado. Aunque seguía tosiendo, Arul estaba atento a su reacción y logró, entre tos y tos, asentir, como diciendo: «Sí, te sorprendes, ¿verdad? Te lo tienes bien merecido.»

Al ver que la tos no paraba, Pakkiam fue a buscar un poco de jarabe a la mesita de noche.

Balendran volvió a mirar la carta y recordó que su madre estaba enterada de la muerte inminente de su hermano por medio de Rajini.

Pakkiam le dio un poco de jarabe a Arul y la tos paró, aunque lo había dejado exhausto y respiraba con dificultad. Al cabo de unos segundos, murmuró algo. Pakkiam se inclinó hacia él, pero la apartó con un gesto y estiró el brazo hacia Balendran, que se arrodilló al lado de la cama. Arul murmuró algo en tamil y Balendran reconoció un verso del *Tirukkural*. «El conocimiento es un arma defensiva, una fortaleza interior que ningún enemigo puede conquistar.» Al ver la mirada intrigada en el rostro de Balendran, Arul le señaló la carta. Entonces comprendió lo que quería decir. Se refería a los criados, a su perfecto conocimiento de lo que sucedía en una casa. Pillai era un criado privilegiado, a quien jamás se supervisaba, cuya contabilidad de la casa jamás era revisada, tal era la confianza que su padre depositaba en él. Sin embargo, ese mismo Pillai había actuado a conciencia y, durante todos esos años, había mantenido el contacto con Arul. Flagrantemente, había desafiado las órdenes de su amo, había quebrantado el juramento prestado ante los dioses del altar familiar.

Arul lo miró con un brillo en los ojos al darse cuenta de que su hermano entendía lo que había querido decir. Le indicó que se inclinara más hacia él.

—¡Eres un tonto, Bala, un tonto de remate! —Entonces volvió a citar el *Tirukkural*—: «Sólo los sabios tienen ojos; los demás, tan sólo dos agujeros en la cara.»

Balendran asintió, pensando que su hermano hablaba de su desconocimiento de la insubordinación del mayordomo. Pero Arul negó con la cabeza para indicarle que no lo había entendido. Lo agarró con fuerza del brazo e hizo que se inclinara más sobre su cuerpo.

—Has estado ciego a la realidad, Bala. Te has pasado la vida entera viviendo según códigos que todo el mundo establece pero que nadie sigue. —Era la frase más larga que había pronunciado desde el acceso de tos, y se recostó sobre la almohada, agotado.

Pakkiam intervino entonces. Hizo un gesto a Balendran para indicarle que era mejor dejar descansar a su esposo. Balendran asintió y se levantó. Arul iba a protestar, pero Pakkiam le puso una mano en el hombro y dijo, con firmeza:

—Ya basta, *Appa*. Tu *thambi* y tú podréis seguir hablando más tarde.

Arul le apartó la mano, enojado, pero obedeció.

Balendran fue a su habitación, con las palabras de su hermano resonándole en la cabeza. Repasó lo último que le había dicho una y otra vez, pensando en cuáles serían esos códigos de los que hablaba su hermano. Sentado en la cama, se concentró en la expresión «todo el mundo» y se preguntó si su hermano no habría querido referirse con ella a su padre. Sin embargo, ¿qué códigos estaría siguiendo él que su padre no seguía?

Las reflexiones de Balendran fueron interrumpidas por Pakkiam, que llamaba con voz queda: «*Thambi*», al otro lado de la cortina de su dormitorio. Le dijo que pasara. Ella estaba vestida para salir.

—Tengo que ir a la farmacia, *thambi*, voy a buscar morfina. No tardaré nada.

Él asintió para indicarle que cuidaría de su hermano en su ausencia. Ella lo miró por un instante, como queriéndole decir algo. Pero cambió de idea y se fue. Él oyó cómo se cerraba la puerta del apartamento tras ella.

Apenas se hubo ido, se levantó y salió de la habitación. Se detuvo frente al dormitorio de Arul, indeciso, pero al final apartó la cortina y entró. Su hermano estaba incorporado en la cama, mirándolo, pues lo había visto a través de la cortina y lo estaba esperando. Balendran fue hasta la cama. Observó que su hermano no estaba cómodo, pues no dejaba de mover la cabeza, como si le costara un gran esfuerzo mantenerla erguida. Balendran se sentó en la cama.

—Tengo que preguntarte algo.

Arul asintió.

Balendran hizo una pausa.

—Ese... ese código del que hablabas. ¿A qué te refieres?

Arul se aclaró la garganta.

—Un código de reglas. Nos dicen que debemos seguirlas. Algunos obedecemos a pesar de nuestra naturaleza. Otros sólo simulan obedecer.

Balendran miró a su hermano con atención.

—Yo siempre he vivido según lo que creo.

—¿Estás seguro, Bala?

—No te entiendo.

Arul lo estudió un momento.

—Tu estancia en Inglaterra.

Balendran se quedó helado. Le era difícil creer que Arul supiera algo de Richard, pero su corazón se aceleró.

—¿Qué pasa con Inglaterra?

Arul alzó los ojos, como buscando el modo de decirlo.

Balendran apretó las manos, esperando.

—Un amigo tuyo en Inglaterra.

Balendran sintió que se ruborizaba. Se levantó y fue al escritorio junto a la ventana, para servirse un vaso de agua; no podía mirar a su hermano a la cara.

Arul dio una palmada para llamar su atención. Se volvió hacia él. Le hizo señas de que se acercara y se sentara otra vez en la cama. Cuando lo hubo hecho, Arul le cogió una mano y se la sostuvo, apretándosela con fuerza. Se aclaró la garganta lenta y dolorosamente, y luego dijo, con mucha delicadeza:

—Yo no te juzgo.

—Pero ¿cómo? ¿Cómo lo supiste?

—Por Pillai —confesó Arul—. Un anónimo que le enviaron a *Appa*.

—De modo que Pillai sabe leer inglés —dijo Balendran. Guardó silencio un momento—. Así que lo sabes.

Arul le palmeó la mano.

—Pillai me escribió, preocupado por las posibles consecuencias del enfado de *Appa*.

Balendran volvió a guardar silencio. Su hermano no lo juzgaba. Una revelación que podría haber sido catastrófica, había tenido lugar, en realidad, con mucha facilidad. Y Pillai. Se había enterado de todo, pero jamás había cambiado su manera de tratarlo.

—Lo siento. Siento que las cosas hayan resultado como resultaron —dijo Arul—. Yo sólo culpo a *Appa*. Más que nada por su hipocresía.

Guardó silencio y se quedó mirando al frente. Un instante después, hizo el esfuerzo de aclararse la garganta y Balendran se inclinó más hacia él.

—La madre de Pakkiam —susurró Arul al fin.

Balendran se echó hacia atrás y miró a su hermano, sin entender. Arul suspiró.

—*Appa* sólo simulaba vivir según esas reglas que él mismo había establecido de un modo tan inflexible. Él y la madre de Pakkiam...

Balendran miró a su hermano, incrédulo. Su padre y la madre de Pakkiam.

—Pero... pero es imposible. ¿Dónde se veían?

—En Jaffna —dijo Arul—. Cuando él iba a alguna de sus inspecciones.

En ese momento, Pakkiam entró en el apartamento. Balendran se levantó rápidamente de la cama. Ella apartó la cortina y entró en el dormitorio. Al ver a los dos hermanos juntos, mirándola, se detuvo y miró primero a uno y luego al otro. Después, fue hasta la mesita de noche y comenzó a depositar sobre ella los frasquitos de morfina que había comprado.

Balendran dejó la habitación.

Sintió que tenía que salir del apartamento para pensar con claridad, de modo que se fue al pequeño parque que había descubierto esa mañana. Estaba vacío. Encontró un banco bajo una higuera y se sentó, mirando hacia delante. En el breve curso de una mañana muchas cosas habían cambiado. Por el momento, debía conformarse con dejar aparcado el hecho de que Arul y Pillai supieran de su homosexualidad. Se concentró, en cambio, en lo que se había enterado de su padre. Mil preguntas se le agolpaban en la cabeza como moscas zumbando.

Con la escasa información de que disponía, le era imposible convencerse de la indiscreción de su padre. Tenía que saber más, tenía que oír los hechos, sentirlos como si fueran cantos rodados en sus manos, restregarlos entre sí una y otra vez hasta que se hicieran reales. Balendran se levantó. Era inútil quedarse allí.

Cuando volvió al apartamento, encontró a Pakkiam sentada a la cabecera de la mesa del comedor. Le indicó que hablara bajito, que Arul dormía. Él se quitó el sombrero y se mesó los cabellos, queriendo hablar con ella pero entendiendo que debía tener en cuenta sus sentimientos, considerar de qué querría ella hablar y de qué no. Pakkiam lo vio vacilar y le hizo señas para que se sentara en la silla que había a su izquierda.

Una vez que se hubo sentado, ambos permanecieron en silencio, sin mirarse.

—Pregunta lo que quieras, *thambi* —dijo por fin Pakkiam.

Abrió las manos, con las palmas hacia delante, en un gesto de buena voluntad; pero él notó su cansancio, supo que no le interesaba su pregunta. Su marido, el amor de su vida, se le estaba yendo y, a la luz de esa enormidad, su pregunta, o incluso su propio pasado, no parecían más que insignificancias que no llevaban a ninguna parte.

Balendran permaneció en silencio un buen rato, avergonzado por imponerle su urgencia por saber lo ocurrido en un momento como ése.

—La relación entre tu madre y mi padre...

—Para mi madre no fue amor. No estoy segura de lo que fue para él. Tras la muerte de mi padre, ella era una viuda pobre y desesperada, con una hija que alimentar.

—Y tú, ¿lo supiste desde el principio?

—No. Un hombre venía a vernos y decía que necesitaban a mi madre en el bungalow. Yo pensaba que era para trabajar. Llegué a saberlo cuando mi madre ya había muerto y me llevaron de Jaffna a Brighton.

—¿Cómo te enteraste?

—Me lo dijo el mismo hombre que iba a buscar a mi madre.

—¿Pillai?

Pakkiam asintió.

—Pero debió de ser horrible que te contaran eso de tu madre.

Ella calló un segundo.

—Me lo dijeron por mi propia seguridad —dijo por fin, y apartó la mirada.

Balendran clavó los ojos en ella, atónito.

Pakkiam negó despacio con la cabeza para indicar que entre su padre y ella no había sucedido nada.

En el silencio que siguió, él oyó el borboteo del agua que hervía en una olla al fuego. Su cuñada fue a ocuparse de ella. Pero, antes de ir, dijo:

—Nuestro hijo no sabe nada.

Ahora que tenía los hechos en la mano, como duros cantos rodados, Balendran, sentado en la cama, comenzó a sentir que sus emociones salían a la superficie. Volvió a pensar en la Pakkiam de quince años y sintió una profunda repugnancia por su padre. Se la había hecho traer de Jaffna a Brighton como uno se hace traer la cabra del sacrificio para Dipavali; la alimentaba, la vestía, todo con la intención de poseerla cuando ella hubiera llegado a una edad más madura. Pensó en la madre de Pakkiam y se preguntó qué pasaba por su cabeza cuando la llamaban a la casa, en Jaffna; pensó en las náuseas que tendría que controlar para poder seguir alimentando a su hija. ¿En qué pensaba su padre al yacer con la madre de Pakkiam, o al preparar a ésta para ocupar su lugar? Le vino a la mente una cita del *Tirukkural* que su padre recitaba siempre: «La integridad y la vergüenza son innatas sólo en los bien nacidos.» Seguramente, se habría convencido a sí mismo de que, siendo de baja casta, ellas no podían tener los mismos sentimientos que su esposa o su sobrina; no podían sentir vergüenza, ni tener conciencia de la pérdida de su intimidad, del abuso de su persona. Balendran sintió que la ira se apoderaba de él. Qué hipocresía más espantosa y ofensiva. Su padre no sentía más repulsión por la casta de una persona que él. Pero Arul había cometido un crimen. Se había enamorado de Pakkiam, había querido convertirla en su esposa. Había descubierto el amor donde su padre sólo buscaba placer.

Pero la ira de Balendran era impotente. El daño se había producido hacía tiempo. Y, al no encontrarle salida, interiorizó su ira y la volcó sobre sí mismo. Se odió por haber justificado lo que su padre le había hecho a Arul, por haber entendido el punto de vista de su padre.

—Yo también soy un hipócrita —se dijo en voz alta, asqueado de sí mismo.

Se levantó y comenzó a ir de un lado a otro de la habitación. Arul tenía razón. Él había estado ciego, ciego a la realidad.

Pero Arul había dicho algo más, algo sobre quien vivía según los códigos de conducta a pesar de su naturaleza.

Balendran miró a su alrededor, posó sus ojos en los muebles pobres del dormitorio de Seelan, las paredes desnudas, la colcha descolorida y raída, el armario sostenido con ladrillos porque se le había roto una pata. Arul había renunciado a su fortuna, a su rango. Había trabajado en un empleo modesto. Sin embargo, tenía una felicidad que a Balendran, con su hermosa casa y su elevada posición, le era esquiva. Pensó en su despacho, con sus muebles caros, los estantes llenos de libros, el pedestal de ébano con el jarrón y sus flores, la brisa del mar que mecía suavemente las cortinas de encaje. Recordó el día, seis meses atrás, en que se enteró de la inminente llegada de Richard a Ceilán; en cómo, estando en su despacho, con el libro de Edward Carpenter en la mano, se había dicho que realmente creía que su padre había hecho lo mejor para él, salvándolo de un destino desdichado.

Se percató de qué era lo que había cambiado. Le habían quitado aquello que lo consolaba en su exilio de sí mismo. Su amor y su admiración por su padre, su convicción de que, en última instancia, su padre había hecho lo mejor para él. Eso había desaparecido. Le habían quitado el soporte de su vida. Ya no podía contar con él para buscar ayuda. Todo lo que le quedaba era la pesadez del arrepentimiento por un tiempo, por un momento, que pertenecía irremediablemente al pasado.

En los días que siguieron, aunque no tuvo conciencia de ello, Balendran guardó luto por la pérdida de su padre, de aquel que él había imaginado que era su padre. En realidad, no habría sabido qué nombre darle a la variedad de emociones que lo acometían en un día.

252

Como reflejo de su variable estado de ánimo, la enfermedad de Arul recrudecía y se suavizaba, a veces cambiando de una hora a la siguiente. Nadie sabía qué esperar, salvo que el fin llegaría pronto. Había mañanas en las que Arul no tenía conciencia del mundo a su alrededor, en las que estaban seguros de que no llegaría a la noche. Pero entonces, a media tarde, renacía y podía hablar sin toser demasiado. Balendran y Arul pasaban casi todo el tiempo en un cálido silencio, debido a las dificultades crecientes del segundo para respirar. Cuando hablaban, preferían no hacerlo de su padre. Evocaban, en cambio, las vacaciones, sus escapadas cuando eran jóvenes, sus vecinos de antes, las hermanas Kandiah de Lotus Cottage. Creció entre ambos un vínculo fraternal que no había existido antes. O quizá sí. Pues mientras hablaban de su infancia, incluso de sus peleas, encontraron en esos recuerdos compartidos una vida vivida en común.

Balendran comenzó a llamar «*akka*» a Pakkiam, para mostrar su respeto por la persona en la que se había convertido, a pesar de su pasado, y para expresar su deseo de ser aceptado por ella como su familiar. Su cuñada trató de corresponder a su afecto y su respeto, aunque, muy comprensiblemente, su atención estaba absorta en la inminente catástrofe de la muerte de su esposo.

Al pasar una tarde con Seelan, Balendran descubrió la persona que se ocultaba bajo la formalidad de su sobrino. Pakkiam se había acostado temprano, exhausta, dejando a Arul a su cuidado. Estaban sentados en silencio. Seelan leía y él estaba perdido en sus pensamientos. Pasado un rato, al levantar la cabeza, descubrió a su sobrino observándolo. Seelan apartó la mirada rápidamente pero, al momento, volvió a mirarlo. Balendran adivinó que luchaba contra algo y esperó.

—¿Cómo es... Brighton?

Balendran se sorprendió.

—Es... es muy bonita. Es una casa de tres plantas. Con un gran jardín delantero.

—¿Vives allí?

—No. Yo... Mi esposa y yo vivimos solos.

—Siempre he pensado que me gustaría visitar Ceilán.

Seelan había dicho eso como de pasada, pero sin dejar de mirar a su tío intensamente, para sorprender su reacción.

—Pues no veo por qué no —repuso Balendran, porque no se le ocurrió qué decir sin parecer grosero—. Tienes que venir a visitarnos.

A Seelan se le iluminó la cara y pareció embellecer de repente.

—¿En serio? —preguntó.

—Sí, por supuesto.

Seelan se miró las manos y luego lo miró a él, con timidez.

—Me gustaría —dijo, con voz empañada. Luego guardó silencio y se puso a jugar con las hojas del libro. Cuando volvió a hablar, lo hizo en voz baja—. Me está resultando muy difícil vivir aquí después de Londres. Fui tan feliz allí... Realmente me sentía parte... Me sentía un londinense más. No quería volver.

En ese momento, Arul se removió en la cama y se quejó. Seelan se levantó y fue a ver si necesitaba algo.

Balendran miró a su sobrino y sintió una inmensa ternura hacia él, la misma que habría sentido por un gatito herido o por un pájaro con un ala rota.

Cuando vivía en Londres, a Balendran no le había faltado de nada. Pero había otros estudiantes de las colonias, becarios o hijos de familias menos pudientes, que vivían en buhardillas sin calefacción, a veces tres o cuatro por habitación; con las mejillas chupadas, siempre tosiendo o resfriados. Eran despreciados por los caseros y desdeñados por los estudiantes más ricos de las colonias. Probablemente, así había vivido Seelan. Sin duda, le habría molestado ver a estudiantes como su hijo, Lukshman, sin preocupaciones, ricos, y saber que, de no ser por el castigo impuesto a sus padres, él habría sido uno de ellos. Y luego, tener que regresar de esa existencia pobre a aquel apartamento, rodeado de personas que no entendían ni sus aspiraciones ni sus gustos, debía haber sido realmente insoportable. Los modales fatuos y frívolos de su sobrino, su anglofilia, eran un intento por cubrir, en la medida de lo posible, la distancia entre quien era y quien creía que debía ser.

. . .

Cuando se retiró a su dormitorio, Balendran reparó en que las puertas del armario de Seelan habían quedado abiertas. Se percató de la escasez de ropas y de su pobreza. El traje que se había puesto su sobrino para ir a recibirlo era su único traje bueno. Estaba cuidadosamente envuelto en una funda. Balendran pensó en el guardarropa de su hijo, con su abundancia de trajes, el fondo lleno de zapatos, y tuvo conciencia de la injusticia, sintió que lo único que separaba a Seelan de sus deseos era su abuelo. Entonces, se le ocurrió una idea. Cuando Pakkiam se hubiera instalado y no le faltara de nada, si su sobrino quería ir a Colombo a visitarlo, ¿por qué no iba a poder hacerlo?

A la mañana siguiente, Balendran volvía de un recado cuando vio mucha actividad en el balcón del primer piso. Al acercarse más, advirtió que había algunas personas reunidas ante la puerta del apartamento de su hermano.

Al entrar en él, reparó en que la cortina del dormitorio de Arul estaba abierta. Algunos vecinos se habían reunido allí dentro, mientras que otros se habían quedado fuera. Seelan estaba junto a la cama, tomándole el pulso a su padre. Todavía llevaba puesta la bata blanca, de manera que supuso que habría vuelto apresuradamente del hospital. Pakkiam estaba a los pies de la cama, observando todo con ansiedad. Levantaron la mirada cuando entró Balendran.

Seelan se irguió.

—Casi no tiene pulso. —Repitió lo mismo en tamil para su madre. Ella se apretó el brazo, muy trastornada.

Seelan fue hacia la puerta de la habitación. Al pasar junto a Balendran, dijo:

—*Amma* quiere estar sola con *Appa* cuando muera.

Balendran no lo oyó. Miraba a su hermano, azorado por lo rápido que se habían desarrollado los acontecimientos; a pesar de todo, no estaba preparado para la muerte de Arul.

Seelan repitió lo que había dicho. Balendran asintió y siguió a su sobrino. Al salir, vio que Pakkiam se sentaba en la cama y le cogía la mano a Arul. Justo antes de que Seelan corriera la cortina, se volvió y la observó apoyar la cabeza sobre el pecho de su esposo.

Los vecinos se habían ido, para respetar su intimidad. Balendran y Seelan se sentaron en la salita durante lo que pareció una eternidad. Balendran miró a su sobrino, el miedo dibujado en su cara, y se preguntó cómo había podido, en algún momento, pensar seriamente en que podía pedirles que le entregaran el cuerpo de su hermano para llevarlo a Ceilán. Juró no pedir ni siquiera un poco de ceniza para tirar al mar, en Keerimalai.

Sus pensamientos fueron interrumpidos por el ruido de movimiento proveniente del dormitorio. Se pusieron de pie de un salto.

—¡Mahan! —llamó Pakkiam—. ¡Mahan!

Seelan entró deprisa en el cuarto y Balendran lo siguió. Pakkiam estaba de pie junto a la cama, con los ojos muy abiertos, aterrada. Miró intensamente a su hijo; todo su cuerpo era una súplica para que le dijera que lo que sospechaba no era cierto. Él fue hacia la cama y cogió un brazo de su padre por la muñeca, para tomarle el pulso.

Un instante después, Seelan dejó con suavidad el brazo sobre la cama y miró a su madre. La habitación quedó en silencio. Entonces, Pakkiam cayó de rodillas junto a la cama. Escondió la cara en el brazo de Arul. Pasados unos segundos interminables, abrió la mano, con la palma hacia arriba.

—Mahan —dijo, con voz ahogada—. Por favor, dame algo. El dolor es insoportable.

El funeral fue al día siguiente y, contra los deseos del mudaliyar, fue una ceremonia sencilla. Arul había dejado instrucciones muy precisas y, cuando Balendran las vio, sintió admiración por su hermano. Era exactamente lo que su padre había temido. Sería un funeral apropiado para un hombre sencillo para quien el nombre de su familia no era importante. Balendran trató de pagar los gastos, pero su hermano había ahorrado lo suficiente para pagarlo todo. Balendran quedó sorprendido por la cantidad de amigos que había hecho Arul durante el tiempo vivido en la India. Todos los vecinos del edificio fueron a presentar sus respetos, al igual que sus compañeros de trabajo.

• • •

Balendran y Seelan acompañaron el féretro hasta el crematorio. Una vez allí, Balendran contempló a su sobrino echar a andar alrededor de la pira, con una antorcha en la mano, para prenderle fuego por los cuatro costados.

Al llegar al último, siguiendo un impulso, Seelan se volvió y le ofreció la antorcha a su tío. Balendran lo miró, sorprendido. El *kurukkal* que conducía la ceremonia se acercó a ellos para intentar detener aquella irregularidad en el procedimiento, pero, rápidamente, Balendran cogió la antorcha de las manos de su sobrino y encendió el último costado de la pira. Entonces le entregó la antorcha al *kurukkal* y dio un paso atrás. Se quedó mirando el cuerpo de su hermano mientras las llamas comenzaban a envolverlo.

19

Una pluma de pavo real puede quebrar el eje
de un carro sobrecargado.

TIRUKKURAL, verso 475

«Cómo cambia el matrimonio a una persona», se dijo Annaluksh-mi. Miró a Kumudini, tendida en la cama de su madre; el vientre abultado empezaba a notársele a través del sari. Ya había pasado un día desde su llegada, y Annalukshmi había apreciado que su herma-na mostraba una extraña confianza en sí misma que no tenía antes. Un aire casi de superioridad, de condescendencia, una tendencia a dar órdenes a todo el mundo. Kumudini decía que era feliz, pero ella tenía el presentimiento de que algo no iba bien. En un par de oca-siones, había encontrado a su hermana llorando y, cuando le había preguntado qué ocurría, Kumudini se había limitado a decirle que su llanto era debido a los cambios de humor propios de una mujer embarazada.

Kumudini advirtió que su hermana la miraba y, sonriente, pal-meó la cama para que fuera a sentarse a su lado.

—¿Cómo te va en el colegio, *akka*? —preguntó.

—Bien —respondió Annalukshmi, sentándose.

—Me ha dicho *Chutta* que no vas a visitar a la señorita Lawton tanto como antes.

—Tonterías —repuso Annalukshmi—. Claro que voy. Sólo que, con la obra, no tengo mucho tiempo libre.

En ese momento, oyeron el sonido inconfundible del timbre de una bicicleta que provenía del portillo.

—Corre, *akka*, que es el cartero. Anda, sé buena y ve a ver si hay algo para mí.

Mientras iba hacia la puerta principal, Annalukshmi pensó, como lo había hecho con frecuencia en las dos últimas semanas, en la señorita Lawton. No es que nunca se hubiera percatado de sus actitudes. Sencillamente, había optado por no prestarles demasiada atención. Algo que había estado allí todo el tiempo se había convertido, de repente, en el centro de su atención. Era como entrar en el dormitorio de uno, con su acostumbrada decoración, ya conocida, y, al haber fallecido un ser querido, quedarse mirando una fotografía suya que había estado allí durante años, en el mismo lugar de siempre, sobre la cómoda.

La directora hablaba muy a menudo, con mucho fervor, de la mejora de las condiciones sociales y laborales de la mujer en Inglaterra desde principios de siglo, de cómo su trabajo allí, en Ceilán, estaba comprometido con la ayuda para mejorar la condición femenina. Pero estaba claro que, para ella, el derecho a ser libres para elegir qué querían hacer con su vida no era, en realidad, ampliable a las mujeres de las colonias. Annalukshmi sintió pena. Le parecía que ahora algo irrevocable se había interpuesto entre ellas.

Cuando salió al porche, Letchumi, que había regresado la semana anterior de sus vacaciones, ya traía el correo. Annalukshmi cogió las cartas de sus manos, miró las direcciones de los remites y vio que había una de Muttiah. Pidió a la sirvienta que se la llevara directamente a su hermana. Entonces oyó que se abría el portillo. Alzó la vista y vio a Philomena Barnett avanzando por el sendero de entrada.

—*Amma*, ha venido la tía Philomena —llamó.

Un instante después, Louisa llegó a la puerta, negando con la cabeza. Ya sabía ella que su prima no podía esperar a saber qué había retenido a Kumudini en Malasia.

Louisa había ido al puerto a esperar el barco en el que viajaba Kumudini y, después de recogerla, ya camino de casa, su hija se había mantenido distante y callada. Cuando le preguntó por qué había esperado tanto para volver a casa, su hija, al principio, pareció molesta, pero luego le explicó que la medicina ya había avanzado bastante en Malasia y que consideraba que esa costumbre de que las mujeres volvieran al hogar materno durante su embarazo era algo anticuado e innecesario. Louisa sabía, sin embargo, que Philomena trataría de tejer toda una intriga alrededor de aquella cuestión.

—Prima —empezó a decir Philomena, en un susurro apremiante, cuando Louisa se adelantó para darle la bienvenida—. ¿Y bien? ¿Qué pasaba? ¿Por qué ha tardado tanto?

Louisa le contó lo que le había dicho Kumudini, pero Philomena desestimó de inmediato aquella explicación con un gesto de la mano.

—Tú no conoces a esos hindúes. Son muy astutos. Estoy segura de que su familia política la ha presionado, diga lo que diga.

—Te aseguro, prima, que no es ése el caso.

—Entonces, ¿por qué no ha venido antes?

—Ya te lo he dicho —replicó Louisa.

—Bueno, bueno; déjame hablar con ella.

Philomena le hizo una inclinación de cabeza a Annalukshmi, a modo de saludo, y entró en busca de Kumudini.

Annalukshmi corrió tras su tía.

—Déjame ir a ver si duerme.

Entró despacio en el dormitorio. Kumudini estaba sentada en la cama, con la carta, abierta, sobre su regazo, y parecía pensativa. Pero, al ver a Annalukshmi, dobló rápidamente la carta.

En ese momento, Philomena se coló en la habitación.

—Vaya, chica, qué gusto verte —dijo.

Kumudini entornó los ojos y replicó, con hostilidad:

—Espero que no hayas venido a aburrirme, tía.

Philomena, que no estaba acostumbrada a que le hablaran de esa manera, la miró boquiabierta.

Unos días después de que se reemprendieran las clases, Annalukshmi entró una mañana en la sala de profesoras y oyó una conversación entre Nancy y el señor Jayaweera. Estaban en el despacho de la directora y no la oyeron entrar. Se enteró así de que el hermano del señor Jayaweera había regresado por fin de su exilio en la India. Había ido a ver a Vijith la noche anterior, a su casa en el Pettah. Nancy le rogó que tuviera cuidado y no viera a su hermano en público ni con demasiada frecuencia, pues ello podría acarrearle nuevos problemas.

Por fin, Nancy apartó la silla.

—Bueno, no puedo hacer nada más que aconsejarte —dijo—. Pero tienes que pensar en tu madre y tus hermanas, y en la difícil situación en la que se encontrarían si te sucediese algo. —Dicho eso, salió del despacho.

Annalukshmi, que ya se había sentado a la mesa, se apresuró a inclinarse sobre el cuaderno de ejercicios de una alumna.

Nancy se paró en seco, sorprendida, al verla, y fue a su lado.

—No sabía que estabas aquí.

—Sí, el timbre ha sonado hace un ratito —explicó Annalukshmi, sin levantar la mirada.

En los días siguientes, Nancy no mencionó su descontento, ni el regreso del hermano del señor Jayaweera. Pero Annalukshmi no podía evitar preocuparse por su amiga y preguntarse cuáles serían las consecuencias para el señor Jayaweera.

Una tarde, una semana después, Annalukshmi estaba ordenando su aula después de la última clase, cuando Nancy apareció y se quedó en el umbral, observándola con la sonrisa de quien sabe un suculento secreto.

—Hola —la saludó.

—Hola —respondió Annalukshmi. Le hizo una seña para que pasara, cogió el borrador y se puso a borrar la pizarra.

Nancy entró en la sala y se sentó en el filo de un pupitre.

—Nunca adivinarías quién es uno de los inquilinos de la casa en que vive Vijith. El hermano de Grace Macintosh.

A Annalukshmi se le cayó el borrador al suelo, ruidosamente. Se volvió rápidamente hacia su amiga.

Nancy sonrió.

—Sí —añadió—. Tu Macintosh.

Annalukshmi recogió el borrador.

—¿Cómo... cómo lo sabes? —preguntó, porque no se le ocurría qué otra cosa decir.

—Me lo dijo Vijith ayer, cuando nos encontramos en Victoria Park. Mencionó tu nombre por casualidad, y Mackie, así es como lo llaman, preguntó si eras tú. Incluso le mostró a Vijith una fotografía tuya que le mandó tu familia.

La fotografía, que no había sido devuelta, dio una súbita credibilidad a lo que decía Nancy. Annalukshmi recordó entonces que el señor Jayaweera había dicho que la casa pertenecía a una mujer. ¡Su amante! Se volvió a Nancy.

—Su nombre es Srimani. Será mejor que te sientes y te prepares para oír esto. —Annalukshmi se apoyó contra la mesa de la tarima—. No huyó de casa para estar con ella.

—Pero nos dijeron que...

—Se fugó, sí, pero no por una mujer, sino por una paleta.

—Nancy, ¿de qué hablas?

—Se fue de casa de sus padres porque quería dedicar su vida al arte. Srimani le proporcionó un refugio donde poder trabajar. Según Vijith, esa mujer siempre echa una mano a los descarriados y a los desamparados.

—¿No es increíble?

—Quiere verte.

Annalukshmi la miró, atónita.

Nancy sacó una nota de su libro y la puso sobre el pupitre.

—Hazme saber lo que decidas —dijo, y salió del aula.

Cuando Nancy se hubo ido, Annalukshmi siguió borrando la pizarra. Lo hizo diligente y meticulosamente, concentrándose en borrar, concienzuda, hasta la menor marca de tiza en las esquinas. La tarea le proporcionó la calma que necesitaba. Cuando terminó, se limpió las manos con un pañuelo y, sólo entonces, se sentó a leer la nota: «Parece que estamos destinados a encontrarnos —comenzaba diciendo, sin ningún saludo—. ¿Podría acompañar a su amiga el próximo sábado? Me gustaría mucho conocerla y mostrarle mis cuadros.»

Dejó la nota y se frotó las sienes con los dedos. Para ella, el hijo de los Macintosh se había fugado para ir a vivir con el amor de su vida. Había aceptado eso como un hecho. Hasta se había imaginado cómo sería la mujer, con la belleza y la inteligencia de una versión más joven de su tía Sonia. Y ahora iban y le decían que su Macintosh se había fugado por una «paleta». En su mente surgió la imagen que se había formado de él: guapo como su padre y, al haber actuado según sus convicciones, valiente y honesto. Un rayo de luz penetró en su mente, como si alguien hubiera separado los listones de una persiana.

—Vaya tontería —dijo, en voz alta.

Comenzó a alinear los pupitres del aula, para ver si podía desembarazarse de aquel ridículo sentimiento. Sin embargo, continuaba bailoteando ante ella, como las cintas de una cometa que ondearan alegremente al viento. «Parece que estamos destinados a conocernos», decía la nota. Tal vez lamentara su precipitación, quizá se hubiera dado cuenta de la irracionalidad de sus temores. Pues eran infundados. A ella jamás se le ocurriría interferir con su arte. Ella no era la clase de mujer que no se separa nunca de su marido. Le gustaba estar sola. Su lectura de los domingos bajo el árbol de poinciana real era algo a lo que no pensaba renunciar. ¿Era posible que el hijo de los Macintosh quisiera abrir un capítulo que se había cerrado?

Tras quedar con Nancy en acompañarla el sábado siguiente, Annalukshmi se pasó el resto de la semana hecha un manojo de nervios. Decidió que no se arreglaría demasiado, pues podría parecer que tenía esperanzas. No obstante, eligió uno de sus saris preferidos, uno de crespón de seda japonés a cuadritos, de color rojo y crema. Con él se puso una sencilla blusa de algodón color crema con escote en pico y manga corta.

El sábado, Annalukshmi y Nancy cogieron el tren al Pettah. Era un trayecto corto desde Colpetty, apenas diez minutos. Cuando se bajaron en la estación, el señor Jayaweera las esperaba. Las llevó por una calle muy concurrida y, al llegar prácticamente a mitad de ella, se detuvieron frente a un edificio muy antiguo, construido a principios del siglo XIX. La casa estaba elevada con respecto al nivel de la calle para evitar las inundaciones durante los monzones. Dos tramos de escalera subían a ambos lados de la fachada hasta un descansillo y, desde allí, unos pocos escalones llevaban a un pórtico. Lo que era único y extraño en la casa era que las puertas, las celosías de las ventanas y cualquier otro elemento de madera en la fachada estaban pintados de azul celeste, lo que contrastaba fuertemente con las paredes encaladas.

El señor Jayaweera subió la escalera y ellas lo siguieron. Sacó una llave del bolsillo, abrió la puerta y entraron.

Como la mayoría de las casas de la época, el exterior era engañosamente pequeño. Un pasillo llevaba a un jardín interior, descubierto, pasado el cual había otro pasillo al que no se le veía fin. Una mujer salió de una habitación y los miró con curiosidad.

—Ah, es usted —dijo a Vijith, y fue a su encuentro.

Annalukshmi se quedó mirándola. Llevaba un sarong y una camisa de hombre con el cuello abierto, y calzaba un par de pantuflas, también de hombre. Los cabellos, recogidos en un moño alto, y un sencillo collar de perlas enfatizaban la larga elegancia de su cuello. Tenía un cigarrillo encendido en la mano.

Al llegar junto a ellos, les tendió la mano.

—Me llamo Srimani —se presentó—. Las dos sois muy bienvenidas aquí. —Hizo un gesto con la mano que abarcaba todo lo que había a su alrededor—. En esta casa somos informales, de manera que, por favor, espero que os sintáis como en casa y que hagáis lo que queráis.

Entonces se volvió, como si se hubiera olvidado de ellos, y regresó a su habitación.

El señor Jayaweera las llevó por el primer pasillo. Se detuvo frente a una puerta abierta y miró a Annalukshmi significativamente. Ella sintió un escalofrío.

Él llamó a la puerta.

—Adelante —dijo una voz.

Entraron. Era un estudio lleno de telas y cuadros a medio terminar. Al principio no vieron a nadie, pero entonces, saliendo de detrás del caballete que sostenía el cuadro que estaba pintando en aquellos momentos, apareció Chandran Macintosh.

Cada vez que había pensado en él, Annalukshmi se lo había imaginado como alguien cuya apariencia era, de alguna manera, digna de atención. Lo que no había esperado es que fuera una persona que ella pudiera ver por la calle y no volver a recordar en su vida. Era de altura y porte medianos y llevaba puesta una bata de pintor. El rasgo más destacable de su cara era el bigote, con las puntas caídas, que le daba un aire de tristeza que desaparecía de repente cuando sonreía. Fue hacia ella.

—Por fin nos conocemos —dijo, y le tendió la mano. Su voz tenía un timbre agradable, sonoro.

264

Ella le estrechó la mano, muda. No había esperado que él se sintiera tan cómodo, que hiciera una referencia tan natural a su encuentro fallido y, al mismo tiempo, que tocara el tema con tanta ligereza.

Luego él le dio la mano a Nancy.

—Poneos cómodos —dijo, señalando unas sillas. Entonces, desapareció detrás de una cortina y le oyeron hurgar entre tazas y platillos.

—Annalukshmi —susurró Nancy.

Ella se volvió a su amiga.

—Nos vamos —le anunció.

Annalukshmi enarcó las cejas, asustada, pero, antes de que pudiera protestar, Nancy cogió a Vijith de la mano y ambos salieron de la habitación. Se quedó mirando aterrada hacia la puerta abierta, por donde habían desaparecido. No había previsto que la dejaran sola con el hijo de los Macintosh.

Chandran reapareció de detrás de la cortina con una bandeja. Se quedó parado al ver que estaban solos. La incomodidad se dibujó en su cara. Annalukshmi sintió que la suya aumentaba. Él le indicó un sillón y ella se sentó en él. Luego, él puso la bandeja con el té sobre la mesa que había entre ambos y tomó asiento en otro sillón, frente a ella.

—¿Cómo te gusta el té? —preguntó.

Ella se lo dijo y él se lo preparó. Reparó en que las tazas y los platillos no hacían juego. Chandran le alcanzó el té y luego se reclinó en su asiento, con otra taza en la mano. Servir el té había proporcionado una tregua a su incomodidad. Ahora, un embarazoso silencio se instaló entre los dos.

Para evitar su mirada, Annalukshmi se puso a mirar el estudio.

—Oh, claro, me olvidaba —dijo Chandran con alivio—. Se supone que debo hacerte una visita guiada.

Dejó la taza y se puso de pie. Ella lo imitó, igualmente contenta por haber encontrado algo para romper el silencio. Él la llevó hasta el cuadro en el que trabajaba en aquellos momentos. Estaba casi terminado.

Lo primero que Annalukshmi notó fue que las tres mujeres de la pintura tenían los senos desnudos. Sintió una incomodidad momentánea, pero, sabiendo que el arte es el arte, sofocó ese sentimiento y trató de mirar la pintura objetivamente. A la izquierda de la tela había una mujer en brazos de un hombre de piel azul. Las otras dos mujeres estaban a la derecha.

—Lo llamo *La recepción de la señora X* —le explicó.

Ella lo miró sin comprender.

—Ya sabes, recepciones —añadió, algo impaciente—, esas reuniones para tomar el té que organizan las señoras de Jardines de Canela.

Annalukshmi se apresuró a asentir y miró otra vez el cuadro. Él se había quedado algo contrariado por el hecho de que ella no lo comprendiera de inmediato pero, sinceramente, no alcanzaba a ver qué tenía que ver aquel cuadro con una recepción.

—La inspiración me la dio una conversación que oí en una de las recepciones de mi madre. Las señoras hablaban de una criada joven que había sido sorprendida... bueno, ya me entiendes... con el jardinero. La virtuosa indignación de las señoras hizo que quisiera retratarlas como cuervos picoteando las vísceras de la criada, pero eso habría sido demasiado obvio. Se me ocurrió, entonces, que, en lo más profundo de su ser, ellas envidiaban a la chica. Por eso lo pinté así.

Annalukshmi volvió a mirar el cuadro, y reconoció en él a la criada con el jardinero y a la mujer de aspecto autoritario de la derecha, la señora X. Entonces, sorprendida, se dio cuenta de que la tercera mujer de aspecto desolado era la imagen de la señora X reflejada en un espejo.

—¡Es muy bueno! —exclamó de golpe, perdiendo la vergüenza. Señaló las dos líneas blancas, en ángulo recto, que sugerían el espejo. Chandran sonrió, complacido.

—Venga, permíteme que te muestre algunas más —dijo.

Ella le hizo saber con un gesto que todavía no había terminado y se echó hacia atrás, para observar mejor aquel cuadro. Annalukshmi sabía de arte lo que le habían enseñado en el colegio, donde, prácticamente, sólo tocaban los pintores renacentistas. Al mirar esa pintura, se sintió como si estuviera aprendiendo una nueva gramática, un nuevo lenguaje. Pues los cambios de espacio estaban indicados, no con puertas, paredes o verjas, sino con cambios en el color del fondo; objetos como el espejo eran apenas sugeridos y no representados plenamente.

Cuando estuvo lista para continuar, se volvió hacia él y sonrió. Sus ojos se encontraron y, por un momento, se sostuvieron la mirada. Annalukshmi sintió que su admiración y su placer por el cuadro se transferían al autor. Un sensación de calor la inundó.

Chandran la guió a otra tela y ella lo siguió.

Annalukshmi no había estado segura de qué opinión le merecía su aspecto, pero ahora sabía que lo encontraba guapo. Le gustaban los cabellos espesos y ondulados, que lo hacían parecer como si acabara de levantarse de la cama, y la nariz algo prominente. Como no llevaba camisa bajo la bata, a través del algodón blanco podía verle el vello del pecho, las oscuras areolas de las tetillas.

Llegaron ante otro cuadro, en el cual se veía un caballo que era domado por dos hombres. A medida que él se lo explicaba, ella se sorprendió pensando en el momento en que sus ojos se habían encontrado por un instante. Estaba segura de haber visto algo en su cara que no estaba allí antes.

La última pintura que le mostró era un retrato de ella misma, el desarrollo del bosquejo que le había enviado. Cuando se la enseñó de pronto, dando la vuelta a la tela para que ella la viera, contuvo el aliento, sorprendida. Él se echó hacia atrás y la miró con ojo crítico.

—Mmm —murmuró—. Tendría que haberte pintado más oscura.

Cogió un pincel, lo mojó en la paleta y retocó la mano del cuadro hasta que estuvo cerca del color real de su piel.

—Estoy planeando incluirla en una exposición que haré en julio. —Fue a buscar algo a un gran escritorio de madera que había junto a la ventana—. Me gustaría mucho que fueras —dijo, pasándole una tarjeta impresa que anunciaba la exposición y en la que se especificaban la hora y el lugar.

—Gracias —repuso ella—. Nunca he ido a ninguna. —Y se guardó la invitación.

—Dime, ¿te gusta lo que he hecho con tu foto? —preguntó.

Ella asintió.

—Mucho.

—Entonces, después de la exposición, te lo regalaré.

Iba a protestar, pero él levantó una mano.

—Por favor. Es mi manera de decirte que lamento todo el follón que... bueno, ya sabes a qué me refiero.

Chandran había dicho eso con buena intención, pero sus palabras, para Annalukshmi, fueron como un jarro de agua fría. Él hablaba de lo que había ocurrido como si fuera algo perteneciente al pasado remoto, algo enterrado hacía mucho. La alegría que había sentido desde el momento en que los ojos de ambos se habían encontrado comenzó a esfumarse.

Él también se sintió incómodo. Le hizo una seña para que fueran a tomar el té.

Cuando se hubieron sentado, con las tazas en la mano, él dijo:

—De manera que se me ha perdonado... espero... por aquello.

—Sí —afirmó ella, sin mirarlo.

—No fue por ti —aclaró él—. El hecho es que no pienso casarme nunca. —Hizo un ademán hacia las telas—. Me he casado con esto y ninguna mujer aceptaría un segundo lugar. Espero que lo entiendas.

Annalukshmi lo miró rápidamente y enseguida apartó la mirada.

—Un matrimonio implica familia —siguió diciendo, inclinándose hacia delante—. Y familia implica que tendría que dejar lo que amo y conseguir un buen empleo. Algún aburrido puesto en la administración pública.

El tono ligeramente suplicante de su voz la hizo volver a mirarlo. Se percató entonces, para su asombro, de que pensaba que ella había ido a verlo con la esperanza de que él hubiera cambiado de idea sobre el matrimonio. Una insoportable sensación de embarazo se apoderó de ella. Dejó la taza sobre la mesa, temiendo que hiciera ruido sobre el platillo si la sostenía con la mano temblorosa. Sabía que tenía que mirarlo, decir algo para no seguir sintiéndose avergonzada.

—Yo tampoco pienso casarme —atinó a decir ella—. El matrimonio significaría dejar mi carrera de maestra.

—Fantástico. Saber eso me hace sentir mucho mejor por todo este asunto.

Ella sintió que no le creía, que pensaba que acababa de inventar eso para salir del paso.

Él dejó la taza, echó la silla hacia atrás y se puso de pie. Ella lo imitó.

—Muchas gracias por venir.

Ella hizo una leve inclinación de cabeza.

—Gracias por la visita guiada a tu estudio. Ha sido muy ilustrativa.

Entonces, se dio media vuelta y se fue.

Cuando salió al pasillo, Annalukshmi se dio cuenta de que no sabía adónde ir. Sintió que estaba a punto de llorar. Sabía que tenía que salir de aquella casa antes de perder el control de sí misma. Por fortuna, vio que Nancy y el señor Jayaweera iban hacia ella por el pasillo. Su amiga fue enseguida a su lado, mirándola con cierta preocupación.

—¿Qué ha pasado? —preguntó.

—Nada —respondió Annalukshmi, manteniendo un cauteloso control de su voz y de su semblante—. Tenía que seguir trabajando.

—Bueno, no importa. Ven, almuerza con nosotros y, después de tomar el té, volvemos juntas.

Annalukshmi esbozó una sonrisa tensa.

—Creo que me voy a casa.

—Pero Srimani espera que nos quedemos a almorzar.

—No, gracias. —¿Qué quería Nancy que hiciera? ¿Acompañarlos como una convidada de piedra? ¿Sentarse en una habitación toda la tarde? Se volvió al señor Jayaweera—. ¿Puede conseguirme un rickshaw para que me lleve a la estación?

Él asintió y salió a buscarlo.

Nancy la acompañó hasta la puerta.

—¿Estás segura? ¿De verdad no quieres quedarte? —preguntó.

Annalukshmi la miró con furia.

—¿Por qué? —exclamó—. ¿Quieres que me quede?

Nancy enarcó las cejas, sugiriendo que estaba siendo innecesariamente brusca.

Salieron en silencio a la calle y Vijith no tardó en llegar con un rickshaw.

Camino de la estación, Annalukshmi se reclinó en el asiento y dejó salir las lágrimas. Lamentaba su propia ingenuidad. Qué tonta le habría parecido a Chandran. Qué tonta había sido al suponer que, como no se había fugado con otra mujer, él podía estar interesado en ella. La había invitado, no porque quisiera considerarla como esposa potencial, sino para poder disculparse por haber desaparecido como lo había hecho. Pensó en el retrato de sí misma que él le había ofrecido. Sabía que era sincero, pero, en el estado de ánimo en que se encontraba, no podía dejar de pensar qué audacia, qué descaro, pensar que era necesario aplacarla de ese modo. ¿Quién se creía que era para suponer que necesitaba sus disculpas, o su regalo? Trató de pensar algo malo que decir de su pintura, pero su admiración había sido genuina. Lo mejor que podía hacer era pensar para sus adentros en la preponderancia de desnudos femeninos y preguntarse, arteramente, si él no se había dado cuenta todavía de que la mayoría de las mujeres van por la vida vestidas.

Cuando Annalukshmi cruzó el portillo de Lotus Cottage, vio a Kumudini sentada sola en el porche, con las manos sobre el vientre y una sonrisa en la cara, y sintió con todo su peso las cadenas de su vida estrecha. Su alma embestía los límites de su existencia, anhelando expansionarse, pero, para su frustración, estaba confinada dentro de ellos.

20

Muchas mentes sucias se bañan en ríos sagrados
y llevan una doble vida.

TIRUKKURAL, verso 278

El vapor de Balendran llegó a Colombo al anochecer. En lugar de ir directamente a su casa, decidió coger un taxi y pasarse antes por Brighton para hablar con su padre. Sintió que el corazón comenzaba a latirle muy deprisa cuando divisó la familiar fachada blanca de la casa.

Hizo que el taxi lo dejara en la parte trasera. Se apeó del vehículo, le dijo al taxista que lo esperara y echó a andar por la galería abierta que conectaba la cocina con el cuerpo de la casa.

Al llegar al vestíbulo, viendo que la puerta del despacho estaba abierta, entró sin llamar. Su padre se encontraba sentado a su escritorio, leyendo. Balendran lo miró. De algún modo, había esperado que el cambio producido en sus sentimientos hacia él se reflejara en su cara; pero no, era la misma persona que había dejado cuando se fue.

El mudaliyar levantó la mirada y lo vio. Se puso rápidamente de pie. Los dos se quedaron inmóviles, mirándose.

—No sabíamos que regresarías tan pronto —protestó su padre, casi como si le lanzara una acusación.

—Lo sé, *Appa*. La muerte llegó y no vi razón para quedarme por más tiempo.

Durante unos segundos, la severidad en el semblante de su padre se suavizó. Pero de inmediato recuperó la compostura.

—Tendrías que haber enviado un telegrama. ¿Qué arreglos has hecho para el féretro?

Balendran no lo miró a los ojos.

—¿Todavía está en el puerto?

Balendran no respondió.

Su padre rodeó el escritorio y se quedó de pie delante de él.

—¿El féretro no ha venido contigo? ¿Ha habido un retraso?

Tras guardar silencio un instante, Balendran negó con la cabeza.

—Entonces, ¿cuándo llegará?

Balendran tenía las manos entrelazadas con fuerza pero en ese momento las aflojó.

—La verdad es que nunca —confesó por fin—. El funeral ya ha tenido lugar, en Bombay.

Su padre dio un paso atrás con cara de consternación.

—Sí —añadió Balendran, ganando confianza—. El funeral ha tenido lugar conforme a las instrucciones de Arul.

Su padre se dejó caer en una silla.

—Pero ¿no trataste de impedirlo? —preguntó con voz temblorosa.

—No habría servido de nada, aunque lo hubiera hecho —contestó Balendran—. Arul había dejado instrucciones, que fueron seguidas al pie de la letra. Además, ya no necesitan tu ayuda.

Su padre se inclinó hacia delante.

—¿Debo entender que ni siquiera lo mencionaste? —inquirió, con voz furibunda.

—¿Qué querías que hiciera? ¿De verdad pensabas que podía pedirle a mi sobrino que permitiera que su padre fuera incinerado por personas a las que él no conoce, personas que lo han rechazado debido a su nacimiento? ¿Cómo podías esperar semejante cosa?

Su padre lo miró, asombrado.

Antes de que ninguno de los dos pudiera decir algo más, Nalamma entró en el despacho. Se quedó parada al ver a su hijo.

—*Amma* —dijo Balendran, con voz queda—. Ya ha pasado todo, *Amma*.

—*Aiyo* —exclamó su madre—. *Aiyo, aiyo*.

Su cuerpo se tambaleó un poco y Balendran, temiendo que fuera a desmayarse, fue hacia ella y la abrazó.

Nalamma miró a su marido y luego a su hijo.

—¿Cuándo podré verlo?

272

El mudaliyar miró a Balendran, como diciendo que, ya que él no había traído a Arul consigo, debía ser él también quien se lo dijera a su madre.

—Ven —dijo Balendran—. Vamos arriba. Hablaremos allí.

Rodeando a su madre con el brazo, la sacó de la habitación. Al salir del despacho, giró la cabeza hacia atrás y miró a su padre, con los ojos clavados en él, descubriendo en ellos una mirada de odio y de rabia que nunca antes le había visto.

Cuando Balendran entró en Sevena, Sonia estaba sentada en un rincón del salón, revisando unos papeles relacionados con la Fraternidad para Chicas.

—¡Bala! —exclamó, y se puso de pie de un salto.

Lo miró un largo rato.

—Lo siento.

Él fue hacia ella, la besó en ambas mejillas y se sentó, muy cansado de repente. Ahora que la tensión de tener que hablar con su padre había pasado, sentía que la tristeza por la muerte de su hermano volvía a apoderarse de él.

Sonia se quedó de pie, detrás de él.

—Pobre Bala —dijo, pasándole los brazos por los hombros. Él le cogió las manos y se las besó—. ¿Quieres un poco de té? ¿Una copa? —le preguntó.

Él negó con la cabeza.

—¿Cuándo será el funeral?

—Ya se ha celebrado.

Sonia se puso delante de su esposo.

—¿Qué quieres decir?

—Todo se hizo según las instrucciones de Arul. Un funeral sencillo para un hombre sencillo. Sin pompa ni muchas ceremonias. Murió como había vivido.

—¿Se lo has contado a tu padre?

Él asintió.

—*Appa* no lo ha tomado muy bien.

—En fin, no importa —dijo Sonia, desafiante—. Estoy orgullosa de ti, Bala. Has hecho lo correcto.

Balendran le apretó la mano, agradecido y reconfortado por su aprobación.

—¿Y tu madre? —preguntó Sonia—. ¿Te parece que vaya a verla esta noche?

Él negó con la cabeza.

—Ya se ha acostado. Tal vez por la mañana.

—Muy bien, déjame ir a decirle al cocinero que te prepare algo de comer.

Cuando Sonia lo dejó solo, Balendran pensó en el insoportable dolor de su madre. Al explicarle por qué no había podido pedir que enviaran el cuerpo de su hermano a Colombo, quedó impresionado por cómo había comprendido y apoyado la decisión que él había tomado.

Se descubrió preguntándose qué sabría ella sobre Pakkiam y su padre. Trató de recordar cómo trataba ella a Pakkiam, si había habido alguna aspereza, pero no recordaba que así hubiera sido. Por lo que podía recordar, su madre la había tratado siempre como lo hubiera hecho con cualquier otra criada.

La pena que sentía le hacía difícil conciliar el sueño, a pesar del cansancio. Mientras se paseaba inquieto por el dormitorio, Balendran se sorprendió pensando en aquellas vacaciones que su familia pasaba todos los años en Jaffna, en la casa solariega. Durante las vacaciones, se aburría, aislado en aquel lugar extraño, lejos de sus amigos, sus libros y sus pasatiempos favoritos; obligado a jugar con sus primos de Jaffna que, de año en año, se convertían en completos desconocidos. Sin embargo, cuando todo terminaba y regresaban a Colombo, recordaba las vacaciones con nostalgia, añorando de pronto la compañía de sus primos, los baños en el mar, los enormes camarones del lago, el paisaje desolado, con las palmeras, incluso el agua salada de Jaffna. De la misma manera, Balendran añoraba ahora Bombay y el tiempo que había pasado allí. Olvidadas estaban la miseria que rodeaba el apartamento de su hermano, las comidas sencillas, la habitación asfixiante en la que había dormido. Recordaba, en cambio, las conversaciones con Arul; a Pakkiam, Seelan y él sentados, comiendo juntos, en un silencio cómplice.

. . .

A la mañana siguiente, Balendran retomó sus deberes habituales. Primero fue al templo en el Pettah, situado en una vía que en su época había sido una de las calles residenciales más exclusivas de Ceilán. Desde principios de siglo, se había ido convirtiendo en una calle cada vez más comercial. El templo era un edificio sencillo, y habría tenido muy pocos fieles de no ser por la estatua del Shiva danzante, que se suponía tenía poderes milagrosos. El abuelo de su padre tenía una flota de barcos para la pesca de perlas. Decía la leyenda que, en un sueño, se le apareció Shiva y le indicó que arrojara la red en determinado lugar. Él obedeció pero, en lugar de una buena cantidad de ostras, sus pescadores sacaron del agua aquella estatua prendida en las redes.

El hombre que estaba a la puerta del templo y que vigilaba los zapatos de la gente a cambio de una pequeña propina, hizo una reverencia a Balendran cuando lo vio apearse del coche. Dio un codazo a su ayudante y el chico corrió adentro para avisar al sacerdote principal de la llegada de Balendran, que se quitó los zapatos, entró en el templo y se quedó mirando a su alrededor. Aquélla era su hora preferida para ir, cuando no había devotos. Una atmósfera de reposo reinaba en el interior. En un rincón había un altar dedicado a la diosa Durga, donde los suplicantes encendían lámparas hechas con mitades de limas. Balendran reparó en que aquella zona estaba sucia y descuidada. Miró hacia el despacho, preguntándose por qué el sacerdote principal no había salido todavía. Impaciente, entró en él, pero no había nadie allí, de modo que se encaminó a la parte trasera, a las habitaciones del sacerdote. Se detuvo ante la casa y lo llamó. Al cabo de unos minutos, apareció el sacerdote principal, mascando betel.

—Estoy esperando —dijo Balendran, enojado.

—Ah, *durai*, lo siento —se excusó el sacerdote—. El chico vino a decirme que estabais aquí, pero yo pensé: «¿Para qué iba a venir el *durai*?»

Balendran frunció el entrecejo.

—¿Cómo?

El sacerdote principal abrió los ojos como fingiendo asombro.

—¿El *durai* no lo sabe? El mayordomo de su padre, Pillai, estuvo aquí esta mañana temprano, vino a vaciar los cepillos.

Balendran lo miró, consternado. El sacerdote giró la cabeza para escupir el jugo de betel en una lata vieja, pero Balendran se percató de la mirada socarrona que le había dirigido. Sabía que él no estaba al corriente de la visita de Pillai.

—¿El *durai* necesita algo más de mí?

—Inspeccionemos el templo —dijo Balendran, con brusquedad.

—Pero el mayordomo de su padre ya...

—No importa. Quiero hacerlo yo.

El sacerdote principal echó a andar a regañadientes y Balendran lo siguió. El significado de todo aquello estaba bien claro. Como lo había desobedecido, su padre lo castigaba retirándole responsabilidades. Para recuperar su sentido del honor, para demostrar que aún seguía al cargo, estuvo más crítico que nunca, señalando la más leve mancha en las lámparas de bronce, las ofrendas viejas que tenían que retirarse, el hecho de que algunas de las estatuas habían sido vestidas con descuido aquella mañana. El sacerdote asintió a cada uno de sus comentarios y prometió arreglar todo lo que se le señalaba. Pero había condescendencia en su voz, como si estuviera siguiéndole la corriente.

Cuando Balendran volvió a subir al coche, le temblaban las manos de rabia.

—¿A casa, *Sin-Aiyah*? —preguntó Joseph.

—No —repuso Balendran—. Llévame a Brighton.

Aunque el porche de Brighton estaba lleno de solicitantes, Balendran ordenó a Joseph que lo dejara en la parte delantera de la casa. En lugar de llamar al timbre, caminó a lo largo del porche hasta la puerta que se abría al despacho de su padre.

—¿Hay alguien con mi padre? —preguntó al primer solicitante de la cola, un hombre pobre.

—Sí, *aiyah* —le respondió éste.

Balendran se plantó ante la puerta, esperando. Todos en el porche lo miraban con curiosidad, sabiendo que era el hijo del mudaliyar Navaratnam; pero a él no le importaba lo que pensaran o lo que les pareciera que él estuviera de pie ante la puerta de su padre como un solicitante cualquiera.

Por fin, salió de la casa una viuda vestida con un sari blanco. La acompañaba afuera la señorita Adamson. Rápidamente, Balendran fue hasta la puerta y le dijo a la estadounidense, que lo miró sorprendida:

—Quiero ver a mi padre.

Balendran pasó por su lado y entró.

El mudaliyar simulaba ocuparse de algo sobre el escritorio, lo que siempre hacía con los solicitantes más pobres. Los dejaba de pie ante el escritorio un buen rato antes de dejar lo que fingía estar haciendo y volverse hacia ellos con aire cansado, como si lo hubieran interrumpido en medio de una decisión particularmente difícil. Por eso no levantó la mirada cuando Balendran entró y se quedó de pie ante él.

—*Appa*.

Su padre lo miró, sorprendido.

—Quiero hablar contigo a solas. —Balendran miró a la señorita Adamson sin disimulo.

Al cabo de unos segundos, su padre le indicó a la estadounidense que saliera y ella se fue al vestíbulo.

—He ido al templo, pero ya había estado Pillai.

Su padre le indicó que se sentara, pero él negó con la cabeza, prefería permanecer de pie.

—Sí —admitió su padre—. Me pareció lo mejor. Has asumido más responsabilidades de las que puedes manejar. De manera que te relevo de alguna de tus obligaciones. De esa manera podrás concentrarte mejor en las otras. Hacer las cosas bien.

Balendran sintió que la cara le ardía ante semejante insulto.

—¿Cómo? —exclamó—. ¿Cuál de mis deberes no he cumplido correctamente?

—No permitiré que mi hijo me levante la voz. Siéntate. Cómo te atreves a hablarme de esa forma.

Balendran se cruzó de brazos.

—Ésa no es la verdadera razón.

—No sé de qué me hablas.

Balendran lo miró, desconcertado. Su padre lo había arrinconado al simular ignorancia. Si mencionaba la causa real, le diría que era fruto de su fértil imaginación. Sintió que lo inundaba una frustración tan grande que tuvo ganas de romper algo.

—Pillai se ha vuelto perezoso —continuó su padre—. En todo el día no hace más que comer y dormir. Esta nueva responsabilidad...

Balendran se volvió y fue hacia la puerta.

—¡No he acabado de hablar!

Balendran no le hizo caso y salió del despacho.

Al hacerlo, advirtió que todos los ojos se clavaban en él, y se preguntó si los solicitantes habrían oído la conversación. No le importaba. Atravesó el porche rápidamente. Al llegar al coche vio a Pillai hablando muy absorto con Joseph. Al verlo, Pillai se irguió, respetuoso.

—*Sin-Aiyah* —lo saludó, abriéndole la puerta.

Balendran no le hizo caso y subió.

—Hay algo para *Sin-Aiyah*, en el asiento trasero.

Balendran asintió, cortante. Miró el paquete envuelto en papel de periódico. Pillai cerró la puerta e hizo una reverencia.

Cuando el coche comenzaba a dejar la casa atrás, Balendran miró el paquete. Luego lo desenvolvió. Eran unos frutos de *jumbu*. Pillai los habría recogido de los árboles del fondo, sabiendo cuánto le gustaban a él. Suspiró largamente. Era una ofrenda de paz de parte del mayordomo, una manera de pedirle disculpas por haber asumido sus tareas. Balendran envolvió de nuevo la fruta y lamentó haber estado tan hosco con Pillai por algo que no era culpa suya.

Cuando llegó a Sevena, se metió en su despacho y cerró de un portazo.

Poco después, Sonia llamó y entró.

—¿Todo bien? —preguntó.

Balendran estaba sentado a su escritorio, con los brazos cruzados sobre el pecho.

—Al parecer, se me ha relevado de mis obligaciones en el templo. Sin duda esto tiene que ver con el enfado de mi padre.

Sonia fue a su lado.

—¿Y qué explicación te ha dado?

—Parece que tengo demasiadas responsabilidades que atender —dijo Balendran, sarcástico—. Necesito concentrarme en unas pocas para hacerlas bien, en lugar de hacerlas todas mal.

—¿Mal? —exclamó Sonia, sin poder creer lo que oía.

Se sintió reconfortado por la expresión incrédula de su esposa.

—Tú cumples con tus deberes mucho mejor de lo que tu padre nunca lo ha hecho. Pero si el sacerdote principal no paraba de robar en el templo. Recuerdo la primera vez que fuimos a visitarlo. Era una pocilga. Había hasta perros abandonados ahí dentro. A partir de entonces ha estado impecable.

Se inclinó hacia delante, apoyando las manos en el escritorio.

—A menudo creo que le estás agradecido porque te confiara sus asuntos. Pero, la verdad, Bala, es que no fue un mero acto de buena voluntad. Tenía que hacerlo. Sus negocios eran un completo desastre. Sin ti, sin tu esfuerzo, ninguno de nosotros habría podido vivir como lo hemos hecho. Eres tú, en realidad, quien gana el pan de la familia.

Cuando Sonia lo dejó solo, para ir a ocuparse del almuerzo, Balendran se quedó mirando al frente, pensando en el estado en que estaba la plantación de caucho cuando él se había hecho cargo de ella veinte años atrás, con los árboles muriéndose, los trabajadores viviendo en la miseria. Él había echado al administrador y mejorado las condiciones de los trabajadores.

Siempre había sabido esas cosas y, sin embargo, le vinieron a la cabeza como una revelación. Pensó en el día en que su padre lo había llamado a su despacho para anunciarle que a partir de entonces él iba a hacerse cargo de los asuntos familiares. Había querido llorar de gratitud y besarle la mano. Pues que le confiara esa responsabilidad había sido algo más que un reconocimiento de su condición de hombre casado padre de un hijo. Había sido la manera de decirle que lo había perdonado por lo sucedido en Inglaterra. Ahora Balendran pensó con ironía en su gratitud.

Entonces se le ocurrió algo. Haría que ese castigo se volviera en contra de su padre. Sabía perfectamente que no podría arreglárselas sin él, que la fortuna de la familia dependía de que él continuara administrando la plantación de caucho.

Balendran abrió un cajón del escritorio y sacó papel de carta. El momento de actuar era ése, antes de que se le pasara la rabia y perdiera el valor. Humedeció la pluma en el tintero y comenzó a escribir.

> *Querido Appa:*
> *Ahora veo que tenías toda la razón. No he estado concentrado en mis obligaciones últimamente. El libro que estoy escribiendo me obsesiona. Por lo tanto, me temo que no sólo he fallado en mis deberes del templo sino que, además, no he atendido la plantación y otros asuntos de la familia como debería haberlo hecho. Creo que, en interés de todos los afectados, debo ser relevado de todas mis obligaciones hasta que haya terminado el libro.*
> *Tu hijo, Balendran*

Balendran hizo que Joseph le llevara la nota a su padre enseguida.

Esa misma tarde, la señorita Adamson llamó por teléfono para comunicarle que su padre quería verlo. Estaba nervioso ante el inminente enfrentamiento, pero su temor fue fácilmente superado por su entusiasmo y su satisfacción al ver a su padre acorralado, a su merced.

Cuando el coche entró en Brighton, Balendran dio instrucciones a Joseph para que lo dejara en la parte de atrás. Como sabiendo lo que se avecinaba, no había criados a la vista.

La puerta del despacho estaba entornada. Llamó y entró. Su padre llevaba un verti y tenía un chal sobre los hombros. Estaba escribiendo. Le hizo un gesto con la mano para que pasara y se sentara, y siguió en lo suyo. Balendran vio que trataba de sacar ventaja sobre él haciéndolo esperar. La transparencia de lo que intentaba conseguir hizo que se serenara. La seriedad en el rostro de su padre, con el entrecejo fruncido, le hizo pensar en un niño que no ha aprendido aún a escribir pero que se aplica igualmente con gran dedicación a sus garabatos.

Por fin, el mudaliyar terminó de escribir, apretó un secante contra la hoja y la puso a un lado. Cogió la nota que le había escrito su hijo y volvió a mirarla. Entonces se quitó las gafas.

—Sí —dijo—. He recibido tu carta y he pensado cuidadosamente en lo que dices en ella.

Entrelazó las manos ante sí sobre el escritorio.

—Quedas liberado de tus obligaciones.

Balendran exhaló sonoramente, atónito.

—Tienes que dedicarte a tu libro y terminarlo. Yo, como hombre de letras que soy, sé cuánto esfuerzo se requiere para una obra como la tuya. Esta tarde he vuelto a contratar al señor Nalliah, nuestro antiguo administrador.

—¿Qué? —exclamó Balendran—. Pero si nos estaba robando, *Appa*.

—Creo que el señor Nalliah ha aprendido la lección. Las personas son capaces de enmendarse, ¿sabes?

Balendran miró a su padre, sin poder creer lo que oía.

—Hay que pagarle un sueldo —continuó diciendo su padre—. Eso significa, por supuesto, que habrá que economizar en otras cosas. Nosotros ya somos viejos, tu madre y yo. A estas alturas de nuestras vidas, no podemos vivir sin las pocas cosas que nos permitimos. Por lo tanto, tendrás que hacerte cargo del salario del señor Nalliah. Lo descontarás del dinero, cualquiera que sea la cantidad, que te corresponde por la administración de la plantación.

—*Appa*... —comenzó a decir Balendran, protestando.

—Está también el asunto de tu coche. Le he dicho al señor Nalliah que estará a su disposición todas las mañanas y cuando tenga que ir a la plantación.

Balendran iba a protestar otra vez pero su padre lo interrumpió para decirle que la reunión había terminado.

—Cuando hayas acabado el libro y estés listo para retomar tus actividades, relevaré al señor Nalliah de sus deberes. —Dicho esto, el mudaliyar se puso de pie, esperando a que su hijo se fuera.

—Buenas noches, *Appa* —dijo Balendran, quedamente.

Su padre asintió a modo de respuesta.

Al salir del despacho, Balendran oyó que alguien llegaba por el pasillo. Como no quería hablar con nadie, dio un paso atrás para ocultarse en la escalera en sombras y esperó. Un momento después, apareció la señorita Adamson, en bata. Entró sin llamar en el despacho de su padre y cerró la puerta a sus espaldas sin hacer ruido. En el vestíbulo en silencio, Balendran alcanzó a oír el batir de palmas y los cánticos que, por las noches, a menudo se elevaban de la zona de las habitaciones del servicio.

La puerta del despacho se abrió. Balendran se escondió aún más en las sombras de la escalera. La señorita Adamson se fue por el pasillo y, un momento después, la seguía su padre. Balendran se asomó justo a tiempo de verlo entrar en el dormitorio de la mujer.

Un ruido proveniente de la salita de su madre le hizo mirar hacia arriba. Recordó el día en que su madre le había ordenado que fuera a pedir ayuda a la señorita Adamson, y aquel semblante suyo, entre astuto e incómodo. Balendran sintió que se mareaba. Se agarró a la baranda para sostenerse. Pasados unos segundos, temblando, comenzó a bajar la escalera.

Cuando estuvo fuera, sintió que las piernas le flaqueaban, que en cualquier momento dejarían de obedecerlo. Se sentó en el borde del porche y se reclinó contra una de las columnas, respirando hondo. Pensó en su madre. Tras su fachada dócil e ingenua había una mujer despierta que se percataba de todo lo que ocurría a su alrededor. Sintió una profunda angustia por lo que ella, seguramente, debía sufrir cada día, por el esfuerzo que le supondría cumplir con su rutina diaria sabiendo todo el tiempo que tenía lugar esa usurpación en su casa, sobre la cual no podía hacer nada, como si fuera constantemente atacada por una plaga de termitas o de ratas. No sólo había sufrido durante todos esos años por el exilio de Arul, sino que ahora tenía que enfrentarse a esa relación humillante. Pero, incluso mientras sufría por la terrible situación de su madre, sintió un gran respeto por su entereza. Algo así habría convertido a cualquier persona en alguien con quien sería intolerable convivir; sin embargo, su madre había seguido siendo siempre magnánima y buena con todos.

Las canciones provenientes de las habitaciones del servicio interrumpieron sus pensamientos. Miró en aquella dirección y sintió que se encolerizaba, rebelándose contra la injusticia de un mundo en el que gente como su padre podía hacer lo que le daba la gana sin sufrir ningún tipo de consecuencias. No permitiría que su padre triunfara por encima de todos ellos.

A partir del día siguiente, el señor Nalliah se haría cargo de la plantación, asumiría el uso de su coche. ¿Su coche? No era suyo en absoluto. Pertenecía a su padre y él sólo lo usaba. Balendran pensó en el apartamento de su hermano en Bombay. Los muebles estaban rotos y gastados, pero eran suyos. Él había trabajado mucho en los negocios de la familia, había considerado que el dinero que sacaba de la plantación de caucho y del templo era suyo por derecho. Ahora veía que había sido un tonto. Lo único suyo era Sevena; eso y la herencia que le había dejado su abuela.

Cuando llegó a su casa, Balendran encontró a Sonia en el salón, leyendo. Estaba tan absorta en su libro que no lo oyó entrar. Él la miró un momento y luego la llamó. Ella alzó de inmediato la cabeza y se puso de pie.

—¿Qué quería tu padre, Bala?

—Tengo que hablar contigo —le respondió.

Ella se asustó por la seriedad con la que había hablado.

Fue y se sentó junto a su esposa, le cogió las manos y se las apretó. Entonces se puso de pie y se quedó mirando la biblioteca.

—Me resulta muy difícil decir lo que quiero decirte... tiene que ver con mi padre. Es algo de lo que me enteré en la India.

Y entonces, sin mirarla, le contó la relación de su padre con la madre de Pakkiam, de por qué había llevado a ésta a Brighton. No describió lo que acababa de ver esa noche. Era todavía demasiado reciente para que pudiera hablar de ello.

Cuando terminó, miró a Sonia. Ella también lo miraba, azorada. Se volvió a sentar a su lado y volvió a cogerle las manos. Entonces le habló de la carta que le había escrito a su padre y de las consecuencias que ésta había tenido.

—Has hecho lo correcto, Bala —exclamó su esposa—. No me importa si tenemos que usar rickshaws. No importa.

La vehemencia con la que ella había hablado hizo que él sintiera una inmensa gratitud.

—Le demostraremos que podemos arreglárnoslas muy bien sin él.

—No es cuestión de arreglárnoslas o no, Sonia. Hay ciertos errores que rectificar. Hay otras personas que han sufrido y deben recibir una reparación.

Sonia dijo que lo comprendía.

—Antes de volver, Seelan y yo encontramos una casita para él y su madre en una zona agradable de Bombay. Pero no es suficiente. Cuando estuve allí, Seelan expresó su deseo de visitar Ceilán. Le escribiré y lo invitaré a pasar unas breves vacaciones aquí; le diré que, cuando esté listo para venir, yo me haré cargo del pasaje. Si le gusta Colombo como lugar para vivir, lo ayudaré a instalarse aquí.

—¿Y tu padre? Jamás querrá ver a su nieto. ¿Cómo puedes exponer al chico a eso?

—Le explicaré que, al principio, puede que su abuelo no lo acepte; pero que, al final, tendrá que aceptar su presencia aquí. Que no debe permitir que su abuelo se interponga entre él y su felicidad.

Por otra parte, Balendran sabía el papel que cumplía un nieto en la vida de su padre. Era la continuación de su linaje, de la sangre aristocrática de su familia. Para su padre, Seelan jamás encajaría en ese lugar, pues su sangre estaba sucia. Le vino a la cabeza una imagen de su hijo con el caballo preferido de su padre, la yegua *Nellie*. Cada vez que *Nellie* ganaba en las carreras de Colombo o de Nuwara Eliya, el mudaliyar invitaba a Lukshman a pasear a la yegua por delante del palco para recibir los aplausos de los espectadores. Balendran había visto el profundo orgullo en los ojos de su padre al mirar a Lukshman, tan guapo, inclinándose en una reverencia encantadora ante el palco.

—¿Y su madre? —dijo Sonia, interrumpiendo sus pensamientos—. Dudo de que se alegre por que su hijo venga aquí, considerando la manera en que su esposo fue tratado por su propia familia.

Balendran asintió.

—Reaccionó con cautela ante la idea de que su hijo viniera, por supuesto. Pero, como es una mujer inteligente, creo que no haría nada por disuadirlo de hacer lo que desea.

Balendran se volvió a su esposa.

—Y yo, en nombre de mi hermano, empeñando en ello todo mi esfuerzo, me aseguraré de que mi sobrino tenga todas las ventajas de que goza Lukshman. Ayudaré a Seelan en lo que quiera emprender, sea lo que fuere.

Esa noche, Balendran y Sonia estuvieron un largo rato sentados, cogidos de la mano, hablando de sus planes para su sobrino, más cerca el uno del otro de lo que lo habían estado en mucho tiempo.

21

Los mares pueden agitarse, pero los hombres de carácter,
como la costa, se mantendrán inconmovibles.

Tirukkural, verso 989

Las crecientes tensiones entre la Minerva Hiring Company y sus taxistas habían tomado un nuevo rumbo. Enfrentados a una gerencia inflexible, los taxistas, siguiendo el consejo del Sindicato Laborista, decidieron ir a la huelga. Por primera vez en Ceilán, se había organizado también un boicot. Estaba dirigido contra cualquier empresa que apoyara a la compañía de taxis y, como resultado, una serie de gasolineras se encontraron incluidas en la lista negra.

Una mañana, Annalukshmi se encontraba sola en la sala de profesoras, corrigiendo cuadernos de ejercicios de sus alumnas, cuando el conserje asomó la cabeza por la puerta y preguntó:

—¿Dónde está la directora *Nona*, señorita?

—Está dando clase.

—*Aiyo*, señorita. Hay dos *mahattayas* de la policía en la entrada.

—¿Policías? —Annalukshmi se puso de pie—. ¿Qué quieren?

—Ver a la directora *Nona*.

El señor Jayaweera había ido al banco a cumplir un encargo, de modo que Annalukshmi consideró conveniente hacer pasar a los policías. Puso el capuchón a la pluma y dijo:

—Ve al bloque de aulas de secundaria y avisa a la *Nona*. Yo los haré pasar.

Mientras salía de la sala de profesoras, se preguntó qué habría llevado a la policía al colegio. Al llegar a la verja de entrada, se asustó un poco, pues allí estaba el inspector superior de policía, un inglés famoso por su crueldad. Lo reconoció por las fotos que había visto de él en

286

los periódicos. Había otro policía a su lado y, por la forma de cuadrarse mirando al frente, supuso que era de rango muy inferior.

Obviamente, el inspector estaba irritado porque lo habían hecho esperar, y le espetó:

—Pregunto por la señorita Lawton y consigo hablar con cualquiera menos con ella.

Annalukshmi abrió la verja y dijo, con voz algo tensa:

—He enviado al conserje a buscarla.

Vio que el inspector esbozaba una leve sonrisa, satisfecho por haberla puesto nerviosa.

Ya casi habían llegado al edificio que albergaba el despacho de dirección, cuando vieron a la señorita Lawton, que iba deprisa hacia ellos, atravesando el cuadrilátero, seguida del conserje. Una vez que la tuvieron delante, los modales del inspector cambiaron. Se volvió muy cortés.

—Lamento muchísimo sacarla de su clase, señora, pero es por un asunto de una cierta urgencia.

—Por supuesto —repuso la señorita Lawton, todavía sin haber recuperado el aliento. Le indicó que la siguiera.

Annalukshmi entró con ellos y se sentó en la sala de profesoras. Cogió un cuaderno de ejercicios, pero tenía las orejas puestas en el murmullo de voces al otro lado de la puerta cerrada del despacho. Al cabo de un momento, la señorita Lawton lanzó una exclamación y Annalukshmi le oyó decir:

—Ah, no, inspector, no puede ser. Estoy segura de que el señor Jayaweera no tiene nada que ver con eso.

Annalukshmi no pudo oír la respuesta del policía.

Se sintió presa del miedo. Pensó en la huelga de taxis. ¿Estaría el señor Jayaweera metido otra vez en protestas sindicales? Pensó en ir a la entrada a esperarlo, para advertirlo de la presencia de la policía. Pero no había ni terminado de pensarlo cuando sonó el timbre. Tenía un aula llena de alumnas que la esperaban y no tuvo otra opción que recoger sus libros y dejar la sala de profesoras para dirigirse a ella.

Durante el resto de la mañana, le fue difícil concentrarse en las clases. ¿Qué querría de él la policía? No podía dejar de pensar en lo ocurrido, y no hacía más que preguntarse si el señor Jayaweera habría participado en la huelga de taxis. Temió por él.

. . .

Para la hora del almuerzo, todo el colegio estaba al corriente de la visita del inspector. Annalukshmi volvió a la sala de profesoras y encontró a todas sus colegas excitadísimas, hablando en voz baja de lo que había sucedido mientras recogían sus cosas para irse a casa a almorzar. Annalukshmi se sintió afligida al enterarse de que, cuando el señor Jayaweera regresaba de su encargo al colegio, la policía se lo había llevado para interrogarlo. Ninguna de las profesoras parecía saber por qué, o qué era lo que había hecho. Nancy, que estaba en la sala, hizo un gesto con la cabeza a Annalukshmi para que la acompañara afuera.

Apenas comenzaron a atravesar el cuadrilátero, Nancy dijo:

—La señorita Lawton me lo ha contado todo. Al parecer, los huelguistas se pusieron violentos anoche. Tiraron una piedra contra un taxi y dejaron a una mujer tuerta.

Annalukshmi contuvo el aliento, consternada.

—Se trata de la esposa de un alcalde australiano.

Las dos se miraron, comprendiendo lo que eso significaba. De haberle ocurrido a una cingalesa, las implicaciones no habrían sido tan graves. Pero al tratarse de una occidental, había algo más en juego. El honor de los occidentales. No había nada de extraño en que el mismísimo inspector superior de policía hubiese ido al colegio en persona.

—La policía sostiene que el hermano de Vijith lanzó la piedra. Anoche fueron a su casa para arrestarlo. Hubo un forcejeo y logró escapar. La policía piensa que Vijith sabe dónde está. Tengo miedo de que vuelva a verse metido en líos.

Annalukshmi cogió la mano de su amiga.

—Entiendo tu preocupación, pero no te dejes abatir hasta saber a ciencia cierta qué está pasando.

Aquella tarde, mientras dirigía un ensayo de *Como gustéis* bajo los árboles, en un extremo del cuadrilátero, Annalukshmi vio al señor Jayaweera trasponer la verja del colegio. Dejó a una de las alumnas a cargo del ensayo y fue deprisa hacia él, que la había visto y la esperaba al pie de los escalones del porche del edificio en que se encontraban la sala de profesoras y el despacho de dirección. Cuando llegó a su lado, a juzgar por la expresión adusta de su cara, dedujo que las horas pasadas en la comisaría habían sido sumamente desagradables.

—Rosa le ha guardado algo de comida —dijo ella—. Tal vez sea mejor que vaya a comer algo.

—Gracias, pero no tengo hambre.

—Al menos tome una taza de té. Enviaré a una de las chicas a buscársela.

Ella ya se daba la vuelta cuando él la llamó con voz queda:

—Señorita Annalukshmi.

Se volvió hacia él y esperó a que continuara.

—Quiero proteger a Nancy de esto. La situación no es buena. De la comisaría fui a casa de mi hermano, para hablar con la gente que había allí. Anoche, la policía ni siquiera llamó a la puerta. La echaron abajo y entraron. Mi hermano saltó por una ventana y salió corriendo, pero le dispararon en un brazo. Esta mañana, sus vecinos encontraron sangre en la calle.

Annalukshmi lo miró, horrorizada.

—Dios mío, eso es terrible.

El señor Jayaweera se miró las manos.

—Creo saber dónde está mi hermano. Me dijo que, si alguna vez tenía problemas, iría a esconderse en cierta casa del Pettah.

—¿Cree que su hermano es culpable?

—No, pero ésa no es la cuestión. Sabiendo que ya ha estado en prisión por cuestiones sindicales, la policía ha elegido a una víctima fácil. Pero no puedo quedarme de brazos cruzados otra vez y permitir que mi hermano vaya a la cárcel por algo que no ha hecho. He averiguado que lo vieron anoche en una reunión del sindicato, a la hora del incidente. Pero, si voy a verlo, me arriesgo a llevar a la policía hasta su puerta.

—No puede correr ese riesgo, señor Jayaweera.

—Pero está herido. Ni siquiera sé si se ha hecho curar la herida. Es mejor que la policía lo encuentre vivo que muerto.

—Cuando estábamos en Malasia —repuso Annalukshmi—, a veces había bandidos en la carretera de Kuala Lumpur a nuestra plantación de caucho. Una vez, mi padre, que siempre viajaba con una pistola en el coche, le dio a uno de ellos en la pierna. Días más tarde, mis hermanas y yo lo encontramos muerto en la jungla, cerca de la plantación. Un olor espantoso nos guió hasta su escondite. La pierna se le había ennegrecido, por la gangrena. Si su hermano no se ha hecho curar la herida, tendrá que hacerlo pronto.

A la mañana siguiente, al llegar al colegio, Annalukshmi se encontró a una alumna en la entrada con un mensaje de Nancy. Debía ir de inmediato a la capilla para encontrarse con ella. Annalukshmi se dirigió sin pérdida de tiempo allí. Cuando entró, encontró a su amiga sentada en uno de los bancos, con los brazos cruzados sobre el pecho, balanceándose hacia delante y hacia atrás. Nancy la oyó entrar, se volvió y la llamó con ademán urgente. Annalukshmi fue a sentarse a su lado.

—¿Qué ocurre? —preguntó.

—Vijith no ha venido a trabajar hoy.

Annalukshmi tuvo un mal presentimiento.

—Tal vez sólo se haya retrasado —dijo, con voz insegura.

—Nunca llega tarde. Es más, siempre es el primero en llegar.

Annalukshmi apretó la mano a su amiga.

—Eso no quiere decir nada —repuso, tratando de convencerse a sí misma y, de paso, de convencer también a su amiga—. Con la huelga de taxis, los tranvías y los autobuses van con retraso.

—La señorita Lawton ha enviado al conserje a su casa para averiguar qué pasa. He prometido darle dinero si me lo dice a mí primero. Hace más de una hora que lo espero.

En ese momento, oyeron que alguien entraba en la capilla. El conserje fue deprisa hacia ellas. La expresión de su cara les dijo que algo malo había sucedido.

Nancy se puso de pie y fue a su encuentro. Annalukshmi la siguió; le sudaban las manos.

—*Aiyo*, señorita —exclamó el hombre—. Qué cosa más rara. *Mahattaya* Jayaweera salió anoche y aún no ha vuelto.

Nancy se quedó de piedra.

—¿Le ha dicho alguien adónde puede haber ido? —preguntó Annalukshmi, aunque creía saberlo ya.

El conserje negó con la cabeza.

—Salió tarde anoche, cuando todo el mundo dormía.

Annalukshmi trató de disimular su ansiedad ante su amiga. Pero Nancy había detectado algo en sus ojos. Le puso una moneda en la mano al conserje y éste, tras hacer una reverencia, se marchó. Entonces Nancy se volvió a Annalukshmi y la agarró con fuerza del brazo.

—Tú sabes algo, ¿verdad?

—No estoy segura, Nancy; pero ayer me dijo que creía saber dónde estaba su hermano.

—Tendrías que habérmelo dicho —exclamó Nancy—. Le habría rogado que no fuera. Habría tratado de convencerlo para que recapacitara.

—Me dijo que la policía había herido a su hermano. Tenía que impedir que volvieran a meterlo en la cárcel por algo que no había... —Al ver la sorpresa dibujada en la cara de su amiga, Annalukshmi se calló de golpe.

—Suponía que era algo por el estilo —admitió Nancy, después de guardar silencio por unos segundos.

—Perdóname. No me acordaba de que no te lo había dicho.

Nancy negó con la cabeza.

—Cuando amas a alguien, cuando lo conoces íntimamente, sabes interpretar sus silencios. Te percatas de cómo, una y otra vez, evita ciertos temas. Siempre me he preguntado por qué no hablaba de su hermano con rencor. Ahora veo que Vijith está en deuda con él.

El timbre anunció el inicio del servicio religioso. Mientras las alumnas y las profesoras comenzaban a converger en la capilla, Annalukshmi y Nancy fueron despacio hasta la puerta, donde se reunirían con sus colegas.

Durante la hora anterior al almuerzo, una alumna fue al aula de Annalukshmi a decirle que la señorita Lawton quería verla de inmediato. Ella dejó a una de sus alumnas a cargo de la clase y salió. Estaba llegando al bloque donde se encontraba el despacho de dirección y la sala de profesoras, cuando vio a Nancy que atravesaba deprisa el cuadrilátero. Esperó a su amiga. Se quedaron quietas durante un instante y se miraron. Había temor en sus ojos.

La puerta del despacho estaba abierta. La señorita Lawton las esperaba.

—Adelante, chicas —dijo.

La cara seria de la señorita Lawton no auguraba nada bueno. Les indicó que se sentaran en las butacas que había frente al escritorio y luego, en lugar de sentarse, ella fue y se quedó de pie ante ellas, apoyándose contra el escritorio.

—Me temo que no son buenas noticias —dijo—. Pero quería decíroslo enseguida.

Annalukshmi miró a su amiga, que tenía los nudillos blancos de lo fuerte que se cogía con las manos a los brazos del sillón.

—La policía ha estado vigilando al señor Jayaweera. Anoche salió de su casa y lo siguieron hasta el escondite de su hermano. Se llevaron a los dos a comisaría, donde permanecen detenidos.

Nancy y Annalukshmi se miraron.

—He tenido una larga conversación con el inspector superior de policía —continuó la señorita Lawton—. Lamentablemente, no creo que puedan acusar al hermano del señor Jayaweera por haber dejado tuerta a esa pobre mujer inocente. Al parecer, se ha hecho con una buena coartada. Todos los miembros del Sindicato Laborista están dispuestos a jurar sobre sus cadáveres que estaba en una reunión con ellos. Es probable, por lo tanto, que el señor Jayaweera sea puesto en libertad pronto.

Nancy exhaló despacio y se relajó en la silla.

—Es un alivio oír eso —dijo Annalukshmi.

La señorita Lawton jugueteaba con un lápiz. Después de un momento, las miró.

—Claro que esto pone fin a la presencia del señor Jayaweera en este colegio.

Las dos la miraron, consternadas.

—Pero ¿por qué? —exclamó Annalukshmi—. No ha cometido ningún delito.

—Porque no será delito, supongo, ayudar a tu hermano —añadió Nancy, con voz temblorosa.

—Tenéis que entender mi situación. Ya sabéis que Colombo es un pañuelo. Ayer, apenas se llevaron al señor Jayaweera para interrogarlo, recibí una llamada telefónica de alguien de la junta misionera que se había enterado por alguien con quien juega al golf. Se me sugirió que considerase seriamente la reputación del colegio. Sólo habían pasado unas horas desde que el señor Jayaweera había sido detenido y ya había recibido la llamada de un importante benefactor de la escuela. Es imposible que se quede. Mañana, seguramente, su nombre y su lugar de trabajo saldrán en todos los periódicos.

—Pero ¡y su familia! ¿Qué va a ser de ellos? —preguntó Annalukshmi.

—El señor Jayaweera tendría que haber pensado en eso antes de volver a relacionarse con su hermano.

—Pero estaba herido. ¿Qué habría hecho usted...?

—Tengo las manos atadas, Anna. Aunque quisiera darle otra oportunidad, no podría hacerlo. En cierto sentido, esto ha sido culpa mía. Nunca tendría que haber contratado a alguien que...

—¡Basta! —gritó Nancy, poniéndose de pie.

Annalukshmi y la señorita Lawton la miraron; tenía la cara surcada de lágrimas.

—¿Nancy? —La señorita Lawton le tocó el hombro.

Entonces, Nancy apartó la cara y se frotó la mejilla.

La señorita Lawton la miró, intrigada por que ella, siempre tan imperturbable, estuviera en semejante estado. Miró a Annalukshmi, esperando hallar una explicación, pero ésta apartó la mirada.

—¿Qué quiere decir esto? —preguntó, por fin, cogiendo a Nancy de las manos—. Nancy, respóndeme.

—Hay algo que debe saber... Vijith, el señor Jayaweera, tiene problemas, de manera que debo tener libertad para poder ir a ayudarlo.

—¿Qué estás diciendo?

Nancy guardó silencio.

—Que Vijith y yo nos queremos.

La señorita Lawton fue al otro lado del escritorio y se sentó.

—¿Ajá? Y ¿desde cuándo?

—Ya hace un tiempo.

Súbitamente, la señorita Lawton empujó la silla hacia atrás y se puso de pie.

—¿Te has vuelto completamente loca? Ese hombre no tiene nada que ofrecerte. Un pobre empleaducho, con una familia que mantener. No te he criado como una buena cristiana para que te entregues a una relación como ésa.

—Lo he pensado bien —dijo Nancy, mirando a la señorita Lawton a los ojos.

—Tu señor Jayaweera es ahora un desempleado que ha tenido problemas con la ley. ¿También has pensado en eso?

Nancy se sentó.

—Entiendo cómo debe sentirse. Pero, por favor, prométame que intentará entender mis sentimientos.

—No me pidas que apruebe una relación que terminará por hacerte desdichada. No puedo hacer eso. —La señorita Lawton se acomodó el cuello del vestido—. Te ruego que no vuelvas a verlo.

Se hizo un silencio tenso entre ambas. Se oía al coro del colegio ensayando; las voces llegaban desde el bloque de aulas de secundaria. Sintiéndose incómoda, Annalukshmi se excusó rápidamente y salió de la habitación.

Se quedó en el cuadrilátero un momento. Se había levantado un viento que hacía revolotear hojas y papeles a su alrededor. El cielo se había encapotado como a jirones. Aquél era, como habían anunciado los periódicos, el viento que anunciaba el monzón. En la distancia se oía el mar, tormentoso ahora, con olas que rompían con violencia sobre las rocas. Muy despacio, comenzó a dirigirse, atravesando el cuadrilátero desierto, hacia su aula. Mientras lo hacía, una lata arrastrada por el viento avanzaba a saltos delante de ella, como abriéndole paso.

22

*Una incursión imprudente sólo sirve
para dejarle el campo libre al enemigo.*
TIRUKKURAL, verso 465

El monzón, que había sido recibido con tanto alivio a su llegada, a principios de junio, porque se llevaba el calor, para julio ya se había excedido. Los residentes de Colombo encontraban bochornoso que sus días estuvieran gobernados por fuertes lluvias que se materializaban casi sin avisar. Porque, cuando lo hacían, había que interrumpir todo hasta que la tormenta amainara. Peatones y pasajeros de rickshaws corrían a guarecerse precariamente bajo el árbol o el edificio más cercanos. Allí quedaban aislados, temblando, con la ropa empapada, durante cinco minutos o una hora, y era inútil intentar desafiar a la lluvia con paraguas, que pronto se iban volando con el viento, destrozados. Tampoco los que tenían el privilegio de ir en coche corrían mejor suerte. En pocos minutos, una calle podía quedar inundada, lo que les obligaba a abandonar sus automóviles y correr, también ellos, en busca de cobijo.

El interior de las casas tampoco era inviolable. Como un ladrón, la humedad del monzón se había deslizado lentamente hasta introducirse en Lotus Cottage. Sus ocupantes encontraban continuamente vestigios de ella en sus pertenencias. Louisa abría el cajón de las especias y se encontraba con que el polvo de curry se había apelmazado en terrones inútiles que apestaban a tierra mojada. Annalukshmi, por más que trataba de proteger su pequeña biblioteca, envolviendo los libros con trapos y guardándolos en su armario, invariablemente, descubría las esquinas de las páginas dobladas hacia arriba; los libros, combados por el centro. Los porches, en los que se desarrollaba buena parte de sus vidas, estaban ahora casi siempre desbordados. Se veían obligadas a pasar todo el tiempo dentro de la casa, y como el cielo, permanentemente encapotado, daba un aire lúgubre al salón, había que tener las lámparas siempre encendidas. Era inevitable que, en esa situación de encierro, los hábitos de una llegaran a irritar a otra. *Como gustéis* había quedado en segundo lugar en el concurso interescolar de dramas de Shakespeare. Con las tardes otra vez libres, Annalukshmi se dio cuenta de que el tiempo y su familia le eran una pesada carga. Había momentos en que tenía muchas ganas de gritar a Kumudini, cuyo vientre ya estaba enorme, porque no hacía más que quejarse de la lluvia o le pedía, con tono quejumbroso, que le alcanzara cosas. Manohari se había adueñado de la mesa del comedor, donde dejaba sus deberes mucho después de haberlos terminado. Para provocar a su hermana mayor, de vez en cuando levantaba la mirada de su tarea y, con voz trémula y aguda, declamaba un verso de *Como gustéis*.

Nancy estaba ocupada con sus asuntos y Annalukshmi casi no la veía. No sin cierta dificultad, el señor Jayaweera había conseguido un empleo, muy mal pagado, como oficinista en una pequeña compañía comercial. Si bien en apariencia Nancy y la señorita Lawton parecían seguir como siempre, Annalukshmi se percataba de que la directora estaba tensa. Nancy le había confiado que sus visitas al señor Jayaweera eran un constante motivo de discusiones entre ellas. Debido a ese lamentable estado de cosas, Annalukshmi y la directora se habían distanciado.

Annalukshmi sentía una irritante necesidad de algo, de alguna señal que le indicara que su vida no se reducía a una repetición invariable de las mismas cosas. Fue con ese estado de ánimo que, un sábado por la mañana, mandó a Ramu, el jardinero, al final del sendero, a conseguirle un rickshaw. Iría a ver a su tía Sonia, fuente inagotable de nuevas ideas y de una conversación inteligente.

Cuando llegó a Sevena, el criado la hizo pasar y le explicó que sus tíos no estaban en casa, pero que Balendran regresaría pronto. Annalukshmi fue al despacho y comenzó a ojear los libros de las estanterías mientras esperaba su regreso.

Se había subido a la escalera para mirar los libros del estante superior, cuando se abrió la puerta principal y oyó entrar a alguien. Un hombre de voz desconocida hablaba con el criado. Un instante después, un joven apareció en el umbral del despacho. Como estaba en el último peldaño de la escalera, Annalukshmi se apretó el sari alrededor de las piernas.

Él hizo una inclinación de cabeza, formal.

—Buenos días —la saludó, sin sorprenderse de verla allí.

Ella asintió a modo de respuesta y empezó a bajar de la escalera, preguntándose quién era ese desconocido que había entrado con tanta naturalidad en el despacho de su tío. Cuando llegó abajo, se quedó allí, de pie, sin saber qué hacer.

—Soy el doctor Govind —se presentó él—. Un amigo del señor Balendran, de visita desde la India.

Annalukshmi lo miró, intimidada por sus modales formales y por su acento inglés. Llevaba un traje de dril impecablemente planchado. Todo, desde los cabellos cuidadosamente peinados hacia atrás con brillantina hasta los zapatos lustrosos, era impecable. Aunque parecía tener poco más de veinte años, se sintió como en presencia de un hombre mucho mayor, alguien como su tío abuelo, el mudaliyar.

Un silencio incómodo los envolvió. Le tocaba a ella decir algo.

—Me llamo Annalukshmi. Soy una de las hijas de la prima del señor Balendran.

—Es un placer conocerla.

Le tendió la mano y ella se la estrechó, vacilante.

Él señaló el libro que ella tenía en la mano.

—Ah, veo que le gusta la lectura. A mí también. Es uno de mis mayores placeres. —Trató de leer el título—. ¿Puedo preguntarle qué está leyendo?

Ella le tendió el libro, un tratado sobre la filosofía hinduista, algo sobre lo cual ella no había leído nada antes.

—¿Le interesa el tema? —preguntó él, sorprendido.

—Yo... Ya he leído casi todas las novelas que hay aquí, y buscaba algo nuevo.

—Ah, pues permítame que despierte su interés por una novela que acabo de leer. Se llama *Pasaje a la India*.

Annalukshmi asintió para indicar que, por supuesto, ya había oído hablar de ese libro.

—¿Lo ha leído?

Ella negó con la cabeza.

—Pues debe permitirme que se lo preste. —Sin esperar su respuesta, se dio media vuelta rápidamente y salió del despacho.

Annalukshmi se quedó un poco perpleja.

En ese momento, la puerta principal volvió a abrirse y, para su alivio, oyó a su tío que hablaba al criado. Annalukshmi fue al vestíbulo a recibirlo justo cuando el señor Govind salía de la habitación de invitados con un libro en la mano.

Balendran, que estaba entregando un paquete al criado, los miró, sorprendido.

—Bala *Maama*, venía a ver a Sonia *Maamee* —explicó Annalukshmi.

Entonces, el doctor Govind dijo:

—Había ido a buscar un libro para la señorita Annalukshmi.

Balendran miró primero al uno y luego a la otra, tratando de adivinar qué había pasado entre ellos, si su sobrina sabía que aquel joven no era otro que su sobrino. De la expresión tranquila en la cara de Annalukshmi dedujo que Seelan no le había revelado su identidad y que era mejor que él tampoco dijera nada por el momento.

Seelan tendió el libro a Annalukshmi y ella miró a su tío.

—El doctor Govind quiere prestarme una novela que me recomienda —dijo, sin saber si aceptar algo de alguien a quien acababa de conocer.

Balendran se había vuelto de espaldas para colgar el sombrero, que se le cayó, debido a la sorpresa. Miró a su sobrino mientras se agachaba para recogerlo.

—¿Puedo aceptarla, Bala *Maama*?

—Sí, claro, no veo por qué no.

Annalukshmi sonrió al doctor Govind para expresar su agradecimiento por el libro y lo cogió. Él le hizo una inclinación de cabeza, y ella no pudo evitar pensar en lo extraño que era, tan formal.

. . .

Cuando Annalukshmi dijo que se iba, Balendran no insistió en que se quedara a comer, como habría hecho normalmente.

Tras acompañarla hasta la verja de la entrada, volvió hacia la casa caminando despacio por el sendero, perdido en sus pensamientos. Govind. El nombre le resultaba familiar. Entonces recordó que era el nombre del gerente de banca que le entregaba la asignación mensual a Arul. Entendió por qué Seelan había estado reticente a revelar su identidad. Probablemente, la llegada de Annalukshmi lo había cogido por sorpresa y, para ahorrarse el embarazoso asombro de la chica si le decía quién era, le había mentido. Balendran se dijo que sólo él tenía la culpa. Seelan ya llevaba dos días en Colombo y él no se había molestado todavía en anunciar la presencia de su sobrino. Esperaba el momento oportuno para hacerlo. Sabía que, para su madre, el momento en que viera por primera vez al hijo de Arul sería muy importante.

Encontró a su sobrino en el salón, con cara de preocupación.

—Seelan —comenzó a decirle, pero éste levantó una mano.

—Ya sé lo que piensas, Bala *Maama*, pero no podía decirle quién soy. Así que le dije el primer nombre que me vino a la cabeza.

—Lo entiendo. Se lo diré yo mismo, si eso lo hace más fácil.

—Prefiero seguir siendo el doctor Govind por el momento, si no te molesta.

Balendran lo miró con asombro. Entonces sintió una oleada de cariño hacia su sobrino. Le apoyó una mano en el hombro.

—Seelan, no hay necesidad de mantener esta farsa. Para mí será un orgullo presentarte como mi sobrino.

—Entonces, nadie querrá saber nada de mí.

—No, Seelan. Lo pasado, pasado.

Seelan se miró las manos, ceñudo.

—Sobrestimas a las personas.

Balendran miró a su sobrino, sin saber bien qué decir o qué hacer, pero esperando que fuera sólo cuestión de tiempo hasta que Seelan viera las cosas bajo una luz diferente. Entretanto, respetaría sus deseos y retrasaría su presentación a la familia.

Pero las palabras de Seelan lo entristecieron.

• • •

Al atardecer del día siguiente, Annalukshmi acompañó a Kumudini en el paseo que el médico le había recomendado que hiciera todos los días, ahora que entraba en un estadio más avanzado de la gestación. En los dos meses que su hermana llevaba de vuelta en Colombo, Annalukshmi se había percatado de que los caprichos de ésta parecían haber desaparecido.

Volvían a Lotus Cottage por Horton Place cuando vieron a un chico de pie ante las verjas de Brighton, mirando hacia dentro. Annalukshmi contuvo el aliento, pues de inmediato reconoció al doctor Govind.

—¿Quién es, *akka*? —preguntó Kumudini.

Antes de que pudiera responder, el doctor Govind las vio. Una expresión afligida le cruzó la cara. Se apresuró a quitarse el sombrero.

—Señorita Annalukshmi —dijo, con una inclinación de cabeza.

—Doctor Govind —respondió ella, haciendo una reverencia.

Kumudini la miraba inquisitiva, y ella se lo presentó como un amigo de su tío.

Ambos se saludaron con una inclinación de cabeza.

—¿Y bien? ¿Cómo va ese libro? —preguntó él, ansioso—. ¿Le está gustando?

—Oh, sí, mucho —respondió Annalukshmi, aunque no lo había empezado todavía, pues prefería leer primero el libro sobre hinduismo que se había llevado del despacho de su tío.

—Por lo general, no me gustan las novelas cuya acción está situada en la India. Pero, como ésta es de un escritor inglés tan conocido, pensé que valía la pena intentarlo. —Mientras hablaba, tenía cuidado de incluir a Kumudini en sus miradas. Advirtió que lo miraba intrigada y agregó—: Tuve la fortuna de conocer a su hermana en la casa del señor Balendran y le recomendé un libro.

Kumudini miró a Annalukshmi sin ocultar su sorpresa.

En medio de sus cavilaciones, Annalukshmi se había olvidado de mencionar aquel encuentro en casa de su tío. Pero ahora, bajo la mirada de Kumudini, se sintió incómoda, como si hubiera estado ocultando algo. Miró a su hermana, que la contemplaba con una mirada evaluadora.

Seelan sacó el pañuelo y se enjugó la frente.

—Qué calor hace, ¿verdad?

—Nosotras vivimos aquí mismo —dijo Kumudini, señalando el sendero que llevaba a Lotus Cottage—. ¿Le apetecería venir a nuestra casa a tomar algo?

—Me encantaría.

Kumudini comenzó a andar con él y Annalukshmi los siguió, sorprendida por cómo su hermana había asumido el control de la situación.

Mientras tanto, Kumudini interrogaba al doctor Govind sobre su persona.

—¿Es usted inglés? —preguntó, con fingida inocencia, pues había reparado en su acento.

—No, señora —respondió él—, aunque he pasado muy buenos años en Inglaterra. Estudiando Medicina —agregó, y miró rápidamente a Kumudini. Quedó apropiadamente gratificado por la mirada de admiración que le devolvió la mujer.

—Siempre he querido viajar a Gran Bretaña —dijo Kumudini.

—Debe hacerlo, señora. La madre patria es ineludible.

Comenzó a hablarle de Londres, y Kumudini escuchó lo que decía con simulado arrobamiento.

Ya habían llegado al portillo y él, galante, lo sostuvo abierto para ellas. Cuando Annalukshmi pasó por su lado, él le sonrió.

Louisa había ido a una reunión de damas auxiliares en la iglesia y Manohari estaba sola en el porche, haciendo sus deberes. Dejó caer el lápiz, atónita, cuando vio al chico que acompañaba a sus hermanas.

—*Chutta* —dijo Kumudini, mientras subía los escalones—, te presento al doctor Govind, un amigo de Bala *Maama*.

Ella hizo una reverencia y miró intrigada a sus hermanas.

—Por favor, siéntese —dijo Kumudini—. ¿Le apetece beber algo?

—Un vaso de agua, por favor.

Kumudini fue a pedir a Letchumi que trajera el agua y volvió al porche. Un silencio incómodo se hizo entre ellos. Annalukshmi estaba de pie, apoyada en un poste, y Manohari simulaba estar muy atareada con sus deberes. Sin hermanos, no tenían costumbre de estar en presencia de un joven en la casa; no sabían qué decirle, cómo tratarlo.

—Cuéntenos más cosas sobre Londres —atinó a decir Kumudini, desesperada.

—Ah, sí, Londres —comenzó él, alegrándose por la ayuda.

En medio de su descripción de la gran cúpula de la catedral de San Pablo, Letchumi trajo el vaso de agua. Él lo cogió con una inclinación de cabeza y lo bebió. Se hizo otro silencio. Pasados unos segundos, se puso de pie.

—Creo que ya les he robado demasiado tiempo.

—Oh, no, de ninguna manera —repuso Kumudini, aunque estaba aliviada.

Él se llevó dos dedos al ala del sombrero y se marchó.

Apenas se hubo cerrado el portillo a sus espaldas, Kumudini se volvió hacia Manohari.

—Qué, *Chutta*, ¿no es perfecto para *akka*? Médico. Licenciado en Londres y todo.

—Por el amor de Dios, Kumu —exclamó Annalukshmi, entendiendo por fin qué había detrás de tanta hospitalidad.

—Vamos, *akka*, no seas ciega. ¿Qué te piensas que estaba haciendo en la entrada de Brighton? Dijo que hacía tanto calor para que lo invitáramos y así poder volver a visitarte.

—Vaya una locura. Apenas me conoce. Sólo intercambiamos unas palabras ayer.

—¿Qué más se necesita, sino unas pocas palabras?

Annalukshmi negó con la cabeza. Su hermana comenzaba a irritarla.

—*Chutta*, ¿tú qué piensas? —preguntó Kumudini, apelando a su hermana menor.

—Creo que ya os he robado demasiado tiempo —dijo Manohari, imitando a la perfección los modales excesivamente formales de Seelan y su acento inglés.

A Kumudini no le pareció gracioso.

—Tonterías. Es un hombre muy gentil y refinado. Y habla de un modo precioso, además.

—Oh, sí, Londres —continuó diciendo Manohari, imitando aquel «precioso» modo de hablar—. ¿Os he contado que tomé el té con el rey? Sencillamente maravilloso. Pastelitos y crema de Devonshire.

Kumudini apuntó con el índice a su hermana mayor.

—Recuerda lo que te digo, *akka*. Está interesado en ti.

Tras pronunciar esas palabras, Kumudini entró en la casa.

Annalukshmi negó con la cabeza. Su experiencia con Chandran Macintosh le había enseñado lo prudente que era no interpretar hechos sencillos o simples coincidencias de una manera equivocada. Podía haber mil razones para que el doctor Govind estuviera frente a Brighton. Como era amigo de su tío, probablemente conociera también al mudaliyar y hubiera ido a visitarlo. Era ridículo suponer que había estado de pie ante las verjas de Brighton con la esperanza de que ella pasara por allí.

Dos chicas, casadas o no, conversando con un desconocido en Horton Place no era algo que pudiera pasar inadvertido o escapar a la rumorología.

Pillai, que supervisaba la limpieza del sendero para coches, había observado el encuentro. Transmitió a su esposa, Rajini, hecho tan desacostumbrado, y ella se lo contó a Nalamma. Esa misma tarde, Nalamma envió a Rajini a Lotus Cottage, con el pretexto de pedir clavo, para que sonsacara a Letchumi más detalles de aquel joven. La criada de los Kandiah, aunque en modo alguno dominaba el inglés, pudo decirle a Rajini que era un médico de la India de nombre Govind.

Esa noche, durante la cena, Nalamma miró a su esposo hasta que atrajo su atención. Entonces le preguntó:

—¿Cuál es el nombre del gerente de banca de la India, el que se ocupaba de los pagos a nuestro hijo?

El mudaliyar la miró sorprendido.

—Govind —respondió, al cabo de un instante.

Ella asintió y continuó comiendo.

—¿Por qué?

Nalamma se encogió de hombros.

—Pensaba, nada más.

23

*¿De qué sirve la apariencia
si carece de amor, el sentido interior?*

TIRUKKURAL, verso 79

A la mañana siguiente, Balendran estaba en su despacho cuando sonó el timbre de la puerta. Oyó a Sonia ir a abrir y, enseguida, la voz de su madre. Rápidos pasos se acercaron a su despacho. Nalamma entró sin llamar, seguida de su nuera. Él se puso de pie.

—Siempre he pensado que eras incapaz de engañarme —dijo su madre, dejándose caer en la silla que había frente al escritorio. Sacó un pañuelo y se enjugó las lágrimas—. *Aiyo*, qué cosa más terrible.

Balendran la miró, atónito.

—Me refiero a tu doctor Govind —añadió, irritada porque él se estaba haciendo el inocente.

Balendran se sentó despacio en su silla.

—Bala, ¿qué pasa? —preguntó su esposa.

Él le hizo un gesto con la mano para que guardara silencio.

—Lo sabes —le dijo a su madre.

Nalamma le explicó que Seelan, haciéndose pasar por el doctor Govind, había sido visto el día anterior en Horton Place, frente a Brighton. Había estado hablando con Annalukshmi y Kumudini, quienes lo habían invitado a Lotus Cottage.

Cuando hubo terminado de hablar, Sonia le preguntó a su esposo qué había dicho su suegra, porque no había podido seguir su rápido tamil. Balendran repitió la historia en inglés. Sonia lanzó una exclamación de asombro.

—¿Dónde está? ¿Dónde se aloja? —preguntó Nalamma.

Balendran miró a su madre, que, nerviosa, retorcía un pañuelo entre los dedos.

—Aquí.

Nalamma se puso de pie rápidamente.

—¿En esta casa? ¿Está aquí, ahora?

—No, *Amma*, ha ido al Fort. A conocer un poco la ciudad.

Nalamma guardó silencio, jugando con el cierre de su bolso.

—¿Cómo has podido no decírmelo?

Balendran rodeó el escritorio y se quedó de pie ante ella.

—Perdóname. No quería que te enteraras así —se disculpó—. Quería darle a Seelan un poco de tiempo para que se situara. Si quieres esperar para verlo, no tardará mucho en llegar.

Por un instante, Nalamma guardó silencio, pero luego anunció:

—Iré al jardín con Sonia. Puedes avisarme cuando llegue mi nieto.

Nalamma fue hacia la puerta pero se detuvo, se volvió y le dijo a su hijo:

—Entiende que, por el momento, debemos mantener esto entre nosotros. Tenemos que considerar cuidadosamente la mejor manera de contarle a tu padre que su nieto está en Colombo.

Cuando se quedó solo, Balendran fue hasta la ventana, perdido en sus pensamientos. De manera que el poder de su padre había logrado atraer a su sobrino hacia él incluso antes de que se hubieran conocido.

Seelan llegó más tarde de lo esperado. Nalamma y Sonia habían vuelto a entrar en la casa, y estaban todos sentados en el salón, en medio de un impaciente silencio, cuando oyeron abrirse la verja. Balendran se levantó y fue a recibir a su sobrino. Quería prepararlo para el encuentro con su abuela.

Seelan iba por el sendero de entrada hacia la casa, cuando Balendran le hizo señas para que se detuviera. El joven se quitó el sombrero y la inquietud se dibujó en su cara al ver el semblante serio de su tío.

—Seelan —le dijo Balendran al llegar a su lado—, hay algo que debes saber. —Entonces le habló de la presencia de Nalamma en la casa y le explicó cómo se había enterado su abuela de que él estaba en Colombo.

Al principio, Seelan se sintió aturdido, pero pronto su tío lo tranquilizó, asegurándole que su abuela tenía muchos deseos de conocerlo, que había esperado mucho tiempo para poder hacerlo. Pero eso no era suficiente para aplacar los nervios del joven. Mientras recorrían el sendero hacia la casa, se mesó los cabellos y se ajustó el nudo de la corbata.

Cuando entraron en el salón, Nalamma y Sonia se pusieron de pie. Por un momento, todos permanecieron inmóviles, en silencio.

Entonces Balendran se volvió a su sobrino.

—Seelan —dijo en tamil—, ésta es tu *Parti*. —Se volvió a su madre—. *Amma*, éste es el hijo de Arul.

Seelan se adelantó y tendió la mano a su abuela.

—Mucho gusto —dijo, formalmente, en inglés.

Nalamma cogió sus manos entre las suyas y se quedó mirándolo un largo rato.

—Tienes la cara de tu padre —dijo, con voz queda—. Yo no pude ir a verlo antes de... pero me alegro de verlo vivo en ti. —Le puso algo en la mano. Eran veinte rupias.

—Oh, no —protestó Seelan en tamil—. Es demasiado. No puedo aceptarlo.

Ella negó con la cabeza.

—Tienes que obedecer. No puedes imaginarte la alegría que me da esto. Has hecho que se cumpla uno de los pocos deseos que me quedaban en este mundo. Te lo agradezco.

Él asintió, entendiendo lo que ella quería decir, pero sin poder decir nada, porque la emoción lo embargaba.

Esa noche, durante la cena, después de que sirvieran el postre, Balendran se reclinó en la silla y miró a su sobrino.

—Estoy seguro de que comprenderás, Seelan, que las cosas son algo complicadas. Es importante para tu abuela que elijamos cuidadosamente el momento para hablarle a tu abuelo de ti. Mientras tanto, ten cuidado de dónde te dejas ver. Estoy seguro de que lo entiendes.

—Sí, *Maama*.

—Pues bien, cuéntame tu visita a Lotus Cottage.

—Fue muy agradable. La hermana casada parecía interesada en Londres, y para mí fue un placer contarle algunas de mis experiencias de allí.

—Eso está bien —dijo Balendran.

—Fue especialmente agradable volver a ver a la señorita Annalukshmi. Me dejó muy impresionado en nuestro primer encuentro.

Balendran miró sorprendido a su sobrino. Obviamente, aquella breve conversación con Annalukshmi en su despacho había despertado en él un gran interés por ella. Recordó que Seelan le había dejado a su sobrina un libro, y ahora consideró ese gesto desde otra perspectiva. Trató de recordar la reacción de su sobrina pero, excepto por su incomodidad y su ruego para que él le diera permiso para aceptar el préstamo, no recordaba ningún interés en especial por su parte. Le había parecido perfectamente normal.

Sonia se inclinó hacia delante en la silla.

—Seelan. ¿Te gusta nuestra sobrina?

Después de un momento, el muchacho asintió.

—Pero, en ese caso, debes decirle quién eres en realidad.

—Sí —terció Balendran—. Piensa en lo que te he dicho antes. ¿De verdad crees que te rechazaría?

—¿Por qué no iba a hacerlo? Si yo tuviera una hija, no querría que se relacionara con un hombre de una casta inferior.

Sonia y Balendran miraron a su sobrino, atónitos.

—Seelan —dijo Sonia, al cabo de un momento—, estoy segura de que hablo también por tu tío si te digo que a nosotros nos será muy difícil tolerar ese engaño.

Él apartó la mirada.

—Cuando me conozca, cuando llegue a gustarle tanto como me gusta ella, entonces se lo diré.

Sonia se reclinó en la silla. Miró a Balendran y negó con la cabeza casi imperceptiblemente.

Seelan se retiró temprano. Sonia y Balendran se quedaron sentados en el salón, en silencio. Al cabo de un rato, ella se volvió a su esposo.

—Tu sobrino, ¿qué sabemos en realidad de él? —le preguntó.

—Es un hombre decente, Sonia —respondió Balendran—. Durante mi estancia en la India, me quedó bien claro que era un hijo cariñoso y devoto. No ha de ser fácil para él, ahora, ser completamente responsable del bienestar de su madre. Sin embargo, lleva su carga sin una queja.

—Aun así, me preocupa. Por Annalukshmi. Espero que sus intenciones sean honorables.

En su paseo del día anterior, Seelan había descubierto que Cargills tenía una buena librería y, al día siguiente, volvió allí.

La librería estaba en un rincón de la tienda, cerrada por tres lados por estanterías con libros, y una abertura entre dos de ellas era la entrada.

Seelan se dirigía a la sección de literatura cuando se paró en seco, sorprendido. Annalukshmi estaba de pie junto a una de las estanterías, leyendo. Se ajustó el nudo de la corbata y fue hacia ella.

Al oír pasos que se acercaban, Annalukshmi levantó la mirada.

—Doctor Govind —dijo, sorprendida. Había hablado demasiado alto, de modo que otras personas se volvieron para mirarla.

Seelan sonrió.

—Buenos días, señorita Annalukshmi. ¿Cómo está usted?

—Muy bien, doctor Govind.

Ambos guardaron silencio, sin saber qué decirse. Ella le mostró un ejemplar de *Mansfield Park*, de Jane Austen.

—¿Conoce este libro?

—Ah, la querida Jane Austen. Una de mis escritoras favoritas. —Cogió del estante otro ejemplar del mismo libro y se puso a hojearlo.

En ese momento apareció Manohari con su paquete. Al ver al doctor Govind se quedó parada.

—Buenos días —la saludó él, con una inclinación de cabeza.

Manohari respondió con una reverencia.

—¿Ya te has decidido, *akka*?

—No estoy segura.

—El coche debe de estar esperando. Ya sabes cómo se impacienta si no estamos allí cuando llega.

Seelan se aclaró la garganta.

—Si me permite, quisiera regalárselo, señorita Annalukshmi.

Annalukshmi y Manohari no salían de su asombro.

—Oh, no, doctor Govind, por favor.

Con rapidez, Annalukshmi devolvió el ejemplar del libro que tenía en las manos al estante. Le hizo una seña a Manohari. Las dos hicieron una reverencia y se volvieron para marcharse.

Seelan le puso la mano en el brazo a Annalukshmi.

—Por favor —suplicó.

Ella contuvo el aliento, se volvió hacia él y apartó el brazo, como si el roce de su mano la hubiera quemado. Las dos hermanas lo miraron, sin saber qué pensar de su indiscreción, demasiado aturdidas para ofenderse siquiera.

Seelan se ruborizó por completo y perdió la compostura. Había actuado de manera impropia. Bajó la cabeza y, al momento, volvió a levantar la mirada. Le centelleaban los ojos, húmedos, casi llorosos, suplicantes.

—Por favor —imploró, casi en un susurro.

Ellas no dijeron nada y él, tomando su silencio como una aceptación, corrió hacia el mostrador.

Manohari enarcó una ceja y miró a su hermana, como sugiriendo que ella se lo había buscado.

Annalukshmi entornó los ojos y se volvió.

Seelan regresó casi enseguida con el libro envuelto en papel de estraza. Se lo dio a Annalukshmi, que lo aceptó a regañadientes con un «gracias» apenas audible. Entonces, ella y Manohari salieron apresuradamente de la librería.

El soportal que corría a lo largo de la fachada de Cargills estaba atiborrado de clientes. Los vendedores callejeros habían dispuesto sus mercancías sobre alfombras, en la acera, y voceaban para atraer a los peatones. Olía a alcanfor y a incienso.

—Cómo eres —protestó Manohari mientras se abrían paso entre la multitud.

—Tonterías. Yo no he hecho nada. —Miró el paquete que llevaba en la mano. La incomodidad por haber aceptado un regalo del doctor Govind comenzaba a desaparecer, reemplazada por el entusiasmo ante su gesto.

—Ahí está —exclamó Manohari.

Annalukshmi miró en la dirección en que señalaba su hermana y vio el coche del mudaliyar.

—¿Ves? *Peri-Appa* ya está ahí. No va a invitarnos a venir con él nunca más.

Comenzaron a dirigirse a paso vivo hacia el Delahaye verde grisáceo.

—Tienes que sentarte detrás con él —dijo Manohari—. No voy a dejar que me regañe por algo que has hecho tú.

Se puso a correr, adelantándose a su hermana, y subió al asiento delantero. Annalukshmi no tuvo más remedio que sentarse detrás, con su tío abuelo. Lo miró a la cara. Era obvio que estaba molesto.

—Perdona, *Peri-Appa* —se disculpó ella—. Me he retrasado eligiendo un libro.

El mudaliyar no respondió. Hizo una seña al conductor para que arrancara. Permanecieron en un incómodo silencio. Él dirigió la mirada al paquete que ella había dejado entre los dos, casi como una barricada.

—No hay que gastar dinero en frivolidades, *thangachi* —dijo.

Annalukshmi bajó la cabeza. Su tío abuelo no aprobaba su afición a la lectura porque, como él decía: «Le pone demasiadas ideas en la cabeza a una jovencita.»

Él inclinó la cabeza hacia el paquete.

—En fin, ábrelo, ábrelo. Veamos qué baratija has comprado esta vez.

Ella rasgó el papel de estraza y le alargó el libro. Cuando vio la encuadernación, el mudaliyar abrió los ojos del asombro, considerando la extravagancia de la muchacha. Abrió el libro, miró la primera página, frunció el entrecejo, lo cerró bruscamente y se lo devolvió. Ella lo miró expectante, pero él miraba por la ventanilla.

Por supuesto, Kumudini fue informada del encuentro con el doctor Govind apenas sus dos hermanas llegaron a casa. Abrió los ojos como platos, pero de entusiasmo, cuando Manohari, disfrutando ahora de la expectación creada, describió cómo él había cogido a Annalukshmi del brazo, con una mirada casi llorosa en los ojos.

—Enséñame el libro, *akka* —exclamó Kumudini—. Ábrelo, ábrelo.

Annalukshmi quitó al libro el resto del papel con el que estaba envuelto. Kumudini lanzó una exclamación al ver la encuadernación en rústica, como si fuera una prueba más del interés del doctor Govind en su hermana, que, al abrir el libro, contuvo el aliento al ver que le había escrito una dedicatoria. La leyó incrédula:

Que la dicha de leer fortalezca el aprecio que nos tenemos.
Dr. Govind

Sus hermanas se habían apretujado detrás de ella y también la leyeron.

—¡El aprecio que nos tenemos! —exclamó Kumudini, encantada.

—Lo que ha querido decir es: «Fortalezca nuestro amor» —dijo Manohari.

—Ay, *akka*, me alegro tanto por ti...

Kumudini abrazó a su hermana mayor como si el doctor Govind se le hubiera declarado.

Annalukshmi siguió mirando la dedicatoria, que, se dio cuenta de repente, el mudaliyar había tenido que ver. Después de todo, Kumudini tenía razón. Cuando se encontraron con el doctor Govind frente a Brighton, él debía estar esperando una ocasión para verla. Annalukshmi sintió que la recorría una oleada de placer. No había manera de malinterpretar la mirada de sus ojos cuando le había tocado el brazo. En ese momento, sus modales formales habían desaparecido y ella había alcanzado a ver la persona que podía ser realmente. Ruborizado, con los ojos centelleantes, estaba guapo.

El mudaliyar creyó que le iba a explotar la cabeza por lo que había descubierto. ¡Su nieto estaba en Colombo! Apenas leyó el nombre en el libro, recordó la pregunta de su esposa, durante la cena, dos noches atrás. Además, estaba su ausencia durante el almuerzo el día anterior, algo que, por sí mismo, habría bastado para que él advirtiera que pasaba algo raro. Pero había estado tan preocupado por los negocios de la familia, que no iban bien con el administrador actual, que no le había prestado atención. Había preguntado a Pillai dónde estaba su esposa y éste le había dicho que había ido a visitar a su hijo. Todo encajaba. ¡Su hijo había traído a su nieto a Ceilán! ¿Qué esperaba conseguir con eso? Balendran no podía suponer que él recibiría al joven en su casa. No podía pensar que él reconocería a ese nieto y se expondría así otra vez al escándalo.

Pensó en la vergüenza y el embarazo cuando Arul se había ido a la India con Pakkiam. Recordó la primera vez que se había levantado para hablar en el Consejo Legislativo, después de que todo el asunto se hiciera público. Se había oído un coro de risitas entre sus opositores. Él estaba acostumbrado a la oposición, incluso le gustaba el desafío de un buen debate, el intercambio de réplicas. Pero eso había sido diferente. Se había sentido completamente impotente, como si él mismo hubiera cometido un delito.

Fue presa de la ira. ¿Qué se pensaba su hijo? ¿Quería sumirlo en el escándalo en la vejez, cuando ya no le quedaban fuerzas para soportarlo? Un nudo de dolor comenzó a formársele en el pecho. Apoyó la cabeza contra el respaldo del asiento del coche y respiró hondo.

Cuando el Delahaye se detuvo en Brighton, Pillai bajó los escalones corriendo para abrirle la puerta. Él se apeó y su mayordomo le hizo una respetuosa reverencia.

Al entrar en el vestíbulo, encontró a su esposa esperándolo.

Pillai había entrado con los paquetes. Al mirarlo, el mudaliyar estuvo seguro de que él también sabía lo de su nieto.

—¿Hago servir el almuerzo? —preguntó Nalamma.

Él miró a su esposa como si no la hubiera oído.

—Si prefieres comer más tarde, no hay problema.

—Dentro de una hora —dijo él y se dirigió a la escalera—. Quiero recostarme un rato.

Por lo general, caminaba sin ayuda, pero ese día se sintió cansado y se apoyó en el pasamanos para subir. Al llegar al descansillo, se volvió y vio a su esposa y a su mayordomo observándolo. Las dos personas en las que más confiaba, con cuya absoluta obediencia y lealtad creía poder contar, lo habían traicionado.

• • •

Desde la cama, el mudaliyar alcanzaba a ver, por encima de las copas de los árboles, el jardín delantero de Lotus Cottage. Recordó la dedicatoria del libro. «Que la dicha de leer fortalezca el afecto que nos tenemos.»

Se incorporó en la cama. Ese chico estaba cortejando a su sobrina nieta y ella, evidentemente, correspondía a sus sentimientos, porque había aceptado el libro. La razón de que las chicas se hubieran retrasado esa mañana era la cita con ese joven. Una cita secreta, obviamente; de lo contrario, él habría ido a Lotus Cottage como cualquier otro pretendiente decente. Era evidente que Louisa no sabía nada.

Comenzó a hacerse una idea de cómo era su nieto. El resultado no era agradable: engaño, ambición, astucia, jactancia, pereza. El deseo de prosperar a cualquier precio, a expensas de cualquiera. El joven se las había arreglado para encontrarse ese día, en secreto, con su sobrina. Era un seductor de la peor especie.

Tocó el timbre y esperó a que Pillai acudiera. Su primera tarea era subyugar a su mayordomo, hacerle cobrar conciencia de su precaria situación en la casa, dejarle bien claro que si él, el mudaliyar, así lo decidía, podía dejarlo en la miseria. La amenaza le aseguraría que Pillai fuera sus ojos y oídos leales en los días siguientes.

24

La ira es el fuego que mata lo cercano y lo lejano,
devorando a la vez a los parientes y el barco de la vida.

TIRUKKURAL, verso 306

El martes, Louisa tenía una reunión de damas auxiliares en la iglesia. Kumudini, decidida a facilitar el desarrollo de la relación entre Annalukshmi y el doctor Govind, sabiendo que no podía contar con demasiada colaboración por parte de su hermana mayor, cogió el toro por los cuernos y decidió invitar al doctor Govind a tomar el té en ausencia de su madre. Ésta, que jamás había llegado a enterarse de la primera visita, probablemente no hubiese aprobado sus actividades de celestina, ni el hecho de que recibieran a un hombre sin estar ella en casa. Por otra parte, Kumudini sabía que podía contar con el silencio de la servidumbre. Formuló la invitación con cuidado, pues consideraba que el doctor Govind era tímido, como un potrillo sin domar, capaz de salir corriendo si una se le acercaba demasiado rápido. Envió a Ramu a la casa de su tío con una nota. Ramu volvió una hora después con la respuesta de que «el *aiyah* de la India aceptaba encantado». Kumudini y Letchumi se dispusieron entonces a planear el té.

Cuando su hermana le explicó que el doctor Govind iría a tomar el té, Annalukshmi la reprendió por no haberla consultado antes, pero al instante sintió una mezcla de pánico y júbilo. Desde su encuentro en la librería Cargills, no hacía otra cosa que pensar en él. Aunque apenas lo conocía, había dado rienda suelta a su imaginación. Al pensar en lo guapo que era, se le llenaba la cabeza de palabras ardientes; la calidez de su mano en su brazo se transformaba en su mente en el tierno apremio con el que él le daría placer. A excepción de su tío Balendran, no conocía a otro hombre que leyera más que el periódico. Opinaba que aquellos que realmente apreciaban la literatura eran considerados, refinados... almas sensibles como ella. Eran personas que miraban la vida y veían la poesía que hay en ella. La convicción de que el doctor Govind era de ésos lo colocó muy por encima en su estima.

Unos días más tarde, Annalukshmi acompañaba a Kumudini en uno de sus paseos vespertinos por Horton Place. Llevaban paraguas porque el cielo estaba encapotándose y se oía el retumbar de truenos. Por un rato anduvieron en silencio, perdidas ambas en sus pensamientos, hasta que Annalukshmi se volvió a su hermana y le dijo:

—Dime, Kumu, ¿eres verdaderamente feliz?

—Mira, el esposo perfecto no existe, *akka*.

—Pero Muttiah es bueno contigo, ¿no?

Kumudini guardó silencio un momento.

—¿Puedo confiarte algo, de hermana a hermana?

—Por supuesto, Kumu.

—Tenemos... dificultades. He sabido que mi esposo tiene un problema.

Annalukshmi abrió mucho los ojos y se quedó mirando a su hermana.

—Tiene una terrible debilidad. El juego. Por favor, *akka*, no se lo digas a nadie.

Annalukshmi le aseguró que su secreto estaba a buen recaudo.

—Después de casarnos, *Appa* puso a Muttiah a cargo de la plantación de caucho, pues él ya se está haciendo mayor para administrarla. Después nos enteramos de que mi marido había estado retirando dinero de la plantación para apostar. *Appa* tuvo que volver a hacerse cargo, en especial cuando Muttiah trató de vender una parte del terreno. Yo también tuve que solucionar algunos problemas. No me era posible venir hasta haberlo hecho. No podía decírselo a *Amma*, pero eso fue lo que me impidió venir antes.

—Ay, Kumu, lo siento tanto... ¿Hay algo que podamos hacer?

—No. Las cosas se arreglarán solas. Además, ¿qué se podría hacer? —Sonrió—. Hay que seguir adelante.

Empezó a lloviznar. Abrieron los paraguas y emprendieron el regreso a Lotus Cottage. Al llegar al portillo, Kumudini dijo a su hermana:

—Mira el doctor Govind. Si os gustáis, debes ser realista. Es humano, como todos nosotros, y, por consiguiente, imperfecto.

—Vamos, Kumu. No voy a poner mis esperanzas en un hombre que apenas conozco.

Cuando entraron en casa y se quedó por fin sola, Annalukshmi pensó en la idea que se había hecho del doctor Govind, y se percató de que, efectivamente, lo había convertido en el marido ideal. Le había dado una pasión que no sabía si poseía; había atribuido su formalidad a una timidez y una sensibilidad que podrían no existir. Su hermana tenía razón. Debía ser realista.

El martes, al volver Annalukshmi a casa del trabajo, los nervios que la habían tenido todo el día en estado febril llegaron súbitamente a su momento álgido y desembocaron en pánico. Su madre seguía en casa. Allí estaba, sentada en el porche, verificando y corrigiendo las actas de la reunión de damas auxiliares. Kumudini y Manohari la miraban fijamente, incapaces de contener su agitación por el hecho de que todavía no se hubiera ido. Annalukshmi, azorada, echó un vistazo al reloj. El doctor Govind llegaría dentro de quince minutos.

Al fin, Louisa cerró el cuaderno de actas y comenzó a recoger sus cosas.

Apenas el rickshaw de su madre desapareció por el sendero, Kumudini se apresuró a ser la primera en llegar al dormitorio.

—Gracias a Dios, pensaba que no se iría nunca.

Sobre la cama de Annalukshmi había extendido uno de los saris preferidos de su madre, de gasa francesa, con fondo crema y flores púrpura estampadas, con hojas de un verde brillante. Combinaba con una blusa color crema con un volante de encaje en el escote redondeado. Annalukshmi miró el sari y supo que no era apropiado para ella. Esos estampados de florecillas rara vez le sentaban bien. Pero no tenían mucho tiempo y no era posible elegir otro sari, calentar los carbones y hacerlo planchar. Tendría que conformarse con ése.

· · ·

Cuando el rickshaw de Louisa salió a Horton Place, ella estaba tan ocupada tratando de sostener la cartera, la libreta y el paraguas, para que no se le cayeran del regazo, que hasta que el vehículo se detuvo bruscamente ante la entrada de Brighton y levantó la mirada no vio al mudaliyar Navaratnam, de pie ante ella.

—*Thangachi* —le dijo, solemne—, tu hija está en un aprieto.

—¡Qué! —exclamó, sorprendida.

—Ven conmigo.

El mudaliyar le indicó que se bajara del rickshaw y lo siguiera adentro. Ella así lo hizo, pues por la seriedad de su cara dedujo que, independientemente de lo que ella creyera que sabía, sí había problemas.

Él guardó silencio hasta que ambos estuvieron sentados en su despacho. Entonces comenzó.

—Tengo una lamentable noticia que darte, *thangachi*. Tu hija mayor tiene una relación.

—No entiendo a qué te refieres.

—Con un tal doctor Govind.

—¿Doctor Govind?

El mudaliyar hizo una pausa, para crear expectación.

—Mi nieto, el hijo de Arulanandan.

Louisa negó con la cabeza, confundida, sin encontrarle sentido a lo que él le estaba diciendo.

Él se dio cuenta de que no había hablado claro. Volvió a comenzar, a decirle que Balendran había traído a Seelan a Colombo. Que su nieto se había hecho amigo de Annalukshmi.

A Louisa se le abrían cada vez más los ojos, a medida que él hablaba.

—Pero... ¿cómo ha conocido a Annalukshmi? ¿Cuándo pueden haberse conocido?

Él le habló de la visita anterior de Seelan a Lotus Cottage, y Louisa contuvo la respiración.

—¿Fue de visita a nuestra casa?

Él asintió, grave. Entonces le explicó lo de la dedicatoria en el libro y que sus hijas habían arreglado una cita con su nieto en la librería de Cargills. A medida que hablaba, veía el espanto dibujarse en la cara de Louisa. Para avivar el fuego, añadió:

—Lamento tener que decirte que la moral del muchacho deja mucho que desear. Posee toda la astucia y la mala fe que es de esperar en los de su calaña. —Hizo una pausa retórica y entonces jugó su mejor baza—. En este preciso momento, mientras hablamos, *thangachi*, tus hijas están preparándose para recibirlo a tomar el té.

Louisa se puso de pie de un salto.

El mudaliyar levantó la mano para detenerla, pues no había terminado. Pero, demasiado agitada para sentarse, ella permaneció de pie.

Entonces, le dijo que él sabía todo eso de muy buena fuente. El horror de Louisa dio paso a la humillación. De Annalukshmi podía esperar cualquier imprudencia, pero pensar que Kumudini y Letchumi, en quienes tenía plena confianza, que tanto la ayudaban, habían planeado a sus espaldas algo tan horrible, era intolerable. Louisa corrió a la puerta, decidida a poner fin a ese vergonzoso estado de cosas, a salvar la reputación de su familia, a dar a sus hijas descarriadas, a todas, casada y solteras, unas sonoras bofetadas. Le fue en verdad difícil al mudaliyar detenerla, hacerle entender que, si iba en ese momento, el chico no habría llegado aún y las chicas podrían avisarle, lo que haría inútiles sus esfuerzos. Cómo pudo contenerse seguiría siendo un misterio para ella durante el resto de sus días.

El doctor Govind llegó enseguida. Kumudini acababa de terminar de enrollar el sari a su hermana mayor, cuando Manohari, que había estado vigilando, entró corriendo para decírselo. De inmediato, Annalukshmi se sintió desfallecer. Se pasó la mano por la cara, rogando que su cuerpo no eligiera ese preciso momento para fallarle.

Kumudini salió a recibir al doctor Govind y Annalukshmi la oyó ofrecerle asiento. Se sintió mareada y se apresuró a sentarse en el borde de la cama. Se quedó allí hasta que se le pasó la flojera. Entonces se puso de pie, se miró en el espejo para asegurarse de que el pelo y el sari estuvieran en su lugar, respiró hondo y fue al encuentro del doctor Govind.

318

Cuando salió al porche y lo vio, se sintió decepcionada. Allí estaba él, sentado, rígido, con las manos formalmente entrelazadas en su regazo, las piernas cruzadas, bien erguido en la silla, como si estuviera componiendo una pose para una fotografía. La expresión de su cara era tensa y contenida; la sonrisa, mientras hablaba con Kumudini, no se reflejaba en sus ojos. Annalukshmi no sintió el menor deseo por él.

El doctor Govind, al verla, se puso de pie. Por un momento, la inseguridad se dibujó en su cara. Pero se recompuso enseguida.

—Señorita Annalukshmi, buenas tardes. —Inclinó la cabeza.

Ella hizo una reverencia y buscó una silla.

Kumudini había cambiado de lugar las cosas en el porche, de manera que el único asiento libre estaba directamente frente a él.

Apenas ella se sentó, Kumudini dijo:

—Voy a ver cómo va el té. —Con una mirada a Manohari para indicarle que la acompañara, Kumudini entró en la casa.

Annalukshmi miró a sus hermanas con desesperación. Pero sabía que habían hecho lo necesario. Ésta era su oportunidad para conocer al doctor Govind.

Se hizo un silencio incómodo hasta que él habló.

—¿Qué le parece *Pasaje a la India*?

—Lamento decirle que todavía no lo he leído.

Él se removió en la silla.

—Parece que esta tarde no tendremos lluvia.

—No. —Annalukshmi buscó rápidamente un tema de conversación—. ¿Se ha enterado de lo que está pasando con el sindicato? —preguntó—. Al parecer, puede que los empleados de los hoteles Galle Face y Grand Oriental vayan a la huelga.

—He leído algo de eso en los periódicos —respondió él—, pero esas cosas no me interesan demasiado. Para serle franco, no creo que estas protestas lleven a nada. En mi opinión, la mayoría de los que se autodenominan defensores de los desposeídos simplemente ambicionan una mejor posición social para ellos mismos.

Annalukshmi lo miró, sorprendida.

—Por ejemplo, nuestro Gandhi, en la India —continuó él—. No tiene reparos en lanzar esta o aquella directiva, pero en los disturbios subsiguientes se pierden muchas vidas y muchas personas resultan heridas. Nosotros, los que trabajamos en los hospitales, a menudo somos los que tenemos que vérnoslas con los resultados.

—Estoy de acuerdo en que la pérdida de vidas humanas es algo terrible, doctor Govind. Pero ¿qué piensa usted que habría que hacer? Después de todo, las cosas no pueden continuar como están.

—¿Por qué no, señorita Annalukshmi? ¿Ha sido el imperialismo británico tan terrible para nosotros? Nos ha traído muchas ventajas: los ferrocarriles, el imperio de la ley, el correo, la electricidad. A mí, a diferencia de muchos otros, me daría muchísima pena presenciar la marcha de los británicos.

—¿No siente, no obstante, que nuestros horizontes, los suyos también, están limitados por su presencia, por sus prejuicios?

Él sonrió.

—Creo que ese famoso prejuicio de los británicos es con frecuencia la invención de los que son demasiado indolentes para afrontar las duras realidades de la vida. Estoy seguro de que, si se fueran los británicos, encontrarían a alguien más a quien echar la culpa.

A Annalukshmi no se le ocurría qué decir.

—Bueno, basta de política —añadió Seelan—. Dígame, ¿qué está leyendo?

—Un maravilloso libro sobre el hinduismo. ¿Se acuerda? El que tomé prestado de la biblioteca de mi tío.

—Ah —repuso él, esperando a que ella continuara.

—Lo encuentro fascinante —confesó Annalukshmi—. Me ha abierto todo un mundo nuevo. Acabo de terminar un capítulo sobre Shiva, el Señor de la Danza. No sé cuántas veces he visto una de esas estatuas sin entenderla siquiera, sin entender que todo el ciclo de la creación está descrito en ella.

—Sí —concedió Seelan—. Veo que puede ser fascinante. Yo, por mi parte, sin embargo, soy un gran admirador de las maravillas de Europa. La torre Eiffel, la catedral de San Pablo, el Louvre, la capilla Sixtina. —Hizo una pausa—. Una de mis escritoras preferidas es George Eliot. ¿Ha leído algo de ella?

—Por supuesto. He leído todos sus libros —dijo ella, reclinándose en su asiento.

—*El molino junto al Floss* es sin duda la mejor novela que he leído —afirmó Seelan.

Comenzó a describir lo que él encontraba tan maravilloso en el libro, la naturaleza generosa de la heroína, sus terribles sufrimientos.

Mientras hablaba, su cara perdió su compostura usual y sus ojos centellearon con apasionamiento. Un mechón de cabellos, cuidadosamente peinado, le cayó sobre la frente, pero él pareció no darse cuenta. Al mirarlo, Annalukshmi pensó en lo hermoso que era el color de su piel, marrón con un matiz azafranado, como madera de *jak* trabajada; y en lo enérgica, aunque al mismo tiempo vulnerable, que era la curva de su cuello.

Seelan se interrumpió.

—Perdóneme —se excusó—. No debería entusiasmarme tanto.

—No —repuso ella—. Por favor, continúe. Me gusta su análisis.

Sus ojos se encontraron y ambos sonrieron. Enseguida, apartaron las miradas y las clavaron en el jardín. Luego, hablaron al unísono.

—El año pasado leí *Silas Marner* y...

—Cuando estuve en Londres visité la casa de Eliot y...

Volvieron a sonreír. Él le indicó que hablara primero. Pero, antes de que ella alcanzara a hacerlo, oyó una exclamación procedente de la parte trasera de la casa.

Una taza se estrelló contra el suelo. Annalukshmi trató de ver qué ocurría, pero estaba demasiado lejos de la puerta principal.

Volvió a prestar atención al doctor Govind, e iba a retomar la conversación, cuando oyó el ruido de rápidas pisadas dentro de la casa. Tenían un ritmo demasiado conocido. Annalukshmi casi no pudo contener el aliento del asombro cuando su madre apareció en la puerta y, detrás de ella, unas aterrorizadas Kumudini y Manohari.

Seelan se puso de pie. Hubo un instante de atónito silencio, mientras todos se observaban entre sí. Entonces Louisa entró en acción, alentada por la imagen de Annalukshmi con su sari preferido de gasa francesa.

—¡Eres un demonio! —exclamó.

Avanzó hacia Annalukshmi, que se puso de pie de un salto, aterrada y, con el apresurado movimiento, tiró la mesa.

—Esto es una vergüenza —exclamó Louisa—. ¿Vosotras no tenéis el menor pudor?

El mudaliyar había estado esperando dentro y decidió que ese era el momento de hacer su entrada. Dio un paso hacia el porche pero se paró en seco, pues allí, ante él, estaba la viva imagen de su hijo Arul. Eso era algo con lo que no había contado. En ese instante, sintió que su determinación lo abandonaba con la rapidez de una prenda que cae al suelo. Se aferró con desesperación a lo que le quedaba.

—¡*Thangachis*! —gritó a Annalukshmi y a sus hermanas—. ¿No veis que ese hombre es un impostor? Ese... ese hombre no es el doctor Govind. Es Seelan, el hijo de Arulanandan.

Seelan dio un paso atrás, azorado. Annalukshmi lanzó una exclamación. Kumudini se dejó caer en una silla.

—Señor —dijo Louisa—, debo pedirle que salga de mi casa. ¿No sabe lo que es el decoro? ¡Cómo se atreve a visitar a mis hijas en mi ausencia!

—Señora, por favor, comprenda que no fue mi intención faltarle al respeto.

Seelan se volvió entonces a Annalukshmi, suplicante.

—Debe creerme. Las cosas no son como parecen. Yo...

—Haría bien en cerrar el pico, joven —le espetó el mudaliyar—. Ha abusado de la bondad y la hospitalidad de estas señoritas.

—Eso es innecesario, señor —repuso Seelan—. Ya me voy.

Seelan miró a su alrededor, a todos ellos, angustiado, hasta que su mirada se posó en Annalukshmi.

—Adiós —le dijo—. Si no vuelvo a verla, le ruego que crea que no hubo mala intención por mi parte. —Miró con amargura a su abuelo—. Mis intenciones eran honorables, a pesar de lo que usted piense, señor.

Annalukshmi, con los ojos bañados en lágrimas, salió corriendo del porche. Seelan recogió su sombrero y bajó los escalones.

25

El movimiento hacia atrás de un ariete
es vigor contenido.

TIRUKKURAL, verso 486

Seelan no supo cómo logró dar con el camino de vuelta hasta la casa de su tío, pero al fin llegó. Sus tíos estaban sentados en el salón, escuchando el gramófono, cuando lo oyeron llegar.

—¿Dónde estabas? —le preguntó Balendran.

Seelan no respondió. Entró y se sentó en una silla. Miró a su tía, después a su tío, y ambos intuyeron de inmediato que había pasado algo. Sonia se levantó de un salto y apagó el gramófono.

Al cabo de un rato, Seelan comenzó a contarles por fin todo lo ocurrido. Mientras hablaba de su humillación, se le empañó la voz. Cuando terminó, tuvo que morderse los labios para no romper a llorar.

A medida que escuchaba lo que decía su sobrino, Balendran se recordó a sí mismo, veinte años atrás, cuando había huido de su apartamento de Londres al verse enfrentado a la ira de su padre. Se juró no permitir que dictara el destino de Seelan. Al menos uno de ellos debía escapar de sus garras.

—No soporto la idea de que la señorita Annalukshmi llegue a pensar que yo haya podido querer herirla —continuó diciendo Seelan, cuando logró recuperar la compostura—. Quiero que sepa que pensaba decirle quién soy. —Se miró las manos—. Los momentos que hemos pasado juntos esta tarde me han reafirmado en mis sentimientos hacia ella. Quiero tener la oportunidad de explicárselo todo. Entonces, si ella puede encontrar en su corazón el perdón por este horrible engaño, quisiera insistir en la posibilidad de que algo

323

pueda nacer entre los dos... de que, finalmente, pueda convertirla en mi esposa.

Balendran y Sonia se miraron.

Ella fue la primera en hablar.

—Seelan, ¿no te parece que es demasiado pronto para pensar en un futuro para Annalukshmi y tú? Después de todo...

—Entiendo que las dificultades son muchas. Pero estoy dispuesto a esperar, a ser paciente. —Seelan miró a uno y a otra con aire seductor.

—Creo que será mejor si le hablo a mi sobrina en tu nombre —dijo al fin Balendran.

A Seelan se le iluminó algo la cara.

—Sí, eso me gustaría mucho.

—Pero debes entender, Seelan, que las cosas están muy mal en este momento. —Balendran hizo una pausa—. Si en realidad quieres que algo nazca entre mi sobrina y tú, mi consejo sincero es que vuelvas a casa por un tiempo. Hasta que todos recuperen el juicio. Luego, más adelante, regresas, si eso es lo que quieres.

Tras sopesar la propuesta de su tío por un momento, Seelan dijo:

—Sí. Veré si puedo cambiar la fecha de mi pasaje de vuelta a Bombay, irme de Ceilán lo antes posible. Tratar de volver a verla en estos momentos sería embarazoso para todos. Mañana le haré llegar una carta.

Balendran llamó por teléfono para que le enviaran un taxi. Quería hablar con su padre de lo sucedido esa tarde.

Mientras recorría el pasillo que llevaba al comedor de su padre, Balendran pudo oír el ruido de cubiertos y el sordo murmullo de voces. Se detuvo ante la puerta, se acomodó la americana y entró.

Su padre, su madre y la señorita Adamson estaban sentados a la mesa, servidos por Pillai. Cuando lo vieron entrar, dejaron de comer. Su madre y la señorita Adamson se sorprendieron, pero reparó en que su padre ya lo esperaba.

Balendran se lo había imaginado victorioso, altivamente indignado. Advirtió en cambio una sombra de inseguridad en su cara, que apareció como un relámpago antes de que ésta recuperara su severidad habitual.

—Quiero hablar contigo —dijo Balendran.

—Como puedes ver, estoy cenando —respondió su padre—. Tendrás que esperar a que haya terminado.

El tono autoritario enfureció a Balendran.

—Tu cena es la que puede esperar —replicó.

Justo en ese momento, Pillai iba a ofrecer al mudaliyar un pescado en salsa blanca, pero Balendran le indicó con un movimiento de cabeza que no lo hiciera. El mayordomo miró al padre y luego al hijo, sin saber qué hacer. El mudaliyar se quedó mirando fijamente a su sirviente y señaló su plato con insistencia.

Cuando Pillai se inclinó para cumplir su orden, Balendran dio un paso adelante, siguiendo un impulso, y dio un manotazo al plato, que se le fue de las manos a Pillai y cayó al suelo estrepitosamente. Nalamma y la señorita Adamson abrieron la boca y el mudaliyar enrojeció de ira.

—¡Fuera de mi casa! —gritó, con voz cascada—. ¡Fuera de mi casa!

Aunque sorprendido por su atrevida acción, Balendran se mantuvo firme. Fue hasta donde estaba su madre y le pasó el brazo por los hombros, inclinándose hacia ella.

—*Amma*, perdóname, pero, por favor, permíteme hablar a solas con mi padre.

Ella pareció a punto de decir algo, pero se puso de pie y se dirigió a la puerta.

—Usted también —le dijo Balendran a la señorita Adamson—. Es un asunto familiar.

Ella también se levantó con rapidez y salió, seguida de Pillai.

Balendran fue hasta la puerta y la cerró.

Su padre se quedó sentado donde estaba, con las manos temblorosas bajo la mesa.

Desde que había salido de Lotus Cottage esa tarde, no había podido sacarse de la cabeza la imagen de la cara de su nieto, la ira y el desprecio con que Seelan lo había mirado antes de irse. Ahora, desafiado por su hijo, se sentía vulnerable de una manera perturbadora.

Balendran se volvió a su padre.

—El chico me ha contado lo sucedido esta tarde. Cómo le hablaste. ¿Cómo podía yo decirle que cuando lo miras ves tus propios crímenes reflejados en su cara?

El mudaliyar se sobresaltó.

—Sí, su cara te recuerda lo que le hiciste a Arul, a Pakkiam y a su madre. Por eso odias a tu nieto.

—No sé de qué me hablas.

Balendran sonrió con desdén.

—Arul me lo contó todo, y su esposa lo confirmó.

Su padre intentó ocultar su desazón.

—¿Cómo pudiste traer a Pakkiam aquí? Era una niña cuando la hiciste traer a Brighton para ocupar el lugar de su madre.

Su padre dio un golpe con el puño sobre la mesa y gritó:

—¡Me engañaste trayendo a ese muchacho aquí! ¡No tenías derecho a hacerlo!

Balendran hizo un ademán con la mano para desechar la treta con la que su padre trataba de cambiar de tema para apartar la conversación de la madre de Seelan.

—¿Por qué tratas de destruir todo lo que tocas? —preguntó, con amargura—. Mira lo que le has hecho a Seelan. A Arul. Incluso cuando se estaba muriendo trataste de imponerte sobre él, exigiendo que te devolvieran su cuerpo.

—Lo hice por amor a mi hijo, por un sentido del...

—¿El mismo amor que te llevó a Londres para arruinar mi vida? —Pronunció las palabras sin pensarlas, y miró rápidamente a su padre.

Para su asombro, se había encogido ante sus palabras.

Balendran guardó silencio, tomando conciencia de la situación. Cuando volvió a hablar, sintió como si estuviera probando un plato desconocido, tanteando algo.

—¿Por qué no me dejaste tranquilo? Yo era feliz entonces.

—Te salvé de esa... degradación. Mira lo que eres ahora. ¿Qué habrías sido en Londres? Nada.

—Sí, *Appa* —replicó Balendran, reuniendo fuerzas—, pero podría haber sido verdaderamente feliz. —Respiró hondo—. Yo amaba a Richard. Eso habría sido suficiente.

—¡Basta! —exclamó su padre, levantando la mano como para protegerse de sus palabras—. Te prohíbo que hables de esas porquerías en mi casa. ¡Discúlpate ahora mismo!

—No, *Appa*. No puedo, porque así son las cosas para mí. Y no hay un solo día de mi vida en el que no tenga que soportar el dolor de saberlo y no ser capaz de hacer nada al respecto.

Su padre lo miró, boquiabierto. Se pasó la mano por la frente. Balendran se dio cuenta de que temblaba.

Trató de levantarse de la silla, pero se dejó caer en ella, lanzando una exclamación de dolor por entre los dientes apretados.

—Cómo te atreves —dijo, con la voz rota—. Cómo te atreves a hablar así en mi presencia. No es cierto. No lo aceptaré.

Balendran no respondió; simplemente, miró a su padre. Vio que, al enfrentarlo con su verdadera naturaleza, sin vergüenza, seguro de sí mismo, le había quitado algo. Qué extraño era eso, qué inesperado. Era como una historia de brujería en la cual el embrujado pronuncia, por accidente, las palabras mágicas, y hace desaparecer el encantamiento al que estaba sujeto. Él había ido allí en busca de la liberación de su sobrino y, sin darse cuenta, había obtenido la suya.

Mientras se dirigía al taxi, que lo esperaba, Balendran miró las luces de Lotus Cottage y supo que había otra cosa que debía hacer. Envió a un jardinero a decirle a Annalukshmi que quería hablar a solas con ella, que la esperaba junto a las verjas de Brighton. En su estado de ánimo actual, no soportaba la idea de tener que lidiar con Louisa, con sus recriminaciones, sus preguntas, su ofensa.

Esa misma tarde, tras entrar llorando en casa, Annalukshmi se había encerrado en su dormitorio a llorar su humillación y su vergüenza, su dolor ante la terrible crueldad de lo que se había dicho y hecho. Cuando se hubo calmado, se tendió en la cama boca arriba, a mirar el techo, desoyendo los insistentes ruegos de su madre para que abriera la puerta. Había meditado con no poco asombro sobre el hecho de que el doctor Govind fuera Seelan. El hijo de Arulanandan. Qué extraño era conocer a alguien que durante todos esos años ella se había imaginado como una figura misteriosa y marcada por el destino.

Se había pasado el resto de la tarde dando vueltas en la cabeza, una y otra vez, a sus encuentros con Seelan. Su afecto por ella había parecido tan sincero... ¿Tampoco debía confiar en sus sentimientos? ¿Cómo podía haberse dejado engañar de esa forma? El hombre que ella creía conocer, si bien someramente, resultaba ser ahora un completo desconocido. ¿Era doctor, incluso? ¿Sería mentira, también, esa historia de que había estudiado en Londres? ¿Cuáles eran sus verdaderos pensamientos, esperanzas, aspiraciones?

Cuando un jardinero fue a decirle que su tío quería hablar con ella, en Brighton, Annalukshmi se sintió aliviada. Ahí había alguien que respondería algunas de las muchas preguntas que la estaban atormentando.

Annalukshmi salió del bosquecillo que separaba el jardín de Brighton del de su casa. Vio a su tío de pie junto al taxi, cerca de las verjas de entrada, y se apresuró a llegar a su lado.

Se miraron un momento antes de hablar.

—¿Estás bien, *thangachi*?

Ella asintió.

Él le abrió la puerta del taxi.

—Ven —le pidió—. Quiero hablar contigo. Vamos a dar una vuelta por Victoria Park y luego te traeré de vuelta a casa.

Al principio, mientras el taxi se alejaba de Brighton, ambos guardaron silencio. Luego Balendran dijo:

—Es una pena que esta tarde se hayan dicho cosas tan crueles e innecesarias.

—Para personas que se dicen refinadas y respetables, su comportamiento de esta tarde fue vulgar y una muestra de mala educación —afirmó Annalukshmi.

—Sí, es cierto.

El taxi comenzó a rodear Victoria Park. A excepción de unos semáforos intermitentes, junto a las vías del ferrocarril, el parque estaba a oscuras. El aire estaba espeso por el aroma dulce de la dama de noche.

—¿Sabes?, no debes juzgar a mi sobrino con demasiada severidad —empezó a decir Balendran—. Él te lo habría dicho pero... en fin, no es fácil hablar de ciertas cosas. Tengo buenas razones para creer que tenía miedo. Creo que estaba convencido de que, si sabías quién era en realidad, no habrías querido tener nada que ver con él. Quiso que lo apreciaras antes.

—Me imaginaba algo parecido —admitió ella.

—Para él es muy importante que comprendas que no iba con mala intención.

—Creo que ahora lo entiendo.

—A la luz de lo sucedido, Seelan considera que es mejor que se vuelva a Bombay lo antes posible. Para que las aguas vuelvan a su cauce. Me dijo que mañana te hará llegar una carta.

—Estoy impaciente por leerla.

—Hay algo más... algo que considero que debes saber —continuó Balendran, al cabo de un rato—. Seelan nos ha contado que sus sentimientos hacia ti van más allá de la mera amistad. Ha hablado incluso de matrimonio.

Annalukshmi se volvió a su tío, atónita. Entonces recordó el ruego en los ojos de Seelan cuando le dijo que no tenía malas intenciones. De manera que, después de todo, no había fingido sus sentimientos.

—Yo..., no sé, no sé qué decir. Casi no lo conozco —atinó a expresar.

Balendran miró por la ventanilla las copas de los árboles, que se agitaban con el viento que acababa de levantarse.

—Seelan es un chico muy instruido. Obtuvo una beca universitaria para ir a estudiar a Londres, donde se licenció en Medicina. Ha estado ejerciendo en Bombay y algún día puede que desee instalarse aquí. Yo voy a darle una parcela de terreno junto a Sevena, sobre la que podrá edificar una casa. Él creció en un hogar donde, a pesar de las terribles dificultades y de la pobreza, al parecer hubo amor. Seelan ha sido un excelente hijo para su madre durante la enfermedad de Arul y después de su muerte. Por más que quería venir de visita a Ceilán, no lo hizo hasta estar seguro de que a su madre no le faltaría de nada durante su ausencia. Es un hombre honrado en todos los aspectos.

—Me alegra que me hayas dicho todo eso sobre él, Bala *Maama*. Aumenta el aprecio que le tengo.

—*Merlay*, ya sabes cómo son las cosas. Hay que ser muy cuidadoso. Por favor, no te comprometas a nada con ligereza. Tienes que estar muy, pero que muy segura.

El día siguiente fue atípicamente soleado para julio. Pero la atmósfera en Lotus Cottage era oscura y lúgubre. La tensión de la tarde anterior no había desaparecido por completo. No se dijo ni una palabra sobre el incidente.

La carta de Seelan no había llegado con el correo de la mañana. Después de almorzar, Annalukshmi, que quería estar sola, cogió una silla del porche y se la llevó a la sombra del árbol de poinciana real, donde se sentó, de muy mal humor, a pasar las páginas del periódico. Algo en la última página le llamó la atención. Era una nota muy pequeña que anunciaba la exposición de pintura de Chandran Macintosh. Sería aquella tarde. Aunque Nancy se lo había recordado la semana anterior, se le había olvidado por completo.

Annalukshmi levantó la mirada del diario y vio a su madre que caminaba por el jardín hacia ella.

—Habíamos planeado ir de compras esta tarde —le comentó, cuando llegó a su lado—. ¿Vas a vestirte?

—Creo que no voy a ir.

Después de un momento, Louisa le apoyó una mano en el hombro.

—Te haría bien salir de casa. Podemos tomar el té en el Cave's.

—Gracias, *Amma*, pero prefiero quedarme.

—Está bien, *Merlay*, haz lo que te parezca mejor para ti.

Una vez que su madre y sus hermanas se hubieron ido, Annalukshmi fue a la casa a buscar el libro que estaba leyendo y encontró, entre sus páginas, la invitación que Chandran Macintosh le había dado aquel día en su estudio, casi dos meses atrás. El lugar de la exposición era una casa en Gregory's Road, a diez minutos de Lotus Cottage.

Mientras bajaba los escalones hacia el jardín, vio a un mensajero que entregaba una carta a Letchumi, que se la llevó. La abrió y volvió a sentarse a la sombra.

Apreciada señorita Annalukshmi:

Como sin duda ya le habrá dicho mi tío, pronto regresaré a Bombay. Habría preferido que nos viéramos cara a cara, pero, dadas las circunstancias, me ha parecido mejor escribirle la presente. Aunque no puedo remediar por entero el mal causado, puedo tratar de entender sus causas. Y eso es algo que deberé examinar en mi conciencia. Lo que sí puedo decir, una vez más, es que jamás he querido hacerle ningún daño. Ruego que pueda llegar a entenderme y a perdonarme.

Desde la primera vez que nos vimos, en el despacho de mi tío, no he dejado ni por un momento de pensar en usted. En nuestros encuentros posteriores, por breves que hayan sido, mi afecto por usted no ha hecho más que crecer. Siempre he sabido, y ahora lo sé con toda certeza, que el afecto especial que uno siente por una determinada persona se sabe de inmediato. Es mi esperanza que usted me corresponda. Si es así, cuando esté de regreso en Bombay, podremos, por medio de nuestras cartas, fortalecer el vínculo que nos une y, de ese modo, tendré una razón para regresar a Colombo, para que podamos ver adónde nos lleva nuestro mutuo afecto.

Sinceramente suyo,

Seelan

La carta quedó abierta sobre el regazo de Annalukshmi mientras su mirada se perdía en el jardín. Las palabras de Seelan la habían conmovido. Salían de su corazón y despertaban en ella las mismas emociones que había sentido con tanta fuerza el día anterior, mientras esperaba su llegada. Recordó la conversación con su tío. Tenía razón, pensó. Seelan era un hombre honesto. La devoción con que había cuidado a su madre mostraba que era un hombre bondadoso y sensible, alguien que aceptaba sus obligaciones con un admirable sentido de la responsabilidad. Había pedido disculpas por el engaño y le rogaba que lo perdonara. Era fácil imaginar que sería un buen marido. Se sorprendió imaginando la vida que podría llevar con Seelan. Se imaginó a los dos viviendo en una casa como Sevena, con la brisa del mar que soplaba continuamente dentro de ella, los cómodos sillones en los rincones donde arrellanarse a leer, los jarrones con flores. En una casa como ésa, ella sería feliz. Se imaginó a ambos paseando del brazo por el jardín, mirando los vapores rumbo al puerto. Se imaginó a Seelan trabajando en su despacho hasta tarde, por la noche, con la cara iluminada a medias por la lámpara. Mientras ella andaba cerca, haciendo algo, él, sin levantar la vista de su libro, extendería la mano para tocarla, con una sonrisa.

Pero la posibilidad de casarse con Seelan parecía tan lejana... Estaba el obstáculo de su familia. Su madre y su tío abuelo harían todo lo que estuviera a su alcance para impedir el matrimonio. ¿Podría amarlo lo suficiente para superar todo eso?

Era cierto que compartían algunos intereses. Pero, sin embargo... ¿tenían en realidad tanto en común? ¿Estaban hechos, realmente, el uno para el otro? Recordó algunas de las cosas que él había dicho el día anterior, opiniones que definitivamente no compartían, la manera en la que él parecía dar la espalda a sus propias tradiciones. Las ideas de una persona, ella bien lo sabía, no eran algo de lo que se pudiera prescindir así como así, pues marcaban el camino por el que una persona conducía su vida.

Annalukshmi cogió la carta y volvió a leerla, recordando cómo los ojos de Seelan habían mirado los suyos cuando hablaban en el porche, sus delicadas facciones. Suspiró al pensar en aquello a lo que debería renunciar si lo rechazaba. Seelan había dado a entender que mantendrían correspondencia sólo si ella retribuía su afecto. De todas maneras, le escribiría. Pero no sabía cómo expresar lo que sentía.

Caminando por Horton Place, con la sombrilla abierta para protegerse del sol, Annalukshmi se preguntó si volver a encontrarse con Chandran Macintosh no sería incómodo y embarazoso para ambos. Casi pensó en darse la vuelta, pero nunca había estado en una exposición de arte. Además, Nancy estaría allí.

La casa donde se exhibían los cuadros no era muy diferente de cualquier otra de Jardines de Canela, con su amplia veranda, las paredes encaladas y el techo de tejas rojas. Pero el jardín era algo más complejo que la mayoría, con un jardín húmedo en miniatura en un rincón. En el centro había una glorieta y reparó en que, sentados en el banco, había dos enamorados, en un apasionado abrazo. Cambió la posición de su sombrilla para que no se percataran de que ella los había visto. Desde la casa se oía a un hombre cantar en cingalés, acompañado de una *sarpina* y de una *tabla*. El porche delantero estaba desierto, pero la puerta principal, de doble hoja, estaba abierta de par en par. Cuando llegó a ella, contempló la amplia habitación del interior. Al fondo del salón habían levantado una tarima, decorada con hojas de coco tejidas en forma de flores. El cantante que había oído desde el jardín estaba sobre ese improvisado escenario, acompañándose con la *sarpina*. Él y el músico que tocaba la *tabla* estaban sentados sobre almohadones. Detrás de ellos había guirnaldas de jazmines y aralia que colgaban del techo y formaban una cortina a sus espaldas. Los cuadros colgaban de las paredes. Cuando miró a su alrededor, Annalukshmi no vio ni a Chandran ni a Nancy.

Reparó en que la habitación no tenía muebles. En cambio, una mullida alfombra persa de color rojo cubría casi todo el suelo, y había grandes almohadas y almohadones con lentejuelas desparramados por todas partes. Los invitados se habían acomodado sobre ellos, sirviéndose una rica variedad de comida, artísticamente dispuesta frente a ellos en grandes bandejas. Había costillas de ternera; sándwiches con relleno anaranjado, verde y grana; hamburguesas de pescado; crujientes *kokis* en forma de aves del paraíso; porciones de pastel relleno de cabello de ángel y nueces; camarones picantes en salsa de yogur; fragante *bibikan* con su aroma a cardamomo y clavo; *kadalay* frito con coco, semillas de mostaza y chile, y frutas de varios tipos.

Muchas de las mujeres allí presentes fumaban, y pronto se dio cuenta de que dos de ellas no llevaban blusas debajo de los saris. Una estaba tendida con la cabeza en el regazo de la otra, a quien ella reconoció de inmediato, pues era Srimani, la casera del señor Jayaweera, que llevaba un sarong y una camisa masculina. Los hombres vestían de manera extravagante. En lugar de traje y corbata, casi todos llevaban sarongs o *vertis*, ropa que, por lo general, se usaba sólo para estar por casa. Uno de ellos tenía un chal envuelto alrededor del cuerpo. A juzgar por cómo se dirigía a los sirvientes, probablemente fuera el dueño de la casa. La escena que se desarrollaba ante sus ojos no se parecía en nada a lo que ella había esperado encontrar.

Al acabar la actuación, el público aplaudió y comenzó a levantarse de los almohadones. Entonces vio a Chandran, que se estaba poniendo de pie. Llevaba el consabido sarong y una *kurta* de dril con el cuello abierto. Al verla, él esbozó una sonrisa y fue rápidamente a su lado.

—Me alegra tanto que se haya acordado... —dijo, a modo de saludo, tendiéndole la mano.

El recibimiento afectuoso, el franco placer que demostraba al verla, hicieron que se sintiera cómoda de inmediato. Le estrechó la mano con calidez y dijo:

—Cómo iba a olvidarme, después de haber disfrutado tanto de sus obras la última vez que nos vimos.

—Aquí hay muchas personas que quieren conocerla, tras haber visto su retrato. ¿Puedo someterla a su compañía?

—Creo que será mejor que primero coja fuerzas con sus cuadros, señor Macintosh.

Él hizo una leve inclinación de cabeza y, con un gesto de la mano, la dejó en libertad.

Haciendo caso omiso de las miradas intrigadas que le dirigían personas que, evidentemente, la habían reconocido por su retrato, Annalukshmi se dispuso a contemplar las obras allí expuestas. Comenzó a deambular por la habitación, mirando apenas su retrato, porque le daba vergüenza detenerse ante él. En la pared contigua había una serie de acuarelas que representaban escenas de la vida cotidiana en una aldea.

Había recorrido la mitad de la exposición, cuando se encontró con *La recepción de la señora X*. La pintura no había cambiado. Allí seguía la criada en brazos del jardinero, la señora X contemplándose en el espejo... Tal vez fuera el ángulo de la luz, quizá el autor sí había cambiado algo, pero la señora X estaba diferente. Ya no tenía una mirada altiva. Sí tenía, en cambio, una sonrisa que a Annalukshmi le resultó vagamente familiar. Se inclinó hacia la tela, pero la cara se transformó en un borrón de pintura. Dio un paso atrás y estudió a la señora X. Con gran sobresalto, se dio cuenta de a quién le recordaba. Era la sonrisa en la cara de Kumudini cuando decía: «Hay que seguir adelante.» Annalukshmi dirigió su mirada a la imagen de la señora X en el espejo, su ser más verdadero, más triste, y fue allí donde su mirada se posó un largo rato. De alguna manera, aquel cuadro le confirmó la importancia de ser fiel a lo que uno quiere. Supo entonces que debía esperar, aunque le llevara tiempo, para encontrar lo que fuera que ella quería.

Se cruzó de brazos y rezó, no a Dios, sino a la mejor parte de sí misma, para tener las fuerzas necesarias para esperar, para aferrarse a sus ideales, incluso aunque no hubiera nada en qué sostener sus sueños.

Oyó que la llamaban. Se volvió y vio a Nancy, que acababa de llegar e iba hacia ella. Pensando que Annalukshmi había terminado de ver toda la exposición, Chandran Macintosh también fue hacia ella.

26

La conducta de un hombre es la piedra de toque
de su grandeza y de su pequeñez.

TIRUKKURAL, verso 505

En noviembre, cuando los días volvían a ser frescos y agradables, las recomendaciones de la comisión Donoughmore fueron publicadas en los periódicos. Mientras las leía, Balendran se dio cuenta de que difícilmente dejarían satisfecho a alguien.

Los miembros del Partido del Congreso estarían furiosos y decepcionados, porque los miembros de la comisión no habían recomendado la autonomía. La sugerencia de un gobierno de gabinete al estilo de Whitehall, hecha también por el congreso, tampoco había sido aceptada. En cambio, el gobierno estaría dividido en siete consejos ejecutivos, cada uno con un ministro. Tal sistema, modelado según el ejemplo de la Liga de las Naciones y el Consejo del Condado de Londres, era el reconocimiento, por parte de la comisión, de la naturaleza multiétnica de la sociedad cingalesa. Los consejos darían a las minorías la oportunidad de participar en el gobierno. Si bien aquélla sería la primera vez en que se permitiría tomar parte en el poder ejecutivo a los cingaleses, los departamentos más importantes, Economía, Asuntos Exteriores y Función Pública, permanecerían en manos de funcionarios británicos. Dado que ningún ministro podría actuar sin la asistencia de Economía o de Función Pública, su capacidad para introducir cambios reales era dudosa. Además, la autoridad del gobernador para vetar cualquier medida había sido incrementada. En pocas palabras, habían cedido poder con una mano para recuperarlo con la otra.

Los diferentes grupos minoritarios también se iban a llevar una decepción, ya que todos los miembros de la legislatura serían elegidos territorialmente. No volvería a haber escaños asignados en función de la representación comunal, lo que reduciría así de manera drástica el número de escaños de las minorías en los consejos. Balendran se preguntó cómo interpretaría Richard esas medidas en su reportaje, comenzado ya hacía casi un año.

La comisión recomendaba que el gobernador no tuviera ya la prerrogativa de nombrar a los miembros del consejo, que serían, a partir de entonces, elegidos por medio del voto popular. Esto significaría que su padre, que jamás se rebajaría a hacer una campaña electoral, perdería su escaño. El porche delantero de Brighton, siempre lleno de solicitantes, quedaría muy pronto desierto, pues nadie iría ya a solicitar el favor de su padre. Pero Balendran sabía que los hombres que lo reemplazarían, F.C. Wijewardena y otros jóvenes miembros de la elite de Jardines de Canela, mantendrían, e incluso aumentarían, sus privilegios, aun cuando hicieran los gestos necesarios para contentar a las clases populares. Las primeras familias de Ceilán, sin importar a qué etnia perteneciesen, se asegurarían de ello.

Sólo un aspecto de las recomendaciones de la comisión fue del agrado de Balendran. Exhibiendo una actitud reformista que hubiera debido avergonzar a los propios cingaleses, los miembros de la comisión habían recomendado el sufragio universal, con lo que habían logrado que Ceilán fuera el primer país asiático al que se le concedía este derecho. Balendran sabía que, probablemente, aquélla era la mayor reforma que podía introducir la constitución Donoughmore. Con el sufragio universal, las estructuras semifeudales de Ceilán comenzarían a resquebrajarse.

Balendran dejó el periódico y fue a mirar por la ventana de su despacho.

En los días que siguieron al enfrentamiento con su padre, había esperado experimentar una cierta liberación. Había expresado en voz alta, para su padre y, en cierto sentido, para sí mismo, su conflicto interior, lo difícil que era vivir con lo que él era en realidad. Pero, en lugar de liberación, lo que sentía desde entonces era abatimiento, como si hubiera alcanzado una meta, un fin, para encontrarlo sorprendentemente vano.

Unos días después del incidente en Lotus Cottage, Balendran había dicho a su padre que Seelan regresaba a Bombay. Había tratado de convencerlo para que le diera la parte de la fortuna familiar que le habría correspondido a Arul, argumentándole que era importante hacer las paces, antes de morir, llevando a cabo aquella restitución en nombre de su difunto hijo. Su padre se había mantenido inflexible.

Una tarde, no mucho después de la marcha de Seelan, Nalamma sorprendió a Balendran con una visita. Le explicó que su esposo le había contado lo sucedido en Lotus Cottage. Balendran le habló de su fallido intento de convencerlo para que entregara a su nieto la herencia. Nalamma había dicho:

—Tienes que entender que un hombre como tu padre, aunque parezca irresponsable, siempre vive asumiendo las consecuencias de sus actos.

En los meses siguientes, Balendran había ido pocas veces a la casa de su padre. En las ocasiones en que se dejó caer por allí, había encontrado a su madre distraída y cansada. Aunque, de vez en cuando, su padre hablaba a voz en grito sobre los sinvergüenzas del sindicato y sus famosas causas que, según él, terminarían arruinando Ceilán, por lo demás, parecía indiferente y envejecido.

Se encendieron las antorchas a lo largo del sendero para coches de Brighton, que adquirió un aire festivo. Otro año más, se iba a celebrar el cumpleaños del mudaliyar. Cuando el taxi de Balendran y Sonia traspuso las verjas de la entrada, él advirtió que su madre había agregado un nuevo toque a aquellas celebraciones. A ambos lados del camino, extendiéndose desde la entrada al porche, había una hilera de pequeñas lámparas de arcilla, cuyas luces, como luciérnagas, brillaban en la oscuridad.

Cuando el taxi se detuvo ante el porche, Pillai bajó los escalones para abrir la puerta e hizo una respetuosa reverencia.

—Lo esperan arriba, *Sin-Aiyah*.

Aunque el mayordomo había hablado en un tono neutro, Balendran supo de inmediato que algo iba mal. Sonia y él se miraron y entraron rápidamente en la casa.

Antes incluso de llegar al final de la escalera, Balendran oyó las voces airadas. Entró a tiempo para oír a Louisa, que decía:

—No logro entender a mi hija. No logro entenderla.

Balendran echó un rápido vistazo a la familia presente: Louisa, que negaba con la cabeza, desolada; Kumudini, que la abrazaba, consolándola; Philomena Barnett, junto a la mesa del comedor, con cara de «ya te lo decía yo»; Dolly, como siempre, en una silla adosada a la pared; Manohari, a su lado, que disfrutaba de toda la escena, y Nalamma, que trataba de no reparar en lo que estaba sucediendo a su alrededor. Se dio cuenta entonces de que Louisa se refería a Annalukshmi.

Louisa lo vio y fue a su lado.

—*Thambi*, ha ocurrido algo espantoso. Tienes que hacer entrar en razón a Annalukshmi.

—Hemos encontrado una carta —explicó Kumudini—. Al parecer, *akka* ha pedido trabajo en un colegio de Jaffna.

Balendran enarcó las cejas.

—¡Un colegio hinduista! —exclamó Louisa.

—Recordad lo que os digo; todo es culpa de esa chica de la señorita Lawton, que la alienta a hacer estas tonterías —dijo Philomena. Se volvió a Balendran—. Ahora esa chica está viviendo con un hombre en el Pettah. Dicen que se han casado, pero yo tengo mis dudas. Él es un sindicalista, de manera que no me sorprendería en lo más mínimo que estuvieran viviendo en pecado. —Echó a andar alrededor de la mesa, controlando los servicios—. Pobre señorita Lawton. Le subió tanto la tensión que tuvo que quedarse una semana en cama. Pero ¿qué esperaba? Estos europeos y sus ideas sobre elevar la condición de las castas inferiores. Si uno cría a una serpiente, aunque sea desde su nacimiento, al final, ¿no se volverá a morderlo a uno? Lo lleva en la sangre.

Philomena siguió con lo que estaba haciendo, sin advertir el cambio que se había producido en la habitación. No vio a Nalamma que se volvía con la tristeza dibujada en el semblante, ni a Balendran y Sonia que se miraban, ni a Louisa que jugueteaba con el *palu* de su sari. Un año atrás, el comentario de Philomena habría pasado casi inadvertido. Ahora, en la mente de todos, estaba el recuerdo de Seelan, de regreso en la India con su madre.

—¿Dónde está Annalukshmi? —preguntó Balendran, para romper el silencio.

—Quién sabe —respondió Manohari—. Se fue corriendo escaleras abajo hace unos minutos.

Balendran fue a buscar a su sobrina y uno de los criados le dijo que estaba en el despacho de su padre.

Llamó a la puerta, entró y se la encontró sentada en una silla que había delante del escritorio. Su cara expresaba una mezcla de determinación e irritación.

Balendran fue y se sentó sobre el escritorio, frente a ella.

—Me han enviado a rescatarte de tu huida a Jaffna para convertirte al hinduismo.

Habló con una ironía tan graciosa que Annalukshmi no pudo evitar sonreír.

—No te preocupes. Estoy a salvo de eso —repuso ella, irónica también—. El peso de una religión basta y sobra.

Balendran la miró intrigado. Había en sus ojos una serena determinación que él no había visto nunca en ellos.

—¿De verdad quieres irte a Jaffna? —inquirió.

—Es una posibilidad.

Él esperó a que ella continuara.

Annalukshmi se encogió de hombros.

—Estoy considerando muchas posibilidades. Podría ir a Jaffna, podría ir a cualquier otro sitio, tal vez incluso a Malasia, con Kumudini, ya que va a necesitar ayuda con su bebé. —Hizo un gesto que abarcó todo el despacho—. O podría quedarme aquí. Después de todo, no es una vida tan mala, ¿verdad? Y estoy empezando a conocer gente nueva... personas interesantes.

Se inclinó hacia delante. Le centelleaban los ojos de entusiasmo.

—Todo está cambiando, Bala *Maama*, y no sé qué voy a hacer. —Se puso seria—. Pero, en cuanto me decida a hacer algo, lo haré.

Ambos permanecieron en silencio un momento, escuchando las voces de los criados en la veranda.

—Seelan ha respondido por fin a la carta que le envié —dijo Annalukshmi.

—¿Ah, sí?

—Lo he pensado mucho, *Maama*. Creo que Seelan y yo no hubiéramos sido una pareja bien avenida. No creo que hubiéramos pensado lo mismo sobre algunas cosas importantes.

—Es bueno saber eso, antes de tomar una decisión irrevocable.

—Le escribí diciéndole que, por supuesto, correspondo a su aprecio, y que esperaba que pudiéramos seguir escribiéndonos como primos.

—Me alegra mucho oír eso, *Merlay*. Mi deseo es que algún día Seelan sea plenamente aceptado en esta familia y que pueda reclamar lo que es suyo por derecho.

Una vez que Annalukshmi volvió al primer piso, Balendran siguió sentado donde estaba, pensando en la juventud, en su juventud, y un recuerdo le vino a la mente: Richard y él caminando desde Sheffield a la casa de Edward Carpenter, el camino solitario, los ondulantes campos verdes a ambos lados. Mientras avanzaban, Richard se había vuelto a él de repente, lo había mirado directamente a los ojos y, con un levísimo movimiento, se había tocado el ala del sombrero. Era un gesto de camaradería, una confirmación de la amistad que los unía. Junto con ese recuerdo llegó otro, más reciente, cuando, en el hotel Galle Face, se habían sentado juntos, hablando de su pasado en común.

Ahora comprendía claramente cuál era la causa de su descontento, de su abatimiento durante los últimos meses. Estaba solo; no exactamente por faltarle un amigo, sino alguien con quien compartirse a sí mismo.

Se quedó quieto un momento, perdido en sus pensamientos. Entonces miró el reloj y se sentó al escritorio de su padre. Sacó la cartera del bolsillo interior de la americana, y, de ella, la tarjeta que Richard había dejado cuando fue a visitarlo a su casa. Abrió el cajón y sacó una hoja de papel. Destapó el tintero y mojó en él la pluma de su padre.

Querido Richard:

No tengo excusa por no haberte escrito antes. No intentaré justificarme, sólo pedirte que me permitas contarte lo que pienso. Siento la necesidad de expresarte mi arrepentimiento por lo que ocurrió durante tu visita. Me porté mal, mi conducta fue imperdonable. Lo que la provocó no fue ninguna falta tuya, sino, más bien, darme cuenta con toda claridad de cómo es mi vida, de mis numerosas obligaciones. No sería correcto poner mis propios deseos por encima de los de mi esposa y mi hijo. Semejante actitud sería terriblemente egoísta. Sin embargo, hay momentos en los que me siento aislado por completo en el mundo en el que vivo.

Richard, ¿puedo pedirte tu amistad? Esto puede ser difícil para ti, pero debo pedírtelo. Estoy tratando, con ello, de aprender a conformarme con lo que no puede cambiarse, de encontrar fuerzas en pequeños consuelos. Pero tal vez no sea un consuelo tan pequeño, después de todo. Tal vez sea suficiente tener a una persona con la que no existen los secretos, a quien uno pueda abrir los rincones más recónditos de su alma. Posiblemente, al final de una vida, haber dicho eso sea suficiente.

He vivido tanto tiempo sin pedir lo que quería, he vivido tanto con un valor a medias, con intentos a medias, con sentimientos a medias. Pedirte tu amistad es, pues, para mí, un inmenso gesto de valentía. Lo hago ahora. Y dejaré de escribir antes de que mi valentía, tanto tiempo inactiva, me abandone. Me gustaría mucho que me escribieras.

Bala

Balendran cerró el sobre, escribió el nombre del destinatario y su dirección y le puso un sello. Se guardó la carta en el bolsillo de la americana. La enviaría al día siguiente.

Desde el vestíbulo, le llegó la voz de Sonia hablando con su padre, preparándose para la recepción de los invitados. Apagó la lámpara del escritorio y salió del despacho.

Su esposa y su padre estaban ahora junto a la puerta principal. Su madre bajaba primera la escalera, seguida de Philomena Barnett.

Detrás de ellas venían Louisa, Dolly, Kumudini, Manohari y, la última de todas, remolona, Annalukshmi.

Al mirar a su familia, Balendran se sintió inundado de una súbita ternura hacia ellos que no había sentido antes, un afecto que, extrañamente, no le pesaba. En el pasado, habían sido algo con lo que él se había envuelto, en lo que había enredado su alma, lastrado sus deseos. Ahora estaban algo alejados de él y, como resultado de esa distancia, se habían vuelto extrañamente más dulces.

Ya se oían los primeros coches que llegaban por el sendero de la entrada. Balendran se ajustó el nudo de la corbata y fue a ocupar su lugar entre su familia.

Agradecimientos

Kumari Jayawardena influyó en gran medida en el rumbo que siguió este libro. Es justo, pues, que los agradecimientos comiencen por ella. Su investigación inédita sobre la Unión Sufragista Femenina y los inicios del feminismo en Sri Lanka, que tan generosamente compartió conmigo, inspiró el personaje de Annalukshmi. Sus libros, *The Rise of the Labour Movement in Ceylon* y *The White Woman's Other Burden*, también fueron sumamente valiosos. Sus historias sobre varias familias de Jardines de Canela me ayudaron a entender lo que ocurría bajo el barniz exterior.

Mi gratitud a mi compañero, Andrew Champion, por su enorme paciencia con mis dudas diarias; por su ayuda para desenredar varios nudos del argumento; por haber encontrado el título; por los martinis a las seis de la tarde; por su sentido común, las plantas y los gatos.

Mi agradecimiento a mi familia, como siempre, por su apoyo y su amor.

Las siguientes personas leyeron los primeros borradores de esta novela y les debo su valiosa contribución: Rishika Williams y Fernando Sa-Pereira, que me ayudaron con ideas interesantes sobre los personajes de Annalukshmi y Balendran; también Sunila Abeysekera, Manel Fonseka, Kumari Jayawardena, Jeff Round y Tony Stephenson.

Quisiera expresar mi especial agradecimiento a mi editora Ellen Seligman, de McClelland & Stewart, por su edición meticulosa y creativa de este libro, por obligarme a avanzar ese kilómetro más y por su inmensa fe en que yo podía hacerlo; a mi editor Will Schwalbe, de Hyperion, Nueva York, por señalar que una novela histórica puede ser una metáfora del presente, por sus llamadas telefónicas y sus e-mails de aliento cuando yo estaba en Sri Lanka, por su convicción de que yo podía volver a lograrlo; a John Saddler, de Anchor; a mis agentes Bruce Westwood y Jennifer Barclay por, entre otras cosas, la caja de libros que me enviaron estando yo en Sri Lanka, otra prueba de que me aprecian más allá de su excelente representación de mi obra internacionalmente; a Heather Sangster, anteriormente en McClelland & Stewart, que se encargó de la revisión incluso cuando ya se había ido de la firma; a Anne Valeri, mi publicista en McClelland & Stewart.

Este libro ha dependido en buena medida de la investigación, de modo que deseo agradecer a las siguientes personas su tiempo y esfuerzo:

En Sri Lanka: Manel Fonseka, que me puso en contacto con muchas personas interesantes; C.I. Edwards senior, quien, a pesar de las dificultades de habla resultado de su enfermedad, revivió para mí la década de los años veinte; el reverendo Lionel Peiries, por sus interesantes reflexiones sobre la gente de Jardines de Canela; la señora Sathasivam, de Cambridge Place, por detalles sobre la cultura hindú y por organizar mi visita al templo, y a su administradora; Chloe De Soysa, cuyos recuerdos de los saris y de la comida que se ofrecía en las fiestas de sus padres me proporcionaron detalles muy útiles; Siro Gopallawa, quien, tan pacientemente, fotocopió el informe de la comisión Donoughmore a un ritmo de cinco páginas al día; Anjalendran, por ayudarme con los detalles arquitectónicos; Jan Bruinsma, cuya casa fue un refugio para nosotros durante el año que pasamos en Sri Lanka.

En Singapur y Malasia: por las historias orales que compartieron conmigo, el doctor S.R. Sayampanathan y la señora Jayalukshmi Sivarajah, de Klang; Dulcie Abraham y la señora Ampalapillai, de Scotts Road; la señora Shellatay Rao, de Arkrib Negara, y el doctor Kathirithamby-Wells me guiaron en la dirección correcta en mi investigación. Kurt Crocker y Andreas Wan, por su hospitalidad. Ian Gomez, por su amistad y los buenos momentos, tan necesarios cuando uno está en un país extranjero.

Otros libros fueron extremadamente útiles: *A History of Sri Lanka*, de K.M. De Silva; *The Handbook of the Ceylon National Congress 1919-1928*, de S.W.R.D. Bandaranaike; *The Book of Ceylon*, de H.W. Cave; *Tamil Culture in Ceylon*, de M.D. Raghavan; *The Legislatures of Ceylon*, de S. Namasivayam; *The Tamils of Sri Lankan Origin in the History of West Malaysia*, de Rajakrishnan, y *Coming Out: Homosexual Politics in Britain from the Nineteenth Century to the Present*, de Jeffrey Weeks. El *Daily News*, con sus números de 1927 y 1928, fue una excelente fuente de datos sobre el período, así como de informes sobre huelgas y sobre las sesiones de la Donoughmore.